Harper
Collins

Kathleen Freitag

Die Seebadvilla

Roman

HarperCollins

HarperCollins®

1. Auflage: April 2020
Originalausgabe
Copyright © 2020 by HarperCollins
in der HarperCollins Germany GmbH, Hamburg

Umschlaggestaltung: bürosüd, München
Umschlagabbildung: Oleh_Slobodeniuk / Getty Images, LaMiaFotografia,
Elenamiv, Cheryl Casey / Shutterstock
Satz: GGP Media GmbH, Pößneck
Printed in Germany
Dieses Buch wurde auf FSC®-zertifiziertem Papier gedruckt.
ISBN 978-3-95967-392-1

www.harpercollins.de

Werden Sie Fan von HarperCollins Germany auf Facebook!

Für Thomas

Henni
1952

Das Geschrei der Möwen weckte Henni. Das untrügliche Zeichen dafür, dass die Strandfischer von ihrer ersten Ausfahrt zurück waren und in den Dünen Dorsche, Heringe, Flundern und Sprotten säuberten. Über ihren Köpfen kreisten die Möwen, stets bereit sich einen begehrten Happen zu schnappen.

Henni blinzelte, die Morgensonne schien hell durch das offene Holzfenster. Im Zimmer war es kühl. Lisbeth hatte am Abend vor dem Zubettgehen wieder das Fenster aufgerissen und war eingeschlafen, bevor sie es schließen konnte. Henni sah zum Bett ihrer Schwester hinüber, das auf der anderen Seite des Zimmers stand. Nur ein paar blonde zerzauste Locken lugten unter der dicken Daunendecke, die sich gemächlich hob und senkte, hervor. Lisbeth schlief noch tief und fest.

Henni nahm ihren alten Stoffbären, mit dem sie sich schon seit Kindertagen das Bett teilte, und warf ihn hinüber. Der Teddy landete zielsicher dort, wo Henni den Kopf ihrer Schwester vermutete. Und tatsächlich, unter der Decke regte es sich kurz und ein mürrisches Knurren war zu vernehmen. Doch mehr passierte nicht.

»Lisbeth, wach auf!«, versuchte Henni es noch einmal. »Raus aus den Federn.« Wieder hörte sie nur ein verstimmtes Gemurmel, das sich anhörte wie: »Ich bin noch müde!«

Wie gerne würde Henni sich auch noch einmal umdrehen, doch sie wusste, dass ihre Mutter unten längst fleißig war. Und so stand sie schließlich auf.

Eilig schloss Henni das Fenster, ging zur großen Emailleschüssel, die auf einem Hocker in der Ecke des Zimmers stand, und wusch sich. Das Badezimmer im Flur war den Gästen vorbehalten. Zwar war das Wasser in der Schüssel kalt, aber es weckte die restlichen Lebensgeister in Henni, die der vergangenen Nacht noch nachhingen.

Nachdem sie sich abgetrocknet hatte, schlüpfte Henni in ihr grün-weiß geblümtes Baumwollkleid, das ordentlich über ihrem Ankleidestuhl hing. Auf dem Stuhl daneben lagen die Kleider kreuz und quer. Sehr zum Leidwesen ihrer großen Schwester war Lisbeth überhaupt nicht gut darin, Ordnung zu halten.

Der Stoff ihres Kleides umschmeichelte Hennis Hüften. Die weiße Spitzenbordüre am Saum hatte sie selbst angenäht. Ihre Mutter hatte den alten Gardinenstoff schon gegen eine neue Tischdecke eintauschen wollen. Doch Henni hatte sie überzeugen können, Großmutters Aussteuer zu behalten, und daraus gleich drei Tischdecken geschneidert. Übrig geblieben war dieses wunderschöne Zierband, das nun ihre Knie bedeckte. Bevor sie in den Flur hinaustrat, zog sie noch rasch ein weißes Häkeljäckchen über ihre Schultern.

Schon am Treppenabsatz hörte sie Besteck klappern. Ihre Mutter deckte bereits den Frühstückssalon ein. Alles musste fertig sein, bevor die ersten Gäste aus ihren Zimmern kamen. Es roch nach frischen Brötchen und pommerschem Landbrot, der Bäckersjunge war also auch schon dagewesen. Henni hielt sich am holzverzierten Geländer fest und nahm beim Hinuntergehen schwungvoll mehrere Treppenstufen auf einmal. Als sie den großen hellen Raum betrat – das Herzstück der Pension Ostseeperle der Familie Faber –, polierte ihre Mutter gerade das Essbesteck. Auch wenn die Messer, Löffel und Gabeln aus rostfreiem Aluminium waren, konnte sie die alte Gewohnheit nicht ablegen. Das Tafelsilber hatten sich russische Soldaten unter den Nagel gerissen, als sie nach Kriegsende die Insel besetzten. Ihre Mutter hasste den billigen Ersatz, der federleicht in der Hand lag und schnell die Wärme der Speisen und Getränke annahm. Wie oft hörte sie ihre Mutter fluchen, wenn sie sich einen Tee aufbrühte und sich beim Umrühren wieder die Finger am Löffel verbrannte. Doch alle Bemühungen, neues, gutes Besteck für ihre Gäste zu bekommen, waren bisher erfolglos geblieben.

»Guten Morgen, Henni!«, begrüßte ihre Mutter sie mit einem Kuss auf die Wange. »Schläft deine Schwester noch?«

Henni nickte. Die Aufmerksamkeit ihrer Mutter richtete sich wieder auf das Poliertuch.

»Soll ich sie wecken?«, fragte Henni. Ihre Mutter schüttelte den Kopf. »Heute kann ich hier keinen Morgenmuffel gebrauchen. Susanne ist krank und es ist noch so viel zu tun. Sie kann nach dem Frühstück in der Küche helfen.«

Henni nickte, auch wenn sie es manchmal satthatte, dass ihre Schwester eine Extrabehandlung genoss. Sie selbst wusste nicht einmal mehr, wann sie das letzte Mal ausgeschlafen hatte.

»Kochst du bitte Kaffee?«, fragte ihre Mutter und schob hinterher: »Den guten, nicht den Malzkaffee! Die Schuberts reisen heute ab und sie sollen uns doch in bester Erinnerung behalten.« Ihre Mutter sah kurz auf und zwinkerte ihrer Tochter zu. Henni verstand, lächelte und ging in die Küche.

Die Regale in der Speisekammer, die hinter der Küche lag, waren gefüllt mit allerlei Einweckgläsern, in denen Obst und Gemüse ein tristes Bad im eigenen Saft nahmen, sowie Konservendosen, die aussahen, als stünden sie schon seit der Weimarer Republik hier. Ihre Mutter versuchte den Gästen weitestgehend frische Lebensmittel anzubieten. Doch wenn die Lebensmittelmarken zur Neige gingen oder die Regale im örtlichen Kaufmannsladen wieder leerer waren als die Züge von Westberlin nach Ostberlin, griff sie auf die etwas faden Alternativen zurück.

In der hinteren Ecke der Kammer schob Henni die schweren Körbe mit Äpfeln, Kartoffeln und Steckrüben beiseite und öffnete eine weitere, viel kleinere Tür. Hier befanden sich die Waren, die nicht für jedes Auge und schon gar nicht für jeden

Gaumen bestimmt waren: Schokolade, Cognac, Rum, Tee, Weinbrandbohnen und natürlich der gute Kaffee. Vivien, die Schwester ihres Vaters, kam ein paar Mal im Jahr zu Besuch und brachte die begehrten Produkte mit. Sie wohnte in Ostberlin, ihr Mann hatte gute Kontakte zu den amerikanischen Alliierten. Was er beruflich machte, wusste Henni allerdings nicht. Lisbeth und Henni staunten jedes Mal, was Vivien alles aus ihren Reisekoffern zauberte.

Jetzt nahm Henni den Kaffee und ging zurück in die Küche. Nachdem sie die schwarzen Bohnen mit der Kaffeemühle gemahlen und das feine Pulver mit kochendem Wasser aufgebrüht hatte, zog ein verführerischer Duft durch die Küche. Ein Duft, mit dem der Malzkaffee, den sie üblicherweise tranken, nicht mithalten konnte. Sie brachte die große Kanne Kaffee zurück in den Frühstückssalon und stellte sie auf einen Beistelltisch neben der bereits vollständig eingedeckten Buffetanrichte.

Auf Servierplatten hatte ihre Mutter den Aufschnitt drapiert: Butterkäse, Tilsiter, Ziegenkäse, Jagdwurst, Gänseschinken, Leberkäse, Schlackwurst sowie Rotwurst und Leberwurst in der Pelle. Dazu eine kleine Auswahl an eingelegtem und geräuchertem Fisch, den sich ihre Gäste vorzugsweise schmecken ließen. Das Schmalz, das in kleinen Tonpötten neben dem Fässchen mit den sauren Gurken stand, machte ihre Mutter mit Grieben, Äpfeln und Zwiebeln oder auch nur mit einem Hauch Salz und Majoran selbst. Das Brot und die Brötchen standen neben den Gläsern mit Marmelade, die sie natürlich ebenfalls selbst aus Erdbeeren, Kirschen, wilden Brombeeren und Sanddorn einkochten.

Für das reichhaltige Angebot genügten die Lebensmittelmarken, die ihre Gäste für den Verzehr in ihrem Hause abgaben, oft nicht. Doch Hennis Mutter war erfinderisch und fand immer wieder Möglichkeiten, um an die Nahrungsmittel heranzukommen. Außerdem kochte sie vorzüglich und schaffte es, aus wenigen Zutaten Vieles und Köstliches zu zaubern. Ihr war es stets wichtig, ihre Gäste gut versorgt zu wissen. Schließlich war, wie sie immer betonte, ein voller Magen das i-Tüpfelchen eines jeden Urlaubs. Ganz besonders nach den entbehrungsreichen Jahren des Krieges.

Kaum hatte ihre Mutter die letzten Teller auf den Tischen verteilt, kamen bereits die ersten Gäste. Ein älteres Ehepaar aus Potsdam, die Reichenbachs, betrat den Salon. Henni wusste nicht viel über die beiden, waren sie doch tags zuvor erst angereist.

Sie sah ihnen in die Augen. Denn immer, wenn neue Gäste den Salon zum ersten Mal betraten, folgten ihre Blicke dem gleichen Weg. Zuerst sahen sie die liebevoll gedeckten Tische, ihre Augen ruhten kurz auf dem feinen Porzellangeschirr mit dem blauen Zwiebelmuster. Ihre Blicke schweiften weiter an den weiß vertäfelten Wänden entlang. Die Ostsee-Bilder, die dort in penibel ausgemessenen Abständen hingen, hatte ihre Mutter selbst gemalt. Allerdings noch vor dem Krieg. Schon seit Jahren hatte sie keinen Pinsel mehr in der Hand gehalten. Anschließend nahmen die Neuankömmlinge das Buffet in Augenschein. Doch schließlich wandte sich ihre Aufmerksamkeit immer den großen Fenstern auf der Nordostseite zu. Die Villa stand auf einer kleinen Anhöhe, weshalb hinter den geputzten Scheiben die Dünen und das Meer zu sehen waren. Mal umspielten die Wellen mit sanften Wogen den feinen Sand, mal stürmten tosende Brecher ans Ufer, ließen die Gischt spritzen und schienen den Strand beinahe verschlucken zu wollen. Doch egal, wie sich das Meer verhielt, der Anblick zauberte jedem ein kleines Lächeln ins Gesicht.

Für viele ihrer Besucher war es der erste Urlaub nach den schrecklichen Jahren des Krieges und Henni konnte gut verstehen, dass der Anblick dieses kleinen Naturschauspiels ihnen ein wenig Leichtigkeit zurückgab.

Während ihre Mutter das ältere Paar zu einem Tisch seitlich des Fensters führte, nahm Henni die große Kaffeekanne und folgte ihr. Wie selbstverständlich rückte Herr Reichenbach seiner Frau den Stuhl zurecht und half ihr, Platz zu nehmen. Anschließend reichte er ihr die Stoffserviette, die sie mit einer kurzen schwungvollen Bewegung auf ihrem Schoß ausbreitete. Erst dann setzte er sich ihr gegenüber, faltete seine mitgebrachte Zeitung auf und vertiefte sich umgehend in den Lokalteil, ohne noch einmal aufzublicken. Offensichtlich teilten sich die beiden seit Jahrzehnten Tisch und Bett, so liebevoll und vertraut erschien Henni dieses kleine morgendliche Ritual.

Henni schenkte ihnen Kaffee ein, während ihre Mutter sich bereits den nächsten Gästen, die den Salon betraten, zuwandte.

»Herzlichen Dank, Liebes!«, sagte die Dame nickend, als Henni ihr Milch anbot.

»Haben Sie gut geschlafen?«, fragte Henni.

»Wie ein Murmeltier.« Frau Reichenbach lächelte freundlich und fügte hinzu: »Das Zimmer ist wundervoll. Die Pension vermittelt einem ein Gefühl, als hätte es diesen Quadratbärtchen tragenden Narzissten und seine Gefolgschaft nie gegeben. Ihre Eltern haben ganze Arbeit geleistet und das obwohl die Neuen da oben auch nicht besser sind.« Herr Reichenbach räusperte sich kurz hinter seiner Zeitung.

»Was denn? Ich bin alt. Ich darf sagen, was ich will«, antwortete sie spöttisch auf den wortlosen Seitenhieb ihres Mannes.

Henni lächelte, sie mochte die neuen Gäste. »Das ist das Werk meiner Mutter. Sie hat die Pension nach dem Krieg allein wiederaufgebaut«, berichtete sie. Mitfühlend tätschelte die alte Dame Hennis Hand und sah das junge Mädchen an. »Umso wichtiger, dass Sie ihr in diesen Zeiten eine gute Stütze sind.« Hennis Lächeln wurde noch ein wenig breiter, dann wechselte sie das Thema. »Bedienen Sie sich am Buffet und lassen Sie es sich schmecken.« Sie wollte die Gäste nicht länger stören, hatte sie doch ein leises Magenknurren hinter der Zeitung vernommen. Frau Reichenbach nickte und stupste ihren Mann an, der die Zeitung nun beiseitelegte.

Auch an den anderen Tischen, an denen nach und nach die Gäste Platz nahmen, schenkte Henni Kaffee ein. Ein kleines Mädchen, die mit ihren Eltern vor drei Tagen das Familienzimmer im Obergeschoss bezogen hatte, fragte sie mit gespielter Höflichkeit: »Möchte das edle Fräulein auch einen Kaffee?«
Die Kleine kicherte. »Ne, eine Trinkschokolade!«, antwortete sie mit vorgehaltener Hand. Henni nickte und antwortete ebenso höflich: »Wie Sie wünschen!« Wenig später brachte sie der Kleinen eine große Tasse dampfenden Kakao mit einer dicken Sahnehaube obendrauf.

Endlich ließ sich auch Lisbeth im Frühstücksraum blicken. Sie trug ein enges weißes Wolloberteil mit kurzen Ärmeln und dazu einen mintgrünen Tellerrock. Offensichtlich hatte sie unter ihrem Kleiderberg doch noch etwas Anziehbares gefunden, auch wenn der Rock schon faltenfreiere Tage gesehen hatte. Ihre Lockenpracht hatte sie zu einem Zopf zusammengebunden. Lisbeth gab ihrer Mutter einen Kuss auf die Wange, während sie sich mit schnellen Handgriffen die Schürze umband. Die Schleife auf ihrem Rücken war schief, das eine Band viel länger als das andere. Henni überlegte, ob sie ihre Schwester darauf hinweisen sollte, aber andererseits stand ihr gerade nicht der Sinn nach einer Diskussion über Etikette und Kleiderordnung.

Lisbeth begann ihrer Mutter zu helfen, das Buffet aufzufüllen, während Henni sich nun den Schuberts zuwandte, die einen Tisch am Kamin bezogen hatten. Sie goss Kaffee in ihre Tassen und sah noch einmal zu ihrer Schwester hinüber, die mit geübter Hand Butterkäse schnitt. Plötzlich schrie Herr Schubert auf. »Mensch Mädel, pass doch auf!«

Henni schreckte aus ihren Gedanken auf und sah zum Tisch. Der Kaffee schwappte bereits über den Rand der Tasse, bahnte sich einen Weg über die Tischdecke und tröpfelte nun auf Herrn Schuberts beigefarbenes Hosenbein. Henni stellte die Kanne schnell ab und entschuldigte sich hastig.

»Es tut mir so leid!«, stammelte sie. Mehr bekam sie nicht heraus. Lisbeth eilte mit einem Lappen in ihre Richtung und säuberte das Unglück mit flinken Bewegungen. Sie nahm die Kaffeekanne an sich und raunte ihrer Schwester augenzwinkernd zu: »Nicht ganz ausgeschlafen, was?« Sie stupste Henni in die Seite. »Lass mich mal weitermachen.«

Henni nickte und ging in die Küche, den Blick ihrer Mutter im Rücken spürend. Sie ärgerte sich über den Spott ihrer Schwester und war ihr gleichzeitig dankbar, dass sie sie mit ihrer unbeschwerten Art gerettet hatte.

Das Frühstück verlief ohne weitere Zwischenfälle. Lisbeth umschwirrte die Gäste wie ein fleißiger Schmetterling. Sie lachte und plauderte unentwegt. Ihrer Schwester war der Umgang mit den Gästen schon immer leichtgefallen. Ohne nachzudenken redete sie drauf los. Henni hielt das nicht immer für angebracht. Aber den Gästen gefiel es und so mahnte auch ihre Mutter nur selten Lisbeths loses Mundwerk an. Herrn Schubert gefiel ihre erfrischende Freundlichkeit offensichtlich ebenfalls. Das Kaffeemalheur war längst vergessen. Gönnerhaft tätschelte er Lisbeths Rücken, die es ohne zu zucken über sich ergehen ließ. Seine Frau bekam davon natürlich nichts mit.

Henni zog es vor, den restlichen Morgen in der Küche zu bleiben, und verließ sie nur, wenn am Buffet etwas fehlte, das aufgefüllt werden musste.

Als auch die letzten Gäste den Frühstückssalon verließen, gesellte sich Lisbeth zu Henni in die Küche, schnappte sich ein Geschirrhandtuch und half ihrer Schwester beim Abtrocknen des Geschirrs. Henni sah zu ihr. »Danke!«, sagte sie schlicht.

Lisbeth winkte schmunzelnd ab. »Dafür leihst du mir deinen Strohhut aus. Den mit der gelben Schleife.«

»Was? Niemals!«, rief Henni empört aus.

Lisbeth stemmte ihre Fäuste in die Hüften. »Gut, dann verrate ich Mutti, dass du wieder von der Schokolade genascht hast«, sagte sie in ernstem Ton. Ihre Mundwinkel zuckten dabei jedoch ganz leicht.

Henni lächelte und spielte mit. »Dann sage ich ihr, dass du dem Bauernjungen Georg gestern wieder schöne Augen gemacht hast.«

»Wehe!« Kokettierend warf Lisbeth das Küchentuch auf das nasse Geschirr, schlang ihre Arme um den Oberkörper ihrer Schwester und kitzelte sie. Henni wand sich laut prustend und lachend hin und her, bis sie in den Armen ihrer Schwester zu Boden ging. Geschafft lehnten sich beide gegen den Spültisch.

»Wo ist Mutti überhaupt?«, fragte Lisbeth plötzlich.

Henni zuckte mit den Schultern. »Macht vermutlich wieder ihren Spaziergang.«

»Dann kann der Abwasch auch noch warten.« Lisbeth warf ihrer Schwester einen verschwörenden Blick zu, den Henni nicht gleich verstand. Wortlos stand sie auf, ging in die Speisekammer und kramte aus dem Versteck eine Tafel Schokolade heraus. Als sie sich wieder neben Henni auf den Steinboden setzte, öffnete sie das feine Silberpapier und brach zwei Stücke der dunklen Köstlichkeit ab. Eins für sich und eins für ihre ältere Schwester. Genüsslich ließen sie sich die Kakaomasse auf der Zunge zergehen und seufzten fast synchron. Lisbeth kicherte darüber und auch Henni musste lachen. In diesem Moment spürte Henni die besondere Nähe, die sie beide, trotz allem, immer verband.

CAROLINE
1992

Caroline hatte vergessen, wie ordentlich ihre Mutter war. Die dicken Stoffbahnen lagen akkurat übereinandergestapelt im Regal. Auf der anderen Seite des Ateliers, dort, wo das Sonnenlicht durch das große Fenster einfiel und den Raum perfekt ausleuchtete, stand der Nähtisch. Kein abgeschnittener Bindfaden, keine liegengelassene Stecknadel, kein vergessener Nähfuß lagen auf der glatten Holzplatte herum. Nur die beiden Nähmaschinen, natürlich blankpoliert und korrekt parallel zur Tischkante ausgerichtet, standen darauf.

Caroline schritt langsam am Zuschneidetisch vorbei zum Regal und strich mit ihren Fingern sanft über den weichen Stoff. Das hatte sie schon als Kind gern gemacht, wenn sie ihrer Mutter an den langen schulfreien Nachmittagen bei der Arbeit Gesellschaft leistete. Verspielte Blumenmuster, sanfte Pastelltöne, zartes Rosé, klassische Nadelstreifen – Caroline musste zugeben, dass ihre Mutter einen feinen Sinn für Farben und Muster besaß. Aber sie war ja auch nicht umsonst so erfolgreich mit ihrer kleinen Modeboutique, die sie nun seit über 35 Jahren hier in der Münchner Innenstadt führte.

Ein Jammer, dass sie ihren wunderbaren Standort nun wegen einer saftigen Pachterhöhung aufgeben musste. Bisher hatte sie noch keine neuen Räumlichkeiten gefunden und es war unwahrscheinlich, dass sie einen Laden in einer ähnlich guten Lage auftreiben würde, den sie sich leisten konnte. Dabei war es doch gerade die Laufkundschaft, die betuchten Damen aus dem gehobenen Mittelstand, die hier zwischen Marienplatz und Salome-Brunnen flanierten. Sie schätzten den unfehlbaren Blick von Carolines Mutter für Details und ihren unermüdlichen Einsatz, weibliche Rundungen wohlwollend in Szene zu setzen. Im »Modegeschäft Faber«, dem kleinen Laden, der an das Schneideratelier angrenzte, wurde eine kleine selbstentworfene Kollektion angeboten, auf Wunsch konnte man sich aber auch Stücke nach Maß schneidern lassen. Nur Dirndl weigerte Carolines Mutter sich seit jeher zu nähen. Das liege nicht in ihrem Blut, sagte sie immer. Die maritimen Stoffe und Schnitte entsprachen eher ihrem Naturell. Sie war ein Küstenkind, auch wenn sie das, abgesehen von ihrem modischen Geschmack, gerne unter den Tisch fallen ließ.

Jetzt betrat Carolines Mutter eilig das Atelier. Unter ihrem Arm klemmten Umzugskartons, die nur darauf warteten, gefaltet zu werden. »Da bist du ja endlich, Mäuschen!«

Caroline hasste es, wenn ihre Mutter sie so nannte. Schließlich war sie kein kleines Mädchen mehr. Doch sie wollte jetzt keinen Streit anfangen.

»Ich hatte in der Uni noch zu tun«, antwortete sie stattdessen. Ihre Mutter registrierte ihre Antwort mit einem kurzen Nicken, ging aber nicht weiter darauf ein. Wie immer eigentlich, wenn Caroline ihr Studium ansprach.

»Am besten, wir fangen hinten an, im Büro. Walter kommt nachher und holt die Nähmaschinen ab«, sagte sie und ging voran. Caroline folgte ihr.

So wie das Modeatelier war natürlich auch das Büro akribisch durchsortiert. Während ihre Mutter begann, die ordentlich gehefteten und beschrifteten Ordner in den Kartons zu verstauen, musste Caroline an ihren eigenen Schreibtisch in ihrem Studentenwohnheim denken. Lose Zettel, vollgekritzelte Hefte, Bibliotheksbücher, Stifte lagen dort kreuz und quer herum. Ihre Uniordner quollen nur so über vor Mitschriften und Notizen, die sie nie ins Reine geschrieben hatte. Den Ordnungsfimmel hatte sie offensichtlich nicht von ihrer Mutter geerbt. Aber darüber war Caroline auch nicht traurig. Ein gewisses Maß an Chaos machte das Leben nur spannender, das war zumindest ihr Credo.

Während ihre Mutter die Schubladen leerräumte, fand Caroline zwischen den Ordnern voll sauber abgehefteter Rechnungen und anderer Dokumente einen großen Briefumschlag. Der Absender war nicht mehr lesbar und der Poststempel verriet, dass der Brief mehr als ein Jahr alt war. Da die Längsseite bereits fein säuberlich aufgetrennt war, dachte sich Caroline nichts dabei und zog den Inhalt heraus.

In den Händen hielt sie eine alte Schwarz-Weiß-Fotografie. Das Papier wellte sich bereits, Kratzspuren und Verfärbungen zeugten davon, dass diese Aufnahme viele Jahre alt sein musste. Darauf zu sehen war, neben einer großen Buche, eine Villa. Das zweistöckige Haus hatte einen hellen Anstrich mit zurückhaltenden Stuckverzierungen oberhalb der Fenster. Caroline vermutete, dass sie Muscheln darstellten, genau erkennen konnte sie es aber nicht. Zur Straßenseite hin besaß das Haus einen kleinen Vorbau, eine Veranda, die von vier schmalen Säulen umrandet war und den Weg zur Eingangstür wies. Darüber war eine Holzbordüre zu sehen, die mit dem Gaubendach abschloss. Auf der Treppenstufe vor der Veranda standen drei Frauen.

Links lachte ein junges Mädchen in die Kamera. Die Sommersprossen, die Caroline glaubte auf dem Foto sehen zu können, und die Locken, die unter einem Strohhut hervorlugten, verliehen ihrem zarten Gesicht etwas Freches. Mit der einen Hand hielt sie den Hut, den eine helle Banderole mit Schleife zierte, fest, als ob ihn sonst der Wind jeden Moment wegtragen könnte.

Ganz rechts stand ebenfalls ein junges Mädchen, vielleicht ein bisschen älter. Sie trug ein schönes Kleid mit einem auffälligen gepunkteten Muster. Trotz ihres Lächelns wirkte sie ernst und auch ein wenig schüchtern.

Zwischen den beiden Mädchen stand eine Frau. Ihre Bluse,

die in einem langen Bleistiftrock steckte, war bis oben hin zugeknöpft. Sie trug das Haar zu einem strengen Dutt hochgesteckt und ihre steife Körperhaltung verriet, dass sie es nicht gewohnt war, vor einer Kamera zu posieren. Aber auch sie hatte etwas Freundliches und Vertrautes.

Caroline sah noch einmal in den Umschlag und zog einen Brief heraus. Der Absender war eine Anwaltskanzlei aus Greifswald. Caroline las den Text, der darunter stand:

Sehr geehrte Henriette Faber,

Caroline blickte kurz auf, zu ihrer Mutter, die sich immer noch in den Tiefen ihrer Schreibtischfächer verlor. Sie wandte sich etwas ab und las weiter:

laut Gesetz zur Regelung offener Vermögensfragen haben Geschädigte der Deutschen Demokratischen Republik das Recht auf Rückübertragung ihres Eigentums ...

»Was hast du da?«, hörte sie plötzlich die verdutzte Stimme ihrer Mutter.

Caroline drehte sich ertappt um. Henriette stand direkt hinter ihr und hatte ihr über die Schulter geblickt. Als sie sah, was für einen Brief ihre Tochter da las, riss sie ihn ihr samt der Fotografie aus der Hand. »Schon mal was vom Postgeheimnis gehört?«, fragte sie aufgebracht.

»Gilt das auch für Blutsverwandte?«, scherzte Caroline.

»Für die erst recht!« Auf der Stirn ihrer Mutter zeichnete sich eine dicke Zornesfalte ab. Caroline war überrascht, ließ sich aber nicht beirren.

»Was ist das? Bist du das auf dem Foto? Und Oma?«, fragte sie geradeheraus. Ohne auch nur einmal auf das Foto zu blicken, warf ihre Mutter die Papiere in einen Umzugskarton. »Das geht dich überhaupt nichts an.«

»Ich finde schon, dass mich das was angeht«, entgegnete Caroline ihr. »Von dir erfahre ich ja nie etwas über die Vergangenheit. Nie redest du über deine Kindheit.« Tatsächlich glich ihre Familiengeschichte einem Puzzle, bei dem sie nur die Randstücke zusammensetzen konnte. Caroline wusste nur sehr wenig über ihre Mutter.

Henriette war an der Ostsee geboren, irgendwo in Vorpommern. Aber wie war sie aufgewachsen? Wie hatte sie den Krieg und die Zeit danach erlebt? Warum war sie nach München gekommen und wie? Auch von ihrer Großmutter, die in Berlin lebte und mittlerweile rund um die Uhr gepflegt werden musste, erfuhr Caroline bei ihren wenigen Besuchen nicht mehr.

»Weil es da nichts zu bereden gibt.« Für ihre Mutter war das Thema damit beendet.

»Ach so, natürlich. Deshalb bist du auch gleich auf hundertachtzig, wenn ich einen Brief finde, der einen Hinweis auf deine Vergangenheit geben könnte. Wenn es da nichts gibt, kann ich den Brief ja lesen.« Caroline schob ihre Mutter zur Seite, ging zum Karton und holte die Unterlagen wieder heraus. Sie überflog die Zeilen, die sie schon gelesen hatte. Weiter kam sie jedoch nicht. Ihre Mutter nahm die Papiere wieder an sich und riss sie einmal in der Mitte durch. Anschließend warf sie die zerrissenen Hälften in den Papierkorb. Caroline starrte sie entsetzt an und brauchte einen Moment, um sich zu fassen.

»Welcher Geist deiner Vergangenheit jagt dir so eine Angst ein?«, fragte sie schließlich. Fast unbemerkt wanderte der Blick ihrer Mutter zum Papierkorb. Die eine Hälfte des Fotos lag obenauf. Das Mädchen mit dem Hut lachte sie an. Carolines Mutter schluckte.

»Ich glaube, es ist besser, wenn du jetzt gehst«, antwortete sie. »Den Rest kann ich auch allein einpacken.«

Caroline nickte und verließ ohne ein weiteres Wort das Modeatelier.

LISBETH
1952

Der Wind blies heute besonders kräftig. Das hohe Dünengras beugte sich widerstandslos den Naturkräften. Der feinkörnige Sand wirbelte auf, legte sich an anderer Stelle nieder, nur um kurz darauf wieder weggetragen zu werden. Rastlos flatterten die Markisen an den verlassenen Strandkörben. Irgendwo in der Ferne schlug ein loses Flaggenseil im Takt des Windes gegen den Fahnenmast.

Obwohl die Sonne hell schien und nur ein paar vereinzelte Wolken den Himmel bedeckten, wagten sich nur wenige Feriengäste an den Strand. Bei diesen hohen Wellen, die rücksichtslos und unaufhörlich auf das algenüberzogene Ufer preschten, ging nur ein Narr ins Wasser.

Erst hinter den Dünen ließ der Wind etwas nach.

»Und jetzt bitte lächeln!«, rief ein Mann in einem schwarzen Anzug den Frauen, die auf der Treppenstufe vor der Villa Ostseeperle standen, zu. Dabei linste er durch den Sucher seiner Kamera, die auf ein Stativ gespannt war. Lisbeth zupfte den großen Strohhut zurecht, den sie mit sichtlichem Stolz auf ihrem Lockenkopf trug, hob ihre Brust noch ein wenig mehr an und setzte ihr schönstes Lächeln auf. Henni zog ebenfalls die Mundwinkel nach oben, doch ihr Gesichtsausdruck erinnerte trotzdem nur entfernt an ein Lächeln.

Ihre Schwester war noch nie gut darin gewesen, sich von ihrer Schokoladenseite zu zeigen. Ihre Mutter, die zwischen ihnen stand, versuchte ebenfalls freundlich in die Kamera zu blicken. Für sie war es das erste Mal, dass sie vor einem Fotografen posierte.

Als der Mann gerade den Auslöser betätigen wollte, packte plötzlich ein kräftiger Windstoß den Hut und fegte ihn Lisbeth vom Kopf.

Henni stieß einen Schrei aus: »Mein Hut!«

Lisbeth versuchte ihn zu greifen, doch in Windeseile flog er hoch, über den Gartenzaun und die Promenade hinweg Richtung Dünen. Lisbeth erschrak. Wie lange hatte sie ihrer Schwester damit in den Ohren gelegen, sich den schönen Strohhut ausleihen zu dürfen. Sie hatte dafür sogar beim Abwasch geholfen und das Bad geschrubbt, obwohl Henni an der Reihe gewesen war.

Und nun flog er einfach so davon. Die gelben Schleifenbänder flatterten im Wind. Lisbeth wollte losrennen, doch jemand packte sie am Arm und hielt sie fest. Überrascht drehte sie sich um, ihre Mutter schüttelte mahnend den Kopf. »Du nicht!«

Lisbeth seufzte und sah, dass ihre Schwester bereits die Verfolgung aufgenommen hatte. Henni rannte an dem verdutzten Fotografen vorbei, durch den Vorgarten hinaus auf die Dünenstraße, ohne nach links und rechts zu gucken. Ein Fahrradfahrer musste scharf bremsen, um nicht mit ihr zusammenzustoßen.

»He, haben Sie keine Augen im Kopf?«, schimpfte der junge Mann. Doch Henni war längst hinter den Dünen verschwunden, den Blick himmelwärts auf den Hut gerichtet, der zielstrebig auf das Meer zuflog. Als der Mann sah, hinter was das Mädchen, mit dem er beinahe zusammengestoßen wäre, her war, stieg er von seinem Drahtesel und rannte ihr nach. Lisbeth warf ihrer Mutter einen kurzen Blick zu, bevor sie ebenso loslief. Natürlich nicht zu schnell, damit ihre Mutter sie nicht wieder aufhielt.

Als Lisbeth die Schutzzone hinter sich ließ und den Strand betrat, sah sie, dass der Mann es bereits bis zum Ufer geschafft hatte. Eine besonders vorwitzige Welle umspülte seine Schuhe und die Nässe kroch an seinen Hosenbeinen hoch. Doch in den Händen hielt er den Hut, trocken und unversehrt. Er hatte ihn gerade noch im rechten Augenblick fangen können, bevor ihn ein allzu feuchtes Schicksal ereilt hätte.

Als er Henni, die im trockenen Sand stand, den Hut überreichte, sahen die beiden sich in die Augen. Einen Moment zu lang, wie Lisbeth fand. Erst jetzt fiel ihr auf, dass der Mann wirklich noch recht jung war und ganz passabel aussah. Vielleicht etwas zu schlaksig, und sein glattrasiertes Gesicht war sehr kantig, was sie an Männern nicht sonderlich mochte. Doch seine dunklen Haare, die ihm der Wind wild ins Gesicht wehte, verliehen ihm etwas Geheimnisvolles.

Sie hatte ihn hier noch nie gesehen. Vermutlich war er nur zu Besuch auf der Insel. Wie Lisbeth aus der Entfernung sehen konnte, unterhielt ihre Schwester sich kurz mit ihm. Sie wechselten nur ein paar Worte. Wie sie Henni kannte, fragte sie den fremden Samariter wahrscheinlich nicht einmal nach seinem Namen. Konversation gehörte ebenfalls nicht zu den Stärken ihrer Schwester. Lisbeth beobachtete, wie der junge Mann Henni zum Abschied zunickte, sich dann abwandte und auf Lisbeth zukam. Er ging wortlos an Lisbeth vorbei zurück zur Dünenstraße, schwang sich auf sein Fahrrad und fuhr weiter, ohne sich noch einmal umzublicken.

Henni kam nun ebenfalls zurück, den Hut mit ihren Händen fest umklammernd, damit er am windigen Strand nicht noch einmal das Weite suchen konnte. Das letzte Stück zurück zur Villa, wo noch immer der Fotograf und ihre Mutter auf die Mädchen warteten, gingen sie gemeinsam. Lisbeth nahm gerade den Platz neben ihrer Mutter auf der Treppe ein, als Henni ihr von hinten den Hut aufs Haar setzte. Sie drehte sich verblüfft um und sah ihre Schwester an. Niemals hatte sie damit gerechnet, das weiche Strohgeflecht jemals wieder auf ihrem Kopf spüren zu dürfen.

»Wirklich?«, fragte Lisbeth deshalb erstaunt.

Henni nickte lächelnd. »Aber dass er dir ja nicht noch einmal wegfliegt!«

Lisbeth schüttelte energisch den Kopf und wandte ihren Blick wieder dem Fotografen zu. Mit der einen Hand hielt sie den Hut nun gut fest. Als der Fotograf endlich den Auslöser seiner Kamera drückte, strahlte sie über das ganze Gesicht. Und auch Hennis Lächeln wirkte ein klein wenig fröhlicher als vorhin.

Für den Nachmittag war Lisbeth mit ihren Freundinnen Helga und Marie am Strand verabredet. Der Wind hatte inzwischen nachgelassen und der restliche Tag versprach schön zu werden. Lisbeth saß auf einer Leinendecke, grub die nackten Füße in den kalten Sand. Sie schaute aufs Meer hinaus, ein Zweimaster wogte sanft auf den Wellen. Marie saß neben Lisbeth, die Hände um ihre angewinkelten Beine gelegt. Hinter ihrem Pony, der ihr ins Gesicht fiel, blinzelte sie der Sonne entgegen. Ihre langen Haare hatte sie zu einem adretten Zopf geflochten. Daneben räkelte sich Helga auf der Decke. Trotz ihrer frechen Kurzhaarfrisur wirkte sie alles andere als burschikos. Ihre Nägel waren rot lackiert und die Wangen zartrosa geschminkt. Ihr Rock war etwas hochgerutscht, sodass nicht nur ihre Knie, sondern auch ein Stück ihres Oberschenkels zu sehen war. Ein paar Jungen, die unweit von ihnen entfernt Ball spielten, bemerkten das ebenso. Miteinander tuschelnd sahen sie herüber. Helga genoss die Aufmerksamkeit und Lisbeth bewunderte sie dafür. Nur Marie empörte sich über die lüsternen Blicke der Jungs und warf Helga ein Handtuch über ihre Beine.

»Wir sind doch hier nicht bei den Nudisten!«, sagte sie. Helga zuckte mit den Schultern, ließ das Handtuch aber dort, wo es war. »Lass sie doch gucken.«

»Ne, Marie hat recht«, mischte sich Lisbeth ein. Sie sah rüber zu den Jungs, die nicht älter waren als sie.

»He, wenn ihr kieken wollt, müsst ihr schon ein paar Mark rüberwachsen lassen!«, rief sie ihnen zu. Marie sah Lisbeth mit großen Augen an, während Helga vor Lachen losprustete.

»Das war ein Scherz«, beschwichtigte Lisbeth ihre Freundin kichernd. Die Jungs suchten eilig das Weite, ihren Ball hätten sie dabei beinahe vergessen. Darüber musste nun auch Marie schmunzeln. Lisbeth lehnte sich auf der Decke zurück und sah in den Himmel. Sie genoss die Stunden, die sie nicht in der Pension verbringen musste. Mit ihren Freundinnen fühlte sich alles irgendwie leichter an.

»Apropos, hast du sie mit?«, fiel Helga plötzlich ein. Lisbeth nickte, erhob sich und zog aus ihrer Tasche, die neben ihr im Sand lag, ein paar Nylonstrümpfe. Die dunkle Naht, die das feine Gewirke zusammenhielt, war deutlich zu sehen. Helgas Augen blitzten vorfreudig auf, doch als sie die Strümpfe greifen wollte, zog Lisbeth sie ihr vor der Nase weg.

»Meine Mutter darf auf keinen Fall merken, dass ich sie genommen habe«, sagte sie beschwörend.

Helga setzte ihr unschuldigstes Lächeln auf. »Ich trage sie nur zum Tanz und morgen liegen sie wieder im Schrank deiner Mutter. Versprochen!«

»Dass deine Mutter so was trägt.« Marie schüttelte sich kurz bei dem Gedanken.

Lisbeth sah ihre Freundin fragend an. »Wieso?«

»Sie ist uralt!«, rief Marie etwas zu laut aus. Eine ältere Dame, die wenige Meter von ihnen entfernt am Strand entlang spazierte, rümpfte verächtlich ihre Nase. Helga konnte sich ein Kichern nicht verkneifen.

»Sie ist fünfundvierzig Genauso alt wie deine Mutter«, entgegnete Lisbeth ihr.

»Sag ich doch! Uralt!«, antwortete Marie spitzbübisch. Wieder sah die Spaziergängerin zu ihnen herüber. Lisbeth streckte ihr die Zunge raus. Empört schüttelte die Ertappte ihren Kopf und ging schnell weiter. Auf diese Reaktion hin lachten die Mädchen nun einhellig. Nachdem sie sich beruhigt hatte, strich Lisbeth sich eine Haarsträhne aus dem Gesicht. Ihre Haut war zart und ebenmäßig und vom Leben noch nicht gezeichnet.

»Ehrlich gesagt, weiß ich gar nicht, ob meine Mutter die Strümpfe überhaupt schon mal anhatte.« Lisbeth blickte über das Meer. »Sie waren ein Weihnachtsgeschenk meiner Tante. Zwei Jahre ist es jetzt her und ich glaube, meine Mutter wartet noch auf einen besonderen Anlass, um sie anzuziehen«, erzählte sie ungewohnt nachdenklich. Sie seufzte leise.

Helga nutzte den Augenblick und riss Lisbeth die Strümpfe aus der Hand. »Dann wird es ja Zeit, dass jemand sie einträgt.« Schnell steckte sie die Strümpfe in ihre Tasche, bevor ihre Freundin es sich anders überlegen konnte.

Lisbeth sah sie ernst an. »Aber morgen bekomme ich sie wieder!«

Helga nickte schnell. Marie sah Lisbeth fragend an. »Warum kommst du nicht mit?«

Damit traf Marie einen Nerv. Nur zu gern würde Lisbeth ihre Freundinnen zum Tanzabend im Kulti begleiten, wie die Einwohner das Kulturhaus nannten. Einmal im Monat trafen sich die Jugendlichen dort und tanzten zur Musik eines Amateurtanzorchesters. Doch ihre Mutter würde Lisbeth das nie und nimmer erlauben. Manchmal fühlte sie sich wie ein kleines Küken, das von der Glucke nicht aus den Augen gelassen wurde. Dabei hatte sie letztes Jahr Jugendweihe gefeiert und auf Wunsch ihrer Mutter die Schule abgeschlossen. Sie hatte ein Recht darauf, sich zu amüsieren.

»Ich überleg es mir, ja?«, antwortete Lisbeth ausweichend. Marie nickte, auch wenn man ihr ansah, dass sie nur wenig Hoffnung hatte, mit ihrer Freundin tatsächlich das Tanzbein schwingen zu können.

Helga kramte währenddessen in ihrer Tasche und beförderte ein silbernes Etui und eine Streichholzschachtel zutage. Beinahe elegant klappte sie das Etui auf, fummelte eine Zigarette heraus, klemmte sie sich zwischen die Lippen und zündete sie an. Sie zog genüsslich an dem Glimmstängel und pustete den Rauch aus, der sich über ihren Köpfen verflüchtigte.

Lisbeth sah Helga plötzlich auffordernd an. »Gibst du mir auch eine?«

Marie richtete sich erschrocken auf. »Du solltest nicht rauchen!«

Doch Lisbeth zuckte gleichgültig mit den Schultern, während sie eine Zigarette aus dem Etui zog, das ihr Helga hinhielt. Dabei beobachtete sie, wie Marie nun Helga mahnend ansah.

»Eine Zigarette wird sie schon nicht umbringen«, verteidigte sich Helga. Lisbeth steckte sich die Zigarette zwischen die Lippen und zog zaghaft am filterlosen Mundstück, als Helga ein Streichholz entzündete und an das andere Ende hielt. Sie atmete den Rauch ein, der wie eine dichte Nebelschwade ihren Hals hinunterkroch und sich in ihrer Lunge ausbreitete. Lisbeth merkte sofort, dass sich ihre Atemwege verengten. Doch sie ignorierte das beklemmende Gefühl und nahm einen weiteren, tieferen Zug. Sie lehnte sich zurück und versuchte, die erste Zigarette ihres Lebens ganz und gar zu genießen.

Ihr Blick schweifte über das Wasser und blieb an der Ahlbecker Seebrücke hängen, von der sie nicht weit entfernt saßen. Auf der ersten Plattform waren Handwerker geschäftig dabei, den pompösen Seepavillon mit den vier kleinen Ecktürmen instand zu setzen. Pünktlich zur Hauptsaison sollte die Gaststätte dort wieder ihre Pforten öffnen. Dahinter ragte der breite Steg noch mehr als 200 Meter ins Wasser hinein.

Auf dem Anleger, der letzten Plattform, hatte sie schon oft gestanden. Dort fühlte sie sich dem Meer ganz nah. Wenn man sich direkt an die Kante stellte und auf den Horizont blickte, konnte man beinahe glauben, dem Land entfliehen zu können. Außerdem traf man dort mit etwas Glück Kormorane. Mit Geduld und Ruhe schwammen sie an den mit Seetang bedeckten Brückenpfeilern vorbei, um im richtigen Moment pfeilgeschwind abzutauchen und dem Meer einen weiteren zappelnden Bewohner zu entreißen. Wohl genährt ließen sie sich anschließend auf dem weitläufigen Geländer der Brücke nieder, um ihre Flügel weit ausgestreckt vom Wind trocknen zu lassen.

Am Horizont legte sich bereits ein rötlicher Schleier nieder. Es wurde dunkler, bald würde man nicht mehr sehen, wo das Meer endete und der Himmel begann. Die Freundinnen hatten noch eine ganze Weile am Strand gesessen. Doch nun verabschiedeten sie sich voneinander. Lisbeth wusste, dass ihre Mutter sicher schon auf sie wartete. Helga und Marie wollten nach Hause, um sich für ihren Ausgehabend hübsch zu machen. Außerdem war es verboten, sich nach Sonnenuntergang am Strand aufzuhalten. Lisbeth lief los, der Muschelspur, die sich entlang des Ufers dahinzog, folgend. Erst jetzt bemerkte sie, dass der Küstenstreifen menschenleer war. Die Urlauber waren zum Abendessen in ihre Unterkünfte zurückgekehrt, die Arbeiter auf der Seebrücke bereits im wohlverdienten Feierabend. Bald würden die Grenzpolizisten mit ihrer Patrouille beginnen.

Lisbeth ging schneller, was nicht so einfach war. Ihre Sandalen sackten im feuchten Sand ein. Zudem merkte sie, dass sich bei jedem Schritt ihre Kehle immer mehr zuschnürte. Nun ärgerte sich Lisbeth, die Zigarette geraucht zu haben. Das beklemmende Gefühl, das sich am Nachmittag in ihren Brustkorb eingeschlichen hatte, breitete sich nun aus.

Vom Strand aus sah Lisbeth auf der Seebrücke hinter dem Pavillon plötzlich zwei Gestalten. Ihren Gesten nach zu urteilen, stritten sie. Im Schein der Abendsonne konnte Lisbeth nur ihre Umrisse erkennen, ihre groben Gesten. Neugierig ging sie ein Stück näher heran. Es schienen zwei Männer zu sein. Der eine hatte eine massive Statur, einen Wohlstandsbauch, der in diesen Zeiten unüblich war, und eine gebeugte Haltung, die ihn noch wuchtiger erscheinen ließ.

Lisbeth war sich sicher, in ihm den SED-Genossen Heinz Ebert zu erkennen. Er hatte sich in der neu gegründeten Republik weniger durch Klugheit, als durch Klüngelei und Rücksichtslosigkeit einen wichtigen Platz im Rat des Kreises erobert.

Auch der andere Mann auf der Brücke kam ihr bekannt vor, sie konnte ihn jedoch nicht recht zuordnen. Er war groß und kräftig und trug eine rötliche Wollmütze auf dem Kopf, zumindest glaubte sie, das in der Dämmerung und aus dieser Entfernung erkennen zu können. Sie beobachtete, wie die beiden immer wilder gestikulierten, meinte sogar zu erkennen, dass der eine den anderen etwas schubste. Doch plötzlich schienen sie sich einig, gingen aufeinander zu und schüttelten sich gar die Hände. Ebert legte dem Unbekannten den Arm um die Schultern.

Plötzlich sah der Mützenträger auf, direkt in Lisbeths Richtung. Sie erschrak. Wenn sie ihn sehen konnte, konnte er sie von der Brücke aus dann ebenfalls sehen?

Instinktiv begann Lisbeth zu rennen. Sie hetzte den Strand hinauf und quer durch die Dünen. Das Gras peitschte gegen ihre nackten Beine. Mit letzter Kraft erreichte sie die Strandpromenade. Nach Luft japsend überquerte sie die Dünenstraße und lehnte sich auf der anderen Seite gegen einen Gartenzaun. Die große Villa dahinter lag im Dunkeln. Sie versuchte, ihre Lungen mit Luft zu füllen. Doch etwas in ihr sperrte sich dagegen. Ihre Kehle fühlte sich wie ein schmales Nadelöhr an, durch das sie den bitternötigen Sauerstoff nicht hindurchpressen konnte. Sie schloss die Augen, versuchte sich zu beruhigen. Einzuatmen und auszuatmen. Ganz langsam bekam sie die Kontrolle über ihren Körper zurück. Als sie wieder atmen konnte, lief sie den befestigten Weg weiter. Am Eingang zur Villa Ostseeperle ging es ihr wieder besser. Sie öffnete die Tür und betrat die Diele. Genau in diesem Moment kam ihre Mutter aus der Küche und warf ihr einen mahnenden Blick zu. Lisbeth lächelte entschuldigend, als wäre nichts gewesen.

Grete
1952

Grete kramte in der Schublade. »Wo habe ich nur …?«, sprach sie leise zu sich selbst. Die Tür zu ihrem Schlafzimmer war angelehnt. Nur ein Bett und zwei Kommoden standen in ihrem eigenen kleinen Rückzugsort hier in der Villa, mehr brauchte sie nicht. Ihre Töchter waren unten, Henni saß im Arbeitszimmer hinter dem Empfang in der Diele und prüfte die eingegangenen Reservierungsanfragen, die sie später noch gemeinsam durchgehen würden. Lisbeth polierte die Vitrinen im Salon. Das hoffte sie jedenfalls. Bei ihrer jüngsten Tochter war sie sich nie sicher, ob sie tatsächlich das machte, was sie ihr auftrug. Dennoch konnte sie Lisbeth nie böse sein, musste sie doch immer an das kleine, zerbrechliche Mädchen denken.

Mit fünf Jahren hatte Lisbeth eine schwere Lungenentzündung gehabt. Wochenlang hatte Grete an ihrem Bett gesessen, gehofft und gebangt, dass der Tod sich noch einmal gnädig zeigen würde. Ihre Gebete wurden erhört, doch Lisbeths Körper war seitdem geschwächt. Immer öfter litt sie unter Atemnot. Der Arzt hatte Grete damals mitgeteilt, dass ihre kleine Tochter unter Asthma litt, einer Krankheit, gegen die es kein probates Mittel gab.

Nie würde sie vergessen, wie sie nächtelang an ihrem Bett gesessen hatte, ihre Brust in heiße Wickel mit schwarzem Senfmehl einschlug, ihre kleinen Hände hielt und ihr gut zuredete, damit sie sich beruhigte und ihre Lungen nicht noch mehr verkrampften.

Oder wie ihr kleines Mädchen während der Bombenangriffe auf die Usedomer Marinestützpunkte im Schutzkeller auf ihrem Schoß gesessen hatte, vor Angst zusammengekrümmt und nach Luft ringend. Grete hatte mit der Zeit gelernt, ihre eigenen Gefühle vor ihren Kindern zu verbergen. Ihre Furcht, dass jeder Atemzug ihrer Jüngsten der letzte sein könnte. Sie musste stark für sie sein. Nun war Lisbeth fünfzehn und hatte gelernt, mit ihrer Krankheit zu leben. Dafür war Grete mehr als dankbar.

Endlich fand sie den blauen Seidenschal und band ihn sich um den Hals. Auf der Kommode stand ihr Schmuckkästchen, das nicht mehr als ein Paar Perlenohrringe und ein schmales Goldkettchen mit einem Anker als Anhänger enthielt. Daneben lag eine alte Taschenuhr. Grete nahm sie in die Hand, strich über das schwere Silber. Auf der Innenseite des Gehäuses stand in verschnörkelten Buchstaben:

In Liebe, deine G.

Sie blickte auf das Ziffernblatt, der Sekundenzeiger rannte. Sie war schon spät dran. Grete klappte die Herrenuhr zu, steckte sie in ihre Manteltasche und verließ das Zimmer. Als sie die Diele betrat, sah sie Henni durch die offene Tür des Arbeitszimmers. Sie saß am Sekretär und schrieb einen Brief.

»Gehst du wieder spazieren?«, fragte sie, als sie aufsah und ihre Mutter erblickte.

Grete nickte »In einer Stunde bin ich wieder da.«

»Ist gut.« Henni beugte sich wieder über ihren Brief. Der Füllfederhalter kratzte auf dem Papier. Grete blieb einen Moment stehen, wandte sich dann noch einmal Henni zu. »Hab bitte ein Auge auf Lisbeth. Sie schien mir gestern Abend etwas angeschlagen«, sagte sie nach einem kurzen Zögern.

Henni nickte. »Natürlich!«

Grete sah ihre älteste Tochter dankbar an. Henni hatte schon früh erwachsen werden und lernen müssen, Verantwortung zu übernehmen. Nicht nur wegen der Krankheit ihrer kleineren Schwester. Der Krieg hatte ihre Kindheit auf dem Gewissen, wie bei vielen anderen ihrer Generation. Grete lächelte ihre Tochter an. »Wenn ich dich nicht hätte, Henni!«

Sie schenkte ihr ein Lächeln zurück und vertiefte sich sogleich wieder in ihre Schreibarbeit.

Als Grete aus der Haustür und auf die Strandpromenade trat, atmete sie kurz tief durch, bevor sie sich festen Schrittes auf den Weg machte.

Der breite Spazierweg schlängelte sich an der Dünenstraße entlang. Zu ihrer Rechten rauschte das Meer unaufhörlich, zu ihrer Linken reihten sich die mondänen Seebadvillen aneinander. Kein Haus glich dem anderen. Säulengerahmte Eingangsportale, Dreiecksgiebel mit verspielten Holzornamenten, niedliche Spitztürmchen und Erker, Balkone mit Zierbalustraden und Stuck soweit das Auge reichte. Die prächtigen Villen ließen die Herzen architektonischer Feingeister höherschlagen. Die meisten Villen waren während der letzten Jahrhundertwende erbaut worden. Vornehmlich war es die Berliner Schickeria gewesen, die sich hier und in den anderen Kaiserbädern Usedoms ein Kleinod der Herrlichkeit errichtet hatte, Residenzen für die Sommertage. Die Kosten hatten dabei für sie keine Rolle gespielt. Man wollte zeigen, was der Geldbeutel hergab. Je luxuriöser, desto besser. Mit der Wirtschaftskrise und den Weltkriegen hatte die Prunksucht geendet. Nach Kriegsende, nach dem Einmarsch der sowjetischen Armee, suchten Geflüchtete und Vertriebene Unterschlupf in den herrschaftlichen Häusern. Mancher Eigentümer war aus den unterschiedlichsten Gründen nicht zurückgekehrt.

Grete wusste nichts Genaues und wollte nicht jedem Gerücht, das sich auf der Insel verbreitete, Glauben schenken. Doch sicher machte auch das Schicksal um die feinen Leute keinen Bogen. Unter den Eigentümern waren jüdische Familien. Außerdem wusste sie, dass einige, zumeist große Anwesen, mit der Gründung der Deutschen Demokratischen Republik zwangsenteignet worden waren. Deren Besitzer waren dann vor der sozialistischen Arbeiterwut in den Westen geflohen.

So bröckelte jetzt der weiße Putz von den Fassaden der Seebadvillen, das Holz wurde morsch, die glanzvollen Zeiten waren endgültig vorbei.

Grete versuchte, ihre kleine Villa am Ende der Ahlbecker Promenade so gut es ging in Schuss zu halten. Gustav hatte sie einige Jahre vor dem Krieg beim Skat mit einem preußischen Geschäftsmann gewonnen, der das Glücksspiel liebte und den Scharfsinn ihres Mannes unterschätzt hatte. Gustav war unheimlich stolz gewesen, als sie ihre ersten Gäste beherbergt hatten. Damals hatten sie noch nicht geahnt, dass sie die Pension schon bald wieder schließen und Gustav in den Krieg ziehen würde.

Als Grete an der großen alten Standuhr auf dem Vorplatz der Seebrücke vorbeiging, blieb ihr Blick am Ziffernblatt hängen. Noch ein paar Minuten, Grete lief schneller. Sie bog ab und folgte der Pflasterstraße ortseinwärts. Abseits der Strandpromenade waren die Häuser kleiner, aber nicht minder ansehnlich. Einige untere Etagen beherbergten kleine Läden. Die großen Schaufenster offenbarten jedoch, was sich im Inneren seit Jahren abspielte.

Lebensmittel und Waren des täglichen Bedarfs waren knapp, die Auswahl beschränkt. Die Wirtschaft, die im Westen des Landes langsam im Aufschwung war, hielt hier noch Winterschlaf. Und es war fraglich, ob sie jemals erwachen würde.

Auf der Treppe des Kulturhauses wischte Irene Ebert mit einem Scheuerlappen den Schmutz der letzten Nacht zusammen. Das Plakat im Schaukasten, das die gestrige Tanzveranstaltung bewarb, war eingerissen. Es musste wohl wieder wild zugegangen sein. Grete war froh, dass ihre Töchter nicht auf die Idee kamen, an so einem zweifelhaften Vergnügen teilnehmen zu wollen.

Sie hob ihre Hand und grüßte Irene freundlich. Sie trug ein Kopftuch, das sie um Jahre älter aussehen ließ. Dabei waren sie gleich alt, hatten beide ihre erste Stelle in einem Gasthof damals im selben Sommer angefangen. Den SED-Genossen Heinz Ebert, der im Ort einen zwieträchtigen Ruf genoss, hatte Irene erst nach dem Krieg geheiratet.

Offensichtlich waren die Strapazen des Krieges auch an ihr nicht spurlos vorbeigegangen.

Irene sah auf, doch statt ihrer alten Kollegin und Freundin zurückzuwinken, warf sie den dreckigen Lappen in den Eimer und wrang ihn anschließend aus. Straßengraues Wasser tropfte von ihren Händen, als sie den Lappen wieder um den Schrubber wickelte.

In diesem Moment trat ihr Mann hinter ihr aus der Tür des Kulturhauses. Auf der obersten Treppenstufe, die seine Frau gerade gewischt hatte, blieb er stehen und entzündete seine Pfeife. Tabak war rar in diesen Tagen, doch er hatte stets genug des begehrten Krauts. Als er Grete sah, hob er seine Hand zum Gruß. In seinem Blick lag etwas Süffisantes, das sie nicht ausstehen konnte. Doch sie grüßte zurück, wie es sich gehörte.

»Wir sind letztens an deinem Haus vorbeispaziert!«, rief er zu ihr hinüber, die Pfeife in seinem Mundwinkel. »Wirklich entzückend, was du daraus wieder gemacht hast. So ganz ohne deinen Mann.«

Grete nickte, wenn auch widerwillig.

»Ein Jammer, dass du deine Fremdenzimmer nicht denen anbietest, die eine Erholung wirklich verdient haben«, fügte er mit einem dräuenden Unterton hinzu, den Grete nicht recht einordnen konnte.

Doch sie versuchte, sich nicht einschüchtern zu lassen. Sie war es gewohnt, von einigen Leuten im Ort angefeindet zu werden. Sie würde den sozialistischen Aufbau behindern, warfen ihr die SED-Treuen vor. Denn sie weigerte sich, dem FDGB, dem Freien Deutschen Gewerkschaftsbund, ihre Fremdenzimmer zu überlassen. Deshalb beschimpften sie sie als Strandbourgeoise. Aber darüber konnte Grete nur schmunzeln, war sie doch alles andere als wohlhabend. Die Einnahmen aus der

Pension waren alles, was ihr und ihren Töchtern zum Leben blieb.

Grete ging auf die Worte des ranghohen Genossen lieber nicht ein. »Ich muss dann auch. Einen schönen Tag noch!«, rief sie dem Ehepaar Ebert also nur zu und ging eiligen Schrittes weiter. Irene schien das recht zu sein, nur Heinz gluckste noch abfällig hinter ihrem Rücken.

Endlich erreichte Grete den Bahnhof. Sie ging an dem roten Backsteingebäude vorbei und stellte sich auf den Bahnsteig, der wie leergefegt war. Nur vereinzelt standen ein paar Menschen, ohne Gepäck, und warteten. Einmal am Tag hielt hier der Zug, der sich vom Festland aus über die Insel schlängelte.

Schon von Weitem sah Grete den Dampf der Lokomotive aufsteigen und ein beißender Geruch setzte sich in ihrer Nase fest. Wenig später hörte sie das erste Quietschen der Bremsen, das beinahe ohrenbetäubend wurde, als der Zug neben ihr zum Stehen kam. Einige der massiven Eisentüren wurden von innen geöffnet und die Fahrgäste stiegen aus. Viele von ihnen trugen einen schweren Koffer in der Hand und ein leicht beschwingtes Lächeln auf den Lippen. Sie waren nach Ahlbeck gekommen, um Urlaub zu machen. Von den Wartenden wurden sie förmlich mit einem Handschlag begrüßt oder freudig in die Arme geschlossen. Auf jeden Fall war jeder froh, nun endlich angekommen zu sein.

Grete stellte sich auf ihre Zehenspitzen, hoffte sie doch, ein bekanntes und schmerzlich vermisstes Gesicht in der Menge zu entdecken. Der Mann dort mit der Schiebermütze, der aus dem hinteren Waggon ausstieg. War er das? Oder vielleicht der ausgemergelte Mantelträger, der sich suchend umsah? Würde sie ihn überhaupt erkennen? Ihren Gustav. Nach all den Jahren? Grete war sich nicht sicher.

Sie hatte ihren Ehemann das letzte Mal während des Krieges gesehen, als er auf Heimaturlaub zu Hause gewesen war. Die Mädchen hatten bei einer Nachbarin übernachtet, damit sie etwas Zeit für sich hatten. Auch die Flüchtlinge, die sie aufgenommen hatten, waren außer Haus gewesen. Sie hatten sich auf einer dünnen Strohmatratze in der Waschküche geliebt und waren danach lange engumschlungen liegen geblieben. Grete erinnerte sich noch, dass er nach Schweiß und Erde gerochen hatte, obwohl er gleich nach seiner Ankunft ein Bad in der großen Zinkwanne genommen hatte. Doch der Krieg an der Front ließ sich nicht so leicht abwaschen.

Mehr als acht Jahre waren seitdem vergangen. Es hieß, dass er nach der Kapitulation den Franzosen in die Hände gefallen und in Kriegsgefangenschaft gekommen war. Sicher wusste sie es nicht, seine Spur hatte sich mit der Teilung Deutschlands verloren.

Grete versuchte, sich ihren Ehemann älter vorzustellen. Bestimmt hatte er abgenommen, war dünner, vielleicht bleich und krank, trug einen Vollbart oder etwa die Haare etwas länger.

Der Bahnsteig lichtete sich langsam, während die neuen Gäste sich von ihren Gastgebern in ihre Unterkünfte begleiten ließen. Grete sah sich immer noch suchend um. Wenn ihr Mann noch lebte, woran sie keine Minute zweifelte, dann würde er mit diesem Zug genau hier ankommen. Hier auf seiner geliebten Insel, die seine Heimat war.

Der Schaffner schloss die Türen, die Lokomotive setzte sich laut pfeifend in Bewegung und zog die leeren Waggons ratternd weiter.

Der Bahnsteig war wieder leer, Gustav hatte auch heute nicht im Zug gesessen. Grete holte die Herrenuhr aus der Tasche und klappte sie auf. Mit ihrem Finger zeichnete sie die eingravierten Buchstaben nach. Sie seufzte dabei, ihr Blick war glasig. Langsam ließ sie die Uhr wieder in ihre Manteltasche gleiten und verließ schließlich den Bahnhof.

Wann immer es ging, würde sie wiederkommen.

Henni
1952

Henni schüttelte das Deckbett aus, bevor sie es mit geübten Handgriffen faltete und auf die Matratze zurücklegte. Anschließend strich sie über die daunengefüllte Decke, bis keine Falte mehr zu sehen war.

Dieser Anblick ließ Henni an den Winter in Mecklenburg denken. Wie Schnee lag der weiße Baumwollstoff glatt und eben da. Nur der schwache Geruch nach Bleichmittel passte nicht in diese gedankliche Idylle. Lisbeth stand auf der anderen Seite des großen Gästebettes und nahm die gleichen Handgriffe vor. Allerdings sah ihr Deckbett eher wie eine Gletscherlandschaft in den Bergen aus. Als ihre Schwester zum Fenster des Gästezimmers trat, um die Kissen auszuschütteln, strich Henni noch einmal schnell die gröbsten Unebenheiten glatt. Lisbeth blieb am Fenster stehen und drehte sich zu ihr um. »Meinst du, er nimmt mich mal mit?«, fragte sie.

Henni trat zum Fenster, nahm ihrer Schwester die Kissen ab und warf einen flüchtigen Blick auf die Dünenstraße vor der Villa. Sie wusste genau, worauf ihre Schwester anspielte. Nachdem ihre Mutter vor ein paar Tagen vom Spaziergang zurückgekehrt war, hatte ein Mann in der Pension Quartier bezogen. Ein Professor aus Westberlin, Erich Wagner hieß er. Sein Auto, ein auffälliger silbergrauer Sportwagen, parkte nun direkt neben dem Gartentor. Für alle sichtbar.

»Dass er überhaupt mit dem Auto hier ist. Besucher aus dem Westen kommen normalerweise mit dem Zug«, sagte Henni mehr zu sich selbst, während sie zurückging und die Kissen am

Kopfende des Bettes drapierte. Sie hielt nicht viel davon, einen Gast aus dem anderen Teil Deutschlands aufzunehmen. Das führte nur zu Gerede im Ort und schon jetzt waren viele Leute nicht gut auf ihre Familie zu sprechen.

Doch ihre Mutter hatte ihre Bedenken nur beiseite gewischt. Sie wolle niemanden mehr ausgrenzen. Die Zeiten seien längst vorbei, hatte sie gemeint. Lisbeth hingegen war natürlich begeistert von »ihrem« Westbesuch. Sie stierte weiter aus dem Fenster, als würden aus dem Kofferraum des Wagens gleich die Westgeschenke purzeln.

»Ich könnte ihm die Insel zeigen«, überlegte Lisbeth weiter.

»Ich denke nicht, dass er dich als Fremdenführer braucht. Er schien hier eher seine Ruhe haben zu wollen«, antwortete Henni und hoffte, dass ihre Schwester den mahnenden Unterton verstand. Doch die zuckte nur mit den Schultern. »Fragen kostet ja nichts!«

Lisbeth kam zurück und griff die zwei Ecken der rosenbemusterten Tagesdecke, die Henni ihr hinhielt. Gemeinsam spannten sie den schweren Stoff über das Bett, die Enden schoben sie unter die Matratze.

Unten fiel die Haustür geräuschvoll ins Schloss. Lisbeth horchte auf. »Mutti ist vom Einkaufen zurück.« Schnell stopfte sie die letzten Zipfel der Tagesdecke unter das Bett und lief aus dem Zimmer. Henni hörte, wie ihre Schwester die Treppe hinuntersprang. Auch sie freute sich, dass ihre Mutter wieder zurück war.

Heute Morgen hatte sie beschlossen, einen Ausflug mit dem Fahrrad zu machen. Nach langer Zeit wollte sie endlich mal wieder zu ihrem Lieblingsort hier auf der Insel fahren. Zur kleinen Steilküste am Bansiner Strand. Ihre Mutter hatte nichts dagegen einzuwenden gehabt, schließlich war die Saison noch nicht gänzlich gestartet. Wenn die Feriengäste, die sie in diesem Jahr erwarteten, erst in Scharen die Strände der Kaiserbäder bevölkern würden, war an solche privaten Ausfahrten nicht mehr zu denken. Dann gab es hier einfach zu viel zu tun. Doch für heute waren alle Fremdenzimmer gereinigt und nun, nachdem ihre Mutter zurückgekehrt war, konnte Henni endlich aufbrechen.

Zügig aber dennoch sorgsam strich sie noch einmal über das Bett, räumte die Putzutensilien zusammen und warf einen letzten prüfenden Blick ins Zimmer, bevor sie die Tür schloss und ihrer Schwester nach unten folgte.

Der Wind blies kräftig durch Hennis feines blondes Haar, das sie sich zu einem Zopf geflochten hatte. Eine Strähne löste sich aus dem Haarband und wehte ihr ins Gesicht. Henni trat noch kräftiger in die Pedale ihres Fahrrads und genoss das salzige Prickeln auf ihrer von der Anstrengung geröteten Haut. Das Seebad Ahlbeck hatte sie bereits hinter sich gelassen, radelte Insel einwärts einen kleinen festgetretenen Sandweg entlang. Sie fuhr vorbei an Feldern, die von den Bauern fleißig beackert und gedüngt wurden, in der Hoffnung auf eine gute Ernte im Herbst, und Wäldern, deren Kiefern schlank und stolz emporragten. Der würzig-frische Duft der blaugrünen Kiefernnadeln stieg ihr in die Nase und ließ sie tief durchatmen. Sie genoss die Stille abseits der Touristenwege. Nur das Rauschen der Blätter war ihr Begleiter. Durch den Umweg hatte sie noch ein gutes Stück vor sich, was sie keinesfalls bedauerte.

Henni hatte das alte Fahrrad vor ein paar Wochen im Schuppen gefunden, zwischen gestapeltem Feuerholz, alten Schindeln, die ihr Vater zur Ausbesserung des Daches aufgehoben hatte, und einem morschen Holzkonstrukt, das entfernt an eine Pferdekutsche erinnerte. Ihre Großmutter hatte das Rad vor vielen Jahren erstanden, doch als Hitler Warschau erobert hatte, war deren polnisch verwurzeltes Herz gebrochen. Sie hatte den Krieg nicht überlebt.

Nach dem Krieg war Henni mit dem Rad regelmäßig die Äcker in der Umgebung abgefahren, in der Hoffnung, dass die Bauern bei ihrer Ernte ein paar Kartoffeln im Boden vergessen hatten. Dabei hatte sie auch ihren Lieblingsort auf der Insel entdeckt, die kleine Steilküste am Bansiner Strand. Dort, fernab vom nachkriegsgeprägten Alltagsgeschehen, konnte sie für ein paar Augenblicke alles um sich herum vergessen.

Doch nachdem sie die Pension wiedereröffnet hatten, war Henni nicht mehr da gewesen. Das Fahrrad war im Schuppen geblieben und der alte Drahtesel hatte Rost angesetzt, während sich die blaue Lackierung mehr und mehr unter einer dicken Staubschicht versteckte. Vor einigen Tagen hatte Henni das Fahrrad wiederentdeckt und festgestellt, dass das Tretlager noch gut in Schuss war. Auch der geflochtene Korb am Lenker hatte nur einer kleinen Reparatur bedurft. Nun fuhr sie endlich wieder zur Steilküste, zu den meterhohen Klippen, die fast senkrecht zum Strand abfielen. Und von denen sie einen wunderbaren Blick auf das Meer hatte.

In einem Waldstück, durch das sie fuhr, sah Henni ein paar Pfifferlinge, die an der Wurzel einer Eiche unter dem Laub hervorsprossen. Sie bremste scharf, die Reifen ihres Fahrrads kamen knirschend zum Stehen. Vorsichtig kappte sie die eierschwammartigen Pilze. Sie dufteten ein wenig nach Aprikose. Ihre Mutter würde sich freuen, wenn Henni ihr die kleine Aufmerksamkeit später mitbrachte.

Langsam ging Henni tiefer in den Wald hinein, schaute nach links und rechts und schob mit ihren Sandalen hier und da vorsichtig das Laub beiseite. An einer kleinen Baumgruppe entdeckte sie noch mehr dieser köstlichen Pilze. In strahlenden Ockertönen leuchteten sie zwischen den moosbedeckten Wurzeln. Henni sah sich kurz um, nur ein Eichhörnchen sah zu ihr herunter, bevor es in seinem Kobel verschwand. Also zog sie ihre Bluse aus und knotete die Enden zu einem Beutel zusammen. Dort legte sie behutsam die Pilze hinein. Die Sonne schien warm auf ihre nackten Schultern, ein Riemchen ihres Unterhemdes rutschte herunter. Und plötzlich hörte sie vom Wegesrand eine Stimme. »Was machen Sie denn da?«

Erschrocken fuhr Henni herum und sah in das erstaunte Gesicht eines Mannes, den sie im ersten Augenblick gar nicht erkannte. Erst beim zweiten Hinsehen registrierte sie das markante Gesicht und die schwarzen Haare, dann schließlich die strahlend blauen Augen, die ihr so gut in Erinnerung geblieben waren.

Es war der Mann, der ihren Hut vor dem Wasser gerettet hatte. Erschrocken sah Henni an sich hinunter. Ihr seidiges Hemdchen, das in ihrem langen Rock steckte, war zwar blickdicht, dennoch fühlte sie sich auf einmal ziemlich nackt und irgendwie ertappt. Was musste er von ihr denken? Dass sie wie eine Verrückte leichtbekleidet durch den Wald lief?

Der Fremde schien ihre Gedanken zu erraten und blickte verlegen zur Seite. »Brauchen Sie etwas?«

»Äh, nein. Danke!«, stammelte sie. »Ich ähm, warten Sie einen Moment.« Sie lief zurück zu ihrem Fahrrad, schüttete die Pfifferlinge in ihren Korb und schlüpfte zurück in ihre Bluse. Als sie die letzten Knöpfe schloss und den Blick hob, sah sie, dass er sich abgewandt hatte. Jetzt sah er wieder auf und kam ein paar Schritte auf sie zu. Henni blickte ihn irritiert an, bewegte sich aber nicht, als er eine Armeslänge von ihr entfernt stehen blieb. Wie selbstverständlich streckte er die Hand aus und zupfte ein Blatt von ihrem Ärmel. »Steht Ihnen gut, die Waldbluse.«

Erst jetzt sah Henni, dass an dem feinen Leinenstoff überall noch kleine Zweige, Blätter und Moos hingen. Henni errötete, am liebsten wäre sie sofort auf ihr Fahrrad gestiegen und auf Nimmerwiedersehen weggefahren. Stattdessen klopfte und rupfte sie umständlich das Grünwerk von ihrem Oberteil. Er lächelte und wartete geduldig, bis sie fertig war.

Dann sah er sie fragend an. »Ich wollte Sie auch gar nicht stören. Aber mein Fahrrad hat einen Platten und ich brauche eine Luftpumpe. Haben Sie vielleicht eine dabei?«

Erst jetzt bemerkte Henni, dass hinter ihm sein Fahrrad an einen Baum gelehnt stand. Dasselbe Rad, mit dem er sie bei ihrer ersten Begegnung beinahe angefahren hatte. Töricht war sie auf die Dünenstraße gelaufen, ohne sich umzusehen. Das war ihr immer noch unangenehm.

Selbst von hier sah Henni, dass dem vorderen Reifen Luft fehlte. Sie schüttelte den Kopf. »Tut mir leid, ich habe leider auch keine dabei!«

»Schade! Dann muss ich wohl weiterschieben.« Er seufzte und drehte sich schon um.

»Wo wollen Sie denn hin?«, fragte Henni etwas zu schnell.

Er wandte sich ihr wieder zu. »Nach Ahlbeck. Da wohne ich.«

Henni zögerte einen Moment. Normalerweise war sie eher zurückhaltend im Umgang mit Männern, erst recht, wenn sie in ihrem Alter waren. Doch bei ihm fühlte es sich anders an, irgendwie vertraut. Das hatte sie schon am Strand gespürt, obwohl sie da nicht mehr als ein Dankeschön über die Lippen gebracht hatte. Dieses Mal wollte sie ihn nicht so schnell gehen lassen. »Ich wohne auch dort. Zu Hause habe ich eine Luftpumpe. Wir könnten sie holen.«

Sein Blick war überrascht, nur ein kleines verstecktes Lächeln huschte über sein Gesicht.

»Wollten Sie nicht woanders hinfahren?« Er deutete auf ihr Fahrrad, das sie in die entgegengesetzte Fahrtrichtung abgestellt hatte.

Henni nickte. »Schon, zum Bansiner Strand. Aber …« Sie zeigte in den Himmel. Über der Ostsee bauten sich die Wolken zu einer dicken grauen Wand auf. Ein Gewitter bahnte sich an. »… wie es aussieht, fällt mein Ausflug ins Wasser.«

»In Ordnung, aber ich fahre!«, antwortete er schmunzelnd.

Henni lachte laut auf. »Wenn Sie darauf bestehen.«

Er lief schnell zu seinem Fahrrad und schob es tiefer in den Wald hinein und versteckte es hinter einem dichten Busch, sodass es vom Wegesrand nicht zu sehen war. Dann kam er zurück und stieg auf Hennis Fahrrad.

Als er sich auf den viel zu tiefen Sattel gesetzt hatte, drehte er sich noch einmal um. Henni schob ihren Hintern auf den Gepäckträger, ihre Beine ließ sie auf der einen Seite baumeln. Nur zögerlich legte sie die Arme um seine Hüften. Sein Körper fühlte sich warm an. Sie sah zu ihm auf, nickte ihm zu und er trat kräftig in die Pedale. Henni stieß einen kleinen Jauchzer aus, als sich das Fahrrad noch etwas wackelig in Bewegung setzte.

Die Fahrt war holprig und als sie den Wald hinter sich ließen, donnerte es über ihnen bereits. Ahlbeck war nicht mehr weit. Henni hatte sich an die ruckelige Fahrt gewöhnt, auch wenn ihr Rücken vom Sitzen langsam schmerzte und sie jede einzelne schmale Drahtstange des Gepäckträgers unter ihrem Hintern spürte.

Sie genoss den auffrischenden Fahrtwind und die Anwesenheit des Fremden, der sich so vertraut anfühlte. Sie schmiegte sich etwas näher an seinen Rücken. Am liebsten hätte sie ihren Kopf an seine Schulter gelehnt. Doch das traute sie sich nicht.

Regentropfen begannen vom Himmel zu prasseln, als die ersten Villen Ahlbecks vor ihnen auftauchten. Die feinen Härchen auf Hennis Unterarm stellten sich auf, als er sich zu ihr umdrehte. Seine schwarzen Haare klebten ihm an der Stirn, das Wasser rann ihm in kleinen Tropfen über die Wange.

»Soll ich anhalten? Wir können uns irgendwo unterstellen!«, rief er gegen den Fahrtwind an.

Henni schüttelte den Kopf. »Fahren Sie weiter!«

Der Mann auf ihrem Fahrrad nickte, wandte seine Aufmerksamkeit wieder der Straße zu, auf der sich langsam Pfützen bildeten. Henni begann zu zittern.

Sie erreichten die Pension Ostseeperle, als der Regenguss noch heftiger wurde. Die Gardinen an den Fenstern waren zugezogen, ein schwaches Licht trat aus dem Salon. Henni stieg vom Gepäckträger und lief an der Villa vorbei in den Garten. Sie wusste, wo die Luftpumpe im Schuppen lag, schließlich hatte sie die Reifen ihres Fahrrads damit erst vor Kurzem aufgepumpt. Einen kleinen Korb nahm sie ebenfalls mit, bevor sie wieder hinaus in den Regen lief. Der Fremde wartete unter dem trockenen Vordach der Villa auf sie. Ihr Fahrrad hatte er an die Hauswand gelehnt. Henni überreichte ihm die Pumpe.

»Danke!«, sagte er knapp.

Henni nickte, unsicher, was sie noch sagen sollte. Doch er trat bereits in den Regen. Am Gartentor drehte er sich noch einmal zu ihr um.

»Wie heißen Sie überhaupt?«

»Henni!« Ein Lächeln umspielte seine Lippen. »Ich bin Kurt. Deine Luftpumpe bekommst du bald zurück.«

Henni nickte erneut. Er zog den Kragen seiner Jacke noch ein Stück höher und lief die Strandpromenade weiter. Als er außer Sichtweite war, lief Henni noch einmal zu ihrem Fahrrad zurück, holte die Pfifferlinge, die durch den Regen ganz glitschig waren, und packte sie in den kleinen Korb. Dann eilte sie endlich ins Haus.

Tropfendnass trat sie in die Diele. Als sie die Tür hinter sich schloss, musste sie kräftig niesen und einige Pfifferlinge fielen ihr dabei aus dem Korb. Henni hatte gar nicht bemerkt, wie sehr ihr der Regen zugesetzt hatte. Erst jetzt spürte sie die Kälte, die ihr in den Knochen saß. In diesem Moment kam ihre Mutter aus dem Salon gelaufen und sah sie erschrocken an.

Henriette
1992

Henriette stand in ihrem Atelier. Die feinen Staubkörner tanzten im Sonnenlicht, bevor sie sich auf dem Fußboden des großen leeren Raumes niederließen. Walter war wenige Stunden zuvor mit einem geräumigen Transporter vorgefahren und hatte ihr Inventar, das sich in den letzten Jahrzehnten hier angesammelt hatte, eingeladen. Die Nähmaschinen, die auseinandergebauten Regale und Tische, die Stoffe, die Sammlung an Knöpfen, Reißverschlüssen, Pailletten, die Modemagazine und Fachzeitschriften mit den neuesten Trends und Schnittmustern sowie die unzähligen Kartons aus dem Büro mit allerlei Ordnern und Krimskrams.

Henriette sah sich im Raum um. Die Tapete war an den Stellen, an denen die Regale mit den Stoffen und Nähzubehör gestanden hatten, ganz rau. Über der Tür, die in den Laden führte, hing eine große Uhr. Erich, der verstorbene Freund der Familie, dem sie viel zu verdanken hatte, hatte sie ihr vor vielen Jahren zur Geschäftseröffnung geschenkt. Nun war da nur noch ein heller Fleck.

An den Wänden, wo einmal die Nähtische gestanden hatten, steckten noch vereinzelt Pinnnadeln in Augenhöhe. Henriettes Blick fiel auf die Müllsäcke, die noch in der hinteren Ecke des Raumes standen. Auch die hatte Walter schon in der Hand gehabt, doch Henriette hatte darauf bestanden, den Müll selbst zu entsorgen.

Sie ging zu den Säcken hinüber und nahm sie in die Hand. Doch sie zögerte. Schließlich stellte sie die Säcke wieder ab und riss einen nach dem anderen auf. Jetzt beinahe panisch wühlte sie zwischen den zerknüllten Papieren, bis sie die zerrissenen Hälften des Fotos fand, das sie Caroline vor wenigen Stunden aus der Hand gerissen hatte. Sie strich über das Bild der Villa und seufzte beim Anblick des Mädchens mit dem Hut. So sehr sie es wollte, die Vergangenheit ließ sich nicht einfach abschütteln. Zumindest nicht so. Oft genug hatte sie es probiert, also steckte sie das Foto in ihre große Manteltasche, sammelte den Müll, der aus den Tüten gefallen war, wieder ein, knotete die Beutel zusammen und verließ damit das Atelier, ohne sich noch einmal umzublicken.

Am Abend saß sie mit Walter am Esstisch. Er studierte den Börsenteil seiner Tageszeitung, während er die Suppe löffelte, die ihr Hausmädchen Agathe zubereitet hatte. Henriettes Löffel lag unangerührt neben ihrem Suppenteller. Sie hatte keinen Appetit und sah zu ihrem Lebensgefährten hinüber, während sie mit ihren Gedanken doch ganz woanders war.

Den Brief von der Greifswalder Anwaltskanzlei hatte sie bereits vor über einem Jahr erhalten. Nach der Wende, nachdem die Ostdeutschen erfolgreich den Fall der Mauer herbeidemonstriert hatten, hatte sie von allen Seiten gehört, dass ehemalige Grundbesitzer, denen damals vom Staat alles genommen wurde, ihr Hab und Gut zurückgefordert hatten. Doch ihre Mutter war bereits senil gewesen, hatte schon von den geschichtsträchtigen Ereignissen direkt vor ihrer Haustür wenig mitbekommen. Henriette hatte keinen Sinn darin gesehen, die alte Frau auch noch mit einem Haus zu belasten, das sie vor vierzig Jahren das letzte Mal betreten hatten.

Sie selbst hatte sich inzwischen in München ein Leben aufgebaut, hatte ihre Tochter zumeist allein großgezogen, und ihre Vergangenheit, so gut es eben ging, hinter sich gelassen. Wie sonst hätte sie den Schmerz über die Ereignisse ertragen können? All die Jahre.

Sie wollte nicht zurück, die alten Wunden nicht wieder aufreißen. Oder war es dafür schon zu spät? Henriette dachte an das Foto, als Walter plötzlich aufschreckte und sie aus ihren Gedanken riss. Er hatte Suppe auf seine Zeitung gekleckert und versuchte nun, die Börsenzahlen zu retten. Mit seiner Serviette wischte er umständlich über das dünne Papier. Der weiße Stoff wurde durch die Druckerschwärze ganz schmutzig. Agathe würde wieder zaubern müssen, um die Flecken herauszubekommen. Dann legte er die Zeitung beiseite und sah Henriette an. Auf seiner Stirn zeichnete sich eine kleine Falte ab. Sie war stets da, wenn ihm ein Gedanke kam, der ihn beschäftigte.

»Sag mal, wo war Caroline heute eigentlich? Wollte sie dir nicht beim Umzug helfen?«

Henriette räusperte sich und griff nun doch zum Suppenlöffel. Sie schaufelte sich die bereits kalt gewordene Brühe in den Mund, ohne aufzusehen. »Sie war kurz da, aber ... du kennst sie ja, sie ist viel beschäftigt«, antwortete sie dabei ausweichend.

Walter schüttelte den Kopf. »Wenn sie meine Tochter wäre ...!«

»Ist sie aber nicht!«, unterbrach Henriette ihn etwas zu harsch. Sie seufzte. Sie wollte Walter nicht so angehen. Er konnte ja nichts dafür, dass dieser Brief sie so aus der Fassung brachte, genauso wenig wie Caroline. »Bitte entschuldige. Ich bin müde. Heute war ein anstrengender Tag für mich.«

Walter nickte verständnisvoll. »Natürlich!«

Henriette stand auf und ging ins Schlafzimmer. Sie hörte wie Walter in seinem Büro verschwand, während sie die Tür schloss. Für die nächsten Stunden würde er dort nicht mehr herauskommen. Sie war wirklich müde, aber auch gleichzeitig aufgewühlter, als sie erwartet hatte. Erschöpft ließ sie sich aufs Bett fallen. Es war nicht die Geschäftsaufgabe, die ihr so zusetzte. Sie dachte wieder an das Foto, an Lisbeth, die Villa – an die Ostsee.

Und auch an Kurt. Zögerlich erhob sie sich wieder, ging zu ihrer Kommode und zog die oberste Schublade auf. Ganz hinten, versteckt unter Urkunden, Zeugnissen und anderen wichtigen und weniger wichtigen Papieren aus ihrer Vergangenheit, lagen ein paar Briefe. Es waren nicht viele und doch war es lange her, dass sie sie zum letzten Mal gelesen hatte. Sie holte die Umschläge hervor und machte es sich auf ihrer Bettseite gemütlich. Sie öffnete den ersten Brief und las:

Meine liebste Henni,
ich schreibe dir in der Hoffnung, dass dich diese Zeilen auch erreichen werden. Deine Tante Vivien, die wirklich so eloquent und liebenswürdig ist, wie du sie mir beschrieben hattest, hat sich bereit erklärt, dir diesen Brief zukommen zu lassen. Dafür danke ich ihr sehr.

Ich kann gar nicht in Worte fassen, wie sehr mich die Ereignisse der letzten Wochen bestürzen. Alles ging so schnell, die Hausdurchsuchungen, eure Verhaftung.

Ich habe mehrmals versucht, dich im Gefängnis zu besuchen, doch sie haben mich nicht zu dir gelassen. Ein Wächter erzählte mir sogar, du wolltest mich gar nicht sehen. Kannst du dir das vorstellen? Ich wusste, dass es nur eine Ausrede war. Sie hofften wohl, dass ich aufgeben würde. Von eurer Ausweisung in den Westen habe ich erst vorgestern von Helga erfahren. Ich traf sie zufällig vor der Bäckerei. Sie erzählte mir auch von dem tragischen Unglück. Helga war dabei ganz aufgelöst, Marie geht es wohl noch schlechter. Sie vermissen deine Schwester sehr. Auch mir tut es so unendlich leid.

Ich würde dich so gerne in den Arm nehmen und trösten. Doch das ist ja leider nicht möglich. Überhaupt kann ich es noch gar nicht fassen, dass wir uns nun nicht mehr sehen können. Bei dem Gedanken daran, wird mir jedes Mal ganz anders. Ich vermisse dich einfach so sehr. Jeden Abend liege ich im Bett und denke an uns. An die schönen Momente, die wir zusammen hatten.

Weißt du noch, unsere zweite Begegnung? Als es so regnete? Der Himmel schien über uns zusammenzubrechen, als wir bei dir zu Hause vor der Villa standen. Aber ich dachte nur daran, dich in den Arm zu nehmen. Dich zu küssen. Doch du hast so sehr gezittert. Ich wollte nicht, dass du meinetwegen weiter in der Kälte stehen musst. Deshalb bin ich gegangen, ohne dich noch einmal zu berühren.

Heute denke ich, dass jeder Moment, den ich nicht in deiner Nähe war, ein vergeudeter war.

Ich hoffe immer noch auf ein Wunder oder wenigstens auf ein paar Zeilen von dir!

Dein Kurt

LISBETH
1952

Lisbeth und Marie standen hinter einer bröckeligen Mauer, halb gebückt, um von der anderen Straßenseite nicht gesehen zu werden. Am Ende der Straße, nicht weit von ihnen entfernt, ragte die alte Backsteinkirche empor. Das majestätische Eisenkreuz, welches die schmale Kirchturmspitze krönte, warf einen imposanten Schatten. Lisbeth drehte sich um und sah eine Trauergesellschaft, die sich vor den offenen Bogentüren der Kirche einfand. Mit gesenkten Schultern ging einer nach dem anderen hinein. Zwar wusste Lisbeth nicht, wer der Betrauerte war, und doch hatte sie Mitleid.

Er hatte den Krieg überlebt, an den sie selbst sich nur noch vage erinnern konnte, und auch die unsichere Zeit der sowjetischen Besatzung. Vermutlich hatte er sich ebenfalls abgerackert, um das Land wiederaufzubauen. So wie ihre Mutter. Nun, nach all der Not und Mühe, als es jetzt endlich anfing, bergauf zu gehen, hatte er das Zeitliche gesegnet. Das war doch nicht fair.

Marie stupste Lisbeth in die Seite. »Meinst du, sie macht das wirklich?«, fragte sie ganz aufgeregt.

»Klar, du kennst sie doch!«, antworte Lisbeth, während sie wieder zur anderen Straßenseite hinüberblickte. Hinter den Schaufenstern einer kleinen Apotheke sah sie Helga. Sie stand am Tresen und unterhielt sich offensichtlich sehr angeregt mit dem Mann dahinter. Immer wieder warf sie ihren Kopf lachend nach hinten und strich sich anschließend kokett den kurzen Pony aus dem Gesicht. Der Apotheker vergrub nervös die Hände in den Taschen seines weißen Kittels. Zumindest sah es aus dieser Entfernung so aus. Schließlich drehte er sich um und suchte etwas in dem großen Holzregal hinter sich.

Während er seine Aufmerksamkeit den kleinen braunen Fläschchen widmete, bemerkte er nicht, wie Helga ins große Bonbonglas griff, das vor ihr auf dem Tresen stand. Bevor er sich wieder zurückdrehte, zog sie schon die Hand aus der runden Öffnung und ließ ein paar bunt eingepackte Drops in ihrer Rocktasche verschwinden. Marie jauchzte neben Lisbeth kurz auf, ließ dabei aber ihre Freundin Helga nicht aus den Augen.

Zügig verabschiedete Helga sich jetzt von dem Apotheker, ohne der Tinktur in seiner Hand auch nur die geringste Beachtung zu schenken, die er extra für sie herausgesucht hatte. Mit eiligen Schritten lief sie über das grobe Kopfsteinpflaster zu ihren Freundinnen, die sie bewundernd und lachend empfingen. Die ersten drei Bonbons verteilte Helga sogleich. Das Papier knisterte, als Lisbeth die Süßigkeit aufwickelte. Sie schmeckte köstlich und zauberte ein wohliges Gefühl in ihren Mund.

Auch ihre Freundinnen genossen die seltene Nascherei.

»Lissi, ist das nicht deine Mutter?« Schmatzend hob Helga ihren Arm und zeigte wieder auf die andere Straßenseite.

Lisbeth sah hinüber und nickte. Ihre Mutter öffnete die Tür zur Apotheke.

»Henni ist krank. Hat sich beim letzten Sommergewitter was weggeholt. Vermutlich kauft meine Mutter ihr jetzt Medizin«, gab Lisbeth zur Antwort.

Ihre Schwester war vor vier Tagen, als es so heftig geregnet hatte, mit dem Fahrrad nach Hause gekommen. Von oben bis unten war sie pitschenass gewesen. Selbst die schöne Bluse, die sich Lisbeth hin und wieder aus dem Kleiderschrank ihrer Schwester mopste, war durchnässt und auch ein bisschen dreckig gewesen. Von ihrem Rock hatte das Wasser unaufhörlich auf den frisch gebohnerten Parkettboden getropft.

Ganz unwillkürlich hatte Lisbeth bei dem Anblick ihrer Schwester an einen begossenen Pudel denken müssen. Doch den Gedanken hatte sie lieber für sich behalten. Ihre Mutter hatte bereits entsetzt genug ausgesehen. Besorgt hatte sie Henni den Korb Pfifferlinge abgenommen, den diese bei sich getragen hatte, und ihr sogleich ein heißes Bad eingelassen. Doch es nützte nichts, das Fieber war bereits eine Stunde später ausgebrochen.

Lisbeth blickte ihrer Mutter noch einmal kurz hinterher, als diese in der Apotheke verschwand. Dann drehte sie sich um und machte sich auf den Weg in Richtung Kirche. Helga folgte ihr und auch Marie ging mit, sah sie aber fragend an. »Willst du nicht zu ihr?«

Lisbeth hasste es, wenn Henni krank war, was zum Glück nicht allzu oft vorkam. Nachts konnte sie kaum schlafen, weil ihre Schwester so laut stöhnte. Und das Fenster durfte sie auch nicht aufmachen, weil Henni dann gleich wieder kalt wurde. Aber das Schlimmste war, dass Lisbeth in der Pension die Aufgaben ihrer Schwester übernehmen musste, wenn diese ausfiel.

Deshalb schüttelte Lisbeth schnell den Kopf. »Solange Henni im Bett liegt, gehe ich meiner Mutter lieber aus dem Weg«, antwortete sie vieldeutig und hoffte, dass ihre Schwester bald wieder gesund werden würde.

»Dann kommt, ich zeige euch mal meinen Lieblingsplatz hier«, warf Helga schließlich ein und schritt voran. »Dort war ich mit Wilhelm letztens«, fügte sie augenzwinkernd hinzu.

Lisbeth lag im Gras und sah in den Himmel. Die Wolken zogen vorbei, als ob sie es eilig hätten. Hinter ihr thronte auf einem Sockel ein Kriegsdenkmal zu Ehren der Gefallenen des Ersten Weltkrieges. Der graue Steinklotz, der etwas abseits versteckt hinter Kiefern auf einem kleinen Hügel neben dem Kirchenpark stand, wirkte klobig und alles andere als ruhmreich. Während Lisbeth bereits den dritten Bonbon lutschte, überlegte sie, ob die Ahlbecker den zweifelhaften Helden des letzten Krieges ein ebensolches Denkmal setzen würden.

Helga hockte neben ihr und Marie schritt bedächtig um den großen Stein und las murmelnd die darauf verewigten Namen der Gefallenen.

»Nicht besonders romantisch hier«, stellte Marie fest, nachdem sie dem letzten Toten ihre Aufmerksamkeit geschenkt hatte.

Helga zuckte mit den Schultern. »Aber ruhig.«

Marie ließ sich leichtfüßig neben Lisbeth nieder.

»Könnt ihr euch vorstellen, auch mal auf einem Friedhof zu liegen?«, fragte sie neugierig und schob sich ebenfalls noch einen Bonbon in den Mund.

»Ne!«, antwortete Helga sogleich kopfschüttelnd.

Lisbeth zuckte nur mit den Schultern. Der Gedanke, einmal nicht mehr da zu sein, war ihr nicht fremd. Durch ihre Krankheit wuchs sie mit dem Bewusstsein auf, dass ihr Leben nicht unendlich war, und mit der Zeit verlor der Tod seinen Schrecken. Er war so oder so unausweichlich. Es war nur die Frage, was man bis dahin mit seinem Leben anstellte.

»Ich möchte auf jeden Fall nicht in der Erde landen«, sagte Lisbeth schließlich nachdenklich.

Marie sah sie fragend an. »Wie meinst du das?«

»Meine Asche soll verstreut werden. Über dem Meer. Dann kann ich wenigstens nach dem Tod, wohin ich möchte.«

Helga schüttelte sich. »Können wir mal das Thema wechseln?«

»Du hast uns doch hierhin geschleift!«, gab Marie Konter.

»Ja, weil uns hier niemand stört.«

Marie verschränkte die Arme und sah Helga auffordernd an. »Und worüber willst du stattdessen reden?«

»Über den nächsten Tanzabend. Ein richtig gutes Orchester aus Stralsund soll da auftreten.«

»Woher weißt du das denn?«, horchte Marie auf.

Helga lächelte verstohlen. »Die Spatzen haben's mir von den Dächern geträllert.«

»Pfeifen. Die Spatzen pfeifen von den Dächern, heißt es«, berichtete Lisbeth ihre Freundin trocken.

Helga winkte ab. »Auch egal. Ich weiß es eben. Die können mehr als drei Akkorde spielen und den Ton halten. Nicht so wie die Amateure, die sonst auf der Bühne stehen. Die bringen endlich mal Schwung in die Bude. Wir müssen da hin. Und zwar alle drei!« Bei ihren letzten Worten blickte Helga auffordernd in die freundschaftliche Runde. Lisbeth richtete sich auf und klopfte das Gras von ihrem Rücken. Während Marie begeistert nickte, blieb ihre Miene ernst.

»Du weißt, dass meine Mutter von so was nichts hält«, antwortete sie.

»Ach bitte, das wird toll, wirst schon sehen«, bettelte Helga.

»Ja! Komm schon, frag deine Mutter. Vielleicht ist sie ja doch einverstanden«, redete nun auch Marie auf sie ein.

Schließlich nickte Lisbeth. »Fragen kann ich ja mal.« Jauchzend stürzten sich die Freundinnen auf Lisbeth und lachten ausgelassen, während sie das Gras von unten kitzelte.

Plötzlich hörten sie ein strenges Räuspern über sich. Als sie sich umdrehten, sahen sie am Ende des schmalen Pfades, der den kleinen Hügel zur Kirche hinabführte, in das aufgebrachte Gesicht des Pfarrers. Die Mitglieder der Trauergesellschaft, die hinter ihm auf dem Weg standen, sahen nicht weniger empört in ihre Richtung.

»Ein Denkmal ist ein heiliger Ort, kein Lümmelplatz!«, schnaubte der Pfarrer vor Wut.

Die Mädchen sprangen mit einem Satz auf und rannten zwischen den Kiefern durch den Park davon. Als sie das andere Ende der Wiese erreichten, blieben sie stehen. Helga und Marie kicherten bereits über das Geschehene, Lisbeth brauchte einen Moment länger, um wieder zu Atem zu kommen.

»Kein Wunder, dass die DDR die Kirche abschaffen will. So humorlos wie die sind«, sagte sie deshalb noch etwas aus der Puste.

Nun gluckesten ihre Freundinnen noch lauter vor Lachen und auch Lisbeth hatte ausreichend Atemluft für einen herrlichen Lachanfall.

Auf nackten Zehenspitzen betrat Lisbeth später am Tag die Villa. Ihre Schuhe hatte sie sich schon draußen auf der Veranda ausgezogen. Barfuß schlich sie zur Garderobe in der Diele, stellte ihre Schuhe so geräuschlos wie möglich ab und hängte ihr dünnes Sommerjäckchen an einen freien Haken. Ihr Blick fiel auf die Fahrradluftpumpe, die auf einem kleinen Tisch neben der holzverschnörkelten Hakenleiste lag. Den kleinen gefalteten Zettel, der unter den Beistelltisch gefallen war, bemerkte sie nicht, da in diesem Moment Susanne aus dem Salon in die Diele trat.

»Hallo, Lisbeth! Deine Mutter hat dich schon gesucht!«, rief sie ihr mit kräftiger Stimme zu. Lisbeth zuckte zusammen. Dann seufzte sie und sah das Hausmädchen fragend an. »Ist sie in der Küche?«

Susanne nickte.

Als Lisbeth die Küche betrat, schlug ihr ein unangenehmer Essiggeruch entgegen. Ihre Mutter goss gerade warmes Wasser in eine große Schüssel. Die Flasche mit dem selbstgemachten Apfelessig stand daneben. Auch davon füllte sie einen kräftigen Schluck hinein. Dann legte sie ein Paar weiße Baumwollstrümpfe in das Gemisch, bevor sie sich zu Lisbeth umdrehte.

»Der Apotheker hatte mal wieder nichts Vernünftiges da. Selbst Acesal ist aus. Produktionsschwierigkeiten in Berlin, hat er mir erklärt«, sagte sie und seufzte dabei leicht.

»Wie ärgerlich!«, antwortete Lisbeth. Dass sie ihre Mutter vor der Apotheke gesehen hatte, verschwieg sie ihr lieber.

»Aber mit den Essigstrümpfen kriegen wir Hennis Fieber sicherlich auch in den Griff«, sagte ihre Mutter mit einem hoffnungsvollen Lächeln. Doch die kleine Spur Besorgnis, die in ihrer Stimme lag, konnte sie trotzdem nicht verbergen.

Lisbeth nickte. Es war ungewohnt, dass sich ihre Mutter mal um ihre große Schwester sorgte und nicht um sie. Für einen Moment überlegte Lisbeth, ob sie darauf eifersüchtig sein sollte. Doch eigentlich war es eine willkommene Abwechslung. Und vielleicht erkannte ihre Mutter endlich, dass sie nicht mehr das kleine, hilflose Mädchen mit den Atemproblemen war.

»Wo warst du eigentlich?«, fragte ihre Mutter. Lisbeth überlegte kurz.

»Marie brauchte Hilfe in der Wäscherei«, log sie schließlich.

»Ach, Marie hilfst du!« Der vorwurfsvolle Unterton entging Lisbeth nicht. Doch sie hatte keine Lust auf eine Diskussion über ihre Arbeitsmoral.

»Ich schaue mal nach unserem kranken Huhn«, sagte sie deshalb schnell. Lisbeth nahm die Schüssel mit dem Essigwasser. Mit spitzen Fingern tunkte sie die Strümpfe unter und fügte hinzu: »Und die hier kann ich ihr ja dann auch gleich anziehen!« Sie lächelte und ehe ihre Mutter etwas sagen konnte, verschwand sie aus der Küche.

Leise öffnete Lisbeth die Zimmertür. Henni lag in ihrem Bett, dick eingemummelt, obwohl die Sonne hell und warm durchs Fenster schien. Lisbeth ging zu ihr und setzte sich auf die Bettkante. Sie spürte, wie ihre Schwester glühte. Neben ihrem Bett stand eine kleinere Schüssel mit kaltem Wasser. Sie nahm den Waschlappen, der daneben lag, befeuchtete ihn und tupfte ihrer Schwester damit den Schweiß von der Stirn. Langsam erwachte Henni. Ihre Augen wirkten müde und angestrengt, ihr Blick war glasig und doch lag etwas Liebevolles darin. Lächelnd sah Lisbeth sie an und stellte sogleich klar: »Ich frage dich jetzt nicht, wie es dir geht.« Für Lisbeth war die Frage nur eine hohle Floskel, dahingesagt, ohne wirkliches Interesse an dem Bemitleideten. Sie hatte sie selbst schon oft genug gehört. Doch wie sollte es schon jemandem gehen, der ans Bett gefesselt war und fieberte?

»Dein Haar ist ganz verklebt. Soll ich es dir kämmen?«, fragte Lisbeth stattdessen. Henni setzte sich im Bett auf, ganz langsam, und nickte. Lisbeth holte noch ein weiteres Kissen aus ihrem eigenen Bett und schob es ihrer Schwester in den Rücken. Dann setzte sie sich daneben, strich zuerst mit ihren Fingern durch die feinen dunkelblonden Strähnen, bevor sie begann, sie behutsam durchzukämmen.

»Mutti hat dir Essigstrümpfe gemacht.«

Henni verzog das Gesicht. »Ich hab mich schon gewundert, was hier so komisch riecht«, sagte sie leise und mit etwas heiserer Stimme.

»Wenn du willst, bringe ich sie wieder weg. Dicke Wollsocken tun's sicherlich auch.«

Henni nickte dankbar. »Wenn ich die Essigstrümpfe anziehe, stinken meine Füße schlimmer als Opa Ewalds Käsemauken.«

Lisbeth lachte. »Du hast ja Humor. Ich glaube, du bist wirklich krank«, neckte sie ihre Schwester.

Henni drehte sich um und sah Lisbeth mit gespielter Empörung an. »Hey, über Kranke darf man sich nicht lustig machen. Das durfte ich auch nie.« Ihre Bewegungen waren dabei langsamer als sonst und obwohl ihre Stimme noch immer belegt klang, wurde sie langsam kräftiger. Die Ablenkung schien ihrer Schwester gutzutun. Lisbeth schmunzelte. »In Ordnung!«

Sie kämmte weiter Hennis Haar.

»Ich hatte es vorhin klingeln gehört«, sagte Henni ganz unvermittelt. Sie wirkte bei der Frage aufmerksamer als zuvor.

Doch Lisbeth zuckte nur mit den Schultern. »Ich war mit Helga und Marie unterwegs. Keine Ahnung, wer da war.« Lisbeth sah ihre Schwester aufmerksam an. »Erwartest du jemanden?«

Henni schüttelte schnell den Kopf.

»Gut, denn deine Haare müssen dringend gewaschen werden, bevor du dich wieder unter die Menschen wagen kannst.« Henni stieß einen kleinen Seufzer aus und Lisbeth war sich nicht sicher, ob er ihrer Frisur oder dem vermeintlich verpassten Besuch galt.

Grete
1952

Grete stach mit ganzer Kraft den Spaten in den dunklen Sand. Mit dem scharfkantigen Blatt holte sie einen dicken Klumpen heraus, befreite die Erde mit gekonnten Handgriffen von Unkraut und Wurzeln, bevor sie ihn dem Boden aufgelockert zurückgab. Dann stach sie wieder ein, direkt daneben.

Das Umgraben war mühselig, die Sonne brannte in ihrem Nacken. Da half auch Gustavs alter Fischerhut, den sie sich aufgesetzt hatte, nichts. Lisbeth war wieder irgendwohin verschwunden. Henni ging es schon besser. Sie erholte sich langsam von ihrem Fieber. Doch die körperliche Arbeit im Garten wollte Grete ihr noch nicht zumuten, auch wenn Henni ihr angeboten hatte zu helfen.

Stattdessen hatte Grete ihr aufgetragen, neue Vorhänge für den Salon zu nähen. Ihre älteste Tochter stellte sich nicht ungeschickt an der Nähmaschine an, das musste Grete zugeben. Doch Henni war für sie, gerade in den Hauptsaisonzeiten, im täglichen Geschäft der Pension unentbehrlich, deshalb konnte sie es sich nicht leisten, die Freizeitbeschäftigung ihrer Tochter stärker zu unterstützen. Arbeit konnte man sich nun einmal nicht aussuchen. Grete hoffte, dass Lisbeth das auch noch lernen würde.

Sie stach den Spaten wieder in die Erde. Die Beete um sie herum, auf denen sie bereits Kartoffeln, Möhren, Steckrüben und verschiedene Salat- und Kohlsorten angepflanzt hatte, nahmen fast den gesamten Garten ein. Die neuen Stecklinge, die sie noch heute in die Erde bringen wollte, hatte ihr eine befreundete

Bäuerin geschenkt. Sie konnte den zusätzlichen Ernteertrag gut gebrauchen.

Früher, als sie sich und ihre Gäste noch nicht selbst versorgen musste, hatten Sträucher, Blumen und eine saftig grüne Wiese den rückwärtigen Garten der Villa geziert. Sie erinnerte sich an die großen Blüten der Rhododendronbüsche, die wie kräftige Farbtupfer von allen Seiten leuchteten. Die Rosen, die sich an der verputzten Mauer der Villa grazil entlangschlängelten, hatte sie besonders gehegt und gepflegt. Ebenso den Lavendel, der die Wege entlang des Hauses geschmückt und den ganzen Garten in einen zarten Duft gehüllt hatte.

Während Gustav im Haus mit Handwerkerarbeiten beschäftigt gewesen war, hatte sie, wann immer es ihre Zeit zuließ, auf einer Bank im Schatten des Hauses gesessen, sich an der Blütenpracht erfreut und Henni beim Spielen zugeschaut. Lisbeth hatte neben ihr auf einer Decke gelegen und mit ihren kleinen Beinchen wie ein Marienkäfer auf dem Rücken fröhlich gestrampelt. Doch das war viele Jahre her. Die Blumen und Büsche hatten Rüben und Kohl weichen müssen. Die Rosen waren vertrocknet, weil kein Wasser verschwendet werden durfte, und von der Spielwiese war nur noch eine alte Schaukel übrig geblieben, die an einem knorrigen Ast der großen Buche hing und an die sorglosen Zeiten erinnerte.

Lisbeth mochte sich nicht von ihr trennen, also ließ Grete sie hängen. Die Bank hingegen hatten sie im letzten kalten Winter des Krieges verfeuern müssen.

Sie stach den Spaten wieder tief und kräftig in den Boden. An ihren Handballen bildeten sich bereits Blasen, dort wo sie den Holzgriff fest umklammerte. Noch ein gutes Stück, dann hatte sie es geschafft. Plötzlich blieb das Eisenblatt mit einem Knirschen in der Erde stecken. Sie zog, aber der Spaten rührte sich nicht. Vermutlich klemmte er in einer alten Wurzel, die sie versehentlich getroffen hatte. Grete fluchte und zerrte mit ganzer Kraft an dem hölzernen Griff. Kleine Schweißperlen krochen unter ihrer Kopfbedeckung hervor und rannen an ihren Schläfen hinab. Ihr Rücken fühlte sich nass und klebrig an. Sie öffnete ihre Arbeitsschürze. Ganz beiläufig griff sie dabei in die große Bauchtasche und erschrak. Die Tasche war leer.

Gustavs Uhr war nicht mehr da! Heute Morgen, nachdem sie den Frühstückssalon gereinigt hatte und in den Garten gegangen war, hatte sie die Uhr in die Schürzentasche gesteckt. Da war sie sich ganz sicher. Sie erinnerte sich daran, dass sie noch überlegt hatte, die Uhr auf die Kommode zurückzulegen. Jetzt bereute sie es, dass sie es nicht getan hatte. Hastig kontrollierte Grete auch die anderen Taschen, blickte sich um, bevor sie sich auf die Knie fallen ließ und mit den Fingern den aufgelockerten Boden durchkämmte.

Sie musste hier irgendwo sein. Aber wo? Mit bloßen Händen grub sie die Erde jetzt nun noch einmal um, während sie versuchte, die Panik, die langsam in ihr aufstieg, im Zaum zu halten.

Die Uhr war ein Weihnachtsgeschenk an ihren Mann gewesen, im ersten Winter, den sie in dieser Villa verbracht hatten. Henni hatte mit Begeisterung dabei geholfen, den übergroßen Weihnachtsbaum zu schmücken, den Gustav einen Tag zuvor im Wald geschlagen hatte. Die Strohsterne und Christbaumanhänger, die kleinen Engel und Rentiere aus Holz, die schon lange im Familienbesitz gewesen waren, hatten bei Weitem nicht gereicht. Die Jahre zuvor hatten sie in ihrer Dachgeschosswohnung, die lediglich aus einer Wohnküche und einer kleinen Schlafstube bestanden hatte, nur ein paar Zweige an die Decke gehängt und ein wenig geschmückt. Also hatten sie für den großen Baum noch schnell eine Girlande aus Zeitungspapier gebastelt. Dafür hatte Grete schmale Streifen ausgeschnitten, die Henni zu Schlaufen faltete und verklebte. Lisbeth hatte auch mit dem knisternden Papier spielen wollen und war immer wieder aus ihrem Stubenwagen herausgeklettert. Doch Grete wollte Hennis gewissenhafte Konzentration nicht stören, indem sie ihrer kleinen Schwester gestattete, Unordnung zu stiften.

Zum Abendessen waren sie alle gekommen. Gustavs Eltern und auch seine Schwester Vivien, die damals noch ein junges Fräulein gewesen war und ihren Bruder stürmisch begrüßt hatte. Für Grete hingegen hatte sie nur einen schwachen Händedruck übriggehabt, der verriet, dass sie ihr die Hochzeit mit ihrem geliebten Gusti immer noch übel nahm.

Erst nach dem Krieg hatte sich das Verhältnis zu ihrer Schwägerin geändert. Die zermürbende Ungewissheit, was mit Gustav geschehen war, hatte sie zusammengeschweißt.

Auch Gretes eigene Mutter war gekommen. Sie hatte ihre berühmten selbstgemachten Schlesischen Kartoffelklöße mitgebracht. Dazu hatte Grete Rotkohl und eine herrlich knusprige Ente serviert. Sie war erleichtert gewesen, dass ihr der Braten so gut gelungen war. Schmatzend und lachend hatten sie sich das Essen schmecken lassen. Grete hatte damals noch nicht geahnt, dass es das letzte Mal sein würde, dass sie alle gemeinsam in der Villa aßen.

Am Abend nach dem Festmahl waren sie gemeinsam in die Kirche gegangen. Die Holzbänke in der Ahlbecker Kapelle waren noch gut gefüllt gewesen, auch wenn die Nationalsozialisten, die auch auf der Insel genügend Anhänger hatten, eine antichristliche Weltanschauung propagierten. Trotz der beengten Sitzverhältnisse hatte Grete ein wenig in dem unbeheizten Kirchenraum gefroren, während Lisbeth sich so wohlgefühlt hatte, dass sie auf ihrem Schoß noch während der Lesung der Weihnachtsgeschichte eingeschlafen und erst beim Ave Maria wieder erwacht war.

Gustavs Vater war es ähnlich ergangen. Auch Hennis Aufmerksamkeit hatte weniger den Worten des Geistlichen gegolten als den vielen hell leuchtenden Kerzen, die den Raum in Besinnlichkeit getaucht hatten.

Auf die Bescherung nach dem Gottesdienst hatten sich die Mädchen natürlich besonders gefreut, auch wenn für Lisbeth das Geschenkband, das ihre neue Puppe geziert hatte, spannender gewesen war.

Henni hatte ein illustriertes Märchenbuch bekommen und den restlichen Abend versucht, ihre ersten Wörter zu entziffern. Beim Zubettgehen hatte Gustav ihr dann die Geschichte vom Froschkönig vorgelesen und so hatte die kleine Henni die weiteren Weihnachtstage damit verbracht, nach Tieren Ausschau zu halten, denen sie einen dicken Schmatzer aufdrücken konnte, in der Hoffnung, sie mögen sich in einen Prinzen verwandeln.

Auch Grete hatte sich über ihr Geschenk gefreut, eine Staffelei mit neuen Pinseln und Farben. Ihr Geschenk für Gustav hingegen hatte sie ihrem Mann erst überreicht, als alle anderen bereits zu Bett gegangen waren. Gemütlich eingekuschelt unter einer dicken Wolldecke hatten sie im Salon auf dem schmalen Kanapee gesessen und durch die großen Panoramafenster aufs Meer hinausgeschaut. Der Mond hatte hell und kräftig geschienen, das Meer sanft in die Nacht hineingewogt. Das Feuer im Kamin war bereits erloschen gewesen, nur noch die Glut hatte leise vor sich hin geknistert und ein wenig Licht gespendet. Neugierig und dennoch langsam und bedächtig hatte Gustav die kleine Schachtel geöffnet, die Grete ihm gereicht hatte. Und dann hatte ein Lächeln seine Züge erhellt, als er behutsam die Uhr aufgeklappt und mit den Fingern über die Inschrift gestrichen hatte. *In Liebe, deine G.*

Und dann hatte er sie geküsst. So zärtlich und innig, wie er es selten tat. Leider hatte dieser Moment nur kurz gewährt, denn plötzlich war Henni an der Tür zum Salon erschienen. Wegen all der Aufregung am Tage hatte sie nicht schlafen können und auch Lisbeth in ihrem Stubenwagen hatte die Unruhe gespürt und war quengelig geworden. Also hatten sie sich zu viert auf das schmale Kanapee gekuschelt und es war trotz der

Enge unglaublich gemütlich gewesen. Sie hatten zum erleuchteten Weihnachtsbaum gesehen und während Gustav mit Henni leise Weihnachtslieder gesungen hatte, hatte Grete ihre Jüngste wieder sanft in den Schlaf gewiegt.

Grete hatte diese Erinnerung fest in ihrem Herzen verwahrt. Dieser Moment war absolut vollkommen gewesen.

Inzwischen waren ihre Hände völlig verschmutzt. Unter den Fingernägeln klebte die schwarze Erde. Sie hatte das ganze Beet noch einmal durchwühlt, doch Gustavs Uhr war nicht aufgetaucht. An den Spaten gelehnt, der noch immer tief im Boden steckte, versuchte sie mit einem alten Lappen den gröbsten Dreck von ihren Fingern zu wischen. Tränen rannen ihr dabei übers Gesicht. Wütend warf sie den Lappen von sich. So würde sie ihre Finger doch nicht sauber bekommen. Plötzlich hörte sie hinter sich Schritte. Schnell wischte sie sich mit dem Handrücken die Augen trocken, richtete sich auf und drehte sich um. Vor ihr stand Lisbeth.

»Kann ich kurz mit dir reden?«, fragte sie ohne Umschweife.

»Später, ich ... muss das Beet noch fertig machen.« Unwillkürlich griff Grete zum Spaten, doch er steckte noch immer fest im Boden. Sie fluchte leise.

»Bitte! Es ist wichtig!«, drängte Lisbeth weiter. Grete nahm den Fischerhut vom Kopf und wischte sich fahrig durch die Haare. Zwischen ihren grau gewordenen Strähnen blieb ein bisschen Erde hängen.

»Was ist denn?«, fragte Grete, vielleicht etwas zu harsch.

Lisbeth zögerte einen Moment, fuhr dann aber doch fort: »Bald ist wieder Tanz im Kulti. Ein ganz tolles Orchester soll diesmal spielen. Und ich wollte dich fragen, ob ich hingehen darf. Bitte!«, sagte Lisbeth.

»Auf keinen Fall.« Grete widmete sich wieder dem Spaten. Sie zog und rüttelte am Griff, doch nichts rührte sich.

Empört stemmte Lisbeth ihre Fäuste in die Hüften. »Wieso denn nicht?«, rief sie etwas zu laut aus.

»Nach Einbruch der Dunkelheit ist es für Mädchen nicht sicher draußen.«

»Was soll denn schon passieren? Der Krieg ist vorbei. Die Russen sind weg«, antwortete Lisbeth leichtfertig. Grete gefiel der Ton ihrer Tochter ganz und gar nicht. Sie kannte nicht wenige junge Frauen, die von den Russen vergewaltigt, verschleppt oder gar getötet worden waren. Es war eine schlimme Zeit gewesen und sie hoffte, dass sie nie wiederkommen würde. Doch es ging Grete nicht nur darum.

Lisbeth war noch so jung, so unbedarft und manchmal auch so naiv. Durch ihre Krankheit und den Krieg hatte sie ihre Tochter ständig beschützen müssen. Lisbeth hatte ihre Kindheit beinahe wie in einem Kokon verbracht. Immer behütet und umsorgt. Sie kannte das Leben nicht, das so hart und schonungslos sein konnte.

»Trotzdem. Wenn du da allein unterwegs bist, unter all den Leuten, da kann so viel passieren. Am Ende gehst du mir noch verloren.«

»Aber Helga und Marie kommen doch mit!«

Grete warf ihrer Tochter einen vielsagenden Blick zu. Helga war ein Flittchen. Ein leichtes Mädchen, das nur Unsinn im Kopf hatte. Das konnte sie ihrer Tochter so nicht sagen, doch Grete gefiel es gar nicht, dass Lisbeth so viel Zeit mit ihr verbrachte. Auch Marie war nicht viel besser. Sie glich einem Fähnchen im Wind und es war nicht sonderlich viel Verlass auf sie.

»Ich habe Nein gesagt. Akzeptiere das!«, wiederholte sie ihre erste impulsive Antwort in scharfem Ton. Lisbeth zuckte kurz zusammen, sagte aber nichts. Also wandte Grete sich ab, ging Richtung Schuppen und ließ ihre Tochter neben dem Beet stehen. Sie hörte, wie Lisbeth gegen etwas trat und kurz aufschrie. Offensichtlich war der Spaten auch stärker als ihre Tochter. Im Schuppen atmete Grete kurz durch.

Für einen Moment hatte sie die verlorene Taschenuhr vergessen, doch jetzt fiel sie ihr wieder ein. Sie seufzte tief, unterdrückte aber jede weitere Träne. Stattdessen straffte sie ihren Rücken und machte sich auf die Suche nach einem neuen Spaten.

Henni
1952

Die Nadel sauste auf und ab und durchzog den schweren Stoff mit dem reißfesten Garn. Im gleichmäßigen Takt trat Henni auf das breite Pedal unter dem Tisch. Das große Rad, das die Nähmaschine antrieb, drehte sich unaufhörlich. Henni freute sich schon darauf, die neuen Vorhänge aufzuhängen. Sie würden dem Salon sicherlich noch mehr Glanz verleihen.

Der kleine Nähtisch, an dem sie saß, stand in der Waschküche. Die Wandregale um sie herum waren gefüllt mit allerlei Putzmitteln und Reinigern. Vor der Waschtrommel türmte sich ein Berg Schmutzwäsche mit Bettlaken, Kissenbezügen und Handtüchern aus den Fremdenzimmern. Auf der Wäscheleine, die in mehreren Bahnen quer durch den kleinen Raum gespannt war, hingen Leinentücher zum Trocknen. Es roch nach Seife und Stärke.

Während des Krieges hatten sie in dieser kleinen Kammer, die ebenso von der Diele aus zu betreten war, gekocht und sogar gegessen. In der großen Küche war eine Flüchtlingsfamilie untergebracht gewesen. Auch in den Fremdenzimmern waren Schutzsuchende aus den Städten untergekommen. Privatsphäre und Lebensmittel waren knapp gewesen, doch Henni hatte nur gute Erinnerungen an die Familien. Es war ein friedliches Miteinander gewesen und jeder dankbar für das, was er hatte.

Henni nahm ihren Fuß vom Pedal und stoppte das Rad. Die Nadel wurde langsamer und verharrte schließlich in der Bewegung. Sie zog die leere Spule von der Maschine und wickelte neues Garn auf. Ihr Rücken schmerzte bereits vom krummen Sitzen, in ihrem Oberschenkel kündigte sich ein leichter Muskelkater an. Doch Henni dachte nicht daran, aufzuhören. Sie war froh gewesen, als ihre Mutter ihr die Arbeit am Morgen aufgetragen hatte.

Das Fieber war zurückgegangen und sie fühlte sich schon viel besser. Sie wollte nicht länger in ihrem Bett liegen bleiben. Dort fühlte sie sich nutzlos und ihren Gedanken ausgeliefert. Immer wieder musste sie an jenen Tag denken, an ihre Fahrradtour, an die Begegnung mit Kurt, an den Regen. Das erste Mal in ihrem Leben fühlte sie sich zu jemand anderem hingezogen. Zu einem Mann. Sie wollte ihn so gerne wiedersehen und doch fürchtete sie sich davor. Was, wenn alles nur ein Hirngespinst war? Wenn das Fieber ihren Kopf vernebelt hatte? Ihm schien ihre Begegnung jedenfalls nichts bedeutet zu haben. Die Luftpumpe hatte er ihr schließlich nicht zurückgebracht, obwohl er es versprochen hatte.

Henni seufzte und versuchte, sich wieder zu konzentrieren. Mit ruhiger Hand fädelte sie das lose Ende des aufgewickelten Garns durch das Nadelöhr. Dann trat sie erneut auf das Pedal und die Nadel verrichtete wieder ihr Werk. Henni zog den Stoff langsam nach, die Naht war makellos und schnurgerade. Sie passte nur einen Moment nicht auf, da rutschte sie mit ihrer Daumenkuppe unter die Nadelspitze. Blitzschnell zog sie ihre Hand weg. Doch es war zu spät. Blut quoll aus der kleinen Wunde heraus und tropfte auf den weißen Stoff.

»Mist!«, schrie sie kurz auf und steckte sich sogleich den Daumen in den Mund, um weitere Flecken zu verhindern. Mit der anderen Hand zog sie den Stoff vom Nähtisch, eilte zur großen Waschschüssel hinüber und tunkte die beschmutzte Stelle ins kalte, klare Wasser. Wie kleine Nebelschwaden stieg das Blut im Wasser nach oben. Der Fleck verblasste und Henni atmete erleichtert auf. Erst jetzt sah sie sich ihren verletzten Daumen an. Die Wunde war zum Glück klein und blutete kaum noch.

In diesem Moment öffnete sich die Tür zur Waschküche. Herr Reichenbach, der Ehemann der freundlichen alten Dame aus Potsdam, mit der Henni in den letzten Wochen fast jeden Morgen ein kleines Pläuschchen am Frühstückstisch gehalten hatte, steckte zögerlich den Kopf herein. Mit ihm selbst hatte Henni bisher nur wenig gesprochen, da er, wie bereits am ersten Morgen ihres Aufenthalts, sein Gesicht stets hinter einer Zeitung vergrub. Sie wusste nur, dass er vor seiner Pensionierung für ein großes Chemieunternehmen gearbeitet hatte.

»Ich wollte mir gerade einen Tee aus der Küche holen. Da habe ich einen Schrei gehört. Ist alles in Ordnung bei Ihnen?«, fragte er besorgt.

Henni hielt nickend ihren Daumen in die Höhe. »Ich habe mich nur gepikst.«

»Mhm!«, grübelte er. »Ich kenne mich leider nur mit den theoretischen Grundsätzen der Chemie aus. Die angewandte Medizin ist nicht mein Fachgebiet. Aber soweit ich weiß, soll ein Pflaster helfen.«

»Es hat schon aufgehört zu bluten. Aber Danke für den weisen Rat«, antwortete Henni schmunzelnd.

Herr Reichenbach nickte ihr lächelnd zu und wandte sich zum Gehen. Doch dann zögerte er.

»Vielleicht können Sie mir jetzt auch einen Rat erteilen.« Henni sah ihn aufmerksam an und er fuhr fort: »Wo finde ich die Teetassen?«

»Ist meine Mutter nicht in der Küche?«, fragte Henni verdutzt zurück.

Er schüttelte den Kopf.

»Im Schrank über dem Spültisch«, antwortete Henni immer noch sichtlich irritiert.

Er nickte, wieder bereit zu gehen. Doch dann fiel ihm noch eine Frage ein. »Und der Tee?«

Henni seufzte lächelnd. »Ich brühe Ihnen einen auf.«

»Aber eigentlich wollte doch ich Ihnen helfen«, protestierte er.

»Keine Widerrede. Ich bringe Ihnen den Tee gleich aufs Zimmer. Für Ihre Frau auch?«

Er schüttelte den Kopf. »Sie ist spazieren ... pardon, flanieren gegangen«, betonte er mit einem Augenzwinkern. Henni musste unweigerlich lächeln. Sie hatte nicht geahnt, dass hinter dem stillen Zeitungsliebhaber ein Humorist steckte.

Während er die Treppen zu seinem Zimmer hinaufstieg, ging Henni in die Küche. Tatsächlich war niemand da. Ihre Mutter hätte längst am Herd stehen müssen, um das Abendessen vorzubereiten. Und Lisbeth war eigentlich dran, den Salon einzudecken. Henni wunderte sich, in ihrem kleinen Kämmerlein hatte sie nicht bemerkt, ob etwas Ungewöhnliches vorgefallen war.

Sie holte den Kessel aus dem Schrank, füllte Wasser hinein und stellte ihn auf den Herd. Die lose Schwarzteemischung füllte sie aus einer Aluminiumdose in ein Teeei. Als ein schriller Pfeifton durch die Küche hallte, nahm sie den Kessel von der Platte und goss den Tee in einer Tasse mit dem heißen Wasser auf. Auf einem Serviertablett drapierte sie neben der Tasse ein Kännchen Milch, etwas Kandiszucker sowie einen kleinen selbstgebackenen Mürbetaler. Als sie die Tür zur Diele öffnete, sah sie Lisbeth die Treppe herunterkommen. Sie humpelte leicht.

»Was ist mit dir?«

Ihre Schwester winkte ab. Lisbeths Laune war mal wieder ungenießbar, das merkte Henni sofort. Trotzdem hakte sie weiter nach: »Bist du heute nicht mit Tischdecken dran?« Lisbeth ging unbeirrt weiter durch die Diele, an ihrer Schwester vorbei.

»Ich mache für Mutti heute keinen Finger krumm«, antwortete sie patzig.

Henni drehte sich um, vorsichtig, damit das Tablett nicht herunterfiel, und sah ihrer Schwester verwundert hinterher. An der Tür drehte sich Lisbeth noch einmal um. Mit ihrem Zeigefinger tippte sie gegen ihre Stirn.

»Ich bin doch nicht blöd. Ständig muss ich hier schuften, aber wenn ich mal was will, bekomme ich 'ne eiskalte Abfuhr.« Geräuschvoll knallte sie die Haustür hinter sich zu, bevor Henni irgendetwas sagen konnte. Henni zögerte. Der Tee dampfte in der Tasse, das heiße Wasser färbte sich immer dunkler. Schließlich drehte sie sich wieder um und ging die Treppe hinauf. Wenn ihre Schwester so schmollte, konnte man sowieso nicht vernünftig mit ihr reden. Sie würde einen günstigeren Moment abwarten müssen.

Herr Reichenbach saß auf dem Balkon, als Henni den Tee auf dem kleinen Beistelltisch abstellte. Er deutete auf den Stuhl neben sich, doch Henni blieb unsicher im Raum stehen.

»Ich bitte Sie, leisten Sie mir ein wenig Gesellschaft.«

Sie nickte freundlich und setzte sich. Er schob ihr den Mürbetaler zu. Sie zögerte kurz, griff dann aber doch zu. Ihre Mutter hatte ihnen verboten, von den Keksen zu naschen. Sie waren für die Gäste vorgesehen. Genüsslich kauend lehnte sie sich im Stuhl zurück und ließ den Blick schweifen.

Der Balkon war am Giebel der Villa angebracht, weshalb man zur Linken einen Blick auf das Meer erhaschen und zur Rechten den bepflanzten Garten einsehen konnte. Direkt vor dem Balkon stand die große Buche, die an Sonnentagen auch hier oben ausreichend Schatten spendete. Henni sah auf die Beete. Ein gutes Stück Land war frisch umgegraben worden. In der Mitte steckte ein Spaten in der Erde. Das war merkwürdig. Es passte so gar nicht zu ihrer Mutter, dass sie etwas unaufgeräumt zurückließ. Und dann entdeckte sie Lisbeth. Sie saß auf der Schaukel, die ihr Vater damals noch angebracht hatte, als sie Kinder gewesen waren, und stieß sich lustlos immer wieder mit einem Fuß vom Boden ab.

»Ein schwieriges Alter. Die Phase zwischen Kindheit und Adoleszenz.«

»Ich glaube, ich war nie so«, sagte sie seufzend.

»Vielleicht hätte es Ihnen aber nicht geschadet, auch ein wenig zu rebellieren?«

Henni sah ihn überrascht an. Unweigerlich musste sie an Kurt denken.

Herr Reichenbach richtete sich in seinem Stuhl auf. »Entschuldigen Sie, ich wollte Ihnen nicht zu nahetreten. Sie wirken nur immer so … anständig und kontrolliert. Grundsätzlich sind das ja keine schlechten Eigenschaften.«

Henni lächelte. »Schon gut. Sie haben ja recht. Ich möchte eben immer, dass sich alle gut fühlen.«

»Leider funktioniert die Welt so nicht. Es werden nie alle zufrieden sein.« Henni sah ihn an, sein Blick wirkte fast schon väterlich. Und doch meinte er es ernst. Sie wusste nicht recht, was sie darauf antworten sollte und schwieg lieber. Herr Reichenbach lehnte sich in seinem Stuhl zurück und atmete tief durch.

»Leben Sie mit Ihrer Familie schon immer hier, an diesem herrlichen Ort?«, fragte er unvermittelt.

Henni nickte. »Meine Mutter stammt aus Anklam, einer kleinen Stadt an der Peene vor Usedom. Und mein Vater ist hier auf der Insel geboren.«

»Sie erwähnten, dass er nicht mehr bei Ihnen ist.«

Henni nickte. »Er ist im Krieg verschollen. Wir haben keine Ahnung, was mit ihm passiert ist«, erklärte sie.

»Das tut mir leid«, sagte er mitfühlend.

»Ich glaube, meiner Mutter setzt es noch ziemlich zu. Auch wenn sie nicht darüber spricht. Meine Schwester kann sich allerdings kaum an ihn erinnern.«

»Und Sie?« Herr Reichenbach sah Henni an.

»Ich träume noch manchmal von ihm. Wie wir im Meer baden. Und wie er mir das Schwimmen beibringt.« Sie rief sich den immer wiederkehrenden Traum ins Gedächtnis, bei dem sie nicht wusste, ob er eine alte Erinnerung war oder nur ihrem Wunschdenken entsprang. In dem Traum war die Luft ganz warm, aber das Wasser fühlte sich kalt an. Die Wellen schwappten gegen ihre Brust. Sie zitterte bereits, wollte aber noch nicht wieder an Land. Noch einmal wollte sie es probieren. Ihr Vater lächelte sie an und nickte ihr zu. Er hatte seinen Arm unter ihren Bauch gelegt und sie strampelte wie wild. Versuchte, wie ein Frosch zu schwimmen, so wie ihr Vater es ihr erklärt hatte. Dann ließ er plötzlich los und sie schwamm. Ihr Vater jubelte und winkte stolz ihrer Mutter zu, die mit Lisbeth am Strand auf einer Decke saß. Auch Henni war überglücklich. So sehr, dass sie prompt ein bisschen Salzwasser schluckte und beinahe doch unterging. Doch ihr Vater war genau im richtigen Moment bei ihr und hielt sie fest.

Henni lächelte gedankenverloren.

»Ihr Vater ist sicherlich ein guter Mann«, sagte Herr Reichenbach.

Sie nickte. Den aufkommenden Kloß im Hals schluckte sie schnell herunter und wechselte das Thema. »Wie ist Potsdam so?«

Herr Reichenbach sah sie an.

»Abgesehen von den kulturellen Schätzen, die leider viel zu wenig beachtet und gepflegt werden, ist Potsdam wie jede große Stadt: laut, voll und dreckig. Dort ist es nicht so schön und idyllisch wie hier.«

»Aber ist die Versorgungslage dort nicht besser? Die Hauptstadt ist doch gleich um die Ecke.«

»Besser! Das ist ein sehr relatives Wort. Wann geht es einem gut, wann schlecht? Auch der reichste Mann kann zu Tode betrübt sein, wenn er nicht das besitzt, wonach sein Herz sich sehnt.«

Henni sah ihn verdutzt an.

»Sie verzeihen, da ist der Philosoph mit mir durchgegangen«, entschuldigte er sich lächelnd und beugte sich zu ihr herüber. »Jeder ist seines Glückes Schmied, merken Sie sich das.«

Henni nickte, auch wenn sie immer noch nicht so recht verstand, was er ihr damit sagen wollte.

Er nahm seine Tasse in die Hand, zog das Metall-Ei an der kleinen Kette heraus, ließ es etwas abtropfen und legte es auf das silberne Tablett. Dann lehnte er sich in seinem Stuhl wieder zurück und nahm einen kräftigen Schluck Tee.

Beide blickten sie in den Garten hinaus, jeder seinen Gedanken nachhängend. Henni sah, wie Lisbeth von der Schaukel aufstand und zum frisch umgegrabenen Beet hinüberging. Mit ihren Fingern wühlte sie kurz im Sand, zog etwas aus der Erde heraus, doch Henni konnte nicht genau erkennen, was es war, da Lisbeth ihr den Rücken zukehrte. Ihre Schwester steckte das Fundstück in ihre Rocktasche und ging zur Schaukel zurück. Gerade wollte sich Henni umdrehen und Herrn Reichenbach fragen, ob er gesehen hatte, was ihre Schwester dort aufgehoben hatte, als ihr Gegenüber schneller war und zuerst sprach.

»Ich habe letztens in der Garderobe eine Luftpumpe liegen sehen. Da kam mir die Überlegung, ob Sie auch Fahrräder an ihre Gäste ausleihen«, fragte er interessiert.

Hennis Herz blieb für einen Moment stehen. Zumindest fühlte es sich so an.

»Eine Luftpumpe?«, presste sie verdattert heraus. Herr Reichenbach nickte. Henni sortierte ihre Gedanken. War Kurt doch da gewesen? Warum hatte ihr niemand Bescheid gesagt? Oder wollte er sie womöglich gar nicht sehen?

»Meine werte Frau werde ich nicht auf einen Drahtesel bekommen. Aber vielleicht könnte ich mal eine kleine Runde drehen. Ich bin früher so gerne Fahrrad gefahren. Hätten Sie also ein Fahrrad, das ich mir für ein paar Stunden leihen könnte?«, wiederholte Herr Reichenbach sein Anliegen. Henni sah ihn an und nickte schnell.

»Natürlich. Sie können gerne meins benutzen. Es ist zwar ein Damenrad, aber ich habe es kürzlich erst repariert.«

»Wunderbar!« Er lächelte freundlich, doch Henni war in Gedanken noch immer bei Kurt und der Luftpumpe. Ein paar Minuten saß sie noch auf dem Balkon, dann erhob sie sich, verabschiedete sich höflich von Herrn Reichenbach und machte sich auf den Weg nach unten.

Als sie die Küche betrat, saß ihre Mutter am Tisch und schnitt das Gemüse für das Abendessen. Henni setzte sich ihr gegenüber, nahm ein Messer in die Hand und half ihr sogleich.

»Wo warst du vorhin?«, fragte sie ihre Mutter dabei.

»Ich habe mich ein wenig ausgeruht. In meinem Zimmer«, antwortete diese, ohne aufzusehen.

»Lisbeth ist wegen irgendetwas aufgebracht.«

Grete nickte wissend. »Sie beruhigt sich schon wieder.« Stoisch schnitt sie weiter das Gemüse. Henni wusste nicht, was es war, aber ihre Mutter wirkte verändert. Der Ausdruck in ihren Augen war noch trauriger als sonst.

»Geht es dir gut?«, fragte Henni deshalb.

Langsam legte Grete das Messer beiseite, zögerte, dann setzte sie ein Lächeln auf. »Aber natürlich, Schätzchen! Viel wichtiger ist, wie es dir geht? Fühlst du dich noch krank?« Liebevoll strich sie ihrer Tochter mit dem Handrücken über die Wange.

Henni schüttelte den Kopf. Wieder musste sie an Kurt denken und lächelte.

LISBETH
1952

Hinter den Dünen schlüpfte Lisbeth aus ihren Sandalen und ließ das Schuhwerk neben den groben Grasbüscheln liegen. Die restlichen Meter zum Meer hinunter ging sie barfuß. Der feine Sand zwischen ihren Zehen war vom Tag noch aufgewärmt. Nur langsam verabschiedete sich die Sonne und die Luft war mild und roch salzig-frisch.

Eine leichte Brise umwehte Lisbeths offene Locken. Dort, wo die Wellen sich brachen, war der Sand feucht und kühl. Hier blieb sie stehen und blickte suchend nach unten. Hin und wieder schob sie mit den Füßen das noch feuchte Algengras beiseite, welches das Meer wieder einmal zuhauf ausgespuckt hatte. Wenn sie eine Muschel entdeckte, die ihr gefiel, hob Lisbeth sie auf und steckte sie in ihre Jackentasche. Dort klimperten ihre Fundstücke, zusammen mit dem, das sie am Nachmittag im Beet hinter dem Haus gefunden hatte. Die kleinen Muscheln, deren oval gewölbte Schale sich wie Porzellan anfühlte, hatten es ihr besonders angetan. Wenn man sie gegen das Licht hielt, schimmerten die erdigen Töne des marmorierten Musters besonders schön. Die großen schwarzen Miesmuschelschalen, die das Meer ebenso anspülte, ließ sie hingegen liegen.

Während sie den Strand weiter nach Schätzen absuchte, musste sie an den Streit mit ihrer Mutter denken. Sie konnte einfach nicht verstehen, warum sie ihre Bitte ausschlug. Sie hatte die Schule abgeschlossen, half in der Pension mit und tat, was man ihr auftrug. Zumindest meistens, wie sie fand. Sie war also kein kleines Mädchen mehr. Warum sah ihre Mutter das nicht?

Zwischen zwei Algenbüscheln entdeckte sie eine rötliche Muschel und wollte sich gerade danach bücken, als sie sah, dass Henni auf sie zukam. Mit schweren Schritten stapfte sie durch den Sand. Lisbeth verstand nie, warum ihre Schwester selbst am Strand ihre Schuhe anbehielt. Der feine Sand, der sich in Windeseile ins Schuhwerk schummelte, rieb doch bei jedem Schritt. Außerdem sah nun wirklich niemand grazil aus, wenn er sich mit derben Sohlen durch den Sand kämpfte. Doch daraus machte sich Henni offensichtlich nichts.

Ihre Schwester lächelte, als sie neben ihr zum Stehen kam.

»Hast du schon was Schönes gefunden?«, fragte sie und deutete auf die Muscheln.

Lisbeth zuckte mit den Schultern. »Nicht wirklich.« Sie wusste, dass sie nicht deshalb gekommen war. Vermutlich hatte Henni mit Mutter geredet und wollte nun die Wogen glätten. Hennis Harmoniebedürfnis ging Lisbeth manchmal ganz schön auf den Keks.

»Was ist denn eigentlich los?«, fragte Henni nun direkter. Lisbeth schnaubte nur kurz.

»Hast du dich mit Mutti gestritten?«

Sie legte den Kopf schief und sah Henni an. Ihre Schwester erwiderte fragend den Blick. Offensichtlich hatte sie doch keinen Schimmer. Ihre Mutter hatte den Streit nicht breitgetreten oder Henni um Unterstützung gebeten. Wenn sie ehrlich war, verärgerte es Lisbeth fast ein wenig. Das Thema war ihrer Mutter wohl nicht wichtig genug gewesen. Lisbeth seufzte. »Ich will zum nächsten Tanz im Kulti gehen.«

»Und Mutti hat Nein gesagt?«

Lisbeth warf ihrer Schwester einen vielsagenden Blick zu. Dann nickte sie kurz.

Henni seufzte. »Du musst sie verstehen ...«, begann sie ihre Mutter zu verteidigen.

Doch Lisbeth unterbrach sie gleich. »Ja, ja, ich weiß. Der Krieg war schlimm, die Russen sind noch nicht lange weg und alle wollen mir etwas Böses«, leierte Lisbeth gelangweilt herunter und fügte dann hinzu: »Aber ich bin keine fünf mehr. Ich kann auf mich selbst aufpassen. Außerdem werden auch Helga und Marie ...« Lisbeth stockte und sah ihre Schwester an. Kam ihr doch gerade eine Idee. »Was ist, wenn *du* mitkommst?«

Henni hob abwehrend die Hände und stolperte einige Schritte zurück. »Nein! Nein!«, sagte sie blass.

»Aber wenn wir Mutti sagen, dass du auf mich aufpasst, erlaubt sie uns bestimmt hinzugehen.«

Henni schüttelte noch immer vehement den Kopf, als ein Rufen sie unterbrach: »Henni! Lisbeth!«

Die Mädchen schauten hoch. An der Düne stand ihre Mutter und winkte ihnen auffordernd zu. »Kommt bitte! Das Abendessen muss aufgetischt werden. Die Gäste wollen nicht warten«, rief sie mit kräftiger Stimme. Lisbeth und Henni nickten ihr zu und Henni antwortete: »Wir kommen!«

Als ihre Mutter ins Haus zurückging, sah Henni ihre Schwester noch einmal an. »Versuch, nicht allzu sauer auf Mutti zu sein. Sie macht alles allein. Und sie will nur das Beste für uns«, redete sie auf Lisbeth ein und fügte bereits im Gehen hinzu, bevor diese antworten konnte: »Ich sag Mutti, du kommst nach. Dann kannst du noch ein paar Muscheln suchen.« Lisbeth sah ihre Schwester an und nickte schließlich. Ein bisschen Zeit für sich konnte sie noch gut gebrauchen.

Nachdem ihre Schwester hinter den Dünen verschwunden war, setzte sich Lisbeth in den Sand. Dabei klapperte es wieder verdächtig in ihrer Tasche. Sie griff hinein und holte eine silberne Taschenuhr heraus. Es war die Uhr ihres Vaters, das hatte sie gleich erkannt, als sie das schmutzige Silber aus der dunklen Erde gezogen hatte.

Ihre Mutter musste sie bei der Gartenarbeit verloren haben. Lisbeth öffnete das Gehäuse und sah die Inschrift. Viele Male hatte sie die Uhr schon in den Händen gehalten, während sie auf dem großen Ehebett gesessen und ihrer Mutter beim Frisieren zugesehen hatte. Lisbeth hatte sie immer so lange halten dürfen, bis der strenge Dutt ihrer Mutter richtig saß.

Während sie dem Sekundenzeiger bei seinem Wettlauf gegen die Zeit zusah, verflog der innere Groll allmählich, den sie den ganzen Tag über gespürt hatte.

Lisbeth war kein nachtragender Mensch und irgendwie würde sie ihren Willen schon noch bekommen. Davon war sie überzeugt. Sie klappte die Uhr wieder zu und steckte sie zurück zu den Muscheln in ihre Tasche. Davon würde sie ihrer Mutter vorerst noch nichts erzählen.

Lisbeth stand auf und ging zurück zur Villa. Sicherlich brauchte Henni Unterstützung beim Servieren des Essens.

GRETE
1952

Grete stand am Strand und blickte aufs Meer hinaus. Das Wasser lag glatt und unaufgeregt vor ihr und am Himmel zogen ein paar Möwen ihre Kreise. Offensichtlich warteten sie ebenso ungeduldig wie Grete. Doch außer ein paar kleinen Wellen, die gemächlich auf dem feinen Sand ausliefen, war alles ruhig. Eigentlich hätte Heinrich Hubert längst mit seinem Kutter hier vor Anker liegen müssen. Der Fischer war ein alter Freund der Familie. Gustav und er hatten gemeinsam die Schulbank gedrückt und während des Krieges hatten sie sich gegenseitig geholfen, wo sie konnten.

Auch als Heinrichs Frau, die als Schreibkraft im Rathaus gearbeitet hatte, kurz vor Abzug der Sowjetkräfte samt der Gemeindekasse in den Westen verschwunden war, war Grete für ihn dagewesen. Seine Tochter Susanne half seitdem in der Pension aus. Das Mädel war tugendhaft und fleißig und es war ein Jammer, dass sie wegen der Verfehlung ihrer Mutter keine rechte Anstellung fand.

Regelmäßig suchte Grete Heinrich am Strand oder in seiner kleinen Hütte in den Dünen auf, wo er den Fang weiterverarbeitete. Bei ihm kaufte sie den frischen Fisch, den sie für die Gäste zubereitete. Natürlich unter der Hand und ohne Bezugsscheine. Die fangfrische Ware mochten die Gäste der Pension besonders gern, zumindest blieb selten etwas auf den Tellern übrig.

Der Wind nahm langsam Fahrt auf, die Wolkendecke am Himmel wurde immer dichter und von Heinrichs Kutter war weit und breit immer noch nichts zu sehen. Ungeduldig wippte Grete von einem Fuß auf den anderen, während sie den Kragen ihres braunen Cordmantels ein Stück höher zog. Sie griff in ihre Tasche und holte eine alte schmale Armbanduhr heraus, deren Verschluss defekt war. Die Uhr ihres geliebten Mannes war immer noch verschwunden, obwohl Grete den Garten noch mehrmals abgeschritten war. Der Verlust betrübte sie immer noch sehr.

Nachher wollte sie noch zum Bahnhof gehen und den Zug aus Berlin auf keinen Fall verpassen, deshalb hatte sie ihre alte Uhr, die ganz hinten in ihrer Schublade gelegen hatte, als Ersatz mitgenommen. Sie klopfte auf das dünne Glas, hinter dem sich das Ziffernblatt verbarg. Etwas Zeit hatte sie noch, wenn auch nicht mehr allzu viel. Sie ließ die Uhr zurück in ihre Tasche gleiten und blickte erneut aufs Wasser, dem Horizont entgegen. In der Ferne war endlich der Einmaster zu sehen. Gemächlich schipperte er landeinwärts. Eine gefühlte Ewigkeit später legte das Fischerboot endlich am Strand an.

»Heinrich, da bist du ja!«, rief Grete dem Fischer zu, der aus der kleinen Fahrerkabine kam. Er stieg auf die Reling, sprang ins seichte Uferwasser und zog das Boot mit ganzer Kraft an den Strand. Grete bemerkte sofort, dass er es mied, sie anzusehen.

»Hast du auf mich gewartet?«, fragte er betont beiläufig.

Grete nickte sichtlich irritiert. »Ich hatte dir doch gesagt, dass ich heute vorbeikomme. Und dass ich wenig Zeit habe«, antwortete sie leicht verärgert.

»Ich war weiter draußen«, gab er einsilbig zurück, während er seine rote Strickmütze vom Kopf nahm.

»In Ordnung. Gib mir einfach drei Pfund Dorsch und zwei Dutzend Makrelen. Und hast du auch Schollen gefangen?« Grete kramte in ihrem Beutel, den sie über der Schulter trug, nach ihrer Geldbörse. Heinrich kam zu ihr, die Mütze in seinen Händen knetend. Irgendetwas machte ihn nervös.

»Grete … ich …«, stotterte er etwas unbeholfen. »Ich … ähm … hab nichts gefangen. Die Netze waren leer. Auch draußen war nichts zu holen.«

Grete hielt inne, stutzte verwundert, roch es doch eindeutig nach Fisch. Auch die Möwen kreischten laut auf, zogen nervös ihre Kreise über dem Kutter. Sie sah über Heinrichs breite Schulter. Am Heck des Bootes stapelten sich mehrere Kisten randvoll gefüllt mit fangfrischem Fisch.

»Und was ist das?«, fragte Grete auf die Kisten deutend.

Der Fischer warf ihr ertappt einen Blick zu, schwieg aber. Stattdessen ging er einen Schritt zur Seite und versperrte ihr die Sicht.

»Heinrich, was ist los?«, fragte sie eindringlich. So hatte sie ihren Freund noch nie erlebt.

Er seufzte. »Ich kann dir nichts verkaufen. Die Fischgenossenschaft, die haben jetzt immens hohe Fangquoten eingeführt«, versuchte er sich zu verteidigen. Grete blickte ihn skeptisch an. Sie war sich nicht sicher, ob er die Wahrheit sagte.

Heinrich senkte seinen Kopf. »Es tut mir leid!«

Grete zögerte. Sie holte die Uhr aus ihrer Tasche, die Zeiger schritten gnadenlos voran. Für Diskussionen war keine Zeit mehr, wenn sie den Zug noch schaffen wollte. Sie schnaubte, warf Heinrich einen verärgerten Blick zu, bevor sie, ohne ein weiteres Wort zu verlieren, Richtung Dünen den Strand verließ. Als sie an seinem kleinen Holzverschlag vorbeikam, roch es nach geräuchertem Fisch. In der Ferne hörte sie Heinrich noch rufen: »Und bitte komm nicht wieder!« Die Worte ihres alten Freundes hallten bitter in ihrem Kopf nach.

Zügig lief sie den schmalen Dünenweg entlang, der sich bald zur Promenade öffnete. Bis zum Bahnhof war es noch ein beträchtlicher Fußmarsch.

Es begann zu nieseln. Wie ein feingesponnenes Netz legten sich die kleinen Tröpfchen auf ihr hochgestecktes Haar und ihre Stirn, auf der eine tiefe Sorgenfalte zu sehen war. Aus ihrem Beutel holte Grete ein Seidentuch heraus und band es sich ums Haar. So war wenigstens ihre Frisur geschützt. Die Sorge, wo sie nun den Fisch für ihre Gäste herbekommen würde, blieb.

Grete schlängelte sich entlang der Promenade zwischen den Urlaubern hindurch, die sich vom Wetter nicht abschrecken ließen. Schlendernd bewunderten sie die Villen oder erhaschten einen Blick aufs Meer, das mit dem Wetterumschwung rauer geworden war. Die Seebrücke war ebenso gut besucht, im neu eröffneten Pavillonrestaurant war vermutlich gerade der Teufel los.

Als Grete das Treiben endlich hinter sich ließ und in eine kleinere Pflastersteinstraße ortseinwärts einbog, hörte sie plötzlich das dumpfe Pfeifen der einfahrenden Lokomotive. Grete erschrak. So spät war es doch noch gar nicht, zumindest laut ihrer Uhr. Sie blickte sich um und konnte die Standuhr auf dem Vorplatz der Seebrücke noch von Weitem sehen. Die große Uhr zeigte bereits die volle Stunde an. Grete war zu spät.

Fluchend klemmte sie ihren Beutel unter dem Arm fest und rannte los, so schnell sie mit ihren schmalen Lederschuhen über die großen Pflastersteine laufen konnte. Als sie in die Bahnhofstraße einbog, sah sie hinter dem Dach des roten Backsteingebäudes bereits den Dampf der Zugmaschine aufsteigen. Erneut erklang das Pfeifen. Die Waggons setzten sich schwerfällig in Bewegung und als Grete den Bahnhof endlich erreichte, war der Zug bereits weg. Tief enttäuscht und verärgert versuchte Grete auf dem Vorplatz des Bahnhofs, der sich langsam leerte, wieder zu Atem zu kommen. Ihre Schultern hingen tief, als sie die Uhr noch einmal aus ihrer Tasche herausholte. Die Zeiger rührten sich kaum mehr. Grete seufzte, die Taschenuhr ihres Mannes hatte sie nie im Stich gelassen.

Wütend warf sie das unbrauchbare Ding blindlings auf die Straße. Es landete direkt vor den Scheinwerfern eines vorbeifahrenden Autos. Erschrocken blickte Grete auf und erkannte den Wagen. Er gehörte Erich Wagner, dem Gast aus Westberlin. Der Professor bremste seinen Wagen neben ihr ab und kurbelte das Fenster herunter. Grete war erleichtert, als sie sich herunterbeugte und ihn auf dem Fahrersitz erkannte. In dem höflichen Lächeln, das er ihr entgegenbrachte, lag keinerlei Verärgerung.

»Entschuldigen Sie, ich wollte Ihren Wagen nicht bewerfen.«

»Schon gut. Ist ja nichts passiert«, antwortete er freundlich.

Grete stimmte ihm erleichtert zu.

»Kommen oder gehen Sie?«, fragte er.

Grete sah ihn verdutzt an.

»Mit dem Zug. Wollen Sie verreisen?«, fügte er mit einem leicht verschmitzten Lächeln erklärend hinzu.

Jetzt verstand Grete, worauf er hinauswollte. »Nein. Ich habe nur ... auf jemanden warten wollen.«

»Und?« Erich Wagner sah sich durch die Scheiben seines Wagens um. »Ist er gekommen?«

Grete schüttelte den Kopf, ganz langsam und kaum merklich. Ebenso unauffällig stieß sie einen leisen Seufzer aus. Der Tag hatte schon so miserabel begonnen, warum sollte er mit Gustavs lang ersehnter Ankunft ein gutes Ende nehmen?

»Kann ich Sie denn irgendwohin mitnehmen? Vielleicht zurück zur Pension?«, fragte er weiter.

Grete zögerte kurz. Zwischen den Benzinkutschen, die hier auf den Straßen unterwegs waren und sich nur in Farbe und Zustand unterschieden, fiel sein Sportwagen sehr auf. Die Leute um sie herum guckten bereits. Dennoch gab sie sich einen Ruck, öffnete die Beifahrertür und ließ sich auf das weiche Leder sinken.

Erich Wagner lenkte den Wagen zurück zur Dünenstraße. Grete saß dicht am offenen Fenster und ließ sich den Fahrtwind um die Nase wehen. Die Villen zogen an ihr vorbei. Der Motor röhrte in ihren Ohren und es roch ein wenig nach Benzin. Dennoch fühlte sie sich schon wesentlich besser.

Mit Enttäuschungen und Problemen wusste Grete umzugehen und so würde sie auch diesen Tag noch gut überstehen.

Sie nahm das Tuch von ihrem Kopf, lehnte sich zurück und schloss die Augen. Grete bemerkte nicht, wie Erich Wagner ihr von der Seite einen langen, wohlwollenden Blick schenkte.

Henni
1952

Die Glocke des kleinen Lebensmittelladens läutete schrill, als Henni die schwere Tür aufschob. Ihre Schwester folgte ihr ins Innere des Geschäfts. Die Auswahl hinter der Theke war mal wieder alles andere als üppig, auch wenn der Duft nach Backwaren, Fleisch und Käse etwas anderes versprach.

Vor ihnen warteten bereits drei ältere Damen darauf, bedient zu werden. Ganz vorne, an der Theke, stand ein kleiner Junge. Der Kaufmann sah ihn ungeduldig an, offensichtlich hatte er vergessen, was er für seine Mutter besorgen sollte.

»Ähm, eine Flasche Magermilch und ... ähm, Butter. Ja, Butter wars! Oder doch nicht?«, stotterte der Junge in seiner kurzen Latzhose, aus der er langsam herauszuwachsen schien.

»Mien Jung, zeig mir mal die Kupons, die dir deine Mutti eingepackt hat.«

Der Junge nickte, pulte aus seiner kleinen Hosentasche die fein säuberlich ausgeschnittenen Lebensmittelmarken heraus, stellte sich auf seine Zehenspitzen und reichte sie dem Kaufmann über die Theke. Dieser blätterte die Marken kurz durch und drehte sich dann zum Regal, um die gewünschten Sachen in ein Einkaufsnetz zu packen. Dann wandte er sich wieder dem Jungen zu. Mit ernster Miene und erhobenem Zeigefinger mahnte er ihn: »Und das nächste Mal hörst du besser zu, wenn deine Mutti dir etwas aufträgt. Verstanden?«

Der Junge nickte verschüchtert, nahm das Netz, das ihm der Kaufmann reichte, und lief eilig aus dem Laden hinaus auf die Straße.

Die Frau, die nun an der Reihe war, schritt vor und blickte den Kaufmann auffordernd an.
»Haben Sie Blutwurst vorrätig?«
Der Kaufmann schüttelte den Kopf.
»Dann nehme ich ein Pfund Grützwurst.«
»Tut mir leid. Die ist auch aus.«
Henni hörte ein Stöhnen neben sich.
»Das kann hier ja noch Jahre dauern. Wenn wir hier raus sind, haben wir auch graue Haare«, sagte Lisbeth augenrollend. Die Frau vor ihnen drehte sich um und warf ihr einen strafenden Blick zu. Henni lächelte entschuldigend, während Lisbeth die Reaktion nicht im Mindesten interessierte. Leise seufzte sie weiter vor sich hin, während Henni ihre Gedanken schweifen ließ.

Die letzten Tage waren wie im Flug vergangen. Sie hatte sich gut vom Fieber erholt und die neuen Vorhänge, die sie genäht hatte, zierten bereits den Salon. Ihre Mutter hatte ihr ein anerkennendes Lächeln geschenkt und auch von den Gästen war viel Lob gekommen. Frau Reichenbach hatte ihr gleich am nächsten Tag ein paar Röcke vorbeigebracht, mit der Bitte, den Saum für sie ein wenig zu kürzen.

Henni war gern bereit dazu, musste die Arbeit aber auf den Abend verschieben, wenn sie ihre Aufgaben in der Pension erledigt hatte. Sie wollte ihre Mutter nicht verstimmen.

Auch der Professor war ganz angetan gewesen von Hennis Arbeit, wenn er auch gleich zugab, dass er von der Schneiderei ebenso wenig verstand wie von anderen hauswirtschaftlichen Dingen. Doch er hatte versprochen, Henni ein paar Modezeitschriften zu schicken, sobald er wieder in Westberlin war.

Von Kurt hatte sie noch immer nichts gehört. Vermutlich hatte er sie bereits vergessen. Die Luftpumpe hatte er ja zurückgegeben – ohne ein weiteres Wort. Henni versuchte, so wenig wie möglich an ihn zu denken, und sie stellte beinahe stolz fest, dass es ihr erstaunlich gut gelang.

Inzwischen hatte die Hauptsaison begonnen. Die Fremdenzimmer der Pension waren nun vollständig belegt und sie hatten alle Hände voll zu tun. Zum Glück hatte sich Lisbeth nach ihrem Streit mit Mutter schnell wieder eingekriegt und half gut mit, wenn auch nach Putzarbeiten noch ein prüfender Blick oder für so manche unleidlichen Aufgaben eine Extraaufforderung nötig waren. Und zum Glück gab es ja auch noch Susanne, die nun mehrmals die Woche im Tagesgeschäft aushalf.

Plötzlich spürte Henni ein Zwicken im Oberarm. Sie rieb sich die Stelle. Ihre Schwester hatte sie gekniffen.

»Erde an Henni!«, sagte sie wild vor ihren Augen winkend. »Hast du meine Frage nicht gehört?«

Henni sah sie überrascht an und schüttelte den Kopf.

»Gehst du nun nächste Woche mit mir zum Tanz?«

»Hä, welcher Tanz?«

Lisbeth legte den Kopf schief. »Na, im Kulti. Ich hatte dir doch davon erzählt.«

»Lisbeth«, seufzte Henni. »Ich bin nicht deine Gouvernante. Ich will da nicht hin.«

Lisbeth warf ihr einen entgeisterten Blick zu.

»Tut mir leid. Aber ich dachte, das hätte ich schon klargestellt«, fügte Henni deshalb hinzu.

»Aber wieso denn nicht?«, rief Lisbeth etwas zu laut aus. Henni registrierte sofort, dass der Kaufmann kurz aufsah. Sie legte den Zeigefinger auf ihre Lippen und forderte ihre Schwester auf, leiser zu sein. Lisbeth kam ihrem gestischen Appell tatsächlich nach.

»Du sollst ja nicht nur als mein Aufpasser mitkommen. Wir könnten so viel Spaß haben. Bitte, gib dir einen Ruck!«, flüsterte sie.

Henni blickte unsicher. Sie war schon immer anders gewesen als andere Mädchen in ihrem Alter. Sie war gern für sich. Schon als Kind war sie am liebsten allein durch die Dünen gestreunt und hatte sich dabei wilde Piratengeschichten ausgedacht, die sie später ihrer Schwester am Krankenbett erzählte. Als sie das

Nähen für sich entdeckt hatte, war es vor allem die Stille gewesen, die sie genossen hatte. Bei dieser Arbeit zählte nur das Geräusch der auf und ab hastenden Nadel. Auch heute noch bereitete ihr ein gutes Buch mehr Freude als jegliche Art von oberflächlicher Vergnügung, zu der sich Menschen gern zusammenfanden.

Tatsächlich hatte sie noch nie eine Kneipe oder ähnliches von innen gesehen. Abgesehen davon, dass ihre Mutter von solchen Etablissements ohnehin nicht viel hielt. Eine Tanzveranstaltung, noch dazu am Abend, würde ihr also eher Bauchschmerzen als Vergnügen bereiten.

»Ich verstehe nicht, warum du mir nicht diesen einen Gefallen tun kannst!«, versuchte es Lisbeth weiter.

»Warum willst du denn unbedingt da hingehen?«, fragte Henni zurück.

»Weil ich auch mal rauskommen will. Mal etwas erleben. Spaß haben. Willst du das nicht?«

»Ich verstehe etwas anderes unter Spaß«, antwortete Henni schulterzuckend.

Lisbeth stöhnte. Henni sah ihre Schwester an, zögerte, und entschied, standhaft zu bleiben. Sie wollte und konnte ihr diesen Wunsch nicht erfüllen. Also schüttelte sie den Kopf. »Das ist nichts für mich. Tut mir wirklich leid, Schwesterherz.«

»Du bist ein richtiger Stoffpantoffel, weißt du das?«, schnaubte Lisbeth verärgert. Doch bevor sie weiter schimpfen konnte, unterbrach sie eine Stimme: »Die Faber-Schwestern! Was bekommen die Fräuleins?«

Der Kaufmann sah sie über die Theke hinweg freundlich auffordernd an. Henni nickte ihm zur Begrüßung zu und reichte ihm einen Zettel. Er überflog die Einkaufsliste, drehte sich um und begann die gewünschten Lebensmittel aus den Regalen zusammenzusuchen.

»Wirsing habe ich gerade nicht. Dafür kann ich euch Brechbohnen einpacken.«

Henni nickte zustimmend. »Bohneneintopf gabs für unsere Gäste auch lange nicht mehr.«

Der Kaufmann begann, die dicken, langen Grünstängel in eine braune Papiertüte zu packen. Henni beobachtete ihn dabei. Vermied es jedoch, ihre Schwester anzusehen, die wegen ihrer Absage ein beleidigtes Gesicht zog.

Wenige Minuten später verabschiedeten sie sich und verließen den Laden wieder. Lisbeth ging eiligen Schrittes voran. In ihrem selbstgerechten Zorn dachte sie nicht daran, Henni eines der schweren Einkaufsnetze abzunehmen.

Die schmalen Tragegriffe der gut gefüllten Netze schnitten Henni in die Hände.

»Warte auf mich, ich kann nicht so schnell!«, rief sie ihrer Schwester schnaufend hinterher. Doch die drehte sich nicht einmal um.

Henni blieb stehen und stellte die Taschen auf dem Kopfsteinpflaster ab. Sie rieb sich die schmerzenden Hände. Die Griffe hinterließen in der Haut weiße, tiefe Striemen, um die sich das Blut gestaut hatte.

»Lisbeth, nun warte doch!«, rief sie noch einmal mit flehender Stimme. Doch statt sich umzudrehen, antwortete Lisbeth nur knapp: »Ich geh noch zum Schuster. Kannst ja auf mich warten.«

Henni sah, wie ihre Schwester hinter einer schweren Tür verschwand. In der Auslage des Ladengeschäfts standen die reparierten Schuhe zur Abholung bereit. Henni seufzte, hob die Einkaufsnetze wieder an und schleppte sie zur nächsten Sitzbank. Sie setzte sich neben den abgelegten Einkäufen auf das schmale Holz und verschnaufte erst einmal.

Um sie herum war viel los. Die Bürgersteige und der kleine Platz, auf dem die Bank stand, waren bevölkert von sonnenhungrigen Feriengästen, die die Atmosphäre des kleinen kaiserlich gekrönten Badeortes genossen. In den Cafés und Restaurants saßen sie auf den ausladenden Terrassen beieinander, schlürften ihren Vormittagstee oder die zweite Tasse Malzkaffee nach einem vermutlich üppigeren Frühstück, als sie es sich für gewöhnlich zu Hause zubereiteten.

Ein paar Jungen spielten an einem Brunnen und bespritzten sich gegenseitig mit Wasser. Ihre Sommerferien hatten bereits begonnen. Vor ihnen lagen acht lange unbeschwerte Wochen Urlaubsgefühl und Badespaß, schließlich durften sie diesen Ort ihr Zuhause nennen. Ein älterer Herr kreuzte ihren Weg und bekam ein paar Spritzer des kühlen Nass ab. Schimpfend scheuchte er die Lausebengel fort.

Vor der Bäckerei standen ein paar Frauen, die Kopftücher, die ihre hochgesteckten Frisuren vor Wind und Sonne schützen sollten, tief in die Stirn gezogen. Vermutlich tauschten sie sich gerade über den neuesten Tratsch aus. Henni war sich nicht sicher, ob sie nicht auch ab und an zu ihr herübersahen, während sie ihre Köpfe zusammensteckten.

Schließlich blieb Hennis Blick an der runden Litfaßsäule hängen, die präsent auf dem Platz neueste Nachrichten und Veranstaltungen verkündete. Ein großes Plakat fiel ihr sofort auf. Es schien frisch geklebt worden zu sein. Das feuchte Papier wellte sich noch an den Rändern. Auf dem Bild war eine Frau in sozialistischer Arbeiteruniform zu sehen. Im Haar trug sie ein blaues Band. Zwischen angedeuteten Kiefern hindurch blickte sie aufs Meer hinaus. Die Botschaft, die in großen Versalien darunter stand, lautete:

FERIENERHOLUNG,
DAS RECHT EINES JEDEN ARBEITERS!

Immer öfter waren solche Plakate im Ort zu sehen, mit denen der FDGB-Feriendienst seine Parolen verbreitete. Der Freie Deutsche Gewerkschaftsbund warb damit, dass er es jedem Arbeiter ermögliche, eine Urlaubsreise zu unternehmen und so neue Kraft zu sammeln. Grundsätzlich klang das wunderbar.

Natürlich sollten auch diejenigen, die sich ihr Brot in den Fabriken und auf den Feldern schwer verdienten, die Möglichkeit zur Erholung bekommen.

Henni schluckte und versuchte das ungute Gefühl, das diese Aufrufe trotzdem in ihr auslösten, zu ignorieren. Sie drehte sich wieder um, stieß dabei jedoch mit ihrem Ellenbogen gegen ein Einkaufsnetz, das prompt zur Seite kippte und seinen Inhalt auf dem Boden verteilte. Erschrocken kniete Henni sich sofort neben die Bank und sammelte die Lebensmittel wieder auf, die aus dem Netz gekullert waren.

»Immer wenn ich dich sehe, sammelst du was auf oder läufst irgendetwas hinterher.«

Henni fuhr hoch, drehte sich dabei erschrocken um und stieß prompt mit dem Kopf gegen etwas Hartes. Es war Kurt, der sich überrascht das Kinn rieb. Henni wäre am liebsten im Boden versunken.

»Tut mir leid«, stammelte sie.

»Ich hätte mich nicht so anschleichen dürfen«, sagte er abwinkend. »Außerdem tuts fast gar nicht mehr weh. Was macht dein Kopf?«

Henni fasste sich kurz an die Stirn.

»Ich hab einen Dickschädel ... also einen dicken Schädel ... also, ... geht schon«, stotterte sie und ärgerte sich darüber, dass sie offensichtlich nur noch Peinlichkeiten von sich geben konnte. Vielleicht hatte ihr Kopf doch mehr Schaden genommen als gedacht.

Kurt bückte sich und hob ein Päckchen Zucker auf, das unter die Bank gefallen war. Er legte es in den wieder gut gefüllten Beutel, den Henni zurück auf die Bank gestellt hatte. Zum Glück war nichts beschädigt worden. Selbst die eingewickelte Butter hatte den Absturz wundersamerweise ohne eine Delle im Papier überstanden. Eier und Milch waren im zweiten Netz verpackt.

»Was machst du hier?«, fragte sie, nachdem sich ihre erste Aufregung gelegt hatte.

Kurt räusperte sich kurz, als wäre ihm die Frage unangenehm. »Ich muss für meinen Chef etwas besorgen.«

»Wenn du zum Kaufmann willst, da ist eine ziemliche Schlange. Und viel in den Regalen hat er auch nicht mehr. Sogar der Wirsing war aus.« Kurt nickte, ohne weiter darauf einzugehen. Sie schwiegen einen Moment. Die Leichtigkeit, die sie gespürt hatte, als sie sich auf dem Fahrrad ganz zaghaft an seinen Rücken geschmiegt hatte, schien verflogen. Vielleicht hatte sie sich wirklich nur etwas eingebildet.

»Hast du meine Nachricht bekommen?«, fragte er plötzlich unvermittelt.

Abrupt hob Henni den Blick und sah ihn irritiert an. »Welche Nachricht?«

»Als ich letztens bei euch geklingelt habe, war nur deine Mutter da. Sie meinte, du hättest dich hingelegt. An der Luftpumpe klemmte ein Brief für dich.«

Jetzt war Henni wirklich überrascht. »Ein Brief? Den habe ich nicht erhalten.«

Kurt seufzte leicht. »Oh, schade. Es war auch nur ein kleiner Zettel. Vermutlich hatte deine Mutter ihn gar nicht bemerkt«, sagte er und versuchte seine Enttäuschung zu überspielen.

Henni nickte zustimmend. »Ja, vermutlich. Mutti hat immer ziemlich viel um die Ohren.«

»Klar, mit der Pension und den Gästen«, sagte er verstehend.

Henni zögerte einen Moment, holte dann tief Luft und fragte: »Was stand denn drin?«

»Ach, naja, nichts Besonderes …«, winkte er etwas schüchtern ab.

Neugier lag in Hennis Blick, den sie jetzt unverwandt auf ihn gerichtet hielt. Verlegen kratzte Kurt sich am Hinterkopf und zögerte mit seiner Antwort.

»Nur dass ich dich gerne wiedersehen würde«, stammelte er. »Und dass ich mich freuen würde, wenn wir, naja, mal zusammen Fahrrad fahren könnten. Also, natürlich jeder auf seinem Rad. Vielleicht zur Steilküste. Dort wolltest du doch hin, oder?«

Henni nickte. Sie konnte sich ein Lächeln nicht verkneifen, wenn es auch ein verlegenes war. Kurt hatte sie nicht vergessen. Doch dann meldete sich die Stimme der Vernunft in ihr. Die Stimme ihrer Mutter, die sie nicht enttäuschen wollte.

»Die Saison hat begonnen. Es gibt tagsüber furchtbar viel zu tun. Außerdem … Mutti würde es bestimmt nicht gutheißen, wenn ich allein mit einem fremden Mann unterwegs wäre …«

»Ja, das schickt sich wohl nicht«, sagte er sogleich verständnisvoll und fügte hinzu: »Wir müssen ja auch nicht wegfahren.«

Er blickte sie erwartungsvoll an, doch Henni zögerte. Zu gern würde sie Zeit mit Kurt verbringen, doch sie wusste nicht wann. Ihr Pflichtgefühl war stärker.

Nachdem sie nicht antwortete, trat Kurt einen Schritt zurück. Zerstreut fuhr er sich mit der Hand durchs Haar. Die Situation schien ihm unangenehm zu sein.

»Irgendwie dachte ich … ach, keine Ahnung, was ich dachte … Vielleicht habe ich das auch nur in den falschen Hals gekriegt«, stotterte er. »Ich sollte mich wieder auf den Weg machen! Mein Chef wundert sich bestimmt schon, wo ich bleibe.«

»Warte!« Sie packte seinen Arm, obwohl sie nicht wusste, was sie sagen sollte, sah ihn nur zögernd an. In ihrem Kopf ratterte es. Da fiel ihr die Unterhaltung mit ihrer Schwester ein.

»Der Tanz im Kulti. Nächste Woche. Hättest du Lust …«

»Ja!«, rief er aus, bevor sie ihren Satz beenden konnte. Er räusperte sich verlegen. »Sehr gern!«

Henni lächelte erleichtert. Sie blickten sich tief in die Augen, als hinter ihnen plötzlich ein lautes Poltern und Schimpfen zu hören waren. »Passen Sie doch auf!«

Zeitgleich drehten sie sich um. Vor dem Eingang des Schusters saß Lisbeth auf dem Boden. Die geflickten Schuhe lagen um sie herum. Vor ihr stand Heinrich Hubert. Beim Anblick des

Mannes hallten sofort die Worte ihrer Mutter in ihrem Kopf wider. Sie hatte auf Heinrich geschimpft, als sie vor ein paar Tagen mit leeren Händen vom Strand zurückgekommen war. Auch die anderen ansässigen Fischer, die ihre Mutter in den darauffolgenden Tagen abgeklappert hatte, trugen ihren Fang lieber zur Fischgenossenschaft, als unter der Hand ein paar Mark extra zu verdienen. Seitdem landete in der Ostseeperle nur noch selten Fisch auf den Tellern der Gäste.

Heinrich zog seine Mütze vom Kopf, während er ihrer Schwester aufhalf. Er stammelte eine Entschuldigung. Doch Lisbeth warf ihm nur einen garstigen Blick zu. Vermutlich erinnerte auch sie sich an die Aussage ihrer Mutter. Ihr Blick ruhte kurz auf der Mütze, die Heinrich zwischen seinen Händen knetete, bevor sie sich aufraffte.

Henni warf Kurt einen kurzen Blick zu und verabschiedete sich knapp von ihm. »Ja, dann bis nächste Woche.«

Kurt nickte, bevor Henni die schweren Tüten über die Straße zu ihrer Schwester schleppte. Das mit Grübchen gespickte Lächeln auf Kurts Gesicht sah Henni nicht mehr.

Auf der anderen Straßenseite suchten die Schwestern die Schuhe zusammen. Heinrich war längst im Laden verschwunden, als sie gemeinsam zu den Einkäufen zurückgingen, die noch auf der Bank warteten.

»Hast du dir wehgetan?«, fragte Henni besorgt. Lisbeth sah an sich hinunter. Ihr Knie war leicht aufgeschürft. Doch sie schüttelte den Kopf. »Ich musste schon Schlimmeres wegstecken.« Sie nahm ihre Schuhe und eines der Einkaufsnetze und ging entschlossenen Schrittes vor. Henni schnappte sich den Rest des Einkaufs und hatte Mühe, ihrer Schwester zu folgen.

Zu Hause angekommen pfefferte Lisbeth wortlos ihren Beutel auf die Küchenarbeitsplatte und rauschte davon. Henni sortierte die neuen Vorräte in die Regale der Speisekammer und gesellte sich dann zu ihrer Mutter, um ihr beim Abwasch zu helfen und das Geschirr zu polieren. Anschließend reinigte sie die Gästezimmer und hängte die Wäsche auf. Sie war so beschäftigt, dass sie in den nächsten Stunden keine Zeit hatte, an Kurt zu denken. Lisbeth war noch immer schlecht gelaunt und machte sich rar und so fand Henni auch keine Gelegenheit, ihrer Schwester die frohe Botschaft mitzuteilen.

Am Abend lag Henni wach in ihrem Bett. Der Mond schien bereits hell durch das Fenster, ein frischer Windstoß ließ die Gardine aufwehen. Lisbeth hatte wieder darauf beharrt, das Fenster offen zu lassen. Aber dieses Mal störte es Henni gar nicht. Ihr war so warm ums Herz, dass sie nicht fror. Unwillkürlich legte sich ein Lächeln auf ihr Gesicht, während sie sich zu ihrer Schwester umdrehte.

»Lisbeth!«, flüsterte Henni. »Bist du noch wach?«

Sie konnte ein leises Murren vernehmen, dass Henni als Zustimmung verstand.

»Wir gehen zum Tanz. Ich frag Mutti morgen.«

»Wirklich?«, piepste es überrascht unter Lisbeths Bettdecke.

»Ja!«, flüsterte sie zurück.

Lisbeth zog die Decke ein Stück von ihrem Kopf und sah ihre Schwester mit leicht zugekniffenen Augen an.

»Wie ... was ... warum hast du es dir plötzlich anders überlegt?«, stammelte sie beglückt.

Henni zuckte mit ihren Schultern, von Kurt wollte sie Lisbeth lieber nichts erzählen. Schließlich wusste sie selbst noch nicht, was sie davon halten sollte. Die Antwort war ihrer Schwester offensichtlich auch egal, ein Strahlen legte sich auf ihr verschlafenes Gesicht.

»Wenn ich nicht so müde wäre und das Zimmer so kalt, würde ich sofort zu dir rüberkommen und dir einen dicken Kuss auf die Backe drücken.«

»Das kannst du ja noch machen«, antwortete Henni und fügte lächelnd hinzu: »Wenn du mir morgen den Kaffee ans Bett bringst.«

Lisbeth hob kurz ihren Kopf, nahm ihr Kissen und warf es zu ihrer Schwester hinüber. Henni quiekte auf, als sie von dem weichen Federgeschoss getroffen wurde. Beide Mädchen kicherten, bis Lisbeth schließlich auffordernd zu ihr hinübersah. »Schmeiß mal mein Kissen wieder her«, flüsterte sie. Doch Henni warf ihr nur einen hämischen Blick zu.

»Nö!«

Sie nahm das Kissen, klopfte es etwas zurecht und schob es sich unter den Kopf. Lisbeth stöhnte auf, war aber zu faul, es sich zurückzuholen. Sie bettete ihren Kopf auf der blanken Matratze. Doch bevor sie ihre Schwester endlich ihren Träumen überließ, hatte Henni noch eine Frage: »Was ist eigentlich ein Stoffpantoffel?«

Lisbeth blickte noch einmal kurz auf. »Keine Ahnung! Ist mir so eingefallen. Weil dir deine Nähmaschine manchmal wichtiger ist als alles andere.«

»Das stimmt nicht«, antwortete Henni sogleich. »Du bist mir auch wichtig!« Lisbeth huschte ein Lächeln übers Gesicht, mit dem sie wenige Augenblicke später selig einschlief.

Henni blickte wieder aus dem Fenster hinaus zum Mond, der bedächtig am nächtlichen Himmel ruhte. Sie atmete tief durch. Auch wenn sie sich auf ein Wiedersehen mit Kurt freute, bereitete ihr der bevorstehende Tanzabend nach wie vor ein mulmiges Gefühl in der Magengegend. Was sollte sie anziehen? Worüber würden sie reden? Und wie um alles in der Welt sollte sie sich zwischen all den anderen verhalten, mit denen sie im Alltag nie etwas zu tun hatte?

Erst spät fand sie endlich in den Schlaf, nachdem die Gedanken sie noch eine ganze Weile wachgehalten hatten.

CAROLINE
1992

Caroline sah aus dem Fenster. Der feine Nieselregen setzte sich auf die Scheibe und sammelte sich zu größeren Tropfen, die am Glas hinunterliefen. Der triste, wolkenbehangene Himmel lugte zwischen den ebenso grauen Häuserfassaden der Innenstadt hervor. Seit Tagen hatte sich die Sonne nicht mehr gezeigt, obwohl der Kalender über Carolines Schreibtisch bereits den Sommeranfang versprach. Das Wetter passte zu ihrem Gemüt. Caroline blickte in ihr Buch und versuchte, sich zu konzentrieren.

In drei Tagen stand die nächste Klausur an: der Minnesang in der höfischen Literatur. Dafür musste sie lernen, wenn sie den Kurs bestehen wollte. Aber wollte sie das auch? Wollte sie das Studium überhaupt noch abschließen?

Bereits seit sechs Semestern dümpelte sie in den Grundkursen herum, während die Zwischenprüfungen noch immer in weiter Ferne lagen. Der Stoff war trocken, die Themen oft weltfremd, die Kommilitonen für Carolines Geschmack eine Spur zu idealistisch und von den miesen Berufsaussichten brauchte man gar nicht erst zu sprechen.

Ihre Mutter hatte ihr nach dem Abi freie Hand bei der Studienwahl gelassen. Es war ihr enorm wichtig gewesen, dass Caroline ihren eigenen Weg ging. Auch wenn ihre Wahl sicherlich nicht ganz den Vorstellungen ihrer Mutter entsprochen hatte.

Literatur war nichts Konkretes, nichts Handfestes. Nicht so wie eine Schneiderlehre. Doch vermutlich war es genau das gewesen, was sie gereizt hatte. Das geisteswissenschaftliche

Studium gab Caroline die Möglichkeit, die Frage nach dem beruflichen Ziel aufzuschieben. Es war der bequemste Weg, sich nicht mit ihrer Zukunft auseinandersetzen zu müssen.

Doch nun, nach drei vergeudeten Jahren, wusste sie immer noch nicht, was sie vom Leben wollte. Und ihre Mutter wurde langsam ungeduldig.

Ein laut wummernder Bass dröhnte durch die dünnen Wände des Studentenwohnheims. Dazu Stimmen, lautes Lachen, Fußgetrampel, als hätte plötzlich jemand den Schalter umgestellt. Partystimmung auf Knopfdruck. Die Buchstaben verschwammen zunehmend vor Carolines Augen. Den letzten Absatz hatte sie jetzt schon dreimal gelesen und immer noch nicht verstanden. Plötzlich riss jemand hinter ihr die Tür auf und eine schrille Stimme holte Caroline vollends aus ihrer ohnehin schon fragilen Konzentration.

»Caro, was sitzt du hier noch rum? Drüben steigt eine Party!« Es war ihre Zimmermitbewohnerin Melanie, die den größten Teil ihre Zeit in der Mensa und auf Semesterpartys verbrachte anstatt im Hörsaal. Laut Studentenausweis war sie für Lehramt Mathematik und Geografie immatrikuliert. Doch Caroline hatte auf ihrer Seite des Zimmers noch nie ein Erdkundebuch herumliegen sehen.

»Ich muss lernen. Die Prüfung.« Caroline deutete auf den dicken Wälzer, der vor ihr lag.

»Ach!« Melanie winkte ab. »Was du heute kannst verschieben … Los komm, gib dir nen Ruck!«, bettelte sie. Caroline zögerte und schüttelte doch schließlich den Kopf.

»Keinen Bock!«

Melanie zuckte mit den Schultern, verließ leichtfüßig das Zimmer und ließ die Tür krachend hinter sich ins Schloss fallen.

Bei dem Lärm vor ihrem Zimmer war jetzt jedoch trotzdem nicht mehr an Lernen zu denken. Carolines Mofa war kaputt, deshalb konnte sie auch nicht in die Unibibliothek fliehen. Außerdem schweiften ihre Gedanken ohnehin immer wieder ab.

Wie auch schon während der letzten Tage. Der Streit mit ihrer Mutter ging ihr nicht aus dem Kopf. Kurz nach ihrer Auseinandersetzung im Atelier hatte Caroline noch einmal bei ihr angerufen. Das Foto, der Brief und das Schweigen ihrer Mutter hatten Caroline keine Ruhe gelassen.

Was verheimlichte sie ihr? Warum reagierte sie so abwehrend? Was war passiert? Caroline fand, dass sie ein Recht darauf hatte, mehr über die Vergangenheit ihrer Familie zu erfahren, um das Puzzle ihrer Geschichte vervollständigen zu können – endlich, nach all den Jahren, in denen sie nur halbherzige Anekdoten und oberflächliche Geschichten erzählt bekommen hatte.

Doch ihre Mutter hatte sich weiterhin beharrlich geweigert, mit der Wahrheit herauszurücken. Ein hitziges Wort war auf das andere gefolgt, bis ihre Mutter verzweifelt aufgelegt hatte. Seitdem herrschte Funkstille, die Caroline nur schwer ertrug.

Sie stand auf und öffnete die Zimmertür. Auf dem Flur des Studentenwohnheims war das ausgelassene Getöse aus dem Nebenzimmer noch lauter zu hören. Sie schritt den langen, schmalen Flur entlang. Hinter den anderen Zimmertüren war die Geräuschkulisse nicht minder dezent. Freitagabend dachte hier niemand ans Pauken, da bestand das Studentenleben aus lauter Musik, Freunden und Alkohol.

Am Ende des Flurs stand ein Münztelefon. Eine junge Studentin, vermutlich drittes Semester, lehnte sich gegen den klobigen Apparat und wickelte beim Sprechen gedankenverloren die Strippe des Hörers um einen Finger. Offensichtlich hatte sie nicht vor, ihr Telefonat alsbald zu beenden. Caroline blieb kurz unschlüssig stehen, bevor sie die lange Treppe hinunterlief.

Auf der anderen Straßenseite des hochgewachsenen Gebäudekomplexes gab es noch eine Telefonzelle. Zum Glück war sie leer. Caroline schob die schwere gelbe Tür auf. In dem kleinen quadratischen Kasten roch es nach Rauch und Urin. Sie versuchte, durch den Mund zu atmen und ließ die Tür hinter sich zufallen. Aus ihrer Tasche holte sie ein paar Münzen heraus, steckte sie in den Schlitz und wählte die Nummer ihrer Mutter. Es klingelte ein paar Mal, bevor eine tiefe Stimme sich meldete.

»Kulmbach!«

»Ah hallo, Walter. Gibst du mir meine Mutter?«

»Hallo Caro, Henriette hat sich schon hingelegt«, antwortete der Lebensgefährte ihrer Mutter freundlich. Caroline blickte irritiert auf ihre Armbanduhr.

»Es ist noch nicht mal neun.«

»Sie hatte Kopfschmerzen«, sagte er und fügte erklärend hinzu: »Sie war heute den ganzen Tag unterwegs, hat sich Räume angeguckt für ihr neues Atelier.«

»Ach so, ja! Wie läuft es denn?«, fragte Caroline, mehr aus Höflichkeit denn aus echtem Interesse.

»Nicht gut. Bisher ist der Makler sein Geld nicht wert.«

»Das tut mir leid!« Caroline zögerte. »Kannst du nicht doch mal gucken, ob sie noch wach ist?«

Das kurze Schweigen am anderen Ende der Leitung irritierte sie. Dann räusperte er sich.

»Ich glaube, das ist keine gute Idee. Ihr geht es schon seit ein paar Tagen nicht gut. Mit mir will sie nicht darüber reden und ich bezweifle, dass du bessere Karten hast.« Walter seufzte. »Weiß der Himmel, was in ihrem hübschen Köpfchen vorgeht. Die Veränderung macht ihr wohl mehr zu schaffen, als sie zugeben möchte«, fügte er hinzu.

Caroline ahnte, dass das nicht der wahre Grund für die Verstimmung ihrer Mutter war. Doch sie schwieg reumütig.

»Lassen wir ihr einfach ein bisschen Zeit. Einverstanden?«, versuchte Walter das Gespräch abzurunden.

»Okay! Sag ihr aber bitte, dass ich angerufen habe«, antwortete sie.

»Das mache ich. Ganz bestimmt.«

»Gut, danke! Tschüss«, verabschiedete sich Caroline, dann legte sie den Hörer auf die Gabel zurück. Unschlüssig blieb sie stehen. An den scharfen Geruch in dem kleinen Glaskasten hatte sich ihre Nase inzwischen gewöhnt. Einen Augenblick später nahm sie den Hörer noch einmal ab und wählte die Nummer der Auskunft. Eine freundliche Stimme meldete sich.

»Ähm, ich suche eine Kanzlei in Greifswald ...«, stotterte Caroline.

»Wie ist der Name des Anwalts?«

»Den weiß ich nicht.« Caroline ärgerte sich jetzt, dass sie nicht auf den Briefkopf geachtet hatte.

»In Ordnung. Wie lautet dann die Adresse?«

»Die kenne ich leider auch nicht.«

Die Frau auf der anderen Seite der Leitung wurde ungeduldig.

»Es gibt in Greifswald ein paar dutzend Kanzleien. Haben Sie denn irgendeinen Anhaltspunkt, mit dem ich arbeiten kann?«

Caroline überlegte. Sie biss sich auf die Unterlippe. Dieser Anruf gehörte wohl nicht zu ihren besten Ideen. Aber wenn ihre Mutter nicht mit ihr sprechen wollte, musste sie ja irgendwo anfangen. Auch wenn der erste Strohhalm, den sie ergriff, sie garantiert nicht ans andere Ufer brachte.

»Er beschäftigt sich mit der Rückführung von Immobilien. Wobei ... ich weiß nicht mal, ob es ein ER ist ...«, antwortete sie schon sichtlich verlegen.

»Also hellsehen kann ich auch nicht«, antwortete die Auskunftsmitarbeiterin pampig. »Und für solche Scherzanrufe habe ich schon gar keine Zeit.« Es knackte in der Leitung, die Frau hatte aufgelegt. Caroline seufzte, lehnte sich gegen die Glaswand der Zelle und überlegte. So kam sie nicht weiter. Aber es gab jemanden, der ihr weiterhelfen konnte, wenn sie Glück hatte. Entschlossen stieß sie die Tür der Telefonzelle auf und lief zurück zum Wohnheim.

Dort klaubte sie schnell ein paar Sachen zusammen und stopfte sie in ihren Rucksack. Das dicke Literaturbuch passte nicht mehr hinein, also ließ sie es nach kurzem Zögern einfach auf dem Schreibtisch liegen.

Als sie das Wohnheim wieder verließ, hatte es aufgehört zu regnen und durch die sich auflösende Wolkendecke schien der Mond. Der Bus, der sie zum Bahnhof bringen sollte, fuhr gerade an der Haltestelle ein und sie musste rennen, um ihn noch zu erreichen. Sie hatte Glück.

Bereits fünfzehn Minuten später stand Caroline am Schalter des Münchner Hauptbahnhofs und kaufte eine Fahrkarte: ein Einzelticket ohne Rückfahrt in einem kleinen Abteil. Die Schlafwagen waren schon ausgebucht. Dann machte sie sich auf den Weg zum Gleis und kurz darauf fuhr der Nachtzug ein. Schnell fand sie den richtigen Waggon und ihren Platz. Der Sitz war erstaunlich bequem, doch an Schlaf war nicht zu denken. Dafür war sie viel zu aufgeregt. Seit fast einem Jahr war sie nicht mehr bei ihrer Großmutter in Berlin gewesen.

Die Nacht zog an ihrem Zugfenster vorbei und mit ihr die Bäume, Felder, Städte und Wälder. Kurz nachdem der Zug die ehemalige innerdeutsche Grenze zu Thüringen überquerte, schlief sie doch ein. Die Müdigkeit hatte gesiegt.

Der Morgen dämmerte bereits, als Caroline erwachte und sie in die wiedervereinte Stadt einfuhren. Trotz des gut gepolsterten Sitzes fühlte sie sich wie gerädert und merkte jeden Knochen ihres Gesäßes. Sie war froh, als sie am Bahnhof Berlin Südkreuz den Zug verlassen konnte. Obwohl der Morgen noch jung war, schien hier, im Gegensatz zu München, die Sonne hell und warm.

Als Nächstes stieg sie in die S-Bahn, mit der sie ebenfalls noch ein gutes Stück unterwegs war, bevor sie endlich die Einfamilienhaussiedlung erreichte, in der ihre Großmutter lebte. Die Gegend hier hatte bereits etwas Dörfliches an sich. Das Haus ihrer Großmutter lag versteckt in einer kleinen Sackgasse. Nach kurzem Zögern klingelte Caroline an der Tür.

Es dauerte eine gute Weile, bis eine Frau mittleren Alters öffnete. Sie trug einen Kittel aus grellem Stoff. Caroline sah sie verdutzt an.

»Wo ist Babette?«

»Hat gekündigt. Ich bin die Neue. Und wer sind Sie?«

»Caroline.«

»Ah, die Enkelin. Da wird sich Ihre Oma aber freuen, dass Sie sie besuchen.«

Caroline lächelte flüchtig, als die Frau sie hereinwinkte. »Ich heiße übrigens Anja. Ihre Oma sitzt im Wintergarten, auf ihrem Lieblingsplatz«, sagte sie dabei.

Caroline trat ein und folgte der Pflegerin durch den geräumigen Flur. Ihr erster Blick ging hinauf zu der kleinen Galerie. Von dort oben hatte sie als Kind mit Vorliebe selbstgebastelte Fallschirme fliegen lassen. Auch sonst war alles so, wie Caroline es in Erinnerung hatte. Der Spiegel, in Messing eingefasst, war blankpoliert und die große Vase aus gebürstetem Kupfer, die auf der alten Holzkommode stand, mit frischen Tulpen befüllt. In der Garderobe hingen neben einem Damenmantel ein Herrenhut und ein beigefarbener Trenchcoat.

Offensichtlich hatte ihre Oma es immer noch nicht geschafft, sich von den alten Sachen ihres verstorbenen Mannes zu trennen. Dabei war die Beerdigung schon vier Jahre her. Auch im Wohnzimmer hatte sich nichts verändert. Die deckenhohen Regale, die sich fast über die gesamten Wände erstreckten, waren gut gefüllt mit Büchern, Schallplatten und staubfangenden Sammlerstücken vergangener Reisen.

Die Sitzfläche des Ledersofas zierte noch immer die alte geblümte Decke, unter der Caroline sich früher so gern eingekuschelt hatte, wenn sie mit ihren Großeltern hier bis spät in die Nacht ferngesehen hatte.

Außerdem suchte man auch jetzt noch vergebens nach Fotos oder persönlichen Erinnerungen auf dem Kaminsims.

Als Kind war sie nicht besonders häufig hier gewesen. Ihre

Mutter hatte stets Gründe gefunden, warum sie Weihnachten, Ostern oder zu den Geburtstagen nicht kommen konnten. In der Regel war es die zusätzliche Arbeit im Atelier gewesen, die zu solchen Anlässen als Ausrede gedient hatte. Das ein oder andere Mal hatte aber auch die unsichere politische Lage in der zweigeteilten Stadt und der besondere Anfahrtsweg über die Grenze und durch die DDR herhalten müssen. Wenn sie dann doch einmal hier gewesen waren, hatte sich ihre Mutter sichtlich unwohl gefühlt.

Während Caroline mit ihren Großeltern im Garten gespielt hatte, hatte ihre Mutter nur schweigend zugesehen. Und das Gefühl vermittelt, die Abreise kaum erwarten zu können. Irgendetwas hatte sie gehemmt, doch Caroline hatte nie begriffen, was es war.

Jetzt öffnete Anja die Tür zum Wintergarten, blieb stehen und sah Caroline an.

»Sie hat heute einen guten Tag«, sagte sie leise und warf ihr ein aufmunterndes Lächeln zu. Dann nickte sie und zog sich zurück.

Caroline trat in den großen, lichtdurchfluteten Raum. In einer Ecke, in der es besonders sonnig war, saß ihre Oma in einem breiten Sessel und schaute aus dem Fenster. Caroline folgte ihrem Blick. Ein Meer aus Blüten umrandete die Terrasse. Der Rasen dahinter war gepflegt, die Hecken akkurat geschnitten.

In der hinteren Ecke des Gartengrundstücks stand ein kleiner Springbrunnen. Auf einem efeuumrankten Sockel thronte eine Steinschale, auf deren Rand eine Ente mit weit ausgebreiteten Flügeln stand. Aus ihrem Schnabel lief das Wasser zart plätschernd in die Schale. Caroline kannte das liebliche Steinkunstwerk noch aus ihren Kindertagen. Früher hatte sie immer ihre Füße in die Schale halten wollen, doch ihre Großmutter hatte es ihr stets verboten, auf den Brunnen zu klettern. Caroline wandte ihren Blick ab und ging langsamen Schrittes durch den Wintergarten.

»Hallo, Oma Grete!«, sagte sie dabei fast flüsternd. Die Angesprochene drehte sich langsam um.

Für einen Augenblick war sie sich nicht sicher, ob ihre Oma sie erkannte, doch dann legte sich ein strahlendes Lächeln auf ihr vom Leben gezeichnetes Gesicht. Es wirkte freundlicher und nicht so streng wie früher.

»Caro, mein Schatz! Was für eine schöne Überraschung!«

Caroline freute sich ebenfalls, ihre Großmutter zu sehen. Mehr, als sie gedacht hätte. Sie beugte sich herunter und nahm die alte Frau in den Arm.

Anja kam noch einmal herein und brachte ihnen Kaffee und Kuchen. Selbstgebackene Eierschecke, die Caroline gierig verschlang. Sie hatte gar nicht gemerkt, wie sehr ihr Magen grummelte. Hatte sie doch das letzte Mal am Tag zuvor in der Mensa zum Mittag etwas zu sich genommen.

»Eierschecke, die hast du schon als Kind gern gegessen, wenn du bei mir zu Besuch warst«, sagte ihre Oma lächelnd, während sie selbst nur ein paar Happen aß. Caroline konnte sich an den Kuchenverzehr nicht erinnern, aber sie war froh, dass ihre Oma es konnte. Offensichtlich ging es ihr heute wirklich gut.

»Studierst du noch?«, fragte ihre Oma und sah sie aufmerksam an.

Caroline schob sich ein großes Stück Kuchen in den Mund und nickte.

»Germanistik wars, stimmts?«

Caroline sah sie überrascht an. Walter hatte ewig gebraucht, um sich das zu merken.

»Wie läuft es denn?«

Caroline legte die Kuchengabel beiseite. Sie war nicht hier, um über ihr Studium zu reden. Vermutlich hätte sie der Versuchung nicht widerstehen können, es schön zu reden.

»Ich habe ein paar Fragen an dich«, sagte sie deshalb ausweichend.

Ihre Oma sah sie aufmerksam an, ihr Blick war klar, also fuhr Caroline fort: »Ich habe bei Mama einen Brief gefunden. Darin ging es um ein Haus in Ahlbeck, das euch weggenommen wurde.«

Die betagte Frau wandte ihren Blick nicht von Caroline ab.

»Kannst du mir dazu etwas sagen?«

Einen Moment lang schwieg ihre Oma. Caroline war sich nicht sicher, ob sie die Frage verstanden hatte. Dann lehnte sie sich in ihrem Sessel zurück.

»Ach, unsere Villa!«, seufzte sie versonnen. Dann sah sie ihre Enkelin fragend an. »Hab ich dir je erzählt, warum wir unsere Pension Ostseeperle genannt haben?«

Caroline blickte sie überrascht an.

»Ihr hattet eine Pension? Davon haben Mama und du mir überhaupt noch nie erzählt!«

Caroline war sich nicht sicher, ob ihre Großmutter den kleinen Vorwurf tatsächlich nicht herausgehört hatte oder es einfach nicht wollte. Unbeirrt begann die alte Dame zu erzählen:

»Kurz nachdem wir das Haus übernommen hatten, strich Gustav die Fassade. Auch die kleinen Stuckverzierungen unter dem Dach sollten einen neuen Anstrich bekommen. Es waren kleine Muscheln. Er bemalte jede einzelne mit einem Pinsel. Ganz vorsichtig, weil er Angst hatte, der Sandstein könnte abplatzen.« Sie hielt kurz inne und lächelte selig, bevor sie fortfuhr: »Als er damit fertig war, bemerkten wir, dass sich auf einer der Muscheln ein dicker Farbklecks gebildet hatte. Eine Nase.« Sie schmunzelte. »Die Farbe war schon trocken und dein Großvater ärgerte sich ungemein. Aber ich fand das gar nicht schlimm. Der Klecks sah aus wie eine Perle, die in der Muschel lag. Deshalb nannten wir unsere Pension Ostseeperle.«

Wieder lächelte sie.

»Wo genau war eure Pension? Weißt du die Adresse noch?«

Ihre Großmutter nickte und Caroline sah sie erwartungsvoll an.

»Auf dem schönsten Fleckchen Erde, das man auf der ganzen Insel finden konnte«, antwortete sie ungewohnt verträumt. Caroline stöhnte etwas enttäuscht, ganz leise nur, damit ihre Großmutter es nicht mitbekam.
»Was ist mit der Pension passiert?«, fragte sie.
»Wir haben sie verloren.«
»Verloren? Wie?«
Ihre Großmutter seufzte auf. Zerstreut fuhr sie sich durch ihr dünnes Haar. Doch Caroline ignorierte die Anzeichen.
»Bitte! Erzähle es mir«, sagte sie stattdessen. Schließlich nickte die alte Dame.
»Es war 1952 ... Nein, 53. An einem kalten Wintertag. Vermutlich war es der kälteste im ganzen Jahr. So kam es mir zumindest vor.« Grete seufzte tief, bevor sie weitersprach: »Am Morgen fegte noch ein Schneesturm über die Promenade und gegen Mittag kamen sie. Junge Männer in Uniform, die ich noch nie zuvor gesehen hatte. Ich bin mir sicher, dass Ebert sie zu uns geschickt hatte. Sie stellten das ganze Haus auf den Kopf. Mein schönes Porzellan ging dabei zu Bruch. Das mit dem Zwiebelmuster. Es war das einzige, was uns die Russen gelassen hatten. Und nun trampelten die eigenen Landsleute darauf herum. Es war furchtbar, das mit ansehen zu müssen.« Ihre Stimme zitterte beim letzten Satz. Es strengte sie an, davon zu erzählen.
»Sie haben uns verhaftet und uns die Villa weggenommen. Die Muschel mit der Perle habe ich nie wiedergesehen. Genauso wie ...« Sie schluckte tief betroffen. Eine Träne lief ihr über das Gesicht.
»Wie wen? Wen hast du nie wiedergesehen?«, fragte Caroline angespannt. Doch ihre Oma warf nur den Kopf hin und her, als hoffte sie, damit die schlechten Gedanken einfach abschütteln zu können. Fahrig fasste sie sich an die Stirn.
»Ich habe Durst! Gib mir was zu trinken«, stotterte sie sichtlich durcheinander. Caroline sprang auf und hastete durchs Wohnzimmer in die Küche.

»Anja! Oma braucht Wasser.« Die Pflegerin, die gerade den Abwasch erledigte, sah sie erschrocken an. In ein Glas füllte sie etwas Wasser aus der Leitung und gab es Caroline. Sie lief zurück, Anja folgte ihr. Gierig trank ihre Oma das Glas leer. Sie zitterte dabei so sehr, dass sie das Gefäß mit beiden Händen festhalten musste.

»Was ist passiert?«, fragte Anja vorwurfsvoll.

»Nichts! Wir haben uns unterhalten.«

»Jegliche Aufregung ist Gift für sie.«

Caroline schluckte betroffen. Die Pflegerin verschränkte ihre Arme.

»Sie sollten jetzt besser gehen.«

»Nein, ist schon in Ordnung«, mischte sich Oma Grete plötzlich ein. Die Pflegerin und Caroline sahen sie überrascht an. Grete wandte sich an ihre Enkelin: »Du kannst gerne über Nacht bleiben. Morgen geht es mir bestimmt wieder besser.«

Dann blickte sie ihre Pflegerin an.

»Kannst du ihr bitte das Gästezimmer fertig machen?«, fragte sie höflich.

Anja warf Caroline einen vorwurfsvollen Blick zu. Offensichtlich war sie mit dem Angebot ganz und gar nicht einverstanden. Trotzdem nickte sie und ließ die beiden allein. Caroline ging zum Sessel hinüber, kniete sich vor ihre Oma und umfasste ihre Hände. Die Haut, die sie sanft streichelte, fühlte sich warm und weich an.

»Danke, Oma. Auch für deine Ehrlichkeit.«

Sie nickte, ihr Blick hatte wieder etwas Verträumtes. Dann legte sie den Kopf schief und lächelte seufzend.

»Du wirst Lisbeth immer ähnlicher.«

Caroline sah sie überrascht an.

»Wem?«

Ihre Oma reagierte nicht. Stattdessen stutzte sie und fragte: »Wann kommt Gustav eigentlich nach Hause?«

Caroline seufzte, drückte noch einmal liebevoll die Hände

der alten Frau und stand auf. Als sie an der Tür zum Wohnzimmer war, drehte sie sich noch einmal um.

»Ruh dich ein bisschen aus. Wir sehen uns später.«

Ihre Oma nickte und schloss die Augen. Leise verließ Caroline den Wintergarten und folgte der Pflegerin in die obere Etage des Hauses.

LISBETH
1952

Lisbeth saß auf der Schaukel unter der großen Buche und wartete auf ihre Schwester. Der Himmel über dem Meer strahlte in sanften Orangetönen. Die Sonne würde bald untergehen und das Tanzorchester im Kulturhaus den ersten Takt anschlagen. Lisbeth war schon ganz aufgeregt. Sie strich über den feinen Stoff ihres Kleides über dem Petticoat. Bisher gab es nur wenig Anlässe, das schöne Kleid mit dem Lilienmuster und der violetten Taillenschleife zu tragen, das Tante Vivien ihr zum Schulabschluss geschenkt hatte. Den schwarzen Unterrock, deren feine Spitze am Saum hervorblitzte, hatte sie sich von Helga geliehen.

Der gäbe dem Kleid etwas Verruchtes, hatte sie augenzwinkernd behauptet. Lisbeth hingegen gefiel es einfach, wie der Stoff durch den breiten Schnitt fiel. Ihre Locken hatte sie zu einem Pferdeschwanz zusammengebunden, der sie bei jeder Bewegung sanft im Nacken kitzelte.

Ungeduldig seufzte Lisbeth und stieß sich mit dem Fuß vom Boden ab. Der dicke Ast, an dem die Schaukel befestigt war, wippte unter der Last. Lisbeth spürte den Windzug, der mal von vorn und mal von hinten an ihren nackten Schultern vorbeizog.

Vielleicht sollte sie noch ein Jäckchen mitnehmen, fiel ihr dabei ein. Während sie sich mit einer Hand an dem Seil der Schaukel festhielt, zog sie mit der anderen die alte Uhr ihres Vaters aus der Seitentasche ihres Kleides. Mit geübten Handgriffen öffnete sie das Gehäuse und blickte auf das Ziffernblatt. Wenn sie pünktlich sein wollten, mussten sie bald aufbrechen.

Lisbeth blickte zum Eingang der Villa hinüber, die Haustür war noch immer geschlossen. Normalerweise war ihre Schwester die Pünktlichkeit in Person. Wofür sie nun in ihrem gemeinsamen Zimmer so lange brauchte, wusste Lisbeth nicht. Doch sie verkniff es sich, nachzusehen, und wartete weiter mehr oder weniger geduldig. Schließlich war sie froh, dass ihre Schwester ihr Versprechen überhaupt einhielt, da wollte sie den Abend jetzt nicht noch durch ihre Drängelei gefährden.

Gleich am Morgen, nachdem Henni ihr abends im Bett zugeflüstert hatte, dass sie zum Tanz mitkommen würde, hatte sie mit Mutter gesprochen. Aufgeregt hatte Lisbeth an der Tür zur Küche gestanden und gelauscht. Doch da immer wieder Gäste in die Diele gekommen waren, die Lisbeth freundlich gegrüßt und mit der einen oder anderen Frage behelligt hatten, hatte sie einen Großteil des Gesprächs verpasst. Dem Ergebnis nach zu urteilen war ihre Mutter allerdings wohl bei guter Laune gewesen und hatte tatsächlich nichts dagegen gehabt, dass die beiden gemeinsam zu dem Fest gingen.

Lisbeth hatte ihre Schwester stürmisch umarmt, als diese ihr davon erzählt hatte. Und auch Henni schien ein klein wenig aufgeregt gewesen zu sein.

Endlich öffnete sich die Haustür und ihre Schwester trat ins Freie. Lisbeth schob die Uhr zurück in den Schlitz ihrer Tasche, sprang leichtfüßig von der Schaukel und lief zu ihr. Wie eine richtige Dame schritt Henni über die Veranda. Sie trug ein cremefarbenes, knielanges Kleid, das ihre sonnengebräunte Haut unterstrich. Ihre Lippen glänzten in einem zarten Rotton, die feinen Haare hatte sie sich aufwendig zu einem Dutt aufgedreht.

Überrascht hielt Lisbeth einen Moment inne. Sie hatte nicht gewusst, dass ihre Schwester solche Kunstwerke aus Haaren zaubern konnte, doch sie musste zugeben, dass sie damit wirklich umwerfend aussah.

Schnell huschte Lisbeth noch einmal hinein und holte sich das Jäckchen von der Garderobe, dann gingen sie zu Fuß die Strandpromenade Richtung Seebrücke entlang.

Die Abendsonne tauchte die Seebadvillen in bezauberndes Licht. Auf dem Weg zum Kulturhaus sprachen die Schwestern nicht viel miteinander. Jede von ihnen hing ihren eigenen Gedanken nach.

Auf dem Platz vor dem Kulturhaus war schon einiges los. Ein paar Gesichter erkannte Lisbeth. Schließlich war Ahlbeck nicht sonderlich groß, auch wenn sich im Sommer der Strand, die Promenade und die Seebrücke mit Besuchern füllten. Zwischen den ausnahmslos jungen Leuten, die sich auf den Treppenstufen und davor unterhielten, lachten oder sich eine Zigarette teilten, suchte Lisbeth ihre Freundinnen.

Doch Helga und Marie schienen noch nicht da zu sein. Auch Henni blickte sich um.

»Suchst du jemanden?«, fragte Lisbeth neugierig.

Ihre Schwester schüttelte hastig den Kopf. Verlegen leckte sie sich mit der Zunge über ihre Lippen. Ganz wohl schien sie sich in ihrer Aufmachung nicht zu fühlen, was Lisbeth ganz und gar nicht verstand. Ihrer Meinung nach könnte sich ihre Schwester ruhig öfter so herausputzen.

Da hielt ihr plötzlich jemand von hinten die Augen zu. Lisbeth hörte ein Kichern und tastete mit ihren Händen die Finger ab, die ihre Sicht bedeckten. Die langen, vom Lack glatt polierten Nägel erkannte sie sofort. Sie drehte sich um, jauchzte kurz schrill auf und umarmte ihre Freundin Helga stürmisch. Neben ihr hüpfte Marie aufgeregt auf und ab und schwang ihre Arme ebenfalls um das Gespann.

Henni stand neben ihnen und auch wenn Lisbeth es nicht sah, konnte sie den peinlich berührten Blick ihrer Schwester förmlich spüren. Doch nur weil sie sich nichts aus Freundschaften zu machen schien, wollte sie sich ihre nicht verderben lassen.

»Wollen wir reingehen?«, fragte Marie, als sie sich beruhigt hatten.

Helga nickte, während Lisbeth ihrer Schwester einen fragenden Blick zuwarf.

»Geht nur!«, sagte Henni

»Sicher?« Lisbeth zögerte. »Du kannst ja auch mitkommen.« Helga und Marie blickten kurz überrascht auf, bevor sie ihrer Freundin beipflichteten.

»Ja, komm mit«, schob Marie hinterher.

Henni schüttelte den Kopf. »Amüsiert euch. Ich komme schon allein zurecht.« Sie lächelte dabei und Lisbeth hatte tatsächlich das Gefühl, dass sie es ernst meinte.

Die Freundinnen hakten sich unter und schritten die Treppe zum Kulturhaus hinauf. Die Vorfreude auf den Abend stand ihnen allen drei ins Gesicht geschrieben. Als Lisbeth noch einmal zurückblickte, sah sie Henni allein auf dem Platz stehen. Wieder wandte sie den Kopf, so als würde sie jemanden suchen.

Im Saal des Kulturhauses sah Lisbeth sich staunend um. Sie kannte den Raum von verstaubten Versammlungen und gähnend langweiligen Jubiläumsfeiern. Aber so, geschmückt mit leuchtenden Lampions, bunten Girlanden und flatternden Kreppbändern, mit gedämpftem Licht und einer beleuchteten Bühne, auf der bereits die Instrumente standen, wirkte er größer und einladender als sonst. Lisbeth sog die Atmosphäre mit gierigen Blicken auf.

»Die Musik wird dir gefallen. Sie spielen die Schlager wie die Großen. Wie die Sonja oder die Cornels«, erklärte Marie fachkundig mit Blick auf die Bühne.

Lisbeth nickte, auch wenn ihr die Namen nichts sagten. In der Villa lief nur selten das Radio. »Das fröhlich-sozialistische Gedudel, das nach dem Krieg rauf und runter gespielt wurde, wollen die Gäste nicht hören«, sagte ihre Mutter immer. Nur manchmal, wenn sie allein im Salon war, suchte Lisbeth im

Kofferradio, das auf dem Kaminsims stand, einen Musiksender und schwang den Staubwedel im Rhythmus ihrer Hüften.

Als sie sich einen Platz am Rand des Saals gesucht hatten, zog Helga einen kleinen Flachmann aus ihrer Handtasche und zeigte ihn ihren Freundinnen.

»Selbstgebrannter. Von meinem Opa. Hat er gar nicht gemerkt, dass ich den eingesteckt habe.«

»Helga, das ist Schnaps. Wir sind noch nicht volljährig«, stieß Marie erschrocken aus.

Helga zuckte nur mit den Schultern. »Das Bier kannst du hier nicht trinken. Ist nur zusammengepanschte Plörre. Und spätestens nach der ersten Pause ist eh alles leergesoffen.«

»Und wenn uns jemand damit erwischt?«, fragte Marie, immer noch sichtlich nervös.

Lisbeth sah sich um, dann schnappte sie sich die etuiförmige Flasche und ließ sie zu der Uhr in ihre Tasche gleiten.

»Wird schon niemand mitbekommen. Dafür sorge ich«, sagte Lisbeth und zwinkerte Helga zu. »Wir lassen uns den Spaß nicht verderben.«

Auf Lisbeths Stirn standen kleine Schweißperlen. Sobald das Tanzorchester angefangen hatte zu spielen, war der nunmehr abgedunkelte Raum voller geworden. Auf den Fensterscheiben hatte sich ein Schleier aus verbrauchter Luft gebildet. Kleine Wassertropfen rannen die glatte Oberfläche hinunter und zeichneten ein flatterhaftes Streifenmuster aufs Glas.

Lisbeth wünschte sich, eines der Fenster öffnen zu können. Ihre Lungen sehnten sich nach frischer Luft. Hier drinnen war es unangenehm stickig. Doch sie waren verriegelt, um die umliegenden Anwohner nicht mit dem Krach der Jugend zu behelligen. Lisbeth fiel es schwer, sich auf die Musik und ihre Freundinnen zu konzentrieren, die neben ihr im Takt der Klänge ihre Oberkörper schunkelten. Sie wollte sich den Abend aber nicht vermiesen lassen. Nicht von ihrer nervigen Krankheit, die sich schon zu oft in den unpassendsten Momenten in ihr Leben mischte. Lisbeth sah zur Bühne und beobachtete die Paare, die davor zu den Schlagern übers Parkett schwoften.

Zu gerne würde sie auch tanzen, hatte sie doch die letzten Tage heimlich vor dem Spiegel dafür geübt. Dabei hatte sie sich vorgestellt, wie ein gutaussehender Mann ihre Hand festumschlungen hielt, ihren Rücken sanft berührte, während er ihr tief in die Augen sah und sie leichten Schrittes zur Musik führte. Bei diesen Träumereien hatte sie jedes Mal Herzklopfen bekommen und sich noch mehr auf den heutigen Abend gefreut. Doch bisher hatte sie noch niemand zum Tanz aufgefordert. Die meisten Männer standen lässig an die Wand gelehnt und schlürften beobachtend ihre Kaltgetränke, die von ihnen schneller geleert wurden, als der Gastwirtin lieb war.

Da beugte sich Helga zu Lisbeth vor. »Und? Gefällt es dir?«, brüllte sie gegen die Musik an und ihrer Freundin ins Ohr. Lisbeth nickte, wenn auch zögerlicher als gewollt.

»Dich fordert bestimmt noch jemand auf. So hübsch, wie du heute aussiehst«, munterte Marie sie auf. Lisbeth hoffte, dass sie recht behielt.

»Ja, die Jungs müssen nur erst noch locker werden«, pflichtete Helga ihr bei und fügte sogleich augenzwinkernd hinzu: »Und wir auch. Schließlich ist das hier keine Trauerveranstaltung. Wollen wir den Selbstgebrannten probieren?«

Marie schüttelte schnell den Kopf. »Noch nicht!«

»Gut, dann hole ich uns was vom Ausschank.« Helga drehte sich schwungvoll auf den hohen Absätzen ihrer Schuhe herum, sodass ihr Kleid eine kleine Welle schlug. Lisbeth sah, wie sie sich gekonnt durch die Zuschauermenge schlängelte und Richtung Tresen verschwand. Marie beugte sich zu ihr herüber. »Bin gespannt, was für ein Gesöff sie nun anschleppt, wenn sie denn überhaupt wiederkommt.« Lisbeth warf ihr einen fragenden Blick zu, den Marie jedoch übersah, da sie sich bereits wieder der Bühne zuwandte.

Offensichtlich spielte das Orchester einen bekannten Schlager an. Ein Jubeln raunte durch die Zuschauer und die Tanzfläche füllte sich. Die Paare mussten aufpassen, dass sie sich bei ihren teils ausufernden Hüftschwüngen nicht anrempelten. Marie sang den Liedtext mit, der eher banal und alles andere als politisch war.

Die Stimmung wurde immer ausgelassener, die Tanzfläche blieb auch bei den nächsten Musikstücken rappelvoll. Lisbeth hatte noch immer niemand aufgefordert. Helga ließ sich tatsächlich nicht mehr blicken, obwohl Lisbeth nun langsam etwas zu trinken gebrauchen konnte. Ihre Kehle fühlte sich staubtrocken an. Sie dachte an den Flachmann, der in ihrer Tasche auf seinen Einsatz wartete. Doch vermutlich wäre es keine gute Idee, den Hochprozentigen als Durstlöscher zu verwenden.

Lisbeth wollte sich eben zu Marie hinüberbeugen, um ihr zu sagen, dass sie nun Getränke holen würde, als sie den Bauern Georg zwischen den Feiernden entdeckte. Er kam direkt auf sie zu. Lisbeths Herz machte einen kleinen Hüpfer. Vorfreudig und bereit, endlich die Tanzfläche zu erobern, blickte sie ihm entgegen. Er hatte sie bei ihren letzten Begegnungen immer so hübsch angelächelt, dass sie schon beim Gedanken an ihn weiche Knie bekam. Doch zu ihrer Überraschung sprach er nicht sie an, sondern Marie.

»Willst du mit mir tanzen?«, fragte er gerade heraus.

Marie nickte, ohne zu zögern, obwohl sie von der Schwäche ihrer Freundin für den Landjungen wusste. Doch sie sah Lisbeth nicht einmal an, als sie Georgs Hand nahm und ihm auf die Tanzfläche folgte. Lisbeth blieb mehr als empört zurück. Ihr Brustkorb verengte sich und sie wusste nicht, ob es am Asthma oder am Verrat ihrer Freundin lag. Ganz unwillkürlich blickte sie sich suchend nach ihrer Schwester um. Doch Henni war weit und breit nicht zu sehen.

Seit sie sich vor dem Eingang des Kulturhauses von ihr verabschiedet hatte, fehlte von ihr jede Spur. Vermutlich, weil sie

längst nach Hause gegangen war, sich an der wartenden Mutter vorbei ins Zimmer geschlichen hatte und nun genügsam und zufrieden schlummerte. Lisbeth überlegte ernsthaft, ob sie ihr folgen sollte, als Helga mehr hüpfend als gehend zu ihr zurückkam. Beschwingt sah sie sich um.
»Wo ist Marie?«
»Tanzen«, brummte Lisbeth.
»Dann verpasst sie was.« Lisbeth blickte neugierig auf.
»Ich habe ein paar Jungs kennengelernt, an der Bar. Die sind dufte. Komm mit rüber!«
Lisbeth zögerte. Die Enttäuschung über Marie nagte noch immer an ihrem Frohsinn.
»Na, los! Oder willst du hier Wurzeln schlagen?«, sagte Helga und knuffte sie in die Seite. Ein kleines Lächeln huschte über Lisbeths Gesicht. Ihre Freundin hatte es geschafft sie zu überreden und Lisbeth folgte ihr zum Tresen. Die Burschen, zu denen sie sich gesellten, tranken Bier und sprachen ausgelassen. Sie wirkten ein wenig älter als sie selbst, was auch an ihren schwarzen Jacken aus Lederol liegen konnte. Das Lederimitat ließ sie verwegen wirken.
»Die Herren, das ist Lisbeth!«, stellte Helga ihre Freundin vor.
Die Runde nickte ihr zu, widmete sich aber sogleich wieder ihrem Gespräch. Lisbeth konnte heraushören, dass es um amerikanische Musik ging und wie man sie am besten einschmuggelte. Da sie ja kaum die deutschen Schlager kannte, wusste sie noch weniger mit der Musik aus dem kapitalistischen Ausland anzufangen. Die Worte rauschten an ihr vorbei, während sie Ausschau nach Marie hielt.
Sie entdeckte ihre verräterische Freundin zwischen den tanzenden Paaren. Schwungvoll ließ sie sich von ihrem Tanzpartner übers Parkett führen. Offensichtlich genoss Marie Georgs Anwesenheit. Immer wieder kicherte sie verlegen an seine kräftige Schulter gelehnt. Auch Georg schien mit seiner Damenwahl zufrieden zu sein, was Lisbeth einen kleinen Stich ins

Herz versetzte. Hatte sie sein Lächeln bei ihren Begegnungen so missverstanden?

»Willst du auch ne Kippe?«, fragte sie einer der umstehenden Jungs. Lisbeth schüttelte den Kopf. Die anderen hingegen griffen gerne zu. Auch Helga sagte natürlich nicht Nein und ließ sich sogleich von ihrem Gönner Feuer geben. Dafür schenkte sie ihm ein breites Lächeln, was er hoffnungsvoll registrierte.

Als die Glimmstängel aufglühten und dichter Rauch aufstieg, musste Lisbeth sich ein Husten verkneifen. Sie spürte, wie sich ihre Bronchien immer mehr verengten. Sie hatte keine Ahnung, wie lange sie es in diesem stickigen Saal noch aushalten würde.

Nachdem Helga aufgeraucht hatte, folgte sie dem Kerl, der die Zigaretten verteilt hatte, auf die Tanzfläche, während sich ein blonder Scheitelträger, der neben Lisbeth stand, zu ihr herüberbeugte.

»Tanzt du mit mir?«

Überrascht drehte Lisbeth sich zur Seite. Er sah ganz passabel aus. Sein Lächeln, mit dem er sie fragend ansah, wirkte nett.

Lisbeth freute sich über die Aufforderung, zögerte nun aber doch, aus Angst, dass die schnellen Schrittfolgen auf dem Parkett ihr den letzten Atem rauben könnten. Da wechselte das Orchester zu einem langsameren Stück und die Paare schunkelten nun mehr, als dass sie tanzten. Also nickte Lisbeth und folgte dem jungen Mann zum Bühnenrand.

Seine Hand fühlte sich warm und schwitzig an, als sie ihre hineinlegte. Die andere Hand legte er auf ihren Rücken. Lisbeth zuckte kurz zusammen, als er sie fest zu sich heranzog und begann, sie über die Tanzfläche zu schieben.

Trotz des langsamen Taktes musste sie sich konzentrieren, um ihm nicht auf die Füße zu treten, aber immerhin bekam sie bei diesem gemächlichen Tempo einigermaßen gut Luft, auch wenn es zwischen den vielen Tanzpaaren penetrant nach Rasierwasser, Alkohol und Schweiß roch. Ihr Tanzpartner war da leider keine Ausnahme, wie Lisbeth schnell bemerkte, nun wo sie ihm so nah war. Doch sie versuchte, den Makel zu ignorieren.

»Du bist nicht von hier, oder?«, fragte sie ihn deshalb.

Er schüttelte den Kopf. »Bansin.«

»Was machst du so?«

»Bin Fischer.«

Lisbeth nickte, viele junge Männer auf der Insel fuhren für die Fischgenossenschaft aufs Meer hinaus.

»Und wie läufts?«

»Gut!«, antwortet er nur knapp. Die Unterhaltung wollte nicht so recht in Gang kommen.

»Hat die Genossenschaft nicht die Abgaben erhöht?«, fragte sie dennoch weiter.

Ihr Gegenüber stutzte kurz. »Nicht, dass ich wüsste. Wir bekommen für die Edelfische von den Genossen nur mittlerweile mehr, als jeder gescheite Bürger zahlen würde.«

Lisbeth wunderte sich. »Komisch, Heinrich Hubert hat das aber so behauptet. Hat zumindest meine Mutter erzählt.«

»Hubert. Ist das der mit dem Kutter hinter der Seebrücke? Der auch im Sommer eine rote Mütze trägt?«

Lisbeth nickte. »Kennst du ihn?«

Er schüttelte kurz den Kopf. »Nicht wirklich.«

Lisbeth erinnerte sich daran, wie Heinrich die Mütze bei ihrer letzten Begegnung, als er sie vorm Laden des Schusters angerempelt hatte, nervös in seinen Händen geknetet hatte.

Die letzten Takte, mit denen das Orchester das Stück abklingen ließ, kamen ihr recht. Allmählich fühlte sie sich in den Armen ihres Tanzpartners doch eine Spur zu unwohl. Beim Üben vor dem Spiegel hatte sie sich das Tanzen romantischer vorgestellt. Doch genauso zäh und holprig wie ihre Unterhaltung tanzte ihr Partner auch. Sie wollte sich aus dem festen Griff des Blonden befreien, doch er dachte noch nicht daran, sie gehen zu lassen.

»Noch einen Tanz«, bettelte er. »Und dieses Mal richtig!«

Während die Musik erneut zu spielen begann, schob er seine Hand über ihren Rücken hinunter bis zu ihrem Gesäß. Als er ihren Hintern packte, stieß sie ihn empört von sich. Er torkelte ein paar Schritte zurück, gegen ein anderes tanzendes Paar. Das Mädchen, das gerade zu einer gekonnten Drehung ausholen wollte, stolperte ebenso und fiel auf ihre Knie. Ihr Tanzpartner schubste den Wankenden zurück.

Ohne etwas dagegen tun zu können, sah Lisbeth entsetzt mit an, wie vor der Bühne eine Rangelei entstand. Sie drängelte sich zwischen den Schaulustigen hindurch und eilte zum Ausgang des Saales. Helga stellte sich ihr in den Weg.

»Wo willst du hin?«

»Raus! Ich brauche frische Luft.«

Helga zögerte, blickte kurz zu ihrem Tanzpartner hinauf, der hinter ihr stand.

»Soll ich mitkommen?«, fragte sie mehr aus Höflichkeit.

Lisbeth schüttelte den Kopf. »Brauchst du nicht.«

»In Ordnung. Dann bis gleich«, antwortete ihre Freundin sogleich und drehte sich auch schon wieder zu ihrem Verehrer um. Lisbeth sah ihr noch kurz hinterher, wie sie erneut zwischen den Paaren verschwand. Offensichtlich war an diesem Abend keine ihrer Freundinnen mit Feingefühl ausgestattet. Dann drehte sie sich um und trat durch die Tür.

Draußen atmete Lisbeth tief durch. Die Luft war kühl, klar und unverbraucht. Sie spürte, wie sich ihre Lungen weiteten und den Sauerstoff einsogen. So musste sich ein Neugeborenes beim ersten Atemzug fühlen.

Nachdem sie ein paar Mal ausgiebig Luft geholt hatte, setzte sie sich auf die oberste Treppenstufe. Noch hatte sie keine Lust, wieder hineinzugehen. Ohnehin war sie sich nicht sicher, ob es nicht besser wäre, den Abend einfach zu beenden und alles hinter sich zu lassen. Nachdenklich lauschte sie der Musik, die hier draußen nur noch gedämpft zu hören war. Ein kühler Windhauch ließ ihre Locken tanzen und fröstelnd strich sie sich über ihre nackten, gänsehautbedeckten Arme. Ihr Jäckchen lag natürlich noch drinnen im Saal.

Da fiel ihr der Flachmann ein, den sie immer noch in ihrer Tasche bei sich trug. Sie holte die Flasche heraus, öffnete neugierig den Drehverschluss und roch daran. Ein beißender Geruch schlug ihr entgegen. Sie zögerte kurz, dann setzte sie die Flasche an und nahm einen Schluck. Für einen Moment brannte der Schnaps wie Feuer in ihrer Kehle, Tränen schossen ihr in die Augen. Doch das Getränk schien sie auch von innen zu wärmen. Sie nahm noch einen weiteren kräftigen Schluck, der schon weniger brannte. Als sie die Flasche wieder absetzte, entdeckte sie Irene Ebert, die durch eines der Fenster versuchte, ins Innere des Kulturhauses zu spähen.

»Was machen Sie da?«, fragte sie die Frau des SED-Politikers verwundert. Etwas ertappt trat diese einen Schritt zurück.

»Nichts!«

»Sieht aber nicht so aus«, ließ Lisbeth nicht locker.

Irene kniff erzürnt die Augen zusammen. Sie überlegte kurz, dann drehte sie den Spieß um. »Und du, Lisbeth? Weiß deine Mutter, dass du hier bist?«

»Natürlich!«

»Weiß sie auch davon?« Irene deutete auf den Flachmann, den Lisbeth in der Hand hielt. Sie schluckte ertappt, versuchte aber gelassen zu bleiben. Sie straffte ihren Oberkörper und warf Irene einen energischen Blick zu.

»Nur zu, verpetzen Sie mich. Dann erzähle ich aber auch allen, dass Sie hier herumspionieren.«

Irene fiel die Kinnlade herunter. Japsend suchte sie die richtigen Worte zur Antwort. Doch offensichtlich erfolglos. Ohne einen weiteren Laut von sich zu geben, machte sie auf dem Absatz kehrt und lief eiligen Schrittes davon. Lisbeth musste ein wenig schmunzeln, ihr hatte sie es gezeigt. Sie nahm noch einen Schluck aus dem Flachmann, der nun wohlig und kein bisschen brennend ihre Kehle hinunterrann.

Henni
1952

Die ganze Woche war Henni sich nicht sicher gewesen, ob sie wirklich herkommen sollte. Zuerst hatte sie in ihrem Kleiderschrank nichts Adäquates zum Anziehen gefunden. Ihre Alltagskleider waren abgetragen, mehrfach hatte sie die alten Fetzen schon flicken müssen. Also hatte sie sich spontan aus einem alten Kostüm ihrer Großmutter, das sie in einer Truhe auf dem Dachboden gefunden hatte, ein neues Kleid geschneidert.

Mehrere Nächte hatte sie dafür heimlich in der Waschküche gesessen und gehofft, dass das Brummen der Nähmaschine niemanden im Haus wecken würde.

Dann hatte sie nicht gewusst, was sie mit ihren feinen Haaren anstellen sollte. Frau Reichenbach war es schließlich gewesen, die ihr gezeigt hatte, wie sie ihre Zotteln am geschicktesten hochstecken konnte. Sie war es auch gewesen, die ihr den Lippenstift aufgedrängt hatte.

Nun bereute Henni es, ihn aufgetragen zu haben. Mit den geschminkten Lippen fühlte sie sich fremd in ihrer Haut. Auf dem Weg zum Kulturhaus hatte sie mit Lisbeth nur das Nötigste geredet, aus Angst, dass sich ihre Schwester über ihre Aufmachung lustig machen würde.

Als Lisbeth jetzt mit ihren Freundinnen im Saal verschwand, zog sie ein weißes Stofftaschentuch aus ihrer kleinen Handtasche und versuchte, die rote Farbe so unauffällig wie möglich von ihren Lippen zu wischen. Dabei blickte sie sich immer wieder um. Unter den Wartenden entdeckte sie wenige bekannte Gesichter, was sie aber nicht verwunderte. Nach dem Krieg hatte sich durch die Vertriebenen, die sich hier niedergelassen hatten, die Einwohnerzahl Ahlbecks sprunghaft erhöht. Zudem war sie nur wenn unbedingt nötig in der Gemeinde unterwegs.

Als die ersten Töne aus dem Kultursaal zu hören waren, fehlte von Kurt immer noch jede Spur, also folgte sie den anderen ins Innere des Vorkriegsbaus. Der Saal war dunkel, voll und selbst so früh am Abend schon stickig. Henni hatte den Raum größer in Erinnerung gehabt, doch überall drängelten sich die Leute, um einen Blick auf die kleine Bühne zu erhaschen, die im Gegensatz zum Rest des Raumes hell beleuchtet wurde.

Die Musiker kniffen, geblendet von dem schlecht positionierten Scheinwerfer, ihre Augen zusammen, um überhaupt ihre Instrumente spielen zu können. Schon jetzt stand ihnen der Schweiß auf der Stirn.

An der Decke sah Henni ein paar wenige lustlos drapierte Girlanden und Kreppbänder. Die Wände waren mit Lampions geschmückt, die schwach vor sich hin leuchteten. Es war ein kläglicher Versuch, dem kargen Raum etwas Festliches zu geben.

Unsanft wurde Henni von einer Gruppe Männer beiseitegeschoben, die sich ihren Weg durch die Zuschauer zum Tresen bahnte, um Bier zu bestellen. Zu tanzen traute sich noch niemand. Obwohl einige Mädchen sich mit den Füßen im Takt wippend bereits suchend nach einem Tanzpartner umsahen. Doch die Jungs mussten wohl erst noch die nötige Portion Mut sammeln.

Henni hingegen hatte ihren Mut offensichtlich mitsamt ihrer Jacke an der Garderobe abgegeben. Zwischen all dem Lachen, das durch den Raum schallte, den flotten Tönen der Musik und den ausgelassenen Feiernden, die sich auf den Abend einließen, fühlte sie sich verloren. Sie konnte einfach nicht so frei sein, so unbedarft und glücklich. Davon war sie überzeugt. Sie überlegte bereits, ob sie nicht einfach nach Hause gehen sollte. Je mehr sie nachdachte, desto mehr war sie davon überzeugt, dass Kurt nicht kommen würde. Als sie sich umdrehte, um den

Raum zu verlassen, stand plötzlich ein alter Schulkamerad vor ihr und hielt ihr eine Flasche Bier vor die Nase. Überrascht und ohne nachzudenken, griff sie zu.

»Die Faber! Was für eine Überraschung, dich hier zu sehen.« Er hielt ihr seine Flasche hin. Zögerlich stieß sie mit ihm an, öffnete etwas umständlich den Bügelverschluss und nahm einen kleinen Schluck. Das Bier schmeckte furchtbar.

»Wie geht es dir? Was machst du so?«, fragte er, nachdem er seine Flasche fast in einem Zug geleert hatte. Durch die Musik verstand Henni nur die Hälfte. Sie sah ihn verunsichert an.

»Habt ihr immer noch die Pension?«, schrie er nun fast.

Henni nickte zur Antwort.

»Mein Vater meint ja, dass das alles Kapitalisten sind, denen die Häuser an der Promenade gehören. Verbrecher und Spione, die mit den Imperialisten zusammenarbeiten. Meine Meinung ist das ja nicht, keine Sorge. Aber ... habt ihr nicht auch gerade einen aus dem Westen als Gast?«

Henni sah ihn an. Ihr fiel wieder ein, dass sie den Kameraden schon zu Schulzeiten nicht gemocht hatte, weil er den Pennälern unaufhörlich nach dem Mund gesprochen hatte. Vornehmlich hatte er ihre Nazi-Parolen wiederholt, die bei Henni schon als kleines Mädchen einen unangenehmen Beigeschmack hinterlassen hatten.

Henni wich seiner Frage und seiner Anwesenheit aus. »Ich ... ähm, ich muss mal eben ...« Sie drückte ihm die Bierflasche in die Hand und deutete mit dem Daumen hinter sich. Ohne den Satz zu Ende zu sprechen, folgte sie ihrem eigenen Fingerzeig. Ihr ehemaliger Schulkamerad sah ihr irritiert hinterher, schien ihre Abfuhr aber gelassen zu nehmen, denn er wandte sich bereits einem anderen Mädchen zu, dem er das Bier weitergab.

Henni verzog sich in eine Ecke das Raumes, nah genug an der Tür, um jederzeit gehen zu können. Sie versuchte sich auf die Musik zu konzentrieren, die ihr nicht sonderlich zusagte. Zu laut war sie und die Texte nicht ihr Geschmack. So ließ sie ihren Blick wieder schweifen. Auch ihre Schwester konnte sie nicht entdecken.

Plötzlich spürte sie, wie sich sanft eine Hand auf ihre Hüfte legte. Henni wollte sich schon empört umdrehen, als sie die dazugehörige Stimme erkannte.

»Hier bist du!«, flüsterte Kurt ihr ins Ohr. Während sich eine Gänsehaut auf ihre Haut legte, drehte sie sich um. Kurt lächelte und zog höflich seine Hand fort.

»Willst du etwas Trinken?«, fragte er gegen den Lärm. Henni schüttelte schnell den Kopf.

»Tanzen?«

Ihr Kopfschütteln nahm noch einmal an Heftigkeit zu. Kurt schmunzelte.

»Willst du raus hier?«, fragte er ein drittes Mal. Henni zögerte kurz, sah zum Orchester, das ein neues Lied anspielte, und nickte schließlich. Kurt nahm sie an die Hand und zog sie aus der Zuschauermenge Richtung Ausgang. Henni folgte ihm ohne Widerwillen.

Etwas abseits neben dem Kulturhaus stand unter einer großen Kastanie eine Bank. Dort setzten sie sich. Über ihren Köpfen breitete sich das Geäst des alten Baumes aus, dessen Blätter bei jedem Windhauch sanft raschelten. Von der Straße aus war die Bank nicht zu sehen. Der Lichtkegel der Laterne, die den grobgepflasterten Bürgersteig schwach beleuchtete, reichte nicht bis unter die Baumkrone. Ab und zu hörten sie ein leises Gemurmel vor dem Eingang des Kulturhauses und trotz der geschlossenen Fenster war die Musik des Tanzorchesters laut und deutlich zu hören. Die Nacht war sternenklar und mild. Henni sah aus dem Augenwinkel, wie ein Stern hoch oben in der Dunkelheit verglühte. Der Schweif der Schnuppe zog dabei einen langen, funkelnden Bogen über den Himmel, bevor er für immer verschwand. Sie blickte zu Kurt, der neben ihr saß. Zu wünschen brauchte sie sich also nichts mehr.

Nach den ersten gesprochenen Worten legte sich ihre Nervosität einigermaßen. Henni erfuhr, dass Kurt aus Greifswald stammte, wo seine Mutter noch immer lebte. Seit einem halben Jahr wohnte er selbst nun in Ahlbeck, in einer kleinen Dachkammer oberhalb der Wohnung seines Onkels und dessen Frau. Sein Onkel war es auch, der ihm die Stelle als Schreibkraft vermittelt hatte.

Während sie redeten, suchte Henni immer wieder seinen Blick. Und auch Kurt schien ihre Anwesenheit zu genießen, lächelte er sie doch verstohlen von der Seite an. Dabei wahrte er auf der Bank stets einen manierlichen Abstand, der in Hennis Augen auch gern etwas kleiner hätte ausfallen können. Trotzdem traute sie sich nicht, ihn von sich aus zu verringern.

»Du lebst also mit deiner Mutter und deiner Schwester zusammen?«, fragte er.

Henni nickte bejahend.

»Und ihr vermietet in eurer Villa Fremdenzimmer?«

Wieder stimmte Henni zu. »Unserer Familie gehört die Pension.«

»Das ist bestimmt spannend, immer wieder neue Menschen kennenzulernen.«

»Ich kenne es nicht anders. Bei uns gingen schon immer viele Leute ein und aus. Auch während des Krieges.« Henni seufzte. »Allerdings habe ich das Gefühl, es wird immer schwerer statt leichter, obwohl der Krieg jetzt schon ein paar Jahre vorbei ist«, fügte sie ohne zu überlegen so ehrlich hinzu, dass sie darüber selbst kurz zusammenzuckte.

Kurt sah sie aufmerksam an. »Wie meinst du das?«

»Neuerdings bekommen wir keinen Fisch mehr für unsere Gäste. Und die Genossen sitzen uns auch im Nacken. Allen voran dieser Heinz Ebert. Am liebsten wäre der Partei, wenn wir unsere Pension abgeben würden. An die FDGB.«

»Und das kommt für euch nicht infrage?«

»Auf keinen Fall! Meine Mutter hängt an der Villa«, entfuhr es Henni ungewohnt barsch.

»Tut mir leid. Ich hätte diese Frage nicht stellen sollen«, entschuldigte Kurt sich.

Henni bereute ihren harten Ton sogleich. Sie seufzte. »Nur weil wir ein privates Geschäft führen, sind wir doch noch lange keine Junker«, fügte sie milder gestimmt hinzu.

Kurt nickte, schwieg einen kurzen Moment, bevor er sich ihr wieder zuwandte. »Arbeitest du denn gern in der Pension? Ich meine, macht es dir Spaß, Gäste zu bedienen?«

Henni überlegte. Diese Frage war ihr noch nie in den Sinn gekommen. Schon als Kind hatte sie unter der Buffetanrichte im Salon gesessen und ihren Eltern zugesehen, wie sie die Gäste bedienten. Manchmal hatte sie ihrer Mutter helfen dürfen, in der Küche oder beim Beziehen der Betten. Oder sie hatte ihren Vater dabei beobachtet, wie er auf der alten Schreibmaschine Reservierungen und Rechnungen tippte. Das Klacken der Anschläge hatte sich in ihrem Kopf zu einer Melodie geformt, die sie abends im Bett noch summte.

Nach Kriegsende, als sie die Pension wiedereröffnet hatten, hatte sie zunehmend Aufgaben übernommen und ihren Vater ersetzt. Der Umgang mit den Gästen war ihr gerade am Anfang schwergefallen. Stets hatte sie befürchtet, etwas falsch zu machen. Doch mit der Zeit war es ihr leichter gefallen. Die hauswirtschaftlichen Arbeiten hingegen waren ihr nie zuwider gewesen. Nicht so wie ihrer Schwester. Henni mochte es, für Ordnung und Sauberkeit zu sorgen. Doch noch lieber mochte sie es, zu nähen.

»Früher wollte ich mal Schneiderin werden«, antwortete sie deshalb ganz unwillkürlich, ohne wirklich auf seine Frage zu antworten. Ihrer Mutter gegenüber hätte sie das nie zugegeben.

Kurt lächelte. »Noch ist es nicht zu spät dafür.« Auch Henni schmunzelte. Die Vorstellung gefiel ihr, auch wenn sie wusste, dass sie nie Wirklichkeit werden würde.

»Und du? Wolltest du schon immer für deinen Onkel arbeiten?« Kurt schüttelte den Kopf. »Ich wollte studieren. Kunst. Bildhauerei, um genau zu sein.«

Henni blickte ihn überrascht an. »Wirklich?«

Kurt nickte.

»Und warum bist du kein Bildhauer geworden?«, fragte sie leichthin.

Kurt räusperte sich etwas verlegen und blickte dann in den Himmel. Seine Schweigsamkeit überraschte sie. Doch bevor Henni weiter darüber nachdenken konnte, riss er plötzlich seinen Arm hoch. »Da ist wieder eine!«, rief er.

Die Sternschnuppe war verglüht, bevor sie hinaufblickte. Henni hatte sie verpasst.

»Hast du dir etwas gewünscht?«, fragte sie dennoch mit einem Lächeln.

»Ja! Dass du mit mir tanzt.«

Henni sah ihn perplex an. Nervös rutschte sie mit ihrem Gesäß auf der Bank hin und her. Etwas in ihr sträubte sich mit Leibeskräften gegen seinen Wunsch. Sie hatte gesehen, wie ihre Schwester in den letzten Tagen vor dem Spiegel heimlich tanzen geübt hatte. Lisbeth hatte dabei ziemlich dämlich ausgesehen, wie Henni fand, und vermutlich würde sie selbst sich nicht viel besser anstellen.

Noch einmal wollte Henni sich vor Kurt nicht blamieren. Das hatte sie bei ihren letzten Begegnungen ja schon zur Genüge getan. Ihr peinlicher Auftritt im Wald, als sie die Pfifferlinge einsammeln wollte, sowie die Kopfnuss, die sie ihm vor dem Schusterladen erteilt hatte, waren ihr noch gut in Erinnerung.

»Ich kann nicht tanzen. Habs nie gelernt«, antwortete sie entschuldigend, während sie den Kopf schüttelte.

»Dann zeig ich's dir!«, ließ er nicht locker.

»Ich glaub, ich hab auch zwei linke Füße. Und von der Musik hört man ja hier draußen auch fast gar nichts.«

»Dann tun wir eben nur so.« Kurt stand auf und hielt Henni auffordernd seine Hand hin. Sie zögerte, griff dann aber zu, obwohl sie nicht wusste, was er damit meinte. Kurt zog sie zu sich heran, während er ihre Hand weiter fest umschlungen hielt. Mit der anderen strich er ihr zärtlich über den Rücken, bevor sie zwischen ihren Schulterblättern zur Ruhe kam.

Ein wohliges Kribbeln durchfuhr ihren Körper. Seine Nähe fühlte sich gut an. So gut wie an dem Tag, als sie auf dem Gepäckträger ihres Fahrrads gesessen hatte und sich danach sehnte, ihren Kopf auf seine Schultern zu legen. Henni schloss die Augen, nahm ihren Mut zusammen und schmiegte sich langsam und vorsichtig an ihn. Er ließ es zu. Seine Schultern waren kräftig und warm und sie fühlte sich geborgen. So standen sie, umschlungen wie ein tanzendes Paar, im Schatten der Kastanie. Ihre Füße bewegten sich keinen Zentimeter, nur ihre Oberkörper wiegten sich sachte im Takt ihres Herzschlages.

Plötzlich spürte sie, wie Kurt seine Hand aus der ihrigen löste und sanft ihren Nacken umfasste. Sie blickte auf, in seine tiefblauen Augen. Langsam beugte er sich zu ihr herunter, seine Lippen kamen immer näher. Sie konnte es kaum fassen, gleich würde er sie küssen. Eine Welle der Aufregung erfasste sie. Doch plötzlich entfuhr ihr ein glucksendes Geräusch, das aus den Tiefen ihrer Kehle kam. Beschämt stieß sie ihn weg und hielt sich die Hand vor den Mund. Wieder zog sich ihr Zwerchfell ruckartig zusammen. Im unpassendsten Moment hatte sie doch tatsächlich Schluckauf bekommen.

Kurt schmunzelte, während Henni einen tiefen Seufzer ausstieß, unterbrochen durch ein weiteres Hicksen. Warum um alles in der Welt stand sie sich so oft selbst im Weg?

»Ich hole dir ein Glas Wasser«, sagte er sanft lächelnd. Henni nickte nur, unfähig irgendetwas zu sagen. Beschämt sah sie ihm hinterher, wie er zum Eingang des Kulturhauses lief, die Tür öffnete und verschwand. An ihm vorbei schlüpften zwei Mädchen aus der Tür heraus. Suchend sahen sie sich um, dabei wirkten sie nervös und auch etwas ratlos. Henni sah genauer hin, es waren Helga und Marie, doch sie waren nur zu zweit. Henni ging zu ihnen hinüber.

»Wo ist Lisbeth?«, fragte sie die beiden verwundert, als sie vor ihnen stand. Die Freundinnen ihrer Schwester wechselten einen beklommenen Blick.

»Wir haben keine Ahnung«, antwortete Marie.

»Sie wollte vorhin nur kurz Luft schnappen«, erklärte Helga und fügte zähneknirschend hinzu: »Seitdem haben wir sie nicht mehr gesehen.«

Erschrocken fasste sich Henni an die Brust. Ihr Herz klopfte plötzlich wie wild. Das Pochen dröhnte bis in ihren Kopf. Gut möglich, dass es auch außerhalb ihres Körpers zu hören war. Wo war ihre Schwester? War ihr irgendetwas zugestoßen? Hatte sie etwa einen Anfall?

»Warum habt ihr sie allein gelassen?«, fragte sie die Mädchen.

Wieder sahen sie sich an, schluckten und blickten anschließend zeitgleich zu Boden.

»Wir konnten doch nicht ahnen, dass sie wie vom Erdboden verschluckt einfach so verschwindet«, sagte Marie schulterzuckend.

Helga sprang ihrer Freundin zur Seite. »Ja, sie hatte versprochen, gleich wieder reinzukommen. Hast du sie hier draußen nicht gesehen?«

Henni schluckte. Daran hatte sie noch gar nicht gedacht. Die ganze Zeit hatte sie nicht einmal fünfzig Meter vom Eingang entfernt gesessen. Doch sie hatte nicht darauf geachtet, wer ein und aus ging. Ihre Schwester war praktisch vor ihren Augen verschwunden, obwohl sie versprochen hatte, auf sie achtzugeben. Das aufkommende Schuldgefühl legte sich wie ein schwerer Klotz auf ihr Gewissen.

»Ich muss sie suchen«, sagte Henni kurzentschlossen.

»Wir sehen uns hier noch einmal um«, pflichtete ihr Marie bei. Helga nickte zustimmend.

»Einverstanden«, sagte Henni und machte sich auf den Weg, ohne einen einzigen Gedanken an Kurt zu verschwenden.

Grete
1952

Grete saß am Tisch und schnitt das Gemüse für die morgige Mittagssuppe. Nervös sah sie immer wieder auf die Küchenuhr, deren Zeiger über der Tür im Schneckentempo ihre Runden drehten. Normalerweise war sie zu so fortgeschrittener Stunde nicht mehr in der Küche zu finden. Doch nachdem ihre Töchter das Haus verlassen hatten, um zum Tanz ins Kulturhaus zu gehen, hatte sich Grete eine Beschäftigung nach der anderen gesucht.

Da sie bereits die Vitrinen im Salon gereinigt, die Papiere auf dem Schreibtisch sortiert, die Treppenstufen gefegt und die Spiegel poliert hatte, bereitete sie nun die nächsten Mahlzeiten vor, obwohl sie dies gewöhnlich erst am Tag des Verzehrs machte.

Sie blickte aus dem Küchenfenster, während sie die Möhren säuberte. Draußen war es stockfinster, die Dünenstraße nur spärlich beleuchtet. Hoffentlich würden Henni und Lisbeth gut nach Hause kommen. Eigentlich hatte sie ihrer jüngsten Tochter verboten, dort hinzugehen. Aus guten Gründen, schließlich war sie doch für solche Veranstaltungen noch viel zu arglos und jung. Aber als dann Henni, die Vernunft in Person, angeboten hatte mitzugehen und auf ihre Schwester aufzupassen, hatte sie nicht mehr Nein sagen können.

Es hatte sie überrascht, als ihre Älteste sie um Zustimmung bat. Normalerweise war sie nur wenig am gesellschaftlichen Miteinander interessiert. Manchmal zu wenig, wie Grete fand. Ihre Tochter war zwanzig Jahre alt. Im besten Alter also, um sich zu binden, was Grete oftmals über die viele Arbeit in der

Pension vergaß. Sie brauchte die Unterstützung ihrer Tochter, nun sogar mehr denn je.

Susanne hatte heute gekündigt. Aus heiterem Himmel hatte sie Grete mitgeteilt, dass sie eine neue Anstellung gefunden hatte: in der zum Volkseigentum gehörenden und vom Staat geführten HO-Gaststätte im Seebrückenpavillon. Grete war überrascht, dass Susanne dort eingestellt worden war. Hatte ihre Mutter doch durch den Diebstahl des Gemeindegeldes und ihre Republikflucht für viel Aufruhr in Ahlbeck gesorgt und anschließend hatte es lange so ausgesehen, als ob ihre Tochter auf Lebenszeit die Konsequenzen für die Taten ihrer Mutter tragen müsste.

Natürlich war das mehr als ungerecht, was nicht nur Grete fand. Dennoch hatte sie sich gewundert, dass sie nun ausgerechnet im berühmten Restaurant mitten auf der Seebrücke einer Tätigkeit als Bedienung nachgehen durfte.

Ohne Susannes Hilfe mussten sie und ihre Töchter die nächsten Sommermonate noch mehr ranklotzen. Aber das würden sie schaffen, dessen war sich Grete sicher. Und einen Mann konnte Henni auch noch im nächsten Jahr finden.

Der Kochtopf war inzwischen randvoll mit geschnittenem Gemüse. Grete legte das Messer beiseite, füllte Wasser in den großen Topf und stellte ihn auf den Herd. Die Funken unter der Kochplatte knisterten, als sie das Gas mit einem langen Streichholz entzündete. Dann blickte sie sich um, unschlüssig, was sie nun noch tun könnte. Das Gemüse würde schließlich auch ohne ihr Zutun garen.

Sie ging in den Salon. Die runden Holztische, an denen die Gäste ihre Mahlzeiten einnahmen, waren bereits eingedeckt. Das hatte Henni noch erledigt, bevor sie sich für den Abend angekleidet hatte. Die Tischdecken leuchteten im gestärkten Weiß, die Stühle waren im akkuraten Abstand drum herum positioniert. Das Buffet würden sie erst am Morgen gemeinsam frisch zubereiten und aufstellen. Leider wieder ohne eine Fischplatte.

Mit den Abnahmepreisen der Fischgenossenschaft konnte sie einfach nicht mithalten. Es wurde zunehmend schwerer, gegen die staatlich geführten Gaststätten und Ferienhäuser anzutreten, die wie selbstverständlich weiterhin Fisch auf der Karte führten.

Als Grete durch den Salon schritt, fiel ihr Blick auf die Ölgemälde an der Wand, die sie vor Jahren angefertigt hatte. Gustav hatte damals darauf bestanden, sie im Salon aufzuhängen. Grete überlegte, ob sie die Farbpalette mal wieder in die Hand nehmen sollte. Auch Staffelei und Leinwände lagerten seit dem Krieg im Keller. Doch vermutlich waren die Farben eingetrocknet. Außerdem würden ihre unruhigen Gedanken wohl keinen ruhigen Pinselstrich zulassen und ob sie das Malen über die Jahre nicht schon verlernt hatte, wusste sie auch nicht. Sie verwarf die Idee somit sogleich wieder.

Grete ging zum Kanapee hinüber, das noch immer an seinem alten Platz am Fenster stand, und setzte sich. Sie blickte aufs Meer hinaus, das nur als dunkler Schatten hinter den Dünen zu erahnen war. Sie atmete tief durch. Bis das Gemüse gar sein würde, dauerte es sicherlich noch ein Weilchen. Sie dachte an Henni und Lisbeth, ihr Ein und Alles, und hoffte, dass es ihnen gut ging.

Da klopfte es plötzlich. Grete, sonst nicht sonderlich schreckhaft, fuhr zusammen. Sie sah zur Tür hinüber, die in die Diele führte und sich nun langsam öffnete. Erich Wagner streckte seinen Kopf hinein.

»Entschuldigen Sie die späte Störung, aber ich habe noch Licht gesehen«, sagte er.

Grete setzte ein freundliches Lächeln auf und deutete ihm, hereinzukommen. »Kann ich noch etwas für Sie tun?«

»Ich bin mir nicht sicher«, antwortete er, während er die Tür hinter sich schloss und auf sie zuging.

»Ich lag bereits in meinem Bett, konnte aber partout nicht einschlafen. Hätten Sie vielleicht ein Schlafmittel für mich? Vielleicht ein paar Baldriantropfen?«

Grete sah ihn an. Erst jetzt bemerkte sie, dass er im Morgenmantel bekleidet vor ihr stand. Darunter lugte ein zugeknöpfter Pyjama hervor. Er zupfte ein wenig geniert an seinem Mantelkragen, doch Grete musste zugeben, dass er selbst in dieser Aufmachung wie ein anständiger Mann aussah.

»Ich bedaure, leider nicht. Unsere Hausapotheke ist nicht sonderlich gut bestückt«, antwortete sie und fügte erklärend hinzu: »Hier bei uns ist es ziemlich schwer, an gute Medikamente heranzukommen. Glauben Sie mir, ich kann ein Lied davon singen«, antwortete sie.

Erich Wagner sah sie fragend an.

»Meine Tochter, Lisbeth. Sie hat Asthma.«

Er nickte verstehend und warf ihr einen mitfühlenden Blick zu. Grete stand vom Kanapee auf.

»Soll ich Ihnen eine heiße Milch mit Honig machen? Das hat zumindest bei meinen Töchtern früher immer geholfen, wenn sie nicht einschlafen konnten.«

Erich Wagner legte den Kopf schief und lächelte. »Ehrlich gesagt wäre mir Milch mit Rum lieber. Wenn Sie welchen dahaben.«

Grete erwiderte verstehend sein Lächeln und nickte. Sie ging in die Küche, der Gast aus dem Westen folgte ihr. Aus der versteckten Speisekammer holte sie eine braune Flasche mit Korkverschluss und hielt sie ihm hin. Er nahm die Flasche und blickte aufs Etikett.

»Ein Geschenk meiner Schwägerin. Ist vielleicht nicht der edelste Tropfen.«

»Und ob! Das ist feinster amerikanischer Rum. Manch einer ihrer Genossen würde dafür aus der Partei austreten«, sagte er augenzwinkernd und gab ihr die Flasche zurück. »Wollen Sie die wirklich öffnen?«

Grete nickte. »Gustav, mein Mann, ist noch fort und meine Töchter und ich trinken keinen Alkohol. Also, was soll die Flasche da in der Kammer herumstehen?«

Ohne eine Antwort abzuwarten, zog Grete den Korken heraus. Sie erhitzte ein wenig Milch in einem Topf neben dem Gemüse, das auf dem Herd immer noch bedächtig vor sich hin köchelte. Anschließend füllte sie die heiße Milch in eine Tasse, nahm die Flasche mit dem Rum und ging zurück in den Salon. Erich Wagner tat es ihr gleich, aber nicht ohne ein weiteres leeres Glas mitzunehmen. Grete setzte sich an einen Tisch nahe dem Kamin und sah ihr Gegenüber irritiert an, als er das Glas vor ihr abstellte.

»Ich bitte Sie, machen Sie heute eine Ausnahme«, forderte er Grete charmant auf. Sie nickte schließlich und schob ihm das Glas hin. Erich Wagner setzte sich, nahm den Rum und füllte ihr Glas, bevor er sich selbst ordentlich einschenkte. Er hob seine Tasse und prostete ihr zu.

Grete nippte am Rum, der gar nicht so übel schmeckte, wie sie gedacht hatte. Sie nahm noch einen weiteren Schluck.

Erich Wagner sah sie dabei neugierig an. Dann räusperte er sich. »Darf ich Ihnen eine persönliche Frage stellen?«

Grete blickte ihn aufmerksam an.

»Sie hatten vorhin erwähnt, dass Ihr Mann, nun ja, noch fort ist ...«

Grete nickte. »Er ist nach dem Krieg in Gefangenschaft geraten.«

»Das tut mir leid. Wo ist er interniert?«

Grete seufzte. »Das weiß ich nicht. Seit 45 habe ich nichts mehr von ihm gehört.«

Erich Wagner nickte mitfühlend. »Es muss hart sein, nicht zu wissen, ob man hoffen oder trauern soll.«

Gretes Gesichtszüge erstarrten, seine Worte trafen sie ins Mark. »Ich trauere nicht, weil Gustav noch lebt«, antwortete sie etwas zu harsch.

»Entschuldigen Sie bitte vielmals«, ruderte Erich Wagner schnell zurück. »Ich wollte Ihnen keinesfalls zu nahetreten. Ich ...« Er zögerte kurz, bevor er fortfuhr: »... bewundere Sie.

Sie gehen mit der Situation sehr tapfer um. Sie führen die Pension allein. Und das in diesen Zeiten. Und in diesem Land.« Die letzten Worte betonte er überdeutlich, sodass Grete leicht schmunzeln musste. »Schon gut.«

Erich Wagner seufzte erleichtert. Grete hatte ihm seine unbedachten Worte verziehen. Er nippte an seiner Tasse und ließ nachdenklich seinen Blick schweifen. »Der Krieg steckt uns allen noch in den Knochen«, sinnierte er nach einer kurzen Pause.

»Ach, Sie haben auch gekämpft?«, fragte Grete.

Erich Wagner schüttelte den Kopf.

»Es wäre nicht ratsam gewesen, einem alten Professor eine Waffe in die Hand zu drücken. Aber so viele meiner Studenten sind nie in den Hörsaal zurückgekehrt.«

Grete schluckte bei dem Gedanken an die vielen Männer, die der Krieg verschlungen hatte. Sie dachte an Gustav. Auch die letzten Male hatte er nicht im Zug gesessen.

Sie schüttelte sich kurz und versuchte, an etwas anderes zu denken. Sie sah ihn an.

»Professor Wagner ...«

»Bitte, nennen Sie mich Erich!«

Grete nickte, lächelte kurz und fuhr dann fort: »Erich, darf ich Ihnen auch eine persönliche Frage stellen?«

Er nickte. »Natürlich! Nur zu.«

»Warum machen Sie ausgerechnet hier Urlaub? Hier an der Ostsee. In der DDR.«

Erich sah sie ob dieser Frage überrascht an. In einem Zug trank er seine Tasse leer, wischte sich den feinen Bart weg, den die Milch auf seiner Oberlippe hinterlassen hatte, und stand auf. Er ging zu einem der großen Panoramafenster und öffnete es. Sofort strömte kalte Luft in den Salon und erweckte Gretes Lebensgeister, die durch den Rum schwerer und müder geworden waren. Er schloss die Augen und sog die salzige Frische des Meeres mit einem tiefen Atemzug in sich auf. Als er ausatmete, stieß er einen wohligen Laut aus. »Diesen Duft habe ich vermisst.«

Grete stand auf und stellte sich neben Erich ans Fenster. Als sie in seine Augen sah, hatte sie das Gefühl, eine Spur Traurigkeit darin zu entdecken. Sie war sich nicht sicher, ob ihre Frage beantwortet war. Doch weiter nachzubohren, schickte sich ihrer Ansicht nach nicht. Gemeinsam blickten sie in die Nacht hinaus. Und obwohl das Unausgesprochene zwischen ihnen stand, fühlte sich Grete das erste Mal seit Langem wieder wohl in der Gegenwart eines Mannes.

Plötzlich drehte sich Erich um und sah sie fragend an. »Haben Sie einen Plattenspieler?«

Grete schüttelte den Kopf. Suchend blickte er sich im Salon um. Er entdeckte das Radio, das auf dem Kaminsims stand und das Grete so gut wie nie bediente. Früher hatte sie damit die Meldungen über die Frontgeschehnisse verfolgt. Nun mochte sie es nicht mehr anstellen, konnte dieses Gerät in ihren Augen doch nicht mehr, als schlechte Nachrichten zu verbreiten. Erich ging rüber und suchte mit Hilfe des Drehknopfs einen Sender. Es rauschte unangenehm, bis er den Empfänger richtig eingestellt hatte und fröhliche Musik durch die kleinen Lautsprecher dudelte. Erich schob ein paar Tische und Stühle beiseite und sah Grete auffordernd an. Sie verstand nicht gleich. Wollte er etwa tanzen? Hier? Mit ihr?

»Bitte!«, ließ er nicht locker.

Verlegen seufzte Grete. »Es ist so lange her.«

»Das passt ja. Ich bin auch aus der Übung«, antwortete er, während er auf Grete zuging, ihre Hand nahm und sie langsam auf die provisorische Tanzfläche zog. Er legte die Hand auf ihren Rücken, wahrte dabei aber einen rühmlichen Abstand. Grete ließ es geschehen. Sie begannen, sich im Takt der Musik zu bewegen. Erst langsam und dann immer geübter. Und Grete musste zugeben, dass sie es genoss.

Lisbeth
1952

Auf der großen Plattform der Seebrücke saß Lisbeth auf dem Holzgeländer und ließ ihre Beine über den rauschenden Ausläufern des Meeres baumeln. Hinter ihr leuchteten im Mondschein die vier Türme des Seebrückenpavillons wie kleine weiße Spitzhüte. Das Innere des HO-Restaurants, in dem Susanne nun arbeitete, lag im Dunkeln. Der Gastbetrieb war bereits seit Stunden eingestellt. Schließlich durfte sich nach Einbruch der Dunkelheit niemand mehr am Strand aufhalten, fürchteten die Mächtigen des Apparates doch, dass ihre eigenen Volksleute über die Ostsee das Weite suchen könnten.

Lisbeth war das herzlich egal. Sie nahm noch einen Schluck aus dem Flachmann. An das Brennen des Rachenputzers hatte sie sich inzwischen gewöhnt. Mehr noch, sie genoss nun die wohlige Wärme, die der Schnaps in ihrem Bauch auslöste, und war fasziniert von dem Nebel, der sich auf ihre Gedanken gelegt hatte.

Sie wusste nicht genau, wie lange sie hier schon saß. Nachdem Irene gegangen war, hatte auch sie strammen Schrittes das Kulturhaus hinter sich gelassen und war dem Geräusch des Meeres gefolgt. Sie wollte nicht zurück zur Tanzveranstaltung. Ihre Freundinnen und der Bauersjunge konnten ihr gestohlen bleiben.

Lisbeth beugte sich vor, musste dabei aber aufpassen, dass sie das Gleichgewicht nicht verlor. Unter ihr schlug das Wasser in endlosen Bewegungen gegen die Standbalken. Außer der schaumigen Gischt, die sich auf den Wellenspitzen bildete, konnte sie nichts erkennen. Sie richtete sich wieder auf und kippte den letzten Schluck aus dem Flachmann ihre Kehle hinunter. Als sie die Flasche verschloss und in ihre Rocktasche zurückgleiten ließ, stieß sie mit ihrer Hand gegen die Uhr, die sie noch immer bei sich trug.

Lisbeth holte sie heraus, öffnete das Gehäuse, bedingt durch den Alkohol etwas ungeschickt, und strich über die Gravur. Henni hatte ihr einmal erzählt, dass ihr Vater gern mit ihnen zur Seebrücke gegangen war.

Auf dem Weg dahin hatte Lisbeth auf der Promenade wohl immer kleine Steinchen gesammelt. In seiner Tasche hatte ihr Vater ihre gesammelten Fundstücke aufbewahren müssen, solange, bis sie den hölzernen Steg betraten. Dann hatte sie sich eine schöne Stelle auf der Brücke ausgesucht. Sie war noch nicht groß genug gewesen, um über das Geländer blicken zu können, deshalb hatte sie ihren Kopf zwischen den Querbalken hindurchgesteckt.

Henni hatte immer ein wenig Angst gehabt, dass ihre kleine Schwester ins Wasser plumpste, hatte sie Lisbeth ebenfalls gestanden. Doch ihr Vater war stolz auf den Mut seiner Tochter gewesen und hatte sie stets gewähren lassen, ohne jedoch von ihrer Seite zu weichen. Sie hatte einen Stein nach dem anderen hinuntergeworfen und sich gefreut, wenn das Wasser hoch gespritzt war.

Lisbeth erinnerte sich daran nicht mehr. Sie wusste so gut wie gar nichts mehr von ihrem Vater. Selbst die wenigen Male, die er während des Krieges auf Heimaturlaub gewesen war, konnte sie sich nur bedingt ins Gedächtnis rufen. Oft hatte sie krank im Bett gelegen, nur leises Gemurmel aus den Nebenzimmern gehört. Seine Stimme hatte warm und kräftig geklungen, aber auch irgendwie fremd.

Lisbeth klappte das Gehäuse zu und drehte die Uhr in ihrer Hand. Henni hatte ihre Erinnerungen, Mutter die Villa. Und sie? Was hatte sie von ihrem Vater? Sie atmete kurz durch und beschloss, ihrer Mutter die Uhr nicht zurückzugeben. Jedenfalls noch nicht.

Lisbeth fuhr hoch. Neben ihr knarzte plötzlich das Holz. Um nicht herunterzufallen, musste sie sich am Geländer festhalten, was mit der Uhr in der Hand gar nicht so einfach war. Sie blickte sich um. Hatte die Grenzpatrouille sie entdeckt? Doch in der Dunkelheit konnte sie niemanden sehen. Nur eine Möwe flatterte neben ihr auf und flog mit wenigen kräftigen Flügelschlägen gegen den Wind aufs Meer hinaus.

Lisbeths Herz beruhigte sich, gerne hätte sie jetzt noch einen Schluck von dem Selbstgebrannten getrunken. Doch in der Flasche war kein Tropfen übriggeblieben.

Jetzt fiel ihr wieder ein, wie sie sich vor einigen Wochen schon einmal am Strand erschrocken hatte. Nachdem sie den Nachmittag mit Helga und Marie verbracht hatte und anschließend die Gestalten auf der Brücke beobachtet hatte. Im Dunst des Alkohols erinnerte sie sich daran, dass die Männer sich wild gestikulierend unterhalten, ja fast gestritten hatten. Einer der Streithähne war der SED-Genosse Heinz Ebert gewesen, da war sie sich ganz sicher. Seine Statur und Körperhaltung hatten ihn verraten.

Den anderen hatte sie damals nicht erkannt. Doch sie wusste noch, dass er eine Mütze getragen hatte. Vermutlich eine rote. Lisbeth erstarrte, wie Schuppen fiel es ihr von den Augen. Der zweite Mann war Heinrich Hubert gewesen! Sie erinnerte sich wieder an die Mütze, die Heinrich bei ihrer letzten Begegnung, als er sie vor dem Schusterladen angerempelt hatte, in seinen Händen geknetet hatte. Und vorhin hatte auch ihr aufdringlicher Tanzpartner eben jene rote Kopfbekleidung erwähnt, als sie über den Fischer gesprochen hatten. Aber worüber hatten sich die beiden gestritten?

Ein Windstoß fegte um die Ecke des Pavillons und ließ Lisbeth auf dem Geländer bedrohlich wanken. Der Schnaps tat sein Übriges. Im letzten Moment schaffte sie es, sich ans Holz des Geländers zu klammern. Doch die Uhr fiel ihr dabei aus den Händen. Erschrocken sah sie hinunter. So wie die Steine ihrer Kindheit tauchte auch die Uhr ins dunkle Nass ab und ließ das Wasser hoch spritzen.

Ohne nachzudenken, lief Lisbeth über den Steg zurück zum Strand. Im feinen Sand schlüpfte sie, noch im Laufen, aus ihren Schuhen heraus. Als ihre nackten Füße bereits das Wasser berührten, zog sie sich ihr Kleid über den Kopf und warf es zurück in den trockenen Sand. Auch des fülligen schwarzen Unterrocks entledigte sie sich. Dann ging sie, nur noch im Unterkleid, ins Wasser. Bei der Kälte, die ihr entgegenschlug, zog sich ihr Brustkorb zusammen. Doch Lisbeth bemerkte das kaum. Der Schnaps hatte ihre Sinne betäubt.

Die wenigen Meter bis zur ersten Plattform watete sie schweren Schrittes durch das Wasser. Als sie direkt an der Stelle, über der sie auf dem Brückengeländer gesessen hatte, angekommen war, tauchte sie ins hüfttiefe Wasser ab. Mit den Händen tastete sie den Boden ab, doch außer Muscheln konnte sie nichts finden. Sie schwamm wieder an die Oberfläche und holte Luft, um es dann gleich noch einmal zu probieren.

Mit jedem Tauchgang wurde die Luft knapper. Ihre Lungen verengten sich zunehmend. Beim sechsten Versuch stieß sie mit ihrer Hand gegen etwas Glattes, Hartes und griff zu. Da spürte Lisbeth plötzlich am Oberarm einen festen Druck, etwas zog sie nach oben. Nach Luft japsend tauchte sie auf und sah ihre Schwester, die sie erschrocken festhielt.

»Was um alles in der Welt machst du hier?«, schrie sie ihr gegen die brausenden Wellen zu.

Lisbeth wusste nicht recht, was sie antworten sollte. Ihr Atem ging schwer, ihre Glieder schmerzten vor Kälte und Anstrengung und alles drehte sich. Der Schnaps zeigte sich nun von seiner unbarmherzigsten Seite. Lisbeth hatte Mühe, auf dem sandig-weichen Meeresgrund mit ihren wankenden Füßen Halt zu finden. Zum Glück umklammerte Henni sie mit beiden Händen, während sie sich durchs Wasser an den Strand schleppten. Auf ihre Frage erwartete Henni wohl keine Antwort mehr.

Zitternd stand Lisbeth wenig später im Sand. Ihre Schwester zog ihr das nasse Unterkleid über den Kopf, bevor sie ihr in das trockene Kleid half. Das nasse Schmuckstück in Lisbeths Hand bemerkte sie dabei nicht. Als Henni ihr den Reißverschluss am Rücken hochzog, ließ sie die Uhr unbemerkt in ihre Rocktasche gleiten. Lisbeth sah ihre Schwester dankbar an, deren Unterkiefer nun ebenso zu zittern begann.

»Du bist ja auch ganz nass«, bemerkte Lisbeth erschrocken. »Nicht, dass du dich wieder erkältest.«

Henni schüttelte sanft den Kopf. »Wird schon nicht passieren. Lass uns schnell nach Hause gehen.« Lisbeth nickte, nahm ihre Schuhe und ging im Arm ihrer Schwester strandaufwärts zur Promenade. Hoffentlich schlief Mutter schon.

Henriette
1992

Im fahlen Licht der verchromten Stehlampe saß Henriette im Wohnzimmer und blätterte lustlos in dem Exposé für ein potenzielles Ladengeschäft. Obgleich es draußen bereits dunkel war, hatte sich die Luft noch nicht sonderlich abgekühlt. Die Brise, die durch die offene Verandatür hereinwehte und die Vorhänge aufflattern ließ, brachte deshalb nur wenig Erfrischung.

Sie hatte die neuesten Exposés, die ihr der Gewerbevermittler vorbeigebracht hatte, vor sich auf dem Couchtisch ausgebreitet. Dieses Mal, so hatte er versprochen, wäre ganz sicher das perfekte Atelier für sie dabei. Doch Henriette war sich nicht sicher, ob der Makler, dessen süffisantes Lächeln sie bei jeder Begegnung eine Spur unangenehmer fand, nicht wieder zu hochgestapelt hatte. Bisher zumindest war die Suche erfolglos geblieben.

Vermutlich lag es auch daran, dass sie in den letzten Wochen alles infrage stellte, was mit ihrer Lebenssituation zu tun hatte. Gerade Walter hatte es momentan nicht leicht mit ihr. Vielleicht hatte er auch deshalb der langen Geschäftsreise nach Asien zugestimmt.

Im Auftrag des Managements klapperte er auf dem großen Kontinent Geschäftskunden ab, die in Bauprojekte in den neuen Bundesländern investieren wollten. Nach der Öffnung der Mauer standen alle, die im Finanzsektor etwas zu sagen hatten, Kopf. Witterten sie doch fette Beute. Jeder wollte ein Stück des lukrativen Kuchens abhaben und Walter sollte den Appetit ihrer treuesten Kunden weiter schüren.

Henriette war nicht traurig darüber, eine Weile allein zu sein. So hatte sie ausreichend Zeit zum Nachdenken.

Die Grundrisse der unterschiedlichen Räumlichkeiten verschwammen bereits vor ihren Augen, die Beschreibungen klangen zunehmend gleich: *Exquisite Innenstadtlage, ein charmant geschnittener Verkaufsbereich, der durch einladende Schaufenster besticht, großer Arbeitsraum mit natürlichem Lichteinfall, ein WC im mediterranen Stil und eine praktische Teeküche.* Henriette legte das letzte Exposé beiseite. Ihr Rücken schmerzte auf dem schwarzen Ledersofa, das Walter aus seinem Frankfurter Junggesellenloft mit in die Beziehung gebracht hatte.

Das leere Weinglas hatte kleine rote Ringe auf den Papieren hinterlassen. Normalerweise hätte sie das gestört. Doch Henriette stand auf, ließ das Chaos liegen und ging mit ihrem Glas in die Küche. Zu so später Stunde würde sie ganz sicher keine Entscheidung mehr treffen. Zumal ihre Vergangenheit zwischen ihren ergrauten Gehirnzellen immer noch herumspukte.

Caroline war bei Grete in Berlin, wie sie beim letzten Telefonat von der Pflegerin erfahren hatte. Ihre Tochter konnte es einfach nicht lassen, musste weiter in längst verloren geglaubten Erinnerungen herumkramen und zog jetzt sogar ihre senile Großmutter mit hinein. Mit Erfolg, wie Anja zu berichten wusste.

Grete hatte ihr wohl einiges über die Villa und ihre Verhaftung erzählt. Anscheinend war sie im Alter und aufgrund ihrer Krankheit sanftmütiger geworden. Denn sie selbst hatte nach den schlimmen Ereignissen nie wieder mit ihrer Mutter über die Villa gesprochen. Henriette war das nur recht gewesen. Schon bald würde Caroline wohl die Büchse der Pandora knacken, die sie nicht zu Unrecht jahrzehntelang unter Verschluss gehalten hatte.

Nur indem sie die Erinnerungen verschloss, war es ihr möglich ihr Leben zu ertragen, gemeinsam mit den Schuldgefühlen, die seit der Zeit mal klammheimlich und mal brutal offen an ihr nagten.

Die Rotweinflasche stand griffbereit neben dem Obstkorb auf dem Tresen in der offenen Küche. Früher hatte sie sich mit Alkohol stets zurückgehalten, war es für sie doch ein unangenehmer Gedanke, nicht Herr der eigenen Sinne zu sein. Die Vorzüge der gefühlsbetäubenden Wirkung hatte sie erst vor nicht allzu langer Zeit entdeckt. Sie schenkte sich noch einen wohlwollenden Schluck aus der Flasche ein und ging ins Schlafzimmer.

Ihr Blick fiel auf ihren Nachttisch, auf dem das zerrissene Foto der Villa und die Briefe von Kurt lagen, die sie seit Walters Abreise nicht mehr zu verstecken brauchte. Immer öfter las sie Kurts Zeilen vor dem Zubettgehen, dachte an ihn, während sie unter ihrer satinbezogenen Decke wegschlummerte, und wachte nicht selten schweißgebadet und von Albträumen geplagt auf. Sie stellte ihr Rotweinglas ab und nahm den schmalen Packen Briefe auf den Schoß. Sie zog einen heraus, entfaltete das bereits angegilbte Papier und las die Zeilen zum widerholten Male:

Meine liebste Henni,
noch immer warte ich auf Antwort von dir. Ich bin dir deshalb nicht böse, weiß ich doch nicht einmal mit letzter Sicherheit, ob du meine Briefe überhaupt erhalten hast. Auch wenn Vivien schwört, dass sie dir zugestellt wurden. Deine Tante war es auch, die mir erzählte, dass du mittlerweile nach München gezogen bist und dort eine Schneiderlehre angefangen hast. Es freut mich natürlich, das zu hören. Dass uns aber nun noch mehr Kilometer trennen, macht mich hingegen traurig. Was ein bisschen paradox ist, weiß ich doch, dass die Grenze, die das Land teilt, die weitaus höhere Hürde zwischen uns ist. Und dein Schweigen, das mich eines Tages ganz sicher verrückt werden lässt.

In letzter Zeit habe ich viel nachgedacht. Über uns, über dich, aber vor allen Dingen über mich. Die ganze Zeit frage ich mich, ob alles anders verlaufen wäre, wenn ich dir gleich die Wahrheit erzählt hätte. Über meine Vergangenheit, meine Arbeit und meinen Onkel, der immer wieder zwischen uns stand. Aber ich sollte die Schuld nicht bei ihm suchen. Zumindest nicht in voller Gänze. Ich war es, der damals am Abend der Tanzveranstaltung, als wir uns auf der Bank unterhalten hatten, stumm geblieben war. Ach, wenn ich nur die Uhr zurückdrehen könnte ...

Wusstest du, dass ich dich damals nur aus Verlegenheit zum Tanz aufgefordert habe? Ich wollte nicht weiterreden. Ich hatte Angst, dass du mir noch mehr Fragen stellen würdest. Rückblickend betrachte ich den Moment mit Zwiespalt. Einerseits war der Augenblick mit dir, nichttanzend unter dem Sternenhimmel, zu schön, um ihn nicht erlebt haben zu wollen. Ich habe immer noch den Geruch deines duftenden Haares in meiner Nase, spüre unter meinen Fingern deine weiche Haut und sehe deinen liebevollen Blick, kurz bevor sich unsere Lippen fast berührt hätten.

Dass es damals nicht zum Kuss kam, empfand ich nicht als Enttäuschung. Dass du mich dort allein zurückgelassen hast, allerdings schon. Aber zum Glück hatte sich das ja schnell aufgeklärt. Andererseits war der Abend die Chance für mich, dir gleich reinen Wein einzuschenken. Vielleicht hättest du mich dann nicht von dir gestoßen, hättest mir mehr vertraut und würdest jetzt auf meine Briefe antworten. Doch ich gebe die Hoffnung nicht auf und warte weiter auf ein paar Zeilen von dir.

Dein Kurt

Henni
1952

Der Nachhauseweg vom Strand erschien Henni endlos. Das durchnässte Kleid hing ihr wie ein schwerer, eisiger Lappen am Körper. Die Kälte kroch bis in ihre letzte Zehenspitze. Mit jedem Schritt wurden die Blasen, die sich durch das feuchte Leder der Schuhe an ihren Fersen gebildet hatten, immer unangenehmer. Sie musste Lisbeth stützen, die aus allen Poren und erst recht aus ihrem Mund wie eine Schnapsbrennerei roch. Sie konnte keinen Meter geradeaus gehen. Henni wusste nicht, wieviel sie getrunken hatte, doch sie war froh, dass ihre Schwester wieder ausreichend Luft bekam. In ihrem Zustand war ein Asthmaanfall sicherlich nicht gerade ungefährlich.

Als sie die Villa erreichten, atmete Henni tief durch. Das Schwierigste stand ihnen nun bevor. Auch Lisbeth wusste, trotz ihres berauschten Geisteszustandes, dass ihre Mutter sie so auf keinen Fall sehen durfte. Überraschenderweise konnte sich Lisbeth zusammenreißen. Nachdem Henni die Haustür geräuschlos aufgeschoben hatte, schlich sie wie eine leise Maus durch die Diele.

Aus dem Salon drang Musik, ihre Mutter war also tatsächlich noch nicht in ihrem Zimmer. Ein süßlich-feiner Duft nach gegartem Gemüse lag aus der Küche kommend in der Luft. Leise huschten sie die Treppe hinauf, überstiegen dabei wissend die Stufen, die knarrten. Im Zimmer ließ Lisbeth sich sofort rücklinks aufs Bett fallen und keine Sekunde später vernahm Henni ein leises Schnarchen. Nur mit Mühe konnte sie ihr den

Petticoat ausziehen und sie in ihr Nachthemd stecken. Ihr Gewicht schien sich an diesem Abend verdoppelt zu haben.

Nachdem sie ihrer inzwischen im Tiefschlaf befindlichen Schwester die Decke bis zu den Schultern hochgezogen hatte, konnte sie sich endlich selbst ihres nassen Kleides entledigen. Sie hoffte, dass der Stoff durch das unfreiwillige Bad im Meer keinen Schaden genommen hatte.

Schnell schlüpfte sie in ein anderes Kleid, um kurz darauf noch einmal das Zimmer zu verlassen. Sie schlich wieder die Treppe hinunter, ging nun etwas geräuschvoller durch die Diele und öffnete die Tür zum Salon. Bevor sie den großen Raum betrat, setzte sie noch schnell ein unschuldiges Lächeln auf.

Ihre Mutter lag auf dem Kanapee und schlummerte sanft, während im Hintergrund leise Klaviermusik aus dem Radio ertönte. Henni fiel ein Stein vom Herzen, sie hatte also vermutlich nicht mitbekommen, dass sie ins Haus geschlichen waren. Als Henni auf sie zuging, erwachte sie. Während sie sich aufrichtete, befühlte sie ihren Dutt, der vom Liegen nicht mehr ganz so akkurat saß.

»Ich muss wohl eingeschlafen sein«, sagte sie müde lächelnd. Dann blickte sie sich um. »Wo ist Lisbeth?«

»Schon oben. Sie war auch müde«, antwortete Henni betont gleichmütig.

Ihre Mutter nickte, wobei Henni nicht sicher war, ob sie ihrer Schwindelei tatsächlich Glauben schenkte.

»War es schön?«, fragte ihre Mutter, während sie aufstand und ihr den Rücken zukehrte, um das Radio auszuschalten. Statt mit Ja zu antworten, wie sie es eigentlich vorgehabt hatte, erstarrte Henni plötzlich.

Kurt!

Erst jetzt wurde ihr klar, dass sie ohne ein Wort verschwunden war und ihn stehen gelassen hatte. Was musste er von ihr denken? Als ihre Mutter sich wieder umdrehte, zwang sich Henni zu einem gequälten Nicken.

»Ich gehe auch ins Bett. Gute Nacht!«, log sie ihre Mutter an, gab ihr einen flüchtigen Kuss auf die Wange und verschwand die Treppe hinauf in ihr Zimmer. Nachdem sie sich wieder ausgezogen hatte, kroch sie in ihr Bett und mummelte sich unter ihrer dicken Decke ein. Langsam wurde ihr wärmer. An Schlafen war jedoch nicht zu denken. Ihr Herz klopfte wie wild, übertönte gar manches Zittern, während sie sich ihren Gedanken an Kurt hingab.

Am nächsten Morgen erwachte Henni durch ein Stöhnen, das von der anderen Seites des Zimmers erklang.

»Mein Schädel!«, brummte Lisbeth mit ungewöhnlich kratziger Stimme. Henni ging es nicht unbedingt besser, auch wenn sie im Gegensatz zu ihrer Schwester keinen ausgeprägten Kater hatte. Aber ihre Lider fühlten sich schwer an, ihre Schultern schmerzten und ihr schlechtes Gewissen gegenüber Kurt drückte auf ihre Stimmung.

»Morgen!«, antwortete sie knapp.

»Nicht so laut!«, raunte ihre Schwester nur zurück, während sie ihren Kopf unter dem Kissen vergrub. »Sag Mutti, dass ich mich nicht fühle«, nuschelte sie unter dem Bezug hervor, während sie sich umdrehte und einfach weiterschlief. Henni seufzte. Das war also der Dank für die letzte Nacht. Lisbeth würde sich die Freiheit herausnehmen, ihren Rausch auszuschlafen, während sie ihrer Mutter wie jeden Morgen zur Hand ging.

Henni setzte sich auf ihre Bettkante und fuhr sich mit den Händen übers Gesicht, bevor sie zu ihrer Schwester hinübersah. Natürlich konnte sie ihr nicht lange böse sein und sie wusste nur zu gut, dass ihr Pflichtgefühl ohnehin größer war als ihre Müdigkeit. Also stand sie auf, wusch sich, zog sich an und ging zu ihrer Mutter hinunter in die Küche.

Auch zum Frühstück ließ Lisbeth sich noch immer nicht blicken. Da alle Tische besetzt waren und ihre Mutter für Susanne immer noch keinen Ersatz gefunden hatte, hatten sie mehr als ausreichend zu tun, alle Gäste zu bedienen. Zu Hennis Verwunderung verlor ihre Mutter keinen Ton über Lisbeth. Henni war sich nicht sicher, ob sie etwas ahnte oder ob sie sich an die Unzuverlässigkeit ihrer Jüngsten schon zu sehr gewöhnt hatte.

Nachdem die meisten Gäste in ihre Zimmer zurückgekehrt waren, um sich für den anstehenden Urlaubstag zurecht zu machen, begann Henni, die Tische abzuräumen und das Geschirr in die Küche zu bringen. Ihre Mutter setzte sich derweil zum Professor an den Tisch und trank mit ihm noch einen Kaffee.

Es war ein ungewöhnlicher Anblick, dass sie sich die Zeit nahm, doch Henni dachte nicht weiter darüber nach. Ihre Mutter wirkte heute ausgelassener und entspannter als sonst.

In der Küche ließ Henni Wasser in die große Waschschüssel. Durch das Spülmittel, das sie hinzugab, bildete sich eine dicke Schaumkrone auf der Oberfläche. Henni beobachtete, wie sich kleine Bläschen lösten und mit bedächtiger Langsamkeit emporstiegen. In ihren Gedanken spielte sich der gestrige Abend noch einmal ab. Zum wiederholten Male.

Sie dachte auch an ihre Schwester und fragte sich, warum sie ins Wasser gegangen war. War es die törichte Kurzschlusshandlung einer Betrunkenen gewesen oder hatte sie etwas gesucht? Auf dem Heimweg hatte sie Lisbeth mehrmals nach dem Grund gefragt, doch eine sinnhafte Antwort war einfach nicht aus ihr herauszuquetschen gewesen.

Als sie die ersten Teller ins Wasser gab, betrat ihre Mutter die Küche. Sie legte ihre Schürze ab, nahm ihr Kopftuch, das stets griffbereit über der Lehne eines Küchenstuhls hing, und band es sich ums hochgesteckte Haar.

»Ich gehe spazieren.«

»Mit dem Professor?«, fragte Henni.

Ihre Mutter sah sie verdutzt an. »Natürlich nicht!«, gab sie zurück und ging zur Tür. Dort blieb sie kurz stehen. »Wegen gestern Abend …«, begann sie ihren Satz und drehte sich um. Henni schluckte kurz, bevor ihre Mutter fortfuhr: »… schön, dass ihr Spaß hattet. Ich hoffe, ihr berichtet mir heute Abend noch mehr.«

Henni nickte und setzte ein Lächeln auf. Dabei fühlte sie sich wie eine elende Heuchlerin. Schnell wandte sie sich wieder dem Abwasch zu, damit ihre Mutter nicht sehen konnte, wie sich ihr Gesicht rötete. Als sie hörte, wie die Küchentür ins Schloss fiel, seufzte Henni tief.

Es war ruhig geworden im Haus. Lisbeth schlief noch und die Gäste waren, wie ihre Mutter, fortgegangen. Als sie den letzten sauberen Teller in den Geschirrschrank zurückgestellt hatte, ging Henni in den Salon. Sie wischte die Tische ab und rückte die Stühle zurecht.

Plötzlich hörte sie ein Klopfen. Erschrocken drehte sie sich zu den großen Panoramafenstern um und sah Kurt, der auf der anderen Seite der Scheibe stand. Ihr Herz machte einen leisen Hüpfer, gefolgt von dem beklemmenden Gefühl des schlechten Gewissens. Eilig ordnete Henni mit den Fingern ihr feines Haar, bevor sie an eines der bodentiefen Fenster trat und es öffnete.

Kurt begrüßte sie förmlich und trat ein. Seine Augen schweiften für einen Moment durch den prachtvollen Salon. Henni beobachtete ihn dabei, grübelnd, was sie ihm wegen des übereilten Abgangs nach ihrem Beinahe-Kuss sagen sollte. Als er sich zu ihr umdrehte, polterte es aus ihr heraus: »Es tut mir leid, dass ich gestern einfach gegangen bin.«

Kurt hob die Schultern. »Es war schon etwas merkwürdig. Als ich mit dem Glas Wasser wieder herauskam, warst du weit und breit nicht zu sehen. Zwei Mädchen, die ich nach dir gefragt habe, meinten, du seist gegangen.« Er senkte seine Stimme. »Wo warst du denn? Bist du ...«, er räusperte sich, »... wegen dem, was passiert oder beinahe passiert ist, vor mir geflohen?«

Henni schüttelte schnell den Kopf. »Nein! Nicht deswegen.« Ein kleines Lächeln huschte über ihr Gesicht, dann wurde sie wieder ernst. »Meine Schwester. Ich musste sie suchen. Niemand wusste, wo sie war. Es war ein Notfall.«

Kurt sah sie zögerlich an.

»Das musst du mir glauben«, bekräftigte sie deshalb. Er nickte, sein Gesicht erhellte sich. Nun, nachdem das geklärt war, sah er sich genauer im Raum um. Sein Blick blieb an dem Familienportrait der drei Frauen vor der Seebadvilla hängen, das der Fotograf endlich entwickelt und ihre Mutter gerahmt neben der Tür zur Küche aufgehängt hatte. Er ging hinüber, um es näher zu betrachten. Henni folgte ihm.

»War das an dem Tag …?«

»… Als du meinen Hut gerettet hast«, vervollständigte sie den Satz nickend.

Kurt schmunzelte. »Gerettet! Das klingt so heldenhaft.«

Henni zuckte mit den Schultern. »Mich hast du damit beeindruckt«, antwortete sie leise. Kurt lächelte sie an, bevor er seine Aufmerksamkeit wieder dem Bild widmete. »Deine Schwester und du. Ihr seid euch nicht besonders ähnlich, oder?«

»Nicht wirklich. Mein Vater sagte immer, wir wären wie der Wind und die Wellen. Wir können manchmal nicht miteinander, aber nie ohneeinander sein.«

Kurt drehte sich zu ihr um. »Das klingt schön!«

Henni nickte erneut zustimmend.

»Wo ist dein Vater jetzt?«, fragte er.

Henni zögerte kurz, bevor sie antwortete. »In Kriegsgefangenschaft.«

»Das tut mir leid!«

»Meine Mutter wartet jeden Tag darauf, dass er wieder nach Hause kommt. Aber ich bin mir ehrlich gesagt nicht sicher, ob das jemals passieren wird.« Henni senkte den Kopf. Kurt drehte sich zu ihr um. Statt belangloser Mitleidsbekundungen schwieg er und wischte ihr sanft eine Strähne aus dem Gesicht hinter das Ohr. Seine Finger hinterließen auf Hennis Haut ein Kribbeln.

Das Gefühl, ihren Vater stets und ständig vermissen zu müssen, wurde in diesem Moment ein kleines bisschen erträglicher.

Plötzlich hörten sie aus der Diele kommend ein Geräusch. Das Knarren einer Treppenstufe, das Lisbeth und sie gestern Abend erfolgreich versucht hatten zu vermeiden, war nun laut und deutlich zu hören. Ein wenig erschrocken sahen sie sich beide an.

»Willst du, dass ich gehe?«, fragte Kurt. Henni schüttelte den Kopf, nahm, ohne weiter nachzudenken, seine Hand und zog ihn durch die Küche in die Speisekammer.

Gerade rechtzeitig, bevor sich die Tür zur Küche öffnete, standen beide, umringt von gefüllten Lebensmittelregalen, im Halbdunkeln der Kammer. Nur ein schwaches Licht fiel durch die Schlitze der Holzbretter der provisorisch gezimmerten Kammertür.

Kurt sah sich um, registrierte die Einmachgläser und Gemüsekörbe. Die Tür zur kleinen zusätzlichen Speisekammer war verschlossen. Doch vermutlich konnte er sich denken, was sich dahinter befand. Aus der Küche drangen die verschiedensten Geräusche. Schlurfende Schritte waren zu hören, Schubfächer, die geöffnet und klappernd wieder geschlossen wurden, etwas, vermutlich ein langes Messer, das zu Boden fiel, Schneiden auf einem Holzbrett, das Öffnen eines Einweckglases und das genüssliche Schmatzen, das Henni auch noch in hundert Jahren erkennen würde.

Es war Lisbeth, die sich ein Marmeladenbrot schmecken ließ. Ganz unwillkürlich musste Henni schmunzeln, sie kannte ihre Schwester nur zu gut. Henni war erleichtert, nachdem sie wusste, vor wem sie sich versteckten.

Vermutlich wäre es nicht weiter tragisch gewesen, hätten sie sich nun gezeigt. Ihre Schwester war gut darin, Geheimnisse für sich zu behalten. Nur Gott wusste, was sie auch vor ihr verbarg. Doch irgendwie genoss Henni es, mit Kurt in dem engen, wenn auch wenig romantischen Verschlag Seite an Seite zu stehen.

Ihre Schultern berührten sich leicht. Henni bemerkte, wie er ihre Hand suchte und sie fest umschloss, als er sie fand.

Zum Glück war es in der Kammer dunkel genug, sodass er nicht sehen konnte, wie nervös sie plötzlich wurde. Sie versuchte, ruhig und gleichmäßig zu atmen und so wenig Geräusche wie möglich zu machen.

Langsam drehte sie sich zu ihm um, suchte seinen Blick, seinen Mund. Auch wenn es sie Überwindung kostete, hob sie ihre Fersen und stellte sich auf die Zehenspitzen. Sie näherte sich ihm, während er sie erwartungsvoll ansah.

Als sich ihre Lippen berührten, vergaß Henni alles um sich herum. Sie küsste ihn mit einer Leidenschaft, von der sie nicht einmal geahnt hatte, dass sie in ihr schlummerte. Kurt zog sie nun ganz zu sich heran und erwiderte ihren Kuss. Nach einer wunderbaren Ewigkeit lösten sie sich voneinander.

In der Küche war es längst still geworden. Lisbeth war vermutlich wieder in ihr Zimmer gegangen, um den Rest des Vormittags zu vertrödeln.

Kurt blickte Henni fragend an. »Wann sehe ich dich wieder?«, flüsterte er.

Henni zögerte, lächelte dann aber. »Bald!«

»Ganz bald?«, fragte er weiter.

Henni nickte.

»Morgen?«, ließ er nicht locker. In seinem Blick lag etwas Neckisches, das keine Widerrede zulassen wollte.

Henni warf ihren Kopf lachend zurück. »Morgen Abend um neun. Da sind die Gäste mit dem Abendessen fertig. An der großen Standuhr vor der Seebrücke?«

Kurt nickte und gab ihr noch einen flüchtigen Kuss, bevor Henni die Tür zur Küche öffnete. Hand in Hand gingen sie zurück in den Salon.

Da im Vorgarten der Villa bereits Stimmen zu hören waren, fiel ihr Abschied flüchtiger aus, als Henni es sich gewünscht hätte. Schnellen Schrittes huschte Kurt durch das noch immer geöffnete Panoramafenster hinaus zu einem großen Busch und versteckte sich dort. Offensichtlich wollte er warten, bis die Luft rein war, um über den Zaun auf die Dünenstraße zu klettern. Henni schloss das große Fenster und trat in die Diele. Da die Stimmen von draußen immer hitziger wurden, öffnete sie neugierig die Eingangstür. Auch Lisbeth kam die Treppe heruntergelaufen, legte die Hand auf die Schulter ihrer Schwester und blickte hinaus. Ihre Mutter stand am Gartentor und hielt zwei Volkspolizisten davon ab, ihren Grund und Boden zu betreten. Hinter den Polizisten beobachtete Heinz Ebert, mit verschränkten Armen und einem anwidernd süffisanten Grinsen, den Tumult.

Henni fiel sofort auf, dass er einen braunen Anzug trug. Früher hatte er nicht einmal zu Feierlichkeiten ein Hemd für nötig gehalten, doch seitdem er in der SED aufgestiegen war, putzte er sich heraus. Vermutlich wollte er damit eine gewisse Autorität ausstrahlen, was ihm allerdings in Hennis Augen nur schwerlich gelang.

Durch seine gebeugte Haltung und seinen massigen Körper strahlte er für sie stets etwas Plumpes aus. Auch Lisbeth machte sich regelmäßig lustig über sein gockelhaftes Benehmen, wo er doch eher die Figur einer trächtigen Kuh hatte. Im Augenwinkel sah Henni, wie ihre Schwester beim Anblick des Genossen mit den Augen rollte und ihre Gedanken damit bestätigte.

»Dazu haben Sie kein Recht!«, schrie ihre Mutter die Männer in der grünen Uniform in diesem Augenblick an.

Ebert baute sich auf. »Natürlich haben wir das. Es besteht der begründete Verdacht, dass Sie für den Geheimdienst des amerikanischen Imperialismus arbeiten.«

»Wie bitte?« Ihre Mutter fiel sichtlich aus allen Wolken. Auch Henni und Lisbeth sahen sich verdutzt an. Ihre Mutter eine Spionin? Das war vollkommen abwegig. Sie misstraute zwar der eigenen Regierung, doch von denen da drüben hielt sie genauso wenig.

»Das ist doch lächerlich«, blaffte ihre Mutter zurück.

»Seit Wochen beherbergen Sie einen Westberliner Professor in Ihrem Etablissement. Sie kundschaften sogar mit ihm den Ort aus. Frau Faber, man hat Sie beobachtet, wie Sie zu diesem Kapitalisten ins Auto gestiegen sind.«

»Ich nehme jeden auf, der ein Dach über dem Kopf braucht …«

»Wenn er dafür tief in seine Tasche greift«, fuhr Ebert ihr ins Wort.

Sie warf ihm einen zornigen Blick zu. »Noch ist das erlaubt.« Sie atmete tief durch und versuchte sachlich zu bleiben. »Und es ist noch kein Grund, meine Villa durchsuchen zu wollen.«

Ebert trat einen Schritt vor, schob die beiden Volkspolizisten zur Seite und sah Hennis Mutter provokativ an. »Wir haben gestern Abend einen ernstzunehmenden Hinweis erhalten. Dem müssen wir nun nachgehen. Ob Sie wollen oder nicht.«

Henni spürte, wie Lisbeth die Hand von ihrer Schulter nahm.

»Also lassen Sie die Herren von der Polizei ihre Arbeit machen. Andernfalls muss ich Sie wegen Widerstands gegen die Staatsgewalt festnehmen«, beendete Ebert mit drohender Stimme seine Ansprache.

Henni sah, wie ihre Mutter zögerte. Schließlich trat sie beiseite und ließ die Uniformierten passieren. Auch die Schwestern machten Platz. Henni blickte ihnen hinterher, als sie zielstrebig am Empfang vorbei in das kleine Arbeitszimmer gingen und begannen die Schränke, Schubfächer und Unterlagen hinter dem Holztresen zu durchsuchen.

Zimperlich waren sie dabei nicht gerade. Die losen Zettel flogen nur so durch die Luft. Ebert, der mit einigem Abstand den Volkspolizisten gefolgt war, drehte sich plötzlich auf der Veranda um und rief: »He, solltest du nicht schon längst an deinem Schreibtisch sitzen?«

Henni folgte dem Blick des Genossen und erstarrte. Hinter ihrer Mutter am Gartentor stand Kurt. Er musste wohl gerade erst über den Zaun geklettert sein. Ihm galt Eberts Frage.

»Komm mal her, min Jung«, rief Ebert ihn zu sich. Mit gebeugten Schultern trabte Kurt den schmalen Weg durch den Vorgarten entlang. Er mied es, Henni anzusehen, die neben Ebert an der Tür stand. Henni hingegen konnte ihre entsetzten Augen nicht von ihm abwenden.

»Was treibst du dich hier rum?«, fragte Ebert.

»Ich war kurz spazieren. Das ist ja wohl noch erlaubt, oder?«, antwortete Kurt.

»Nun werd mal nicht frech«, entgegnete Ebert mit drohendem Zeigefinger. Dann hob er seine Augenbraue. »Aber wenn du schon mal hier bist, kannst du ja mithelfen.«

Kurt blickte ihn erschrocken an. »Was? Ich? Wieso?«

»Die beiden Flachpfeifen da drinnen können jede Unterstützung gebrauchen.«

»Aber ich bin doch kein VoPo!«, versuchte Kurt sich weiter zu wehren.

»Aber mein Neffe. Und du machst, was ich sage, verstanden?«

Henni holte so hastig Luft, dass ihr dabei ein seltsames quiekendes Geräusch entschlüpfte. Alle Blicke richteten sich plötzlich auf sie. Nur Kurt schaute seufzend zu Boden, als habe er Angst vor dem, was er in ihren Augen sehen würde. Ruckartig machte Henni auf dem Absatz kehrt und rannte die Treppe hinauf, knallte ihre Zimmertür hinter sich zu und lehnte sich von innen gegen das gebeizte Holz. Ihr Herz raste, die Gedanken in ihrem Kopf spielten verrückt. Sie versuchte zu atmen, doch es gelang ihr nicht. So muss sich Lisbeth fühlen, wenn sie einen ihrer Anfälle hat, schoss es Henni durch den Kopf. Doch wie konnte sie dieses grauenvolle Gefühl wieder loswerden?

Grete
1952

Grete stand in ihrem kleinen Arbeitszimmer inmitten von wild durcheinandergeworfenen losen Rechnungspapieren, Quittungen, Lebensmittelkarten, Briefen, Urkunden, Prospekten und Werbemitteln für die Feriengäste, Adresskarteikarten und Reservierungsbüchern. Vor ihr lag ein abgebrochener Bleistift, die Tinte des Federhalters war auf dem Sekretär ausgelaufen. Es sah aus, als wäre eine Sturmflut durch die Fenster des Zimmers geschwappt und hätte alles, was nicht niet- und nagelfest war, verschlungen, um es kurz darauf wieder auszuspucken.

Auch Grete fühlte sich mehr als durch den Wind. Ihr war zum Heulen zumute. Doch Lisbeth stand hinter ihr im Türrahmen und blickte ebenso ratlos und geknickt auf das Chaos. Henni war immer noch nicht wieder aus ihrem Zimmer gekommen.

Um Lisbeths Willen versuchte Grete sich ihre innere Erregung nicht anmerken zu lassen. Sie musste stark bleiben.

Ebert und seine Handlanger waren nach gut einer Stunde wieder abgezogen. Natürlich hatten sie nichts gefunden. Der Vorwurf der Spionage war vollkommen an den Haaren herbeigezogen und Grete war sich sicher, dass auch Ebert das wusste. Warum er dennoch in ihr Haus eingefallen war, konnte sie sich nicht erklären.

Die Polizisten hatten nicht nur das Arbeitszimmer durchforstet. Auch in ihrer Stube waren sie gewesen, hatten ihre Kommoden durchkämmt und ihr Bett durchwühlt. Dabei waren sie nicht gerade zimperlich gewesen. Nur der Neffe des

Bürgermeisters war mit ihren Habseligkeiten behutsamer umgegangen. Offensichtlich hatte er nur widerwillig an der Aktion teilgenommen.

Auch das Zimmer der Mädchen hatten sie durchsuchen wollen. Doch Henni hatte die Tür von innen verriegelt und sich geweigert zu öffnen. Selbst als die Polizisten vehement an die Tür getrommelt und gedroht hatten, gewaltsam einzudringen, war sie hart geblieben. Grete hatte sich über Henni gewundert. Solch ein Benehmen hatte ihrer ältesten Tochter gar nicht ähnlichgesehen, schließlich war sie die gehorsamere der beiden.

Doch irgendwie schienen die Rollen an diesem Vormittag vertauscht gewesen zu sein. Während Henni vermutlich das erste Mal in ihrem Leben nicht das getan hatte, was man ihr sagte, hatte Lisbeth die ganze Zeit nur stumm in der Ecke gestanden. Grete hingegen war den Polizisten mit wachsender Wut gefolgt und hatte versucht, den Schaden, den sie verursachten, so gering wie möglich zu halten. So hatte sie auch die jungen Männer davon abhalten wollen, die Tür einzutreten. Doch sie hatten die zierliche Frau nur grob beiseitegeschoben.

Schließlich war es Eberts Neffe gewesen, der seine Genossen zurückgepfiffen hatte. Ebert selbst, der die Durchsuchung ausschließlich mit Argusaugen aus dem Hintergrund verfolgt hatte, hatte nur stumm genickt und seinem Neffen so den Rücken gestärkt. Also hatten die Polizisten irgendwann tatsächlich von ihrem Vorhaben abgelassen und waren endlich gegangen.

Grete seufzte und bückte sich. Es half nichts, sie musste das Durcheinander beseitigen und zwar so schnell wie möglich. Ihre Gäste durften auf gar keinen Fall von dem unangenehmen Besuch erfahren. Sie nahm ein paar Zettel in die Hand, sah sie durch und ordnete sie. Wortlos setzte sich Lisbeth zu ihr auf den Boden und half ihr dabei.

Die Geste ihrer Jüngsten überraschte sie, suchte Lisbeth doch in der Regel so schnell wie möglich das Weite, wenn unliebsame Arbeit ins Haus stand. Doch vermutlich saß auch bei ihr der Schock über den unangekündigten Besuch noch viel zu tief. Sie versuchte Lisbeth zu beruhigen. »Es ist alles gut. Sie haben nichts gefunden. Noch einmal werden sie nicht kommen.«

Lisbeth nickte, wenn auch langsam und zögerlich. Dann sah sie ihre Mutter fragend an. »Meinst du, sie waren wirklich wegen des Professors hier?«

Grete überlegte kurz und schüttelte schließlich den Kopf. »Ich denke, der Verdacht war nur vorgeschoben. Warum sie wirklich gekommen sind, weiß ich nicht.«

Lisbeth seufzte und legte die Papiere, die sie gerade in der Hand hielt, behutsam beiseite. »Ich glaub, ich weiß es.«

Grete sah ihre Tochter aufmerksam an.

»Gestern auf dem Fest habe ich etwas zu Irene gesagt, das sie vermutlich ziemlich verärgert hat.« Lisbeth biss sich auf ihre Lippe und sprach nun etwas lauter. »Ich konnte doch nicht ahnen, dass sie gleich zu ihrem fiesen Göttergatten rennt.« Eine ehrliche Träne der Reue lief Lisbeth übers Gesicht. Grete nahm ihre Tochter tröstend in den Arm. Sie wusste, dass Lisbeth sich so manches Mal um Kopf und Kragen redete. Das hatte sie von ihrem Vater. Doch sie war sich auch sicher, dass ihre Tochter nicht allein die Schuld an den Geschehnissen von heute trug. Ebert nutzte nun einmal jede Gelegenheit, um sie zu schikanieren. Das war nicht neu für Grete.

»Sei nicht so hart zu dir. Es war nicht dein Fehler!« Zärtlich umschloss sie Lisbeths Gesicht mit ihren Händen und blickte ihr tief in die Augen. »Du bist an alledem hier nicht schuld!«, redete sie ihr mit liebevoller Stimme ein. Lisbeth nickte schließlich und wischte sich eine Träne von der Wange. Gemeinsam beugten sie sich wieder über das Zettelwirrwarr und lichteten Hand in Hand das entstandene Chaos. Sie kamen dabei zügiger voran, als Grete gedacht hatte, und plötzlich war sie sehr stolz auf ihre Tochter. Vielleicht wurde sie doch langsam erwachsen.

Nachdem sie die letzten Zettel in ihre Ordner und Ablagen zurückgeräumt hatten, schlug Grete zufrieden die Hände zusammen. »Das wäre geschafft. Das Chaos in der Stube muss noch warten, zuerst muss ich das Mittagessen für die Gäste abschmecken«, verkündete sie und wollte sich auf den Weg in die Küche machen. Doch Lisbeth hielt sie zurück.

»Ich muss dir noch etwas erzählen.« Das Mädchen schob ihre Mutter zurück ins Arbeitszimmer. »Am besten setzt du dich dafür.« Grete nahm auf dem Stuhl vor dem Sekretär Platz und sah ihre Tochter verwundert an. Zum zweiten Mal an diesem ganz und gar untypischen Vormittag.

»Die Fischgenossenschaft hat keine höheren Abgaben eingeführt«, begann sie.

»Von wem hast du das gehört?«, fragte Grete.

»Von einem Jungen.«

Gretes Schultern strafften sich. Ganz unwillkürlich musterte sie ihre Tochter streng. »Du hast beim Tanz einen Jungen kennengelernt? Wie heißt er? Wie alt ist der Bursche?« Grete beugte sich vor. »Verschweigst du mir noch etwas?« Sie hatte gewusst, dass sie es noch bereuen würde, ihre Tochter ausgehen zu lassen. Für einen Freund war sie noch viel zu jung.

Lisbeth stöhnte eine Spur zu theatralisch. »Mutti, das ist unwichtig. Lenk nicht vom Thema ab«, bat Lisbeth, ohne weiter auf die Fragen einzugehen.

Grete seufzte kurz, nickte schließlich und deutete ihrer Tochter fortzufahren.

»Was ich sagen wollte, ist, dass Heinrich Hubert dich angelogen hat.«

»Aber warum sollte er das tun?«, wunderte Grete sich.

Lisbeth zögerte kurz, bevor sie weitersprach. »Ich war gestern am Strand. Nur ganz kurz«, fügte sie schnell beschwichtigend hinzu und fuhr fort, bevor ihre Mutter etwas erwidern konnte: »Da ist es mir wieder eingefallen, dass ich Heinrich vor ein paar Wochen auf der Brücke gesehen habe. Zusammen mit Ebert. Zuerst wirkten die beiden so, als stritten sie. Doch dann haben sie sich die Hände geschüttelt. Ich konnte sogar sehen, wie Ebert den Arm um Heinrichs Schultern legte. Das war ganz merkwürdig.«

Grete sah ihre Tochter irritiert an. »Aber was hat das eine mit dem anderen zu tun?«

»Verstehst du denn nicht? Ebert hat Heinrich überredet, dir keinen Fisch mehr zu verkaufen.«

Grete schüttelte abwehrend den Kopf. Lisbeths Worte konnten nicht wahr sein. »Heinrich ist ein alter Freund der Familie – deines Vaters. Er würde nichts tun, was uns schadet. Da kann Ebert noch so viel reden.«

»Sicher?«, fragte Lisbeth zurück.

Grete nickte überzeugt.

»Auch nicht, wenn Ebert ihm dafür etwas verspricht?«

Lisbeths Frage traf Grete unerwartet.

»Etwas, das ihm wichtiger ist als unser Familienheil. Nämlich seins«, fügte sie hinzu, während Grete stumm blieb. Ihre Gedanken kreisten, bis auch sie die einzig logische Schlussfolgerung zog.

»Du meinst Susanne?«

Lisbeth nickte. »Ohne Beziehungen bekommt man in der HO auf der Seebrücke keine Anstellung als Bedienung. Das weiß ich zufällig von Helga. Ihre Schwester wollte dort eine Ausbildung machen. Also ist es doch ziemlich unwahrscheinlich, dass sie die Tochter einer Republikflüchtigen und Diebin einstellen. Einfach so, meine ich.«

Grete sah ihre Tochter an. Langsam verstand sie es. »Ebert hat Heinrich überredet, uns keinen Fisch mehr zu verkaufen. Dafür hat er seiner Tochter Susanne die Stelle in der HO verschafft.«

»Genau«, sagte Lisbeth.

Bestürzt lehnte Grete sich in ihrem Stuhl zurück. Den Brocken musste sie erst einmal verdauen.

LISBETH
1952

Am frühen Abend desselben Tages saß Lisbeth am Meer. Noch war der Strand belebt. Die tiefstehende Sonne wärmte die Urlauber, die sich ihr in den Strandkörben und hinter Windschutzzäunen hingaben. Einige stapften noch ins Wasser, um ein letztes Bad für den Tag zu nehmen. Andere gaben ihren pompös gebauten Sandburgen mit gefundenen Muscheln und Steinen den finalen Schliff.

Doch Lisbeth hatte ihre Augen und Gedanken aufs Wasser gerichtet und bekam von dem sommerlichen Zeitvertreib nichts mit. Sie beobachtete die Wellen, die sich weiter draußen auftürmten, auf ihrem Höhepunkt brachen, bevor sie behutsam an den Strand glitten.

Hin und wieder erreichte ein nasser Ausläufer Lisbeths Zehenspitzen, die sie vor sich in den feuchten Sand gegraben hatte. Dann lief ihr jedes Mal eine kleine Gänsehaut über den Rücken. Doch sie dachte nicht daran, den Wellen zu weichen und sich einen Platz weiter hinten im Sand zu suchen. Lisbeth fühlte sich matt und ausgelaugt, was sicherlich nicht nur an dem vermaledeiten Tanzabend und ihren Alkoholeskapaden lag. Auch das nächtliche Bad in der Ostsee hatte ihr Körper augenscheinlich gut überstanden.

Es waren die Hausdurchsuchung und die Schuldgefühle, die dafür umso mehr an ihr nagten und sich einfach nicht verdrängen ließen. Das Gespräch mit ihrer Mutter lastete auf ihrer Seele, genauso wie der unausgesprochene Zorn auf ihre Freundinnen.

Helga und Marie, diese treulosen Tomaten, hatten sich den ganzen Tag noch nicht bei ihr blicken lassen. Sie wollte bis in alle Ewigkeit sauer auf die beiden sein und doch fürchtete sie um ihre Freundschaft.

»Grüß dich, Lissi!«, hörte sie eine Stimme hinter sich sagen, als hätte Lisbeth sie mit ihren Gedanken herbeigeschworen. Sie drehte sich um und sah in die schuldbewussten Augen von Helga. Marie stand neben ihr und guckte mindestens genauso bedröppelt. Wortlos wandte sich Lisbeth wieder dem Meer zu. Helga und Marie setzten sich zu ihrer Freundin in den Sand. Marie griff nach einem kurzen Stock, den das Meer an den Strand gespült hatte, und malte damit verlegen Kreise in den Sand.

»Wir waren zwei dumme Gänse!«, sagte Helga und blickte ihre Freundin von der Seite an.

Marie nickte zustimmend. »Ja! Eine dümmer als die andere.«

Lisbeth blieb kühl. »So, so, Gänse! Das Schimpfwort ist mir für euch noch nicht eingefallen.«

»Nenn uns, wie du willst. Es geschieht uns recht. Wir haben gestern nur an uns gedacht. Dabei wollten wir doch unbedingt, dass du mitkommst und wir zusammen Spaß haben«, sagte Helga.

Marie seufzte reumütig. »Ich hätte nicht mit Georg tanzen sollen. Es tut mir leid, dass ich so egoistisch war. Ich wusste ja, dass er dir gefällt.«

Lisbeth sah Marie an, dass sie es ehrlich meinte. Sie zögerte etwas zu sagen. So einfach wollte sie es ihren Freundinnen nicht machen.

»Wir haben einen ordentlichen Schreck bekommen, als du plötzlich weg warst«, sagte Helga, die Lisbeths Gedanken offensichtlich erraten hatte.

»Ja, wir haben uns richtig Sorgen gemacht und dich überall gesucht«, pflichtete Marie bei.

»Habt ihr?«, fragte Lisbeth überrascht.

Helga nickte wie wild. »Deiner Schwester haben wir ja auch Bescheid gesagt.«

»Sie hat mich nach Hause gebracht«, antwortete Lisbeth nun doch.

Marie und Helga seufzten erleichtert. »Gut, dass sie dich gefunden hat.«

»Verzeihst du uns?«, fragte Helga nun und setzte dabei den unschuldigsten Welpenblick auf, den sie in petto hatte. Lisbeth ließ die Mädchen noch ein wenig zappeln, bevor sie sich ein Lächeln erlaubte. Sie nickte und sofort fielen Helga und Marie ihrer Freundin von beiden Seiten um den Hals. Zu dritt plumpsten sie dabei fast rücklings in den Sand und Lisbeth spürte, wie ein Teil der Last, die eben noch auf ihr gelegen hatte, von ihr abfiel.

Als die drei sich wieder voneinander trennen konnten, blickte Lisbeth neugierig zu Marie. »Wie war der Bauer so? Konnte er gut tanzen?«

Marie zögerte kurz, nickte dann aber schließlich.

Lisbeth atmete tief durch. »Und, wirst du ihn wiedersehen?«

»Nur, wenn es für dich in Ordnung ist«, antwortete Marie. Lisbeth überlegte einen Moment und nickte schließlich. »Klar! Einem Typen, der mich nicht will, dem weine ich keine Träne nach.«

Marie lächelte dankbar. Aus ihren Kreisen, die sie in den Sand malte, wurden kleine Herzchen.

Helga beugte sich vor. »Aber sag mal Lissi, was war denn mit deinem Kavalier los? Er hat ja eine deftige Schlägerei angezettelt«, fragte Helga prustend.

Lisbeth verzog das Gesicht. »Er hat mir an den Allerwertesten gefasst und da hatte ich etwas gegen.«

»Echt?«, riefen Helga und Marie gleichzeitig laut aus.

»Hätte ich ihm gar nicht zugetraut«, fügte Helga fast anerkennend hinzu.

Lisbeth sah ihre Freundin irritiert an. »Wieso?«

Helga zuckte mit den Schultern. »Er hat danach so von dir geschwärmt.«

Lisbeth wurde ein bisschen verlegen. »Wirklich?«

Helga nickte. »Er meinte, du hättest Feuer. Er will dich unbedingt wiedersehen.«

Lisbeth zog es vor, dazu nichts zu sagen. Doch ein kleines, verstecktes Schmunzeln huschte über ihr Gesicht, während sie eine Muschel ins Wasser warf. Dann, nach einigen Augenblicken, wandte sie sich wieder Helga zu. »Ich muss dir noch etwas beichten ...«

Ihre Freundin sah sie fragend an, doch Lisbeths Miene blieb undurchsichtig.

»Der Selbstgebrannte deines Opas. Der ist alle«, sagte sie gespielt trocken.

Marie und Helga warfen ihrer Freundin einen erstaunten Blick zu. Dann kicherten sie.

»Ich hoffe, er hat geschmeckt?«, fragte Helga mit hochgezogener Augenbraue.

»Nee!«, stieß Lisbeth angewidert aus. Die drei Mädchen stimmten ein lautes, befreiendes Lachen an. Lisbeth war erleichtert. Warum konnten nicht alle Dinge so leicht sein, wie diese Freundschaft?

Die Dämmerung brach bereits herein, als Lisbeth die Villa wieder betrat. Sie entledigte sich ihrer Sandalen und tapste auf bloßen Füßen beschwingt durch die Diele. Der Sand rieselte von ihren nackten Sohlen und hinterließ eine feine Spur auf dem gebohnerten Parkettfußboden. Sie lächelte, fühlte sich wesentlich besser als noch vor ein paar Stunden.

In den Fremdenzimmern war bereits Ruhe eingekehrt, nur ein leises Gemurmel war hinter den Türen zu hören. Als sie den Salon betrat, sah sie ihre Mutter und ihre Schwester, die endlich das Zimmer verlassen hatte, vor dem Radio sitzen. Ein ungewohnter Anblick, der Lisbeth stutzen ließ.

Ihr Strahlen wich einer besorgten Neugier. Sie wollte gerade etwas sagen, als ihre Mutter den Finger auf die Lippen legte. Tonlos ging Lisbeth zu ihnen hinüber und setzte sich. Sie versuchte sich auf die Stimme zu konzentrieren, die aus dem Radio erklang:

… Mit frenetischen Jubelgesängen der Genossen für Walter Ulbricht endete die zweite Parteikonferenz der Sozialistischen Einheitspartei Deutschlands. In seinem Abschlussreferat verkündete der Generalsekretär den Beschluss des Zentralkomitees, den Sozialismus in der Deutschen Demokratischen Republik planmäßig aufzubauen. Fortan soll die Gesellschaft unseres Arbeiter- und Bauernstaates nach dem sowjetischen Vorbild umgebaut werden. Liebe Genossen und Genossinnen, krempelt die Ärmel hoch, packt mit an, es gibt viel zu tun.

Ihre Mutter drehte das Radio leiser, als die Fanfaren eines sozialistischen Liedes anklangen. Die eben gehörten Worte wirbelten noch durch Lisbeths Kopf, ohne dass sie eine Ahnung hatte, was sie bedeuteten. Henni erging es wohl ähnlich, blickte sie doch genauso ratlos zu ihrer Mutter hinüber.

»Was bedeutet das?«, fragte Lisbeth deshalb knapp.

Grete seufzte, schien zu überlegen, was sie ihren Töchtern sagen sollte. »Ich denke, es wird sich einiges ändern«, antwortete sie, während sie je eine von Hennis und Lisbeths Händen in ihre nahm. »Aber wenn wir zusammenhalten, wird uns nichts passieren. Wir haben uns nichts vorzuwerfen.«

Lisbeth schluckte leicht. Sie dachte wieder an Irene und die Hausdurchsuchung. Waren ihre Worte schuld daran, dass Ebert hier gewesen war? Oder hatte er schon von Ulbrichts Plan gewusst? Sie schüttelte die Gedanken ab und setzte ein zuversichtliches Lächeln auf.

Sie wollte ihrer Mutter unbedingt glauben.

CAROLINE
1992

In gemächlichem Tempo schlängelte sich die Regionalbahn zwischen Äckern, Wäldern und kleinen Ortschaften Richtung Norden. Der Waggon war so gut wie leer, obwohl ein warmes Sommerwochenende vor der Tür stand. Der Zugbegleiter, sichtlich unterfordert mit seinem Job, war mit seiner Lochzange bereits zum dritten Mal an ihr vorbeigegangen. Offensichtlich war in den anderen Abteilen die Fahrgastzahl ähnlich überschaubar.

Caroline saß am Fenster und schaute in die vorbeiziehende Landschaft hinaus. Alles war flach und eben und grün. Ihr fehlten die Berge. Es war ungewohnt für sie, endlos in die Weite gucken zu können. Abwechslungsreich war der Ausblick dennoch nicht sonderlich. Zumindest bisher.

Die Dörfer und Kleinstädte, die an ihr vorbeizogen, ähnelten sich alle sehr. Der graue Putz bröckelte von den Fassaden der Häuser, die provisorisch geflickt wie aus einer anderen Zeit wirkten. Baustoffe waren in der DDR Mangelware gewesen, das konnte sie sehen.

Zwischen den Spitzdächern lugte ein kleiner Kirchturm hervor, dessen Glockengeläut sie durch das geöffnete Zugfenster hören konnte. Es schien fast, als läge in ihnen die Hoffnung, die Menschen nun nach der Wende wieder ein wenig mehr für Gott begeistern zu können.

Ebenso sah Caroline Gutshäuser und kleine Burgen, meist am Rande der Ortschaften, die ihre Glanzzeiten schon lange hinter sich hatten und nun Einkaufsläden, Kinderheime oder

Ferienlager beherbergten. Doch am auffälligsten waren die grobschlächtigen und wenig ansehnlichen Plattenbauten, die in beinahe jeder Ortschaft aus dem Boden gewachsen waren. Bereits im Osten Berlins hatte sie diese Wohnblöcke zuhauf gesehen.

Caroline schaute auf die Uhr, erst in gut einer Stunde würde der Zug den Bahnhof von Wolgast passieren und über die Brücke auf die Insel Usedom gelangen.

Sie stand auf und zog ihren Rucksack etwas umständlich aus dem Gepäcknetz, das über den Sitzen gespannt war. Als sie den Reißverschluss öffnete, quollen ihr nicht wie sonst die Sachen unsortiert entgegen. Anja hatte sie vor ihrer Abreise freundlicherweise gewaschen, sogar gebügelt und feinsortiert zusammengelegt. Als Caroline den Stapel in den Rucksack gepackt hatte, war er noch nicht einmal zur Hälfte gefüllt gewesen.

Vielleicht hätte sie ihr dickes Literaturbuch doch mitnehmen können, wenn sie sich bereits zu Hause etwas mehr Zeit für das Packen genommen und die Wäsche etwas sorgfältiger gefaltet hätte. Andererseits hatte sie seit Tagen nicht mehr an ihr Studium gedacht, geschweige denn an die Prüfung.

Sie kramte in ihrem Rucksack nach den Stullen, die Anja ihr zum Abschied zugesteckt hatte, öffnete das Butterbrotpapier und biss ins üppig belegte Schwarzbrot hinein.

Etwas mehr als eine Woche war sie bei ihrer Großmutter geblieben, deren geistiger Zustand sich scheinbar an das Berliner Sommerwetter angepasst hatte. Mal war es draußen angenehm luftig und ihre Großmutter bei guter Verfassung und Laune und mal zogen schwülwarme Gewitterwolken über das gediegene Einfamilienhaus und ließen auch die Gedanken und Erinnerungen der alten Dame in einem dunklen Nebel dahinwabern. Wenn es ihr gut ging und Anja, mit der Caroline sich über die Tage immer besser verstand, nichts dagegen hatte, hatte sie mit ihrer Oma bei Kaffee und Kuchen zusammen unter dem großen Apfelbaum neben dem Brunnen im Garten gesessen.

Ihre Großmutter sprach nicht viel, ließ oft den Blick einfach nur durch den Garten schweifen. Caroline fiel es schwer, doch sie hielt sich zurück, obwohl sich die Fragen in ihrem Kopf fast ein Wettrennen lieferten. Sie wollte ihre Großmutter nicht noch einmal überfordern.

Behutsam stellte sie ihre Fragen, immer in dem Bewusstsein, dass sie vielleicht keine Antwort darauf bekommen würde. Gerade deshalb sog sie jeden noch so kleinen Fetzen an Information mit Neugier auf. Viel Neues war es nicht, was sie erfuhr, weil ihre Großmutter sich viel zu oft in Details verlor und an viele Dinge nur vage erinnern konnte oder wollte.

Das Puzzle ihrer Familiengeschichte blieb sehr lückenhaft. Ein richtiges Bild ließ sich noch lange nicht zusammensetzen. Aber immerhin erfuhr Caroline, dass Grete und ihre Tochter, die damals von allen nur Henni genannt wurde, kurz nach ihrer Verhaftung in den Westen ausgewiesen wurden. Was jedoch die Gründe dafür gewesen waren, die beiden Frauen ohne Verurteilung auszuweisen, darüber schwieg ihre Großmutter.

Auch diese Lisbeth, deren Namen Oma Grete bei ihrem ersten Gespräch hatte fallen lassen, erwähnte sie nicht wieder. Wenn Caroline nachhakte, wurde die alte Dame jedes Mal urplötzlich müde. Ob die Ausrede nur vorgeschoben war oder sie die fragilen Erinnerungen an diese Person, von der Caroline zuvor noch nie gehört hatte, tatsächlich schläfrig machten, konnte sie nicht mit Bestimmtheit sagen. Doch in Anbetracht der fortschreitenden Alzheimererkrankung ihrer Oma wollte sie diesen Umstand lieber nicht weiter ergründen. Caroline würde schon noch herausfinden, wer Lisbeth war.

Die Erinnerungen an die letzten Tage bei ihrer Großmutter, die leckeren Brote und das sanfte Schuckeln des Zuges machten Caroline nun müde und irgendwann schlief sie ein. Erst als der Zug unangenehm ruckelnd und quietschend zum Stehen kam, wurde sie unsanft aus ihrem Nickerchen gerissen.

Noch etwas verschlafen rieb Caroline sich die Augen und sofort wurde ihr Blick von der Aussicht vor dem Fenster angezogen. Sie sah direkt auf das Wasser.

Caroline versuchte sich zu orientieren und stellte fest, dass sie auf der Brücke Halt gemacht haben mussten, die Usedom mit dem Festland verband. Sie stand auf und streckte ihren Kopf zum Fenster hinaus, um besser sehen zu können.

Unter der klobigen Eisenkonstruktion der Brücke floss gleichmütig der Peenestrom hindurch zum Bodden. Im Sonnenschein erstrahlte das Wasser in tiefblauer Farbe, die wie von abertausenden glitzernden Perlen verziert wirkte.

Kleine Anglerboote, Jollen und Kutter wogten darauf im sanften Takt der Wellen hin und her. In der Ferne, nahe des schilfbewachsenen Ufers, lugten leicht verwitterte Holzbalken aus dem Wasser, zwischen denen die Fischer ihre Reusen und Stellnetze gespannt hatten, um ganze Fischschwärme leichterhand abfangen zu können.

Möwen und Kormorane breiteten am Himmel ihre Flügel aus und ließen sich vom Wind tragen. Auf Carolines Gesicht erschien ein wohliges Lächeln. Obwohl sie noch nie zuvor der Ostseeküste so nah gewesen war, fühlte sie sich hier auf Anhieb pudelwohl. Da setzte sich der Zug mit einem heftigen Ruck wieder in Bewegung, fuhr weiter auf die Insel, um die wenigen Fahrgäste an Bord an ihr Ziel zu bringen.

Etwa eine Stunde später erreichten sie den Ahlbecker Bahnhof. Caroline stieg aus dem Zug und sah sich um.

Auf stillgelegten Gleisen standen ein paar alte Loks und Waggons, vermutlich Altbestand der Reichsbahn, die noch vor wenigen Jahren die hiesigen Strecken befahren hatte, bevor auch diese ans gesamtdeutsche Verkehrsnetz angeschlossen wurden.

Der Bahnsteig und das rote Backsteingebäude wirkten etwas mitgenommen, strahlten aber dennoch einen gewissen Charme aus. Oma Grete hatte ihr erzählt, wie oft sie hier nach dem Krieg gestanden hatte, um auf Gustav zu warten, Carolines

Großvater und Gretes große Liebe. Es machte Caroline traurig zu wissen, dass ihre Oma den Bahnsteig jedes Mal allein wieder verlassen hatte und der Funke Hoffnung stets ein wenig dunkler geworden war.

Caroline atmete tief durch. Die Luft roch bereits wunderbar salzig, obwohl sie bestimmt noch gut fünfhundert Meter vom Meer entfernt stand. Doch sie konnte die Frische, die der Seewind mit sich brachte, schon hier in ihren Lungen spüren.

Caroline blickte auf die große Bahnhofsuhr, der Tag war durch die lange Bahnfahrt schon weit vorangeschritten. Sie schulterte ihren Rucksack und betrat die Bahnhofshalle, die weit kleiner ausfiel, als das Gebäude von außen vermuten ließ.

Hinter einer dicken Fensterscheibe saß ein Mann, der beschäftigter wirkte, als es notwendig schien. Schließlich war außer Caroline niemand mehr da. Die anderen Reisenden, die mit ihr aus dem Zug gestiegen waren, hatten wohl genau gewusst, was ihr Ziel war, und dem Bahnhof bereits den Rücken gekehrt.

Caroline stellte sich vor den Schalter und räusperte sich.

»Ja?«, fragte der Mann kurz und knapp, ohne aufzusehen.

»Ich bin auf der Suche nach einer Pension. Vielleicht können Sie mir helfen?«

»Fräulein, wir sind ein Kurort. Sie finden an jeder Ecke eine Pension«, antwortete er unwirsch. Die etwas schnoddrige Art der Ostdeutschen, die man leicht mit Unfreundlichkeit verwechseln konnte, war ihr schon in Berlin begegnet. Doch Caroline ließ sich nicht beirren.

»Vielleicht können Sie mir eine empfehlen?«, fragte sie mit dem freundlichsten Lächeln, das sie nach der langen Fahrt aufbringen konnte.

Der Mann hob nun doch seinen Kopf und sah Caroline an.

»Sie wissen schon, dass ich hier nicht die Touristeninformation bin?«

Caroline lächelte weiter, sodass der Mann schließlich seufzte.

»Gehen Sie zu Frau Bassin, Villa Seestern in der Dünenstraße.

Sie macht einen ausgezeichneten Fischtopf und hat Zimmer in jeder Preiskategorie.«

Caroline bedankte sich, verließ die Halle und folgte ihrer Nase und den Hinweisschildern zum Strand.

Die Seebadvillen im Ort und auf der Promenade waren genauso schön, wie ihre Großmutter sie beschrieben hatte. Ihr gefielen die geradlinigen Erker, Vorbauten und Fachwerkelemente, die durch die schmucken Verzierungen aus Stuck und Holz etwas zauberhaft Entrücktes bekamen. Caroline erkannte schnell, dass der Baustil nicht einer Epoche zuzuordnen war, sondern sich ganz nach Gusto des architektonischen Schöpfers aus vielen verschiedenen bediente.

Sie konnte sich an den Fassaden der Häuser nicht sattsehen, obwohl sie hier und da sicherlich eines neuen Anstrichs und der einen oder anderen größeren Reparatur bedurften. Nur einige Geschäfte und Restaurants, die sich in den unteren Etagen befanden, passten nach Carolines Empfinden so gar nicht in das zeitlose Villenpanorama.

Der westliche Kapitalismus hatte in den letzten beiden Jahren offensichtlich auch hier Einzug gehalten samt Pizzeria, Supermarkt und Currywurststand.

Die Pension Seestern lag in einer der kleineren Villen, die zwar nicht so nobel daherkam wie die anderen Häuser in der ersten Reihe der Strandpromenade, aber dennoch ein gehobenes Ambiente vermittelte.

Caroline fühlte sich hier sofort wohl.

Entschlossen trat sie durch die hölzerne Tür mit dem gläsernen Einsatz im oberen Bereich. Die Diele war leer, doch auf dem Empfangstresen stand eine kleine Glocke. Caroline läutete und sofort kam eine ältere Frau mit rundlichen Hüften unter einer blumenbemusterten Kittelschürze aus einem der Nachbarzimmer, begrüßte sie mit einem warmen Lächeln und stellte sich als Frau Bassin vor.

»Sie haben Glück«, erklärte sie Caroline, nachdem diese

ihr Anliegen vorgebracht hatte. »Vor ein paar Jahren hätten Sie hier an der Küste nicht so einfach ein Zimmer bekommen. Ferienplätze wurden nämlich nur mit vorheriger Anmeldung zugeteilt. Manche mussten jahrelang darauf warten. Doch seit die Grenze geöffnet ist, wollen die Ostdeutschen lieber Urlaub am Mittelmeer machen. Dolce Vita statt Strandkorb und Fischbrötchen. Dabei haben wir so schönen feinen Sand und immerhin die älteste Seebrücke der Ostsee.«

»Und was ist mit den Westdeutschen?«, hakte Caroline nach.

Frau Bassin schüttelte den Kopf. »Hin und wieder kommen ein paar, die sich die ehemalige Zone mal angucken wollen oder glauben, hier ein Urlaubsschnäppchen machen zu können. Aber wir müssen ja auch von irgendetwas leben.«

Caroline nickte verständnisvoll und folgte Frau Bassin die schmale Treppe ins Dachgeschoss hinauf.

Stickige Luft schlug ihnen entgegen, als sie das kleine Zimmer im ausgebauten Spitzboden betraten. Frau Bassin riss das Giebelfenster auf und strich noch einmal prüfend über das frischgemachte Bett, so als wäre es schon eine Weile her, dass darin jemand genächtigt hatte.

»Das Badezimmer ist eine Etage weiter unten, das teilen Sie sich mit den anderen Gästen. Im Moment beherberge ich allerdings nur noch ein weiteres Ehepaar. Sie sollten sich also nicht in die Quere kommen.« Sie drehte sich zu Caroline um und lächelte freundlich. »Kann ich Ihnen sonst noch irgendwie behilflich sein?«

Caroline zögerte kurz, stellte schließlich ihren Rucksack auf dem Bett ab und öffnete ein Seitenfach. Darin lag versteckt ein kleiner zusammengefalteter Zettel.

»Tatsächlich hätte ich noch eine Frage«, antwortete sie, während sie der Gastwirtin das Stück Papier reichte. »Kennen Sie dieses Haus?«

Frau Bassin las die Adresse, die mit krakeligen Buchstaben darauf geschrieben stand. Erwartungsvoll hielt Caroline ihren

Blick auf sie gerichtet. Es hatte einiger Überredungskünste bedurft, bis ihre Großmutter die Anschrift der Ostseeperle herausgerückt hatte.

Während ihre Oma den Straßennamen und die Hausnummer notiert hatte, hatte sie immer wieder innegehalten. So als wäre sie gezwungen gewesen, die Erinnerungen an die Villa mit jedem Buchstaben, den sie zu Papier gebracht hatte, ein Stück weit loszulassen.

Frau Bassin überlegte sichtlich angestrengt. »Das muss auf der anderen Seite der Seebrücke sein, vermutlich fast am Ortsausgang.« Sie blickte kurz auf. »Vielleicht ist es die alte Villa. Die steht allerdings leer, seitdem es dort gebrannt hat. Wenn Sie mich fragen, hätten sie die Ruine schon vor der Wende abreißen sollen.«

Die letzten Worte trafen Caroline wie ein Schlag. Ganz unwillkürlich fühlte sie sich unsicher auf ihren Beinen und ihr Herz begann zu rasen.

Sie war den ganzen Weg von München über Berlin hierhergekommen, um mehr über ihre Familie und die Villa zu erfahren. War der ganze Aufwand nun doch umsonst gewesen? Frau Bassin verabschiedete sich, ging die steile Treppe wieder hinunter und ließ Caroline mit ihrem sich immer schneller drehenden Gedankenkarussell allein zurück.

Henni
1953

Die ersten Tage des neuen Jahres waren klirrend kalt. Statt Sand stob der Schnee über den Küstenstreifen, glänzende Eiszapfen hingen in Reih und Glied am Geländer der Seebrücke. Die Möwen, die anders als viele andere Vögel nicht Reißaus in südlichere Gefilde genommen hatten, suchten zwischen den Dünen bei den Fischerhütten Unterschlupf. Womöglich hofften sie, dort auch einen Happen Fisch zu ergattern, um ihre leeren Mägen zu füllen. Doch die Fischer waren seit Tagen nicht mehr draußen gewesen. Zu unbeugsam und unberechenbar war das Meer.

Die Promenade war wie leergefegt, als Henni gegen den eisigen Wind ankämpfend auf dem Weg zur Bäckerei war. Jeder, der nicht unbedingt auf die Straße musste, kuschelte sich an ein warmes Plätzchen im trauten Heim, vor das knisternde Feuer des offenen Kamins, neben dem Kachelofen, der seine Wärme solidarisch teilte, oder einfach nah genug am Küchenherd, der mit seiner versteckten Glut nicht nur den mageren Mittagsbraten erhitzte.

Auch Urlauber waren nirgends zu sehen. Die Fremdenzimmer der Hotels und Pensionen lagen hinter den mit Eisblumen verzierten Fensterscheiben im Dunkeln. In der Ostseeperle waren die letzten Gäste, mit denen Henni, Lisbeth und ihre Mutter Weihnachten und Silvester gefeiert hatten, ebenfalls abgereist. Für die nächsten Wochen hatten sich nur wenige Besucher angekündigt.

Kurz hinter dem Vorplatz zur Seebrücke bog Henni ortseinwärts in die Straße ein. Auf den groben Pflastersteinen hatte sich der Schnee festgetreten und eine harte glatte Schicht gebildet. Henni musste vorsichtig sein, um nicht auszurutschen. Konzentriert einen Fuß vor den anderen setzend lief sie an den überschaubaren Schaufensterauslagen und leeren Caféterrassen vorbei. In den oberen Etagen der Ladenhäuser flatterte hier und da hinter den verschlossenen Fenstern eine Gardine. Jedes Mal, wenn sie aufsah, konnte sie niemanden erblicken, doch das Gefühl, beobachtet zu werden, trug sie seit Monaten mit sich.

Die Blicke der Menschen, die ihr zuvor offen begegnet waren, wurden argwöhnischer, aber auch zweifelnder und vorsichtiger. Die Zeiten hatten sich nicht zum Besseren gewendet.

Auf der gegenüberliegenden Straßenseite erblickte Henni eine herrschaftliche Villa, deren untere Etage einen Gasthof beherbergte. Durch die großen Fenster sah sie das Mobiliar des Gastraumes. Die Tische waren mit Servietten und Weingläsern eingedeckt. Im Schaufensterkasten neben dem Biergarten pries die Speisekarte ein Wintermenü mit Ente, Rotkohl und Salzkartoffeln an. Alles wirkte so, als würde der Gastbetrieb jeden Moment wieder seine Pforten öffnen. Doch Henni wusste, dass das nicht passieren würde.

Seit Ulbrichts Abschlussrede auf dem Parteitag hatte sich einiges geändert. Die Genossen hatten Bezirksbereiche eingeführt, die nun zentral verwaltet wurden. Ahlbeck hatte seinen Kreissitz verloren, die politischen Entscheidungen kamen nun aus Wolgast. Die alte Kaserne in Peenemünde wurde nun zum Stützpunkt der kasernierten Volkspolizei ausgebaut. Und die Bauern im Küstenhinterland der Insel schlossen sich zu landwirtschaftlichen Produktionsgenossenschaften, den LPGs, zusammen. Doch man hörte immer wieder, dass Bauern, die nicht freiwillig ihr Land und ihre Erträge teilen wollten, unter Druck gesetzt wurden.

Genauso erging es großen und kleineren Handwerksbetrieben, die noch von privater Hand geführt wurden. Den Inhabern wurde Sabotage unterstellt oder dass sie den sozialistischen

Aufbau behindern würden. Auch gegenüber den Pensionsbesitzern und Restaurantbetreibern wurde der Ton rauer. Die SED-Führung hatte sie im Auge, man spürte es jeden Tag. Und manch einem wurde das bereits zu viel.

Henni warf noch einen letzten Blick auf die Villa, bevor sie ihr Lauftempo wieder anzog. Lange würde das Haus nicht mehr leer stehen. Die Partei hatte ganz sicher schon Ideen, was sie mit diesem architektonischen Schatz anstellen könnten, den der Besitzer bei seiner Flucht in den Westen zurückgelassen hatte.

Als Henni die kleine pommersche Bäckerei erreichte, stellte sie überrascht fest, dass sich nicht wie sonst eine lange Menschenschlange gebildet hatte. Das Wetter schien zu unbarmherzig, um für ein bisschen Brot und ein paar Brötchen in der Kälte anzustehen. Also trat Henni ein und schloss die Ladentür hinter sich. Sofort öffnete sie den obersten Knopf ihres dicken Wintermantels.

Die Wärme, die aus der Backstube im hinteren Ladenbereich herausströmte, tat ihr gut. Der herrliche Duft ebenso, obwohl sie keinen Hunger verspürte. Ohnehin fehlte ihr in letzter Zeit immer öfter der Appetit und daran war nicht ausschließlich die Mangelwirtschaft schuld, die momentan für viele leere Mägen sorgte. Ihre Mutter hatte sie schon ermahnt, dass sie zu dünn geworden war, und tat immer häufiger ungefragt eine Extraportion Fett in Hennis Brühe.

Eine Frau mittleren Alters, die sich einen dicken Wollschal um Ohren und Kopf gewickelt hatte, stand vor dem Tresen und schwatzte mit der Bäckerin. Als die beiden Henni erblickten, rümpften sie ihre Nasen, drehten sich jedoch kurz darauf wieder einander zu und ließen sich nicht stören.

Die Bäckerin machte keinerlei Anstalten, den Klatsch zu unterbrechen und das junge Mädchen zu bedienen. Henni blieb hinter der Frau mit dem drolligen Turban stehen und wartete geduldig, wie es nun einmal ihre Art war. Ihre Schwester

Lisbeth hätte sich das sicher nicht gefallen lassen. Sie schien im letzten halben Jahr zwar etwas reifer geworden zu sein, aber nicht unbedingt geduldiger und manierlicher.

Henni zog ihre Handschuhe aus und bewegte ihre Glieder, die vor Kälte noch ganz steif waren. Das Blut kehrte langsam wieder in ihre zierlichen Finger zurück und ein Kribbeln breitete sich aus. Ein Kribbeln, das eine Erinnerung weckte an jenen Moment, als sie Kurt in der Kammer geküsst hatte und ihr ganzer Körper von diesem wohligen Gefühl erfasst worden war.

Henni seufzte leise auf, versuchte sich den Gedanken aus dem Kopf zu schlagen. Mit Kurt war es vorbei und sie hatte nicht vor, ihm noch eine einzige Träne nachzuweinen. Er war es nicht wert! Er hatte sie angelogen.

Henni trat einen Schritt vor und räusperte sich, wenn auch leise. Dennoch verstummten die Frauen und sahen sie überrascht an.

»Ich möchte Sie ungern unterbrechen ...«, sagte sie freundlich, aber bestimmt und wandte sich an die Bäckerin. »Wenn Sie mir einen halben Laib Brot und ein Stück Hefe einpacken, bin ich gleich wieder weg.« Die Frau nahm wortlos den Stoffbeutel, den Henni ihr reichte. Sie packte die gewünschten Backwaren ein, kassierte Geld und Lebensmittelkarten und nickte Henni kurz zum Abschied zu. Als Henni die Tür öffnete, widmeten sich die Frauen wieder ihrem Plausch.

Zurück auf der Straße atmete Henni tief durch, eisige Luft durchströmte ihre Lungen. Doch die Kälte störte sie plötzlich sehr viel weniger. Das Fünkchen Stolz auf ihren Mut, das in ihr aufflammte, schien sie von innen zu wärmen. Henni schlug den Mantelkragen wieder um ihren Hals, schloss den obersten Knopf, streifte die Handschuhe über und ging erhobenen Hauptes die Straße entlang zurück nach Hause.

Als sie am Rathaus vorbeikam, war von ihrem Anflug von Selbstsicherheit nicht mehr viel übrig. Ihre Schultern sackten in sich zusammen, als sie Heinz Ebert aus dem Backsteingebäude heraustreten sah. Begleitet wurde er von einem jungen Mann, den sie nicht erkennen konnte. Die breiten Schultern des SED-Genossen verdeckten ihn, doch Henni meinte, ein paar schwarze Haare zu erkennen, die sie sofort in Aufregung versetzten.

Sie sah sich erschrocken um und fluchte innerlich, dass sie keinen anderen Weg genommen hatte. Eiligen Schrittes lief sie zu einem kargen Busch, rutschte dabei fast aus. Schlitternd und ein wenig taumelnd ging sie in Deckung, bevor die beiden Männer den schmalen Kieselweg zur Straße entlangschritten. So gut es in ihrem groben Mantel ging, bückte Henni sich und lugte zwischen den nackten Zweigen der Pflanze hindurch.

Erst jetzt sah sie das Gesicht von Eberts Begleitperson. Es war nicht Kurt, der neben ihm lief. Sie hatte sich getäuscht und kam sich plötzlich wahnsinnig dumm und albern vor. Wie ein feiger Hase hockte sie in ihrem Versteck, nur weil sie Kurt seit Monaten um jeden Preis aus dem Weg gehen wollte.

Es fühlte sich an wie eine halbe Ewigkeit, die vergangen war, seit sie ihn das letzte Mal gesehen hatte. Sein plötzliches Auftauchen in der Villa, der Kuss in der Kammer und das Versprechen, sich am darauffolgenden Abend zu treffen, und schließlich die Erkenntnis, dass der Onkel, bei dem er wohnte, Heinz Ebert war, waren die letzten Erinnerungen, die seitdem in Hennis Kopf herumgeisterten.

Sein Gesicht, kantig und doch zart, mit den kleinen Grübchen, die aufblitzen, wenn er sein verschmitztes Lächeln aufsetzte, und den tiefblauen Augen, in denen sie sich verlieren konnte, tauchte immer wieder vor ihrem inneren Auge auf. Egal, ob sie es wollte oder nicht.

Nach der Hausdurchsuchung hatte sich alles verändert. Sie war am Boden zerstört gewesen, hatte sich stundenlang in ihrem Zimmer eingeschlossen und war erst am Abend wieder herausgekommen. Zu der Verabredung war sie nicht gegangen. Sie hatte Kurt nicht sehen wollen. Wie hätte sie unter diesen

Umständen mit ihm zusammen sein können? Er war nicht nur mit Ebert verwandt, sondern arbeitete auch noch für dieses Ekel, das nicht nur Hennis Mutter an den Rand der Verzweiflung trieb.

Ob Kurt damals überhaupt an der Uhr auf sie gewartet hatte, wusste sie nicht. Und es war ihr auch egal, zumindest versuchte sie sich das einzureden. Sie hatte alles darangesetzt, ihn zu vergessen. Doch offensichtlich war ihr das noch nicht sonderlich gut gelungen.

Die Kälte begann, durch Hennis Mantel zu kriechen, doch sie blieb hinter dem Busch hocken. Wie würde es aussehen, wenn sie jetzt daraus hervorkroch? Heinz Ebert und sein Begleiter gingen gemächlichen Schrittes zu einem Wagen, der halb auf dem Bürgersteig geparkt war. Bewundernd ging der schmale Dunkelhaarige um die Benzinkutsche herum, die wohl zu Eberts neuester Errungenschaft zählte.

»Aus Eisenach, so, so!«, sagte der junge Genosse dabei so laut, dass Henni es hören konnte.

Ebert nickte stolz. »Ein EMW, Baujahr 51. Siehst du, die haben die Front und das Heck vollkommen überarbeitet.« Er strich über den Lack der Motorhaube, als wäre er so seidigzart wie Spiegelsamt. »Wir hier im Osten können auch Autos bauen.«

»Nur nicht für jeden«, gab der Jüngere spitz zurück.

Ebert warf seinem Gegenüber einen Blick zu, bevor er seine Augenbraue hob. »Wo kämen wir da auch hin?«, antwortete er abgefeimt, sodass sich Henni der Magen umdrehte. Doch der Genosse lachte nur und auch Ebert stimmte mit ein, während er seinen Körper hinters Steuerrad wuchtete. Sein Begleiter stieg auf der Beifahrerseite ein.

Der Motor heulte laut auf, bevor der Wagen, trotz der Witterungsbedingungen, mit rasantem Tempo davonfuhr. Henni atmete erleichtert auf und kroch hinter dem Busch hervor. Ihr Rücken schmerzte von der gebeugten Haltung, in der sie gehockt hatte, und ihre Beine und Füße waren nicht nur vor Kälte steif.

Mit dem Brotbeutel in der Hand machte sie sich auf den Weg zur Villa, den schamvollen Blick auf den beinahe unwegsamen Bürgersteig gerichtet.

Hennis Schwester drückte die gezackte Klinge des Brotmessers auf die Kruste und sägte an ihr herum, als würde sie einen Baum fällen wollen. Schließlich gab der Laib unter ihren Händen nach. Die Scheibe, die Lisbeth abschnitt, war krumm und schief und viel zu dick. Doch statt sich daran zu stören, hielt sie das Brot an ihre Nase und sog den Duft mit wohliger Vorfreude ein.

Auch Henni, die am Küchentisch saß und sie beobachtete, konnte förmlich das würzige Aroma des ausgebackenen Sauerteigs riechen. Doch sie hielt sich lieber an ihrer Tasse Tee fest. Lisbeth riss sich ein Stück von ihrer Brotscheibe ab und tunkte diese in den offenen Krug Rübensirup, der neben ihr auf der Arbeitsplatte stand. Als sie genüsslich hineinbiss, kleckerte ein wenig der braunen, zähflüssigen Masse auf den Steinboden.

Henni widerstand dem Reflex, gleich aufzustehen und das Malheur wegzuwischen. Das konnte sie auch später noch machen. Den Rest ihrer Brotscheibe bestrich Lisbeth dick mit dem Sirup, bevor sie sich zu ihrer Schwester an den Tisch setzte. Schmatzend ließ sie sich ihre Zwischenmahlzeit schmecken, während sie Henni mit ihren Blicken löcherte.

»Du siehst echt mies aus!«, sagte sie schließlich mit noch vollem Mund.

»Danke!«, antwortete Henni mit verzogener Miene. Die schlechte Angewohnheit ihrer Schwester, immer das auszusprechen, was ihr gerade durch den Kopf ging, kannte sie ja. Es gefiel ihr trotzdem nicht.

Lisbeth ruderte etwas zurück. »So meine ich das ja nicht. Das weißt du doch.« Sie schenkte ihrer Schwester ein entschuldigendes Lächeln. Kleine Brotkrumen hafteten dabei an ihren Mundwinkeln. Henni versuchte sie zu ignorieren und schlürfte einen Schluck heißen Tee aus ihrer Tasse.

»Ist irgendwas passiert?«, versuchte Lisbeth es erneut.

Henni zögerte kurz, schüttelte dann aber den Kopf. »Ne, nix«, sagte sie leise und nahm schnell noch einen Schluck.

Lisbeth seufzte und ließ nicht locker. »Du musst mal wieder raus. Seit dem Sommer klebst du an diesem Haus wie ein fetter Käfer im Spinnennetz. Du schuftest nur noch, obwohl es doch jetzt gar nicht so viel zu tun gibt.«

Henni lachte kurz verlegen auf. »Das glaubst du. Die Böden müssen gebohnert werden, der Dachboden mal entrümpelt, die Gardinen gestärkt und der Kamin zieht immer noch nicht richtig.«

»Und das willst du alles machen?«

Henni überlegte kurz und zuckte dann mit den Schultern. »Willst du Mutti zumuten, den Ruß wegzukratzen?«

Lisbeth schwieg dazu, aber ihre Beharrlichkeit hatte sie wohl von ihrem Vater geerbt. »Ich meine ja nur. Das Leben besteht aus mehr als Arbeit.« Verschmitzt grinste sie. »Auch aus Spaß und Jungs.«

»Man kann auch ohne Jungs Spaß haben«, fuhr Henni Lisbeth ein wenig zu hart an. Die verstummte überrascht. Solche lauten Töne war sie von ihrer Schwester nicht gewohnt. Henni bereute sogleich ihren kleinen Gefühlsausbruch.

»Mir geht es gut. Ehrlich!«, sagte sie, um ihre Schwester zu beschwichtigen. Henni versuchte zu lächeln, doch sie war sich nicht sicher, ob es genauso angestrengt aussah, wie es sich anfühlte. Irgendwann würde dieser Satz wieder der Wahrheit entsprechen. Davon war Henni beinahe überzeugt.

Doch Lisbeth war mit ihren Gedanken bereits woanders. Sie schaute aus dem kleinen Küchenfenster in den Vorgarten.

»Schneit es wieder?«, fragte sie.

Henni erhob sich etwas, um ebenso einen Blick hinaus zu

werfen. Sie nickte und Lisbeths Gesicht erhellte sich. »Wollen wir raus? Wie früher?«

Henni zögerte. »Ich weiß nicht. Wir sind doch keine Kinder mehr. Und ohne Vati …«

Doch Lisbeth hörte schon gar nicht mehr zu. Sie sprang auf, zog ihre Schwester vom Stuhl und eilte mit ihr in die Diele. Henni folgte ihr nur widerwillig. Eigentlich hatte sie nur wenig Lust, wieder in die Kälte hinauszugehen. Ihre Füße waren gerade erst wieder warm geworden. Doch gegen Lisbeths Enthusiasmus kam sie nicht an, zumal ihr ihre Schwester auch keine Wahl ließ. Lisbeth warf ihr Mütze, Schal und Mantel zu, während sie selbst in ihre Winterklamotten schlüpfte und noch bevor Henni ihre Schuhe angezogen hatte, die Tür öffnete.

»Wenn du nicht auch in drei Sekunden draußen bist, seife ich dich ein!«, rief sie ihr zu, bevor sie durch die Tür verschwand. Henni beeilte sich, ihre Winterstiefel zuzuschnüren, und trat dann ebenfalls hinaus. Auf der Veranda der Villa blieb sie kurz stehen.

Der Schnee, der wie dicke Wattebausche vom Himmel fiel und alles unter sich in zartes, neues Weiß hüllte, ließ die Welt gleich friedlicher erscheinen. Viele Urlauber glaubten, dass die Küste im Sommer am schönsten wäre. Doch Henni, die die Schneeflocken über dem Meer tanzen sah, wusste es besser.

Plötzlich fegte ein Schneeball dicht an ihrem Kopf vorbei und landete mit voller Wucht neben ihr an der Hauswand. Ein weißes, kraterähnliches Gebilde auf dem Putz zeugte noch von dem Angriff. Henni drehte sich zu ihrer Schwester um, die am Gartentor stand und schelmisch gackerte.

Henni rannte los, so schnell sie ihre Füße über den schneebedeckten Boden tragen konnten, ihrer Schwester hinterher, die jauchzend durch die Dünen zum Strand lief. Lachend versuchte sie Lisbeth zu fangen, die flinker unterwegs war, als Henni es ihr zugetraut hatte.

Erst als sie sich atemlos auf ihren Knien abstützte, holte

Henni Lisbeth ein. Sogleich übermannte sie das schlechte Gewissen, ihre Schwester so über den Strand gejagt zu haben, und beugte sich zu ihr vor.

»Geht's dir nicht gut? Hast du einen Anfall?«, fragte sie besorgt. Doch statt einer Antwort drehte Lisbeth sich abrupt um und klatschte ihrer Schwester eine ordentliche Portion Schnee ins Gesicht.

»Das waren mehr als drei Sekunden!«, sagte sie, während sie sich vor Lachen kaum auf den Beinen halten konnte. Das leise Röcheln, das ebenso aus ihrer Brust zu hören war, ignorierte Lisbeth wohl gänzlich. Henni warf ihrer Schwester einen gespielt zornigen Blick zu, bevor sie ihre damenhaften Manieren beiseiteschob und sich an ihrer Schwester mit einem handgroßen Schneeball rächte. Die Mädchen ließen sich in den Schnee plumpsen und lachten ausgelassen.

Nachdem Henni sich beruhigt hatte, sah sie ihre Schwester an. »Siehst du …«, sagte sie, »… mir geht es gut. Ich habe dich. Und Mutter.«

Lisbeth nickte lächelnd, als sich plötzlich eine Stimme hinter ihnen meldete.

»Und was ist mit mir?«

Erschrocken drehten sich die Schwestern um. Eine Frau mit adrett hochgesteckter Frisur, rotgeschminkten Lippen, Rouge gefärbten Wangen und einem für das Wetter viel zu kurzen, quietschgelben Wintermantel aus dickem Wollstoff stand hinter ihnen am Strand und sah Henni erwartungsvoll an. Die zwei Koffer, die sie bei sich trug, ließ sie in den Schnee plumpsen. Offensichtlich waren sie gut gefüllt. Lisbeth sprang als Erste auf.

»Tante Vivien!«, schrie sie fast und fiel ihr zur Begrüßung in die Arme. Auch Henni stand nun auf und umarmte ihre Tante.

»Mutti hat gar nicht gesagt, dass du kommst«, sagte Lisbeth, als sie sich beruhigt hatte.

»Sie weiß es auch nicht«, antwortete Vivien mit einem verschmitzten Grinsen.

Lisbeth und Henni sahen sich erstaunt an.

»Ich wollte euch überraschen, weil ich ja Weihnachten nicht bei euch sein konnte.«

Henni lächelte. »Die Überraschung ist dir gelungen. Und Mutti wird auch Augen machen.«

Lisbeth nickte zustimmend. »Aber komm, lass uns reingehen. Henni kocht dir bestimmt einen Tee. Und wir haben frisches Brot.«

»Das klingt hervorragend. Ich verhungere fast. Im Zug gab es nichts zu essen. Außerdem ist der Schnee nicht gut für meine Schuhe!«

Henni nickte, nahm die beiden Koffer und ging vor. Sie freute sich, dass der Tag noch so eine schöne Wendung genommen hatte.

Grete
1953

Grete stapfte durch die Dünen. Die ganze letzte Nacht hatte es geschneit und eine neue dicke, weiße Pulverschicht auf dem gefrorenen Dünensand hinterlassen. Sie musste vorsichtig sein, um mit ihren Stiefeln auf dem unebenen Untergrund nicht umzuknicken. In der Fischerhütte von Heinrich Hubert, die vor ihr lag, brannte Licht. Sie blieb kurz stehen, um ihren Puls zu beruhigen.

Es hatte ihrer Schwägerin ähnlichgesehen, einfach unangekündigt aufzutauchen. Sie hätte gern für ihre Ankunft etwas vorbereitet, einen Kuchen gebacken, Bowle angesetzt oder wenigstens etwas Gutes zu essen zubereitet. Sie hätte die Kammer aufgefüllt, zumindest die vorderen Regale.

Es war wieder schwieriger geworden, an Lebensmittel heranzukommen. Selbst mit Bezugsschein bekamen sie nicht immer Zucker, Milch und Fleisch. Und wenn, mussten sie sehr lange dafür anstehen. Stalins verheißungsvoller Sozialismus führte die Wirtschaft geradewegs in eine neue Krise.

Für die Mädchen hatte Vivien wieder einiges im Gepäck gehabt. Modezeitschriften und Stoffe für Henni und neue Lackschuhe und einen feschen Bolero für Lisbeth. Offensichtlich waren die Zustände in der Hauptstadt noch um einiges besser als hier am losen Zipfel der Republik. Oder sie hatte wieder die Kontakte ihres Mannes ausgenutzt, um ihre Nichten zu überraschen. Die Überraschung war ihr gelungen. Lisbeth hatte nicht gewusst, worüber sie sich als Erstes freuen sollte. Henni bedankte sich höflich und zog sich sogleich in die Waschküche zurück. Für Grete hatte Vivien ein großes Paket Westkaffee geschmuggelt. Und auch sie, das musste sie zugeben, hatte sich darüber mehr als gefreut. Wenn sie mit dem begehrten Pulver maßvoll umging, würde sie damit bis zum Sommer auskommen. Die ersten beiden Tassen hatte sie sogleich für sich und ihren Besuch aufgebrüht.

Grete blickte zur Fischerhütte ihres alten Freundes. Heute Abend wollte sie das Willkommensessen für ihre Schwägerin nachholen. Wenigstens das, wenn sie schon kein Geld für den Kaffee nehmen wollte.

Kräftig klopfte Grete gegen die kleine Holztür. Als Heinrich ihr einen Augenblick später öffnete, lag pure Überraschung in seinem Blick. Mit ihrem Besuch hatte er offensichtlich nicht gerechnet. Und doch machte er ihr wortlos Platz und ließ sie in die Hütte. Grete blickte sich um, obwohl sie schon oft in dem kleinen Holzverschlag zwischen den Dünen gewesen war. Es hatte sich nichts verändert. Die gleichen alten Schlepp- und Fangnetze, die vermutlich schon mehr als ein Dutzend Mal geflickt wurden, hingen an den Wänden. Die leeren Kisten und Fässer, an denen noch der Fischgeruch vom letzten Fang klebte, stapelten sich in der Ecke. Und über die von der Sonne und vom Meer ausgeblichenen Bojen konnte man leicht stolpern. Ordnung war noch nie die Stärke ihres alten Freundes gewesen. Seit dem Verschwinden seiner Frau hatte hier vermutlich niemand mehr so richtig aufgeräumt.

»Du solltest doch nicht mehr kommen!«, sagte Heinrich, der die Tür hinter Grete schloss, nicht ohne einen prüfenden Blick in die Dünen zu werfen.

»Du hast mich gebeten, keinen Fisch mehr bei dir zu kaufen. Aber dass ich dich jetzt auch nicht mehr besuchen darf, davon war nicht die Rede«, antwortete Grete trocken. Von ihrer Freundschaft war nicht mehr viel übriggeblieben. Sie war mit der Abmachung erstorben, die Heinrich mit Ebert getroffen hatte.

Nachdem Lisbeth ihr davon berichtet hatte, war Grete noch einmal bei Heinrich gewesen. Er hatte es nicht abgestritten, war aber auch nicht bereit gewesen, an diesem faulen Handel zu rühren. Er sorgte sich um Susanne, die in ihrer neuen Anstellung glücklich war. Grete war enttäuscht gewesen. So hatte sie den Rest des Sommers ihren Gästen nur Fisch anbieten können, wenn sie ausnahmsweise welchen im örtlichen Fischgeschäft zu einem stolzen Preis ergattern konnte.

Der Genosse Ebert war nach der Hausdurchsuchung zum Glück nicht mehr bei ihr gewesen. Vermutlich hatte er tatsächlich nur ein bisschen mit den Ketten rasseln wollen, weil Lisbeth seine Frau verärgert hatte. Doch immer, wenn Grete ihm im Ort begegnete, setzte er ein Grinsen auf, als würde er sich wie ein kleiner Lausbube über seine neckischen Streiche freuen. Dass davon ihre Existenz betroffen war, störte ihn wohl kaum.

Heinrich setzte sich in einen alten Schaukelstuhl, nahm ein Netz auf den Schoß und begann mit geübten Fingern einen Knoten nach dem anderen zu prüfen und wenn nötig zu flicken. Grete setzte sich auf einen Schemel und lockerte ihr Halstuch. Hier drinnen war es trotz des fehlenden Ofens wärmer als am Strand. Nur der Wind, der jaulend um die kleine Hütte und durch einige Ritzen pfiff, und Heinrichs kühler Blick bereiteten ihr eine leichte Gänsehaut. Doch davon ließ sie sich selbstverständlich nichts anmerken.

»Was willst du?«, fragte er.

»Vivien ist zu Besuch.«

Heinrich horchte auf, ließ das Netz in seinen Händen auf den Schoß sinken. »Vivi?«

Als junger Bursche hatte er der Schwester seines Freundes schöne Augen gemacht, wie ihr Gustav einmal erzählt hatte. Doch Vivien war genauso ein Wildfang wie ihre Lisbeth. Mit einem Fischer wäre sie nicht glücklich geworden. Grete nickte und Heinrich wusste genau, weshalb sie hier war. Er widmete sich wieder seinem Netz.

»Ich hab keine Frischware. Seit Tagen war ich nicht mehr draußen. Zu stürmisch.«

»Aber du hast doch bestimmt noch was vorrätig«, antwortete sie mit Blick auf eine kleine Kammertür im hinteren Bereich der Hütte. Sie wusste, dass er dort den Räucherfisch lagerte. Heinrich sah auf, zögerte kurz und schüttelte schließlich den Kopf.

»Das ist zu gefährlich«, sagte er beinahe entschuldigend.

»Bitte, Heinrich!«

Er blieb stur, vermied es aber, in ihre Augen zu sehen.

»Susanne mag ihre Arbeit. Wenn Ebert erfährt, dass ich dir etwas verkauft habe, dann lässt er meine Tochter doch vor die Tür setzen.«

»Woher soll er es denn erfahren?«

»Keine Ahnung. Aber er hat doch seine Spezies überall. Nichts darf man mehr machen oder sagen, was einem auf die Füße fallen kann.« Im letzten Satz lag mehr Wehmut, als ihm vermutlich lieb war. Grete blickte ihn an. Früher hatte ihr Freund vor unbändiger Kraft und Courage gestrotzt. Gustav hatte ihn dafür immer beneidet. Viel war davon nicht mehr übriggeblieben. Doch Grete wollte nicht lockerlassen. Dieses Mal nicht.

»Ich will nicht viel. Nur ein bisschen geräucherten Fisch für Vivien und meine Töchter. Und für mich. Das bist du mir schuldig.«

Heinrich blickte auf.

»Wir kennen uns schon so lange, Heinrich. Da kannst du mir doch diese kleine Gefälligkeit nicht abschlagen.«

Heinrich sah sie stumm an, sie hielt seinem Blick stand. Seine Frau hatte damals nicht allein in den Westen gehen wollen. Sie hatten die heimliche Abreise gemeinsam geplant, wollten als Familie rüber. Das Geld aus der Gemeindekasse zu nehmen, war seine Idee gewesen, wie er Grete später einmal gestanden hatte. Was bei der Flucht genau schiefgelaufen war, wusste Grete nicht. Auch war es ihr immer ein Rätsel geblieben, warum er seiner Frau auch später nicht in den Westen gefolgt war. Doch Heinrich war seitdem nicht mehr derselbe gewesen. Der Verlust seiner Frau, die Schikanen der Parteigenossen, die mal mitleidvollen, mal verächtlichen Blicke der Nachbarn, all das hatte ihn schwer getroffen.

Grete war in dieser Zeit für ihn und Susanne da gewesen, hatte freundschaftlichen Zuspruch gegeben, wann immer es nötig war, und Susanne eingestellt, obwohl sie das Geld für eine zusätzliche Aushilfe auch gut woanders hätte gebrauchen können.

Heinrich seufzte schließlich und stand auf. Er verschwand in der kleinen Kammer und kam mit einem kleinen Päckchen zurück.

»Reicht dir das?«, fragte er, als er auf dem Tisch vor Grete das Zeitungspapier aufwickelte. Der wunderbar rauchig-strenge Duft der vier Bücklinge, die vor ihr lagen, zog ihr in die Nase. Grete nickte ihm dankend zu und verstaute den Fisch gut in ihrer Tasche.

»Grüß Vivi von mir«, bat er noch, als sie die Hand auf den Türgriff legte. Grete drehte sich noch einmal um und nickte. Als sie die Tür öffnete, blickte sie in Susannes erstauntes Gesicht.

Grete versuchte, sich ihre Überraschung nicht anmerken zu lassen. Sie nickte dem Mädchen zu und trat aus der Hütte. Eilig ging Susanne an ihr vorbei und schloss die Tür hinter sich. Grete sah zum Meer hinaus. Der kühle Wind hatte an Stärke zugelegt. Sie zog das Halstuch wieder ein wenig fester und machte sich in Richtung Promenade auf den Weg. Sie wollte das Abendessen pünktlich auf den Tisch bringen.

Zu Hause angekommen öffnete Grete den Küchenschrank. Sie schob die großen Töpfe beiseite und holte zwei kleinere aus Emaille heraus. Das Blumenmuster auf den hellblauen Kochgefäßen war noch makellos. Sie benutzte die Töpfe nicht oft, kochte sie doch meist in größeren Mengen. Doch an diesem Abend hatte sie keine Gäste zu bewirten, nur die Menschen, die ihr wirklich wichtig waren: ihre Familie.

Aus dem Salon klang das unverkennbare Lachen ihrer Schwägerin. Vivien war ihrem Bruder in vielen Dingen ähnlicher, als sie womöglich ahnte. Auch er konnte sich seiner Freude mit ganzem Herzen hingeben. Henni und Lisbeth kicherten fröhlich gemeinsam mit ihrer Tante, auch wenn ihre Stimmen bei Weitem nicht so kräftig waren. Henni hatte sie gefragt, ob sie bei der Zubereitung des Abendessens helfen sollte. Doch Grete hatte abgelehnt. Das einfache Menü, das sie geplant hatte, würde sie ohne größeren Aufwand allein kochen können. Außerdem wollte sie ihrer Tochter auch einmal einen freien Abend gönnen, war sie doch in den letzten Monaten so fleißig gewesen.

Und so saßen ihre Mädchen und Vivien jetzt nebenan und spielten Schwarzer Peter, ein Kartenspiel, das Lisbeth schon als kleines Mädchen geliebt hatte.

Nach den Töpfen suchte Grete sich die sonstigen Zutaten zusammen und begann die wenigen von der letzten Ernte übrig gebliebenen Kartoffeln zu schälen. Im Nu war sie damit fertig und setzte sie auf. Mit ebenso flinken Händen rührte Grete die Senfsoße an, die sie zu den Salzkartoffeln und den Bücklingen reichen wollte. Etwas Mostrich hatte sie noch in der Kammer. Der Dill war zwar getrocknet, aber würde dennoch ausreichend Geschmack bringen. Als die Kartoffeln gar waren, goss sie das kochend heiße Wasser in die Spüle. Mit Salz, Pfeffer und Zitronenessig schmeckte sie die Soße ab. Die Prise Zucker, die normalerweise ebenso hineingehörte, sparte sie sich. Dennoch war ihr die cremige Stippe wieder gut gelungen.

Früher hatte sie das Gericht oft für Gustav gekocht, der den scharfen Geschmack des Senfes und den strengen Geruch des Bücklings so liebte. Auch die wenigen Male, die er während des Krieges auf Heimaturlaub bei ihr gewesen war, hatte sie seine Leibspeise für ihn zubereitet. Allerdings hatte sie da noch keinen eigenen Garten bewirtschaftet, deshalb war es schwieriger gewesen, an Kartoffeln heranzukommen. An guten Mostrich erst recht.

Gieriger hatte er sich von Besuch zu Besuch das Essen hineingeschaufelt, als hätte er zuvor Monate nichts Vernünftiges zwischen den Zähnen gehabt. Ihn so zu sehen war schmerzvoll für Grete gewesen und sie hatte sich stets gewünscht, ihn in den Arm zu nehmen und nie wieder loszulassen.

Hätte sie das doch nur getan. Grete seufzte bei dem Gedanken an ihren geliebten Gustav. Auch in den letzten Monaten war sie regelmäßig zum Bahnhof gegangen. Als jedoch in den Herbstmonaten die ankommenden Züge immer leerer geworden waren, hatte sie sich zunehmend zwingen müssen, die Hoffnung auf die Rückkehr ihres Mannes nicht aufzugeben. Schließlich war es bald neun Jahre her, dass sie ihn das letzte Mal gesehen hatte. Und auch die Uhr war immer noch verschollen geblieben. Trotzdem verbat sie es sich, ihn und ihre Ehe aufzugeben.

Viviens Lachen riss sie aus ihren Gedanken. Grete füllte die Kartoffeln und die Soße in weiße, goldrandverzierte Servierschalen. Dann ging sie zu ihrer Tasche hinüber und holte das Fischpaket heraus. Sie wickelte die geräucherten Heringe aus und legte sie auf eine zu den Schalen passende Platte.

Als sie das Papier aufhob, hielt sie kurz inne. Die Schrift der Zeitung, in die Heinrich den Fisch eingeschlagen hatte, war noch gut lesbar. Sie überflog einen Artikel, der groß auf der ersten Seite prangte.

Normalerweise interessierte sie es nicht, was in den Lokalblättchen geschrieben stand. Fand sie doch nur selten zwischen den gedruckten Zeilen die Wirklichkeit. Doch was sie nun las, war weit mehr als eine verdrehte Realität. Es war schlicht die Unwahrheit. Es ging um die Privateigentümer der Hotels, Pensionen und Restaurants auf der Ostseeinsel.

Begriffe wie *Schieber* und *kriminelle Elemente* sprangen ihr in die Augen. Von einer *verfaulenden, kleinbürgerlich-kapitalistischen Schicht* war die Rede. Wütend über die Worte zerknüllte Grete das Papier und warf es in den Mülleimer. Dann zögerte sie kurz, holte die Papierkugel schließlich noch einmal heraus und warf sie in die offene Flamme des Ofens. Dort gehörte ihrer Meinung nach so eine Schundschrift hin.

Entschlossenen Schrittes ging sie anschließend in die Kammer, um die Flasche Schaumwein, die noch von Silvester übriggeblieben war, herauszuholen. Mit vier Sektgläsern und dem Prickelwasser betrat sie den Salon. Bevor sie das Essen servieren würde, würde sie mit ihren Liebsten anstoßen.

Sie hatte nicht vor, sich den Abend vermiesen zu lassen.

LISBETH
1953

Vorfreudig stand Lisbeth an der Seebrücke und sah zum Pavillon, in dem ihre Tante gerade verschwunden war. So nah am Wasser blies der Wind kräftig und wirbelte ihre Locken, die unter der dicken Pudelmütze hervorlugten, durcheinander. Sie zog sich die Mütze tiefer ins Gesicht. Ihre Ohrläppchen und Wangen fühlten sich schon ganz eisig an. Die Hände grub sie tief in ihre Manteltaschen und stieß dabei auf die Uhr ihres Vaters. Noch immer hatte sie ihrer Mutter nichts von dem Fund erzählt. Sie umklammerte das Schmuckstück mit ihrer Hand und schüttelte sich noch einmal vor Kälte.

Als sie vorhin mit ihrer Tante zum Spaziergang aufgebrochen war, war Lisbeth das Wetter noch milder vorgekommen. Doch nun hatte der Wind noch einmal kräftig zugelegt. Henni und ihre Mutter hatten wohl geahnt, wie ungemütlich der Nachmittag werden würde. Sie waren lieber gleich zu Hause geblieben.

Vivien war vor zwei Wochen bei ihnen angekommen und hatte ein wenig Schwung in die Ödnis des nicht enden wollenden Winters gebracht. Die Frauen verstanden sich prächtig, lachten viel und zumindest Lisbeth vergaß hin und wieder sogar, dass die Welt um sie herum momentan alles andere als im Lot war.

Als die Tür zum Seebrückenpavillon wieder aufging, blickte Lisbeth ihr neugierig entgegen. Vivien trat einen Schritt durch die Tür und winkte Lisbeth lächelnd zu. Viel zu eilig und nicht ohne einen kleinen Jauchzer auszustoßen, lief Lisbeth zu ihr. Gemeinsam betraten sie nun das HO-Restaurant.

In den letzten Kriegsjahren war das besondere Gasthaus auf der Brücke geschlossen geblieben. Doch seit der Wiedereröffnung im Sommer waren die Gäste in Strömen eingekehrt. Nur Lisbeth hatte es noch nie betreten, wenn auch die Pension ihrer Mutter nur wenige hundert Meter entfernt lag.

Sie blickte sich im Gastraum um. Alles war in Weiß gehalten. Die schrägen Deckenpaneelen, die Wände, selbst die Holzstützen mit den zarten Verzierungen strahlten hell. Bezaubernde Holzbögen teilten den mittleren Bereich von den Tischen an den Fenstern. So entstanden kleine Nischen und Separees, in denen die Gäste nah beieinander und doch ungestört dinieren konnten.

Alles schien vom Feinsten zu sein, das Besteck, das Porzellan, selbst die Stoffservietten wurden von schmalen silbernen Ringen gehalten. Auf den Tischen standen niedliche Milchkännchen und Zuckerbehälter, in denen sich tatsächlich kleine süße Würfel befanden.

Die meisten Tische waren leer. Urlauber flanierten um diese Jahreszeit eher selten über die Seebrücke und die Einheimischen speisten aus finanziellen Gründen wohl eher am heimischen Esstisch. Vivien hatte ihnen einen Platz auf der Seeseite ausgesucht. Lisbeth ließ sich auf den Stuhl am Fenster plumpsen, noch vollkommen geplättet von dem schönen Ambiente. Vivien setzte sich ihr gegenüber und schmunzelte ihre jüngste Nichte an.

»Es gefällt dir hier?«, fragte sie.

Lisbeth nickte, während sie sich aus ihrer Winterkleidung pulte. Sie strich den Stoff ihres dunkelgrauen Kleides glatt. »Aber hätte ich gewusst, dass wir nicht nur die Promenade auf und ab laufen, sondern auch etwas essen gehen, hätte ich mir was Schöneres angezogen.«

Vivien lächelte. »Für ein Stück Kuchen und eine Tasse Malzkaffee bist du hübsch genug gekleidet.«

Lisbeth schmunzelte. Sie blickte sich um. Hinter einem Tresen standen zwei Kellnerinnen, die Rücken zu ihnen gekehrt. Sie trugen weiße Schürzen mit Spitzenbesatz an den Schulterträgern. Angeregt plauschten sie miteinander. Erst als sie sich umdrehten, erkannte Lisbeth die jüngere von beiden. Es war Susanne, das Hausmädchen, das lange Zeit in der Pension ihrer Mutter ausgeholfen hatte. Lisbeth winkte ihr zu. Doch statt eines erwiderten Grußes erntete Lisbeth von Susanne nur einen verbitterten Blick. Abrupt drehte die sich um und verschwand durch eine schmale Schwingtür, hinter der sich vermutlich die Küche befand.

Lisbeth stutzte irritiert und auch Vivien sah sie fragend an. »Kennst du sie?«

»Sie hat bis letzten Sommer für uns gearbeitet. Eigentlich hatten wir uns immer gut verstanden.«

Vivien zuckte mit den Schultern. »Mach dir nichts draus. Manchmal wird man aus den Menschen einfach nicht schlau.« Sie lächelte ihre Nichte an, sodass Lisbeth schließlich nickte. Sie ahnte, dass sie die heiteren Sprüche ihrer Tante vermissen würde, wenn sie morgen wieder die Heimreise antrat.

Jetzt trat das zweite Mädchen an ihren Tisch und nahm ihre Bestellung auf. Vivien bestellte Kirschkuchen. Einen anderen gab es nicht. Dazu servierte die Kellnerin den versprochenen Malzkaffee.

Zu Hause durfte Lisbeth das dunkle, leicht nach Karamell duftende Gebräu nur selten trinken, obwohl es den Ersatzkaffee auch auf der Insel zu kaufen gab.

Beinahe andächtig ließ Lisbeth drei Zuckerwürfel in ihre Tasse gleiten und rührte lange um, bevor sie den ersten Schluck probierte. Vivien trank ihren Kaffee schwarz.

Auch der Kuchen schmeckte schön süß, wie Lisbeth es mochte. Die dunklen Kirschen, die unter der dicken Streuselschicht hervorlinsten, ließ sie sich auf der Zunge zergehen. Die Schattenmorellen, die ihre Mutter Ende des Sommers in großen Gläsern eingeweckt hatte, waren längst alle. Bis sie wieder auf den Kirschbaum hinter der Villa klettern und die säuerlichen Früchte naschen konnte, musste sie sich noch eine ganze Weile gedulden.

»Schmeckts dir?«, fragte Vivien, obwohl sie die Antwort vermutlich kannte. Sie aß ihren Kuchen langsamer, doch auch ihr war anzusehen, dass sie ihn genoss.

Lisbeth nickte, während sie ihre Kuchengabel erneut in den lockeren Teig stach.

Nachdem sie das ganze Stück verdrückt hatte und sich wohlig den Bauch hielt, sah Lisbeth aus dem Fenster. Über dem Wasser nutzten ein paar Möwen die kräftigen Winde. Es sah aus, als würden sie mit weit ausgebreiteten Flügeln in der Luft stehen, kamen sie doch weder vor noch fielen sie zurück. Vom hinteren Anleger schlenderte ein Paar Hand in Hand über den Holzsteg der Seebrücke auf den Pavillon zu. Hin und wieder blieben die beiden stehen, sahen über das vereiste Geländer in die Brandung und gaben sich einen Kuss. Die Kälte schien ihnen dabei nichts anhaben zu können.

Als sie näherkamen, erkannte Lisbeth die beiden. Es waren Marie und Georg. Hastig wandte sich Lisbeth wieder ihrem Malzkaffee zu und trank diesen in einem Zug leer. Vivien, noch ihren Kuchen genüsslich kauend, lachte sie an.

»Hast du schon wieder jemanden gesehen, der dich mit bösen Blicken straft?«, fragte sie.

Lisbeth schüttelte den Kopf. »Ne! Ganz im Gegenteil.« Sie wusste, dass Marie ihren neuen Freund regelmäßig traf. Doch zusammen gesehen hatte sie die beiden noch nie. Ganz unwillkürlich rutschte Lisbeth auf ihrem Stuhl ein Stück tiefer.

»Nur meine Freundin … mit ihrem Schwarm.«

Vivien beugte sich abrupt vor, um neugierig aus dem Fenster zu sehen.

»Schau da nicht so hin«, forderte Lisbeth sie auf und machte sich auf ihrem Stuhl noch ein bisschen kleiner.

»Die sehen uns doch gar nicht«, antwortete Vivien etwas zu laut und stierte weiter aus dem Fenster. »Sieht niedlich aus, der Junge.«

»Mhm!«, stimmte Lisbeth tonlos zu. »Sein Vater betreibt

eine Landwirtschaft bei Mellenthin. Er will auch mal Bauer werden.« Lisbeth sah über den Fensterrahmen hinweg noch einmal hinaus. Für einen kurzen Augenblick stellte sie sich vor, dass sie dort draußen stand, in Georgs schützenden Armen, dem Wind trotzend und endlich auch einmal die Schmetterlinge im Bauch spürte, von denen Helga ihr lang und breit vorgeschwärmt hatte.

»Hast du denn niemanden?«, fragte Vivien und holte Lisbeth auf den Boden der Tatsachen zurück.

Sie zögerte kurz und schüttelte schließlich den Kopf. »Da gabs mal jemanden, aber es war nichts Richtiges.« Sie hatte den jungen Mann aus Bansin, der sie zum Tanz aufgefordert hatte, danach tatsächlich noch einmal getroffen. Helga hatte sie dazu gedrängt. Doch auch das zweite Aufeinandertreffen hatte sich als Enttäuschung entpuppt. Er war zwar höflich gewesen und hatte sich bemüht. Sogar entschuldigt hatte er sich für sein unrühmliches Benehmen auf der Tanzfläche. Doch irgendwie hatte der gewisse Funke gefehlt. Die Schmetterlinge hatten sich eher wie träge Nachtfalter angefühlt, die das ganze Rendezvous verschlafen hatten. Zum Abschied hatte Lisbeth ihm einen Kuss verwehrt und seitdem nie wieder etwas von ihm gehört.

Vivien sah sie an und legte die Hand auf die ihrige. »Weißt du«, holte sie aus, »du bist noch so jung und hast noch so viel Zeit. Der Richtige wird kommen. Einer, der deine Gefühle auch erwidert.« Lisbeth blickte Vivien überrascht an, nickte dann aber. Sie war bald sechzehn. Sie wusste, dass noch ihr ganzes Leben vor ihr lag.

Vivien nippte an ihrem Kaffee. »Und deine Schwester, hat die eigentlich einen Freund?«, fragte sie betont beiläufig.

Lisbeth hielt sich die Hand vor den Mund, um nicht allzu laut loszuprusten. »Henni?« Sie schüttelte heftig den Kopf. »Ganz bestimmt nicht. Wie kommst du darauf?«

Vivien zuckte mit den Schultern. »Sie wirkt so verändert. Ist ruhiger als sonst.«

»Ja, das stimmt. Henni wird immer sonderbarer. Aber sie verlässt ja auch so gut wie nie das Haus, hat nur ihre Nähmaschine im Kopf und sicherlich kein Interesse an Jungs.«

Vivien nickte verstehend. »Vermutlich hast du recht.« Das Thema war für sie damit beendet. Sie griff in ihre kleine schwarze Lederhandtasche, die neben ihr auf dem Tisch lag, und zog ihr Portemonnaie heraus. »Wir sollten zur Villa zurückkehren. Sonst denkt deine Mutter noch, wir sind unterwegs festgefroren.« Lisbeth nickte und begann ebenso mit einer Hand in der Seitentasche ihres Mantels zu graben, der schief über ihrer Stuhllehne hing. Vivien blickte sie verwundert an. »Was machst du da? Ich bezahle natürlich. Du bist eingeladen.«

»Bitte«, erwiderte Lisbeth, »du hast mir schon so viel geschenkt. Ich fühle mich sonst ganz schlecht.« Sie zog eine Mark und zwei Groschen heraus und schob das Geld über den Tisch zu ihrer Tante. Sie wusste, dass das nicht reichen würde. Die HO-Preise waren weitaus höher als das, was der schmale Geldbeutel der schwerarbeitenden DDR-Bürger hergab. Vivien warf ihrer Nichte einen sanft mahnenden Blick zu und nahm schließlich die Groschen. Die silbern anmutende Münze ließ sie hingegen liegen.

»Mehr kann ich nicht annehmen.« Lisbeth nickte erfreut, steckte das Geldstück zurück in ihre Tasche und stand auf, um sich anzuziehen. Als Vivien bezahlt hatte und sich ebenso ankleidete, entdeckte sie unter dem Tisch einen Brief. Sie hob ihn auf.

»Oh, der ist mir wohl gerade aus der Tasche gefallen«, sagte Lisbeth auf den Brief deutend, nachdem sie noch einmal prüfend in ihre leere Manteltasche gegriffen hatte, in der sich nur noch die Mark und die Uhr befanden. »Er ist für meine Mutter. Ich habe ihn vorhin, als wir losgegangen sind, aus dem Briefkasten gezogen.«

Vivien drehte den Umschlag um und las den Absender. »Aus Westberlin?«, fragte sie überrascht.

Lisbeth nickte. »Vom Professor. Keine Sorge, das ist nicht ihr neuer Freund oder so. Er war letzten Sommer Gast bei uns. Ab und zu schreibt er noch.«

Vivien strich mit ihren Fingern über den braunen Umschlag. Dort wo der Klebeverschluss entlang ging, wellte sich das Papier etwas. Lisbeth bemerkte Viviens Irritation. Verlegen kaute sie auf ihrer Unterlippe herum. »Er ist mir vorhin in den Schnee gefallen. Der Brief wird doch nichts abbekommen haben, oder?«

Vivien sah auf, zögerte kurz und schüttelte schließlich den Kopf, während sie Lisbeth den Brief zurückgab. »Bestimmt nicht. Aber gib ihn gleich deiner Mutter, wenn wir zurück sind. Bevor er noch mehr Schaden nimmt.«

Lisbeth nickte. Frohgelaunt hakte sie sich bei ihrer Tante ein und verließ gemeinsam mit ihr den Pavillon. Den Geschmack des köstlichen Kirschkuchens und des süßen Kaffees, der ihren Gaumen noch umspielte, trug sie als flüchtiges Andenken an diesen wunderbaren Ausflug mit nach Hause.

CAROLINE
1992

Caroline stand vor der Villa, die den Namen Ostseeperle nur noch bedingt verdiente. Das Haus war in einem heruntergekommenen Zustand. Der Dachstuhl, in dem vor Jahren offensichtlich das Feuer gewütet hatte, war mit einer dicken Plane geflickt worden. An einer Stelle hatte sie sich etwas gelöst und schlug bei jedem Windstoß lärmend gegen die Regenrinne, die ebenfalls sehr lädiert wirkte.

Die ehemals weiß gestrichene Fassade, nun rußgefärbt und regenverwaschen, bröckelte bereits, wenn man sie nur ansah. Von den maritimen Stuckverzierungen, die ihre Großmutter sehnsüchtig schwärmend beschrieben hatte, war nicht mehr viel übriggeblieben. Nur unter der Gaube war noch eine Muschel zu sehen.

Caroline sah genauer hin, suchte auf ihr eine der Farbnasen, der die Villa doch ihren Namen zu verdanken hatte. Doch konnte sie keine erkennen. Die Fenster auf der Straßenseite waren zum großen Teil mit Holzbrettern vernagelt, die Haustür mit einem dicken Vorhängeschloss verriegelt.

Aus ihrem Rucksack holte sie eine alte Kamera der Marke Praktica, die sie im Ort in einem Antiquariat für ein paar D-Mark erstanden hatte. Ein Schnäppchen, wenn man bedachte, dass die Spiegelreflexkameras vor dem Mauerfall unter einem anderen Namen auch im Westen verkauft worden waren.

Caroline richtete die Linse auf die Villa und machte mehrere Fotos. Zum Glück hatte sie gleich einen Packen Farbfilme dazu gekauft. Dann blickte sie sich um. Die Dünenstraße war so nahe am Ortsausgang fast menschenleer.

Rasch kletterte sie über den verrosteten Zaun und ging langsam um das Haus herum. Sie machte Schnappschüsse von dem mit Wildblumen und Unkraut zugewucherten Vorgarten und von der großen Buche, die an der Seite der Villa emporragte. An einem dicken Ast hing noch immer eine alte Schaukel.

Den Schuppen, der ziemlich marode wirkte, und den Rest des hinteren Gartens fotografierte sie ebenfalls. Er war alles andere als gepflegt. Als sie das Haus noch einmal von hinten fotografieren wollte, entdeckte Caroline durch den Sucher der Kamera ein Fenster im Erdgeschoss, dessen Scheibe noch intakt und das nicht mit Brettern versperrt war. Kurzentschlossen ging sie darauf zu, hob einen handgroßen Stein auf und schlug ihn gegen das Glas, das sofort scheppernd zerbarst.

Caroline ging davon aus, dass ihre Großmutter ihr den zweckbedingten Vandalismus verzeihen würde, wenn sie denn überhaupt bei klarem Verstand davon erfahren würde. Nachdem sie vorsichtig durch das Fenster geklettert war, sah Caroline sich jetzt auch in den Räumen um.

Zentimeterdick lag der Staub auf den alten Dielenböden. Die Tapeten hatten sich an den Deckenkanten abgelöst, vermutlich durch das Löschwasser, und hingen nun wie welke Blätter schlaff herunter. Dahinter war die blanke Steinwand zu erkennen.

Möbel standen keine mehr in den Zimmern. Vermutlich war das verlassene Haus geplündert worden, bevor die Türen und Fenster verbarrikadiert worden waren. Laut ihrer Großmutter waren die Schränke, Bettgestelle und Kommoden aus den privaten Kammern und den Fremdenzimmern sowie die Tische, Stühle und die große Buffetanrichte aus dem Salon aus massivem Holz und noch in einem guten Zustand gewesen, als sie das Haus verlassen hatten. Sicherlich hatte jemand dafür noch eine gute Stange Geld bekommen.

Nur in der Küche stand noch ein alter Ofen, der vermutlich zu schwer war, um ihn einfach so hinauszutragen.

Ins erste Stockwerk wagte Caroline sich nicht vor. Zwar sah die Treppe noch gut begehbar aus, aber sie konnte nicht einschätzen, wie viel Schaden das Feuer im oberen Teil des Hauses angerichtet hatte. Für Spontanität und Abenteuerlust war sie immer zu haben, aber sie war sicherlich nicht lebensmüde.

Stattdessen sah sie sich im Salon genauer um. Sie kannte diesen Raum aus den Erzählungen ihrer Großmutter und wusste, dass er das Herzstück der Pension war. Caroline versuchte sich vorzustellen, wie es hier einmal ausgesehen haben mochte. Vermutlich hatten an den Wänden Bilder oder Fotos gehangen. Neben der Tür zur Küche konnte sie auf der Tapete noch einen hellen Fleck ausmachen. Gut möglich, dass er von einem Bilderrahmen stammte. Vielleicht sogar von dem Familienportrait, das ihre Mutter im Streit zerrissen hatte. Die Größe passte.

Der gemauerte Kamin auf der anderen Seite des Raumes war noch weitestgehend intakt. Nur ein paar Backsteine waren locker und der Fugenmörtel bröckelte an einigen Stellen leicht. Bestimmt hatte er an kalten Wintertagen oder gemütlichen Abenden für eine wohlige Atmosphäre gesorgt. Durch die Panoramafenster, die ja nun leider allesamt mit Holzbrettern versperrt waren, hatte man gewiss einen wunderbaren Blick auf die Ostsee, die Caroline schon jetzt ans Herz gewachsen war.

All ihre Eindrücke hielt sie in zahlreichen Fotos fest. Und nachdem sie im Inneren des Hauses genügend davon geschossen hatte, kletterte sie durch das Fenster zurück in den Garten.

Sie ging zur Buche, prüfte die Seile der Schaukel und setzte sich vorsichtig auf das ausgeblichene Holzbrett. Ihre Füße berührten kaum den Boden. Sanft schwang sie mit dem Wind ein wenig hin und her. Sie blickte auf das baufällige Haus, das im

Sonnenschein trotz seines Zustandes etwas Heimeliges ausstrahlte.

Es war ein Jammer, die Villa, die vor vielen Jahren so wundervoll ausgesehen haben musste, in diesem üblen Zustand zu sehen. Ihrer Großmutter hätte es ganz sicher das Herz gebrochen. Und ihrer Mutter? Caroline schnaubte bei dem Gedanken, dass sie all die Jahre kein einziges Wort über die Villa verloren hatte. Doch warum schwieg sie? Und was verheimlichte sie ihr noch? Caroline ahnte, dass einige Puzzleteile ihrer Familiengeschichte noch fehlten und dass es genau die waren, die das Gesamtbild erst verständlich machen und tiefe Geheimnisse enthüllen würden. Doch sie würde nicht aufhören zu suchen, bis sie diese gefunden und mit den anderen zusammengesetzt hatte.

Doch jetzt war sie erschöpft und hungrig und machte sich auf den Weg zurück zur Pension. Unterwegs lief sie an einem Fotogeschäft vorbei und entschied spontan, die vollgeknipsten Filme direkt zum Entwickeln abzugeben, bevor sie ihren Weg fortsetzte.

Als sie durch die Tür in die Pension trat, lief ihr das Wasser im Mund zusammen. Es roch köstlich. Frau Bassin konnte offensichtlich ihre Gedanken lesen. Sie folgte dem Geruch in den kleinen Speiseraum, der von der Diele abging. Die Gastwirtin deckte gerade den Tisch ein und begrüßte sie mütterlich, als sie Caroline sah. »Sie kommen gerade richtig. Essen ist fertig. Setzen Sie sich«, verkündete sie.

Caroline nickte begeistert, erbat sich nur einen Moment, um ihren Rucksack nach oben zu bringen und saß wenig später vor einer ordentlichen Portion Kartoffelsalat und zwei saftig dicken Fischfrikadellen.

Hungrig verschlang sie alles. Selbst die würzige Mayonnaise der schlesischen Kartoffelsalatvariante mit Ei, frisch geernteten Karotten und Erbsen sowie zartem Schinken wischte sie mit dem Finger bis zum letzten Klecks vom Teller und ließ sie sich auf der Zunge zergehen.

Schon wenig später bedankte sich Caroline bei Frau Bassin für das köstliche Abendessen und machte sich auf den Weg in ihr Zimmer unter dem Dach. Dort öffnete sie weit das Fenster und ließ sich geschafft und vollkommen übersättigt auf das schmale Bett fallen.

Caroline blickte durch das Giebelfenster hinaus. Obwohl es offen stand, kühlte die Luft hier oben nur wenig ab. Die Sonne läutete bereits die Abendstunden ein. Das Rauschen der Wellen, die nur wenige hundert Meter vom Haus entfernt auf dem Küstensand ausliefen, schien ebenso ein wenig ruhiger zu werden. Vielleicht hatte sie sich aber auch einfach nur an das meditative Hintergrundgeräusch gewöhnt.

Caroline wollte sich gerade umdrehen und die Augen schließen, als sie mit ihrem Fuß gegen den Rucksack stieß, den sie vor dem Essen nur schnell aufs Bettende geschmissen hatte. Scheppernd fiel er zu Boden. Erschrocken sprang Caroline auf. Der Fotoapparat und allerlei anderes Zeug waren herausgefallen und lagen nun verstreut vor dem Bett herum.

Die Kamera prüfte sie zuerst, zum Glück war sie unversehrt geblieben. Caroline konnte es kaum erwarten, die Abzüge in ein paar Tagen in dem kleinen Geschäft abzuholen und in den Händen zu halten. Schnell sammelte sie auch die übrigen Sachen auf und stopfte sie achtlos zurück in ihren Rucksack. Als sie noch einmal unter dem Bettgestell tastete, ob nicht noch etwas darunter gerollt war, stieß sie auf etwas Hartes. Dort lag eine alte Taschenuhr.

War sie ihr ebenfalls aus dem Rucksack gefallen? Verwundert setzte Caroline sich mit der Uhr aufs Bett. Nie zuvor hatte sie das Schmuckstück gesehen.

Das Gehäuse glänzte blankpoliert und die Klappe schnappte sofort auf, sobald sie den kleinen Verschluss drückte. Auch die Zeiger, die dadurch sichtbar wurden, zogen gewissenhaft ihre Runden über das Zifferblatt. Jemand hatte sich Mühe gegeben, die Uhr in einem guten Zustand zu wahren. Die Buchstaben, die filigran in der Innenseite des Gehäuses eingraviert waren, konnte Caroline nur schwer entziffern. Doch mit scharfem Blick las sie:

In Liebe, deine G.

GRETE
1953

Schweigsam lief Grete mit ihren Töchtern die gepflasterte Straße entlang, die sie vom Bahnhof wegführte. Die Häuser entlang des Weges ruhten noch immer unter einer dicken Schneeschicht. Aber nur noch hier und da leuchteten die Kerzen eines geschnitzten Schwibbogens in den Fenstern der herrschaftlichen Häuser. Weihnachten schien endlos lange her zu sein. Dabei waren die letzten zwei Wochen wie im Flug vergangen.

Der Abschied von Vivien war allen schwergefallen. Besonders Lisbeth konnte die Tränen nicht zurückhalten, als ihre Tante am Bahnhof in den Zug gestiegen war und ihnen aus dem Schiebefenster zugewunken hatte. Sie hatte erst mit der schweren Scheibe kämpfen müssen, bevor sie sie aufbekommen hatte. Gretes jüngste Tochter war noch einmal zu ihr gelaufen und hatte die Hand ihrer Tante durch das offene Fenster ein letztes Mal gehalten.

Auch Henni hatte der Abschied sichtlich geschmerzt. Für ihre Tante hatte sie in der Zeit ihres Besuchs eine Bluse geschneidert. Vivien hatte sich erst geziert das Geschenk anzunehmen. Schließlich hatte sie Henni den Stoff mitgebracht, damit diese sich selbst etwas Hübsches daraus zauberte und nicht, damit sie ihre Tante einkleidete. Doch natürlich hatte sie sich über das maßgenau geschneiderte Kleidungsstück gefreut. Als die beiden einander am Fenster Lebewohl sagten, hatte Vivien Henni noch ein paar Worte zugeraunt, die Grete nicht verstanden hatte. Doch an Hennis Lächeln hatte sie gesehen, dass es die richtigen gewesen waren.

Grete hatte sich am Abend zuvor schon ausgiebig von ihrer Schwägerin verabschiedet. Als die Mädchen bereits zu Bett gegangen waren, hatten sie bei einer Flasche lieblichem Wein zusammengesessen und über Gustav gesprochen, den Vivien genauso schmerzlich vermisste, aber auch über die politische Lage. Allerdings hatte Vivien auch nicht mehr Informationen gehabt, obwohl ihr Mann in den oberen Etagen des Apparates ein und aus ging. Ob er nicht wusste, was vor sich ging, oder einfach nichts weitergeben wollte, hatte Vivien nicht mit Bestimmtheit sagen können. Doch sie hatte Grete versichert, dass ihnen und der Pension nichts passieren würde. Das hatte Grete ein wenig beruhigt.

Als sie jetzt den Vorplatz der Seebrücke passierten und in die Dünenstraße einbogen, begann es erneut zu schneien. Ihre Töchter, die als Kinder jede Schneeflocke, die vom Himmel fiel, bejubelt hatten, verzogen keine Miene. Grete seufzte leise, war sich aber dennoch sicher, dass Henni und Lisbeth den Abschied in ein paar Tagen verschmerzt haben würden. Schließlich war Vivien nicht aus der Welt und wollte schon im späten Frühjahr wiederkommen.

In der Villa angekommen, zog Henni sich sogleich in die Waschküche zurück. Das Summen der Nähmaschine hallte bis in den Flur der oberen Etage. Da die nächsten Gäste sich erst zu den Winterferien angekündigt hatten, störte sich niemand an dem Krach. Lisbeth zog sich ebenfalls zurück. Vermutlich würde sie den Tag mit Faulenzen ausklingen lassen.

Da keine Arbeit anstand, sprach sich Grete nicht dagegen aus. Sie selbst wollte ebenso ein bisschen Ruhe haben und ging in ihr Zimmer. Auf der Kommode lag noch immer der Brief von Erich Wagner, den Lisbeth ihr gestern überreicht hatte, nachdem sie von ihrem Spaziergang mit Vivien zurückgekommen war. Grete hatte noch keine Zeit gehabt, ihn zu öffnen.

Jetzt schloss sie die Tür hinter sich, nahm den Umschlag, der sich etwas wellte, weil Lisbeth ihn in den Schnee hatte fallen lassen, und setzte sich auf ihre Bettkante. Bevor sie ihn öffnete, atmete sie kurz durch.

Nach ihrem gemeinsamen Abend und der Hausdurchsuchung war Erich nur noch wenige Tage geblieben. Seine Aufenthaltsgenehmigung für die DDR, die er vornehmlich für den Besuch seines Bruders bekommen hatte, war ausgelaufen.

Einerseits war ihr seine Abreise ganz recht gewesen, um Gerüchte über seine Anwesenheit in ihrem Haus nicht weiter anzuheizen. Andererseits hatte es sie auch traurig gestimmt. Sie hatten in den Tagen, die ihnen gemeinsam geblieben waren, noch öfter spätabends, als alle schliefen, bei Rum und Milch zusammengesessen.

Getanzt hatten sie nicht mehr, dafür aber viel geredet. Über Heinz Ebert und Heinrich Hubert, der sie so tief enttäuscht hatte, über die SED und deren neu eingeschlagenen sozialistischen Weg, an dem Grete zu diesen Zeiten nur in seiner Gegenwart zu zweifeln traute. Sie sprachen über Lisbeth und Henni, die sich in den Tagen nach den turbulenten Ereignissen wie in einen Kokon zurückgezogen hatte. Trotz der kurzen Zeit war er der Freund geworden, den sie so dringend benötigt hatte. Gustav fehlte ihr nicht nur in ihrem Herzen, sondern auch als Ratgeber und Vertrauter, mit dem sie teilen konnte, was sie beschäftigte.

Grete drehte den Umschlag um und riss ihn entlang des Klebeverschlusses auf. Es ging leichter als gedacht, was sie aber nicht weiter irritierte. Zu neugierig war sie darauf, was Erich ihr schrieb. Sie entfaltete den Briefbogen und las:

Liebes Gretchen,
ich hoffe, du bereust es noch nicht, mir erlaubt zu haben, dich so zu nennen. Ich habe deinen letzten Brief erhalten. Es freut mich, dass deine Schwägerin etwas Heiterkeit ins Haus bringt. Auch in Berlin scheint sich

der Winter ins Endlose ziehen zu wollen. Jeden Morgen, wenn ich auf dem Weg zur Stadtschnellbahn bin, blicke ich in die sorgsam gepflegten Vorgärten meiner Nachbarn, in der Hoffnung, dort endlich die ersten sprießenden Schneeglöckchenknospen vorzufinden. Doch noch scheinen sie unter der gefrorenen Erde tief und fest zu schlummern.

Meinen Studenten ergeht es wohl gerade ähnlich, finden meine Politik-Vorlesungen doch von Woche zu Woche weniger Zuhörer. Aristoteles und ich versuchen es nicht persönlich zu nehmen, sondern schieben der Grippewelle, die gerade grassiert, und den anstehenden Klausuren zum Semesterende die Schuld in die Schuhe. Doch eins habe ich mit meinen Studenten gemein: Auch ich kann die vorlesungsfreie Zeit kaum erwarten. Die Aufenthaltsgenehmigung für die DDR habe ich bereits beantragt. Mein Bruder freut sich auf eine Stippvisite von mir, bevor ich nach Usedom weiterfahren werde. Bitte sichere mir doch schon mal ein Zimmer in der Ostseeperle. Ich freue mich auf den Rum, dein gutes Essen und unsere Gespräche (natürlich nicht in der Reihenfolge).

Bevor ich den Brief abschließe, möchte ich noch ein weniger erfreuliches Thema ansprechen. An der Universität wird gerade viel darüber diskutiert, dass eure Genossen Stalins Vorgaben zur sozialistischen Umstrukturierung mit immer härterer Hand vorantreiben. Wie man hört, wirkt sich das auf die Wirtschaft aus. Es wird sogar gemunkelt, dass die Zustände ähnlich schlecht seien wie zu Nachkriegszeiten und dass sich die Situation nicht bessern würde, solange die Genossen der Schwerindustrie den Vorzug geben und sie die guten Landwirte, die etwas von ihrer Arbeit verstehen, weiterhin einkerkern oder in die Flucht schlagen.

Ich weiß nicht, wieviel ihr davon überhaupt mitbe-

kommt, aber hier unter den Fürsprechern eines wiedervereinten Deutschlands, zu denen ich mich selbstverständlich zähle, betrachtet man die Ereignisse mit zunehmender Sorge.

Ich schreibe dir das, weil ich mir auch Gedanken um dich und deine Töchter mache. Ich weiß, dass du es gewohnt bist, Probleme selbst anzupacken, und oft vieles mit dir allein ausmachst. Das kann ich gut nachvollziehen. In der Vergangenheit wurdest du schließlich oft genug dazu gezwungen. Doch bitte versprich mir, dass du dich ohne zu zögern an mich wendest, wenn ich dir irgendwie helfen kann!

Dein treuer Freund Erich

Sorgsam faltete Grete den Brief wieder zusammen und steckte ihn in den Umschlag zurück. Erst dann ließ sie sich seine Worte noch einmal durch den Kopf gehen. Vieles bekam sie in der Tat nur am Rande mit, vom Hörensagen hinter vorgehaltener Hand. Die Not an Lebensmitteln konnten sie gut aushalten, musste Grete doch derzeit nur ihre Familie versorgen. Doch die Geschichten über Kontrollen, Verhaftungen und Vertreibungen unter der Bauernschaft und den Mittelständlern klangen weiß Gott nicht erbaulich.

Trotzdem hielt Grete den Kopf hoch und glaubte, dass sie nur durchhalten musste. Es würden bessere Zeiten kommen, das war immer so gewesen. Auch wenn es von Erich sehr gütig war, ihr seine Hilfe anzubieten, würde sie diese nicht brauchen. Grete nahm sich vor, ihn darüber in ihrem nächsten Brief in Kenntnis zu setzen.

Sie stand auf und ging zu ihrer Kommode hinüber. Auf dem geschliffenen Holz lagen bereits mehrere geöffnete Briefe. Allesamt waren von Erich. Beantwortet hatte sie jeden einzeln, doch verstaut hatte sie sie noch nicht. Es kam ihr falsch vor, diese zu Gustavs Feldpost in die Schublade ihres Nachttisches zu legen.

Doch in die Briefablage im Arbeitszimmer, wo sie die Post von ihren Gästen sammelte, gehörten sie auch nicht.

Sie legte den letzten Brief oben auf den Stapel, bevor sie das Zimmer verließ. Die Zubereitung des Abendessens stand an, die ihr gewiss etwas Ablenkung verschaffen würde.

Henni
1953

Henni hielt mit einer Hand ihre dicke Strickjacke vor der Brust zusammen, als sie in die Kälte hinaustrat. Der oberste Knopf des grauen Wollteils, das sie jetzt im Winter zu Hause trug, war an der Knopfleiste herausgerissen. Eigentlich wollte sie ihn schon längst annähen, doch in den letzten Tagen war sie damit beschäftigt gewesen, die Bluse für ihre Tante fertig zu bekommen.

Viviens Besuch hatte ihr gutgetan. Sie war abgelenkt gewesen, durch das Nähen, den Frohsinn, der mit ihrer Tante ins Haus gezogen war, und durch die Unternehmungen und Gespräche, die sie einander wieder nähergebracht hatten. Zum Abschied hatte ihre Tante sie noch einmal zu sich herangezogen und ihr ins Ohr geflüstert, dass sie auf ihr Herz hören solle. Henni hatte im ersten Moment nicht verstanden, was ihre Tante ihr damit sagen wollte. Hatte sie doch niemandem ein Sterbenswörtchen von Kurt erzählt. Aber Vivien musste etwas geahnt haben.

Auf dem Rückweg, als sie neben ihrer Mutter und ihrer Schwester hergelaufen war, hatte sie noch einmal über Viviens Worte nachgedacht. Zu gerne wollte sie darauf hören, was ihr Herz sagte, doch die Stimmen ihrer Erinnerungen an den schmachvollen Vormittag an jenem Sommertag waren lauter.

Eiligen Schrittes stapfte Henni jetzt vorbei an der Villa, der großen Buche, die ohne Blattwerk ganz nackig aussah, der Schaukel, die sich einsam im Wind bewegte, und den kargen Beeten, auf denen zu dieser Jahreszeit nichts wuchs, hin zum Gartenschuppen. Ihre Schuhe, in die sie nur flink hineingeschlüpft war, schnalzten bei jedem Schritt.

Der große Riegel, der die Flügeltüren des Verschlags verschloss, war durch die salzige Feuchtigkeit der Küstenluft rostig geworden. Henni musste ihre ganze Kraft aufwenden, um ihn aufzuschieben. Sie nahm sich vor, das sperrige Schloss im Frühling auszutauschen.

Ein trockener holziger Geruch schlug ihr entgegen, als sie die kleine Hütte betrat. Zu ihrer Linken konnte sie im Halbdunkel die Umrisse ihres Fahrrads erkennen, das an die Wand gelehnt auf seine nächste Fahrt wartete. Sie erinnerte sich daran, wie Kurt auf dem Sattel gesessen und sie die dünnen Streben des Gepäckträgers unter ihrem Hintern gespürt hatte. Als sie genauer hinsah, entdeckte sie ein Spinnennetz, das sich nun durch das Eisengeflecht zog.

Im hinteren Teil des Schuppens lag das Feuerholz aufgestapelt. Viel war nicht mehr übriggeblieben von den Scheiten, die sie vorigen Herbst mithilfe des Försters geschlagen hatte. Dieser Winter war kälter als die vorigen, doch wesentlich gemäßigter als die beiden Hungerwinter nach dem Krieg, die auch auf der Insel so viele Todesopfer gefordert hatten. Und zum Glück waren die Vorratskammern dieses Jahr etwas besser gefüllt, wenn auch die Wirtschaftskrise so manchen zum Fasten zwang.

Henni nahm einen großen Bastkorb, der vor dem Stapel stand, und legte ein paar Scheite hinein, als sie plötzlich ein Geräusch hörte. Abrupt drehte sie sich um und versuchte etwas zu erkennen. Die hinter Wolken versteckte Sonne des winterlichen Frühnachmittages spendete nur wenig Licht durch die offene Tür. Doch in der Ecke, unweit ihres Rads, meinte Henni eine Maus zu erkennen.

Sie musste schmunzeln. Gut, dass sie gegangen war, um Feuerholz zu holen. Lisbeth hätte sich bei dem Anblick des pelzigen Kleintieres sicher erschrocken. Henni legte noch ein paar Scheite dazu, bevor sie den Korb nahm und den Schuppen wieder verließ.

Als sie die Tür verriegelt hatte und sich umdrehte, fuhr ihr dennoch der Schreck in die Glieder. Kurt stand vor ihr und lächelte sie zögerlich an.

Sprachlos, aber geistesgegenwärtig stellte Henni den Korb ab und zog Kurt hinter die Buche, damit sie vom Haus aus nicht zu sehen waren. Kurt folgte ihr widerstandslos. Beinahe gelassen wirkend lehnte er sich gegen den Stamm des großen Baumes. Er trug einen schwarzen kurzen Mantel aus Filz und eine graue Mütze, unter der ein paar Strähnen seiner dunklen Haare seitlich hervorblitzten. Die Hände hatte er tief in seinen Taschen vergraben und blickte Henni liebevoll an.

Er sah besser aus als in ihrer Erinnerung.

»Was willst du hier?«, fragte sie mit aller Strenge, die sie hervorbringen konnte.

»Dich sehen!«, antwortete er vieldeutig und ließ sich von ihrer Abwehrhaltung nicht beeindrucken. Henni genügte die Antwort nicht und sah ihn weiter bohrend an.

Er seufzte. »Ich habe dich letztens gesehen. Vor dem Rathaus. Wie du in Deckung gegangen bist, vor meinem Onkel und einem Genossen, der zugegebenermaßen doch eine gewisse Ähnlichkeit mit mir hat.« Henni erstarrte, sie erinnerte sich an die peinliche Situation nur ungern. Kurt musste drinnen im Rathaus gewesen sein und sie vom Fenster aus beobachtet haben. Sie war so darauf bedacht gewesen, sich vor Kurt zu verstecken, dass sie gar nicht bemerkt hatte, dass sie längst von ebenjenem entdeckt worden war.

Kurt lehnte sich nach vorne, sein Körper nahm eine weniger lässige Haltung ein. Er wirkte fast schon verkrampft, als er ihr in die Augen sah.

»Ich war da, an der Standuhr vor der Seebrücke. Aber als du nicht gekommen bist …«, sagte er und schluckte kurz, »… da war ich auch ein wenig erleichtert. Es war einfacher, dich zu enttäuschen, als dir die Wahrheit zu erklären.«

Henni blickte ihn verwundert an. Kurt ließ sich nicht be-

irren, offensichtlich hatte er sich seine Worte wohl überlegt.
»Dann, die nächsten Monate, habe ich mir eingeredet, dass ich dich vergessen könnte. Schließlich war ich mir sicher, dass du das längst getan hattest. Bis ich dich dort vor dem Rathaus gesehen habe.«

Henni erschrak ein wenig. Wie konnte er glauben, dass sie ihn so einfach aus ihrer Erinnerung streichen würde?

Kurts Blick wirkte zwar ungewohnt unsicher, aber auch eine leise Spur der Hoffnung war darin zu erkennen, als er fortfuhr: »Ich dachte, wenn du dir solche Mühe gibst, mir nicht über den Weg zu laufen, dann … dann bin ich dir nicht ganz egal.«

Henni zögerte, wusste sie doch nicht im Geringsten, was sie auf dieses Geständnis antworten sollte. Natürlich hatte sie noch Gefühle für ihn, aber waren sie stärker als ihre Enttäuschung?

»Komm mit mir mit!«, sagte er plötzlich und Henni sah ihn irritiert an.

»Wohin?«

Kurt zuckte mit den Schultern. »Keine Ahnung. Aber lass mich dir alles in Ruhe erklären.« Er sah Henni flehend an. »Bitte! Gib mir diese Chance!«

Ganz langsam und ohne wirklich darüber nachzudenken, nickte sie schließlich. »Warte hier!«, sagte sie, holte den gefüllten Bastkorb und lief damit ins Haus hinein.

Henni trug den Korb in den Salon und stellte ihn neben dem Kamin ab. Sie legte ein Scheit nach, damit das Feuer nicht ausging und die Wärme im Raum blieb. Dann eilte sie zurück in die Garderobe. Die Tür des Arbeitszimmers war einen Spalt breit geöffnet. Sie sah ihre Mutter, die über den Büchern brütete, die vor ihr ausgebreitet auf dem Sekretär lagen. Zögernd ging sie zu ihr und klopfte sachte, um sie nicht aufzuschrecken, an die Tür. Ihre Mutter winkte sie herein. Henni räusperte sich kurz. »Mein Garn ist alle. Ich gehe ins Kurzwarengeschäft, um neues zu kaufen«, log sie.

Grete nickte. Doch bevor Henni das Arbeitszimmer wieder verließ, sah ihre Mutter ihr noch einmal tief in die Augen, sodass Henni unwillkürlich schluckte.

»Brauchst du Geld?«, fragte sie jedoch nur.

Henni schüttelte schnell den Kopf und fügte stattdessen leise hinzu: »Warte nicht auf mich. Vielleicht gehe ich danach noch spazieren.«

»Ist gut«, antwortete ihre Mutter und widmete sich wieder ihren Unterlagen. Henni atmete tief durch, bevor sie zur Garderobe ging, um ihren Mantel zu holen. Als sie sich den groben Stoff überwerfen wollte, sah sie kurz an sich hinunter.

Die Strickjacke, die sie noch immer trug, hing blass und leidenschaftslos an ihrem Körper. Sie war nicht besonders ansehnlich, weshalb sich Henni kurzerhand dazu entschied, sie auszuziehen. Ihr Mantel würde sie schon ausreichend wärmen. Sie band sich die Schuhe, die sie beim Betreten des Hauses nicht ausgezogen hatte, nun fest zu und trat anschließend wieder hinaus ins Freie. Kurt wartete am Gartentor auf sie. Er wirkte nervös. Vermutlich war er sich nicht sicher gewesen, ob sie wieder herauskommen würde.

Henni wusste tatsächlich nicht, ob es eine gute Idee war, mit ihm mitzugehen, ihm eine Chance der Aufklärung zu gewähren. Doch wenn sie es nicht tat, würde sie es wahrscheinlich noch mehr bereuen.

Schweigsam gingen sie ein paar Meter ortseinwärts die Dünenstraße entlang. Hinter einem dicken Busch, der über den Zaun eines Nachbargartens hing, parkte das Auto von Heinz Ebert. Henni erkannte es sofort und blieb erschrocken stehen, doch Kurt versuchte sie sogleich zu beschwichtigen.

»Ich weiß. Ich weiß. Es war etwas töricht von mir, hier mit diesem Wagen aufzutauchen. Aber du musst es praktisch sehen. Es bringt uns dorthin, wo wir ungestört reden können.«

Er ging zum Wagen hinüber, öffnete die Beifahrertür und sah sie auffordernd, ja fast flehend an. Henni zögerte.

»Weiß dein Onkel, dass du den Wagen hast?«, fragte sie.

Kurt nickte, zuerst überzeugt, dann immer schwächer. Schließlich ging sein Nicken in ein leichtes Kopfschütteln über. »Er wird sich aber denken können, dass ich ihn mir ausgeliehen habe. Ist nicht das erste Mal«, sagte er und zwinkerte mit einem verlegenen Lächeln, das seine Grübchen hervorlockte.

Henni seufzte. »Ich glaube, ich habe dich bei unserer ersten Begegnung vollkommen falsch eingeschätzt.«

»Das denke ich nicht«, antwortete er und sah ihr tief in die Augen. Ein kleines, fast unscheinbares Schmunzeln huschte über ihr Gesicht. Sie stieg ein, sodass Kurt hinter ihr die Tür schließen konnte.

Sie waren bereits eine Weile gefahren, als Henni ahnte, wohin Kurt den Wagen die schmale Allee entlang, die die Orte auf der Insel verband, lenken wollte. Sie blickte ihn überrascht an. »Du willst zur Steilküste am Bansiner Strand?«

Kurt nickte. »Ich war im Spätsommer und Herbst ein paar Mal dort, nachdem du mir davon erzählt hattest. Es ist wirklich schön da.«

»In der Pension war so viel zu tun. Ich habe es im letzten Jahr nicht ein einziges Mal geschafft«, sagte sie etwas wehmütig.

Kurt nickte verständnisvoll.

Dann drehte sie sich zu ihm um und sah ihn aufmerksam an. »Warum hast du nicht vorher das Gespräch mit mir gesucht?«

»Nach meinem letzten Auftritt?« Er schüttelte den Kopf. »Ich musste das erst einmal selbst verdauen. Und dann habe ich mich nicht getraut. Ich weiß, wie mein Onkel sein kann. Aber ich bin nicht er!«

Henni sah ihn an, so gerne würde sie ihm Glauben schenken.

»Auf dem Hügel dort drüben liegt ein kleines Forsthaus. Der Gastbetrieb ruht in den Wintermonaten. Da kannst du den Wagen abstellen«, sagte sie schließlich, während sie auf einen unebenen Weg zeigte, der von der Hauptstraße wegführte. Kurt setzte den Blinker und bog ab.

Das alte Gebäude, weiß verputzt mit dunklem Fachwerk, lag verträumt zwischen schneebedeckten Kiefern am Rande des Waldweges. Die große Terrasse, auf der sich im Sommer die Restaurantgäste nach einem Strandspaziergang entlang der Steilklippen ein kühles Bier oder einen heißgebrühten Malzkaffee gönnten, war leer. Die Holztische und Stühle waren vermutlich bereits vor dem ersten Kälteeinbruch an einen trockenen Ort geräumt worden. Erst zu den Osterfeiertagen würde hier wieder der Trubel einkehren, wenn die Besitzer ihr Lokal für die neue Saison öffneten.

Nachdem Kurt den Wagen seines Onkels vor dem Haus geparkte hatte, gingen sie die wenigen Schritte zur Klippe, wo der Wald abrupt abriss und die endlos blaue Weite begann. Eine schmale Eisentreppe, die bei Weitem schon bessere Zeiten gesehen hatte, führte an den sandigen, mit Gräsern und dichten Büschen bewachsenen Felsen vorbei, hinunter zum Strand.

Beim Abstieg bot Kurt Henni seine Hand an. Doch sie ignorierte die kleine Geste der Aufmerksamkeit. Noch war sie für eine Versöhnung nicht bereit. Kurt verstand und ging vor, nicht ohne jedoch ein achtsames Auge auf seine Begleitung zu haben. Der gefrorene Sand unter Hennis Sohlen knirschte, als sie die letzte Stufe hinter sich ließ. Auf dem unebenen Boden, der sich steinhart anfühlte, war es nicht leicht, seine Schritte sicher zu setzen. Sie musste aufpassen, dass sie mit ihren schlanken Knöcheln nicht umknickte.

Gemächlichen Schrittes liefen sie den Strand entlang, ohne Ziel und ohne zu wissen, wie sie einander begegnen sollten. Kurt machte schließlich den Anfang und räusperte sich.

»Ich hatte dir doch erzählt, dass ich studieren wollte.«

Henni nickte. »Bildhauerei.«

»Ich hatte den Studienplatz in Dresden schon zugeteilt bekommen. Meine Mutter war ganz stolz auf mich.« Er seufzte, bevor er fortfuhr: »Sie hat Rheuma, obwohl sie noch recht jung ist. In letzter Zeit geht es ihr immer schlechter. Seit einem halben Jahr kann sie nicht mehr arbeiten gehen. Ich habe meinen Onkel um die Stelle gebeten, damit ich in ihrer Nähe bin und sie unterstützen kann. Auch finanziell.«

Henni sah ihn überrascht an. »Warum hast du mir das nicht schon früher erzählt?«, fragte sie ihn.

Kurt sah sie an. »Warum wohl? Wegen Heinz, meinem Onkel. Ich weiß, dass viele in Ahlbeck nicht gut auf ihn zu sprechen sind.«

Henni schluckte. Sie erinnerte sich, dass auch sie ihn bei ihrem Gespräch auf der Bank in keinem guten Licht hatte dastehen lassen.

»Seine Art, Dinge anzugehen, ist manchmal etwas gewöhnungsbedürftig. Doch er glaubt fest an die Sache, für die er und seine Genossen kämpfen«, verteidigte er seinen Onkel.

»Glaubst du denn an die … Sache?«, fragte Henni.

Kurt zögerte, blickte zum Wasser, das vor seinen Füßen den kalten Sand umspülte, und nickte schließlich. »Ich glaube, dass sich etwas ändern muss. Die im Westen machen einfach weiter, als hätte sich Deutschland im Krieg nicht in allen Anklagepunkten schuldig gemacht. Die Faschisten besetzen dort immer noch viele Machtpositionen, vor allen Dingen in der Wirtschaft. Wir versuchen wenigstens einen anderen Weg einzuschlagen, um die Gesellschaft von Grund auf neu aufzubauen. Ob dann alles tatsächlich besser ist, wird sich zeigen. Aber ich finde, einen Versuch ist es wert.«

Henni dachte über seine Worte nach. Sie klangen einleuchtend und doch konnten sie den bitteren Geschmack der Wirklichkeit nicht überdecken. Kurt drehte sich zu ihr, sah sie an, als würde er ihre Gedanken erahnen können. »Ich weiß, dass ihr es momentan nicht leicht habt.«

Henni nickte unmerklich.

»Einige Villenbesitzer sind deshalb ja auch schon abgehauen. Hattet ihr je in Erwägung gezogen, in den Westen zu gehen?«

Die Frage überraschte Henni. Obwohl die Versuchung, allen

Problemen mit einer knapp vierstündigen Zugfahrt zu entschwinden, allgegenwärtig war, hatte Henni nie so richtig darüber nachgedacht. Die Insel war ihre Heimat. In der Villa war sie aufgewachsen. Lisbeth hingegen hatte ein paar Mal versucht, das Thema anzusprechen. Wie einfach es doch wäre, alles stehen und liegen zu lassen und im Westen einen Neuanfang zu wagen, vielleicht ebenfalls mit einer Pension. Doch ihre Mutter hatte bisher jegliche ausgesprochenen Gedanken, die in diese Richtung führten, im Keim erstickt. Flucht war keine Option für sie.

»Meine Mutter würde nie gehen«, antwortete Henni deshalb. »Es ist, als wäre die Pension mit der Erinnerung an meinen Vater verschmolzen. Verlässt sie die Villa, würde sie damit auch ihre große Liebe aufgeben.«

Kurt verstand. Er blickte zu Boden. Nachdenklich kickte er einen kleinen Stein weg, der platschend im flachen Wasser landete. »Ich bin froh, dass ihr es nicht getan habt. Sonst hätten wir uns nicht kennengelernt.«

Er blickte auf, direkt in Hennis Augen. »Die letzten Monate waren furchtbar ohne dich«, gestand er schließlich. Henni sah ihn an. Ganz sachte nickte sie, empfand sie doch genauso. Langsam beugte sie sich vor, gab dem Drang, den sie schon seit dem ersten Moment ihres Wiedersehens gespürt hatte, endlich nach. Sie küsste ihn, innig und fest. Kurt schlang seine Arme um Henni und erwiderte ihre Hingabe. Wie lange sie so dastanden, konnte sie nicht sagen. Zu schön war jeder einzelne Moment davon.

LISBETH
1953

Lisbeth saß in der kleinen Wohnküche in der Wohnung ihrer Freundin und wusste nicht, was sie sagen sollte. Marie hatte, die Ellenbogen auf dem Tisch abgestützt, ihr Gesicht tief in ihren Händen vergraben. Bei jedem Schluchzer, den sie ausstieß, hoben und senkten sich ihre Schultern. Vorsichtig streichelte Lisbeth ihr über den Rücken und warf Helga dabei einen ratlosen Blick zu. Doch auch ihr fehlten die Worte, um ihrer am Boden zerstörten Freundin Trost zu spenden.

Georgs Vater war ein alteingesessener Bauer im Hinterland der Küste gewesen und hatte ein beträchtliches Stück Land besessen, auf das die neu gegründete landwirtschaftliche Produktionsgenossenschaft ein Auge geworfen hatte. Doch er wollte seine Scholle nicht hergeben, das hatte er in den letzten Monaten immer wieder betont. Er hatte sich mit Händen und Füßen gegen die Versprechungen der Genossen gewehrt, die schließlich in Drohungen und Verleumdungen umschlugen.

Genützt hatte es nichts, der Druck war wohl zu groß gewesen. Nachdem sein Platz am Abendbrottisch leer geblieben war, hatte sein Sohn ihn in der Dämmerung in der Scheune gefunden. An einem Strick, der an einem Dachbalken befestigt war, hatte er gehangen. Marie hatte Georg kurz danach getroffen, versucht ihn zu trösten, ohne zu wissen, dass es das allerletzte Mal gewesen war, dass sie ihn sah. Denn schon zwei Tage nach dem verzweifelten Selbstmord des Familienoberhauptes waren er und seine Mutter in den Westen geflohen. Und Marie war es nun, die Trost und Halt brauchte.

Lisbeth und Helga hielten ihre weinende Freundin fest im Arm, schwiegen, um ihr Zeit zu geben, sich zu beruhigen. Ganz unwillkürlich ließ Lisbeth dabei ihren Blick schweifen. Die kleinen Schranktüren des Küchenbuffets hingen schief, auf den Regalbrettern der Vitrine standen nur wenige Tassen, Teller und Suppenschüsseln. Gläser konnte sie nirgends entdecken. Vermutlich waren sie auf dem Schwarzmarkt nützlicher gewesen, als im verstaubten Regal.

Der Wasserhahn über dem Spültisch leckte. Das vehemente Tropfen auf dem dumpfen Boden der alten Emailleschüssel nervte Lisbeth. Doch natürlich sagte sie nichts. Es roch nach Zwiebeln, Kamille und auch ein wenig nach verbranntem altem Fett. Früher hatte sie oft in dieser Küche gesessen, die ihr damals geräumiger und ordentlicher vorgekommen war.

Nach der Schule, wenn ihre Mutter noch in der Villa herumgewerkelt hatte und Lisbeth zwischen halbfertig geputzten Zimmern nicht gebrauchten konnte, war sie mit Marie mitgegangen. Maries Mutter war Lehrerin gewesen, hatte ihnen oft Mittagessen gekocht und manchmal sogar einen Kakao. Doch dann hatte sie aus Gründen, über die Marie lieber schwieg, Berufsverbot bekommen.

Der spärlich gewordenen Einrichtung der Küche war anzusehen, dass das Geld mit den Jahren immer knapper geworden war. Die wenigen Groschen, die Marie in der Wäscherei verdiente, reichten hinten und vorne nicht.

Langsam hob Marie ihren Kopf und wischte sich mit einer Hand die Tränen von der Wange. Sie seufzte noch einige Male tief, doch offensichtlich hatte sie sich einigermaßen gefasst.

»Ich kann noch gar nicht glauben, dass Georg weg ist«, presste sie heraus.

Helga schüttelte den Kopf. »Ich finds unfassbar, dass er gegangen ist, ohne sich von dir richtig zu verabschieden.«

Marie sah auf, kaute nachdenklich auf ihrer Unterlippe herum. »Naja, er hatte schon so etwas angedeutet«, schniefte sie dabei. »Aber ich dachte, die Wut spricht aus ihm. Hätte ich geahnt, dass er wirklich vorhat zu gehen ...« Die Trauer übermannte sie wieder. Dick und unbarmherzig kullerten erneut die Tränen über ihre Wangen. Lisbeth hielt ihr ein Taschentuch hin. Sie schnäuzte hinein und brauchte einen Moment, um sich wieder zu beruhigen.

Helga sah sie fragend an. »Was wäre dann gewesen? Wenn er dir davon erzählt hätte? An seiner Entscheidung hättest du auch nichts ändern können.«

»Sicher?«, fragte Marie.

»Außerdem, seien wir mal ehrlich«, warf Lisbeth ein. »Es ist vermutlich auch das Beste für ihn und seine Mutter.«

Helga sah sie mit großen Augen an. Doch Lisbeth hatte nicht vor, ihre Freundin in Watte zu packen. Das ging nie gut, wie sie selbst wusste.

»Sie hätten das Land so oder so nicht behalten dürfen. Und dann mit der Scheune vor der Nase. Jedes Mal, wenn Georg sie betreten hätte, wäre vermutlich wieder das Bild seines toten Vaters vor seinen Augen erschienen. Im Westen können er und seine Mutter alles vergessen.«

Marie schwieg. Offensichtlich dachte sie über Lisbeths Worte nach. Auch Helga wirkte nachdenklich.

»Ich wäre vielleicht mitgegangen«, sagte Marie schließlich leise. »Wenn Georg mich gefragt hätte.«

Lisbeth blickte ihre Freundin überrascht an. Auch Helga fiel sichtlich aus allen Wolken. »Aber ihr seid doch erst seit ein paar Monaten zusammen!«, rief sie laut aus.

Marie zuckte mit den Schultern. »Stellt ihr euch manchmal nicht auch vor, den ganzen Mist hier hinter euch zu lassen? Neu anzufangen, irgendwo, wo es einem besser geht?«

Helga und Lisbeth wechselten einen kurzen Blick, bevor sie schließlich zögerlich nickten. »Klar!«, sagte Lisbeth.

»Aber ich würde nicht ohne euch gehen wollen!«, fügte Helga hinzu. Die drei Freundinnen sahen sich an. Eine seltsame

Stimmung lag zwischen ihnen. Maries Tränen waren versiegt und Helga rutschte etwas nervös auf ihrem Hintern herum.

Auch Lisbeths Herz begann unwillkürlich zu pochen. Sie schluckte, die Vorstellung reizte sie. Schließlich hatte sie schon das ein oder andere Mal mit dem Gedanken gespielt. Doch bei ihrer Mutter und ihrer Schwester stieß sie mit dieser Idee auf taube Ohren, obwohl es auch mit der Pension gerade schwierig war.

Helga stand auf. »Ich mach uns mal neuen Tee«, sagte sie, ging zur Spüle rüber und füllte Wasser in den Flötenkessel. Als sie den Hahn wieder schloss, drehte sie extra kräftig an dem Knauf. Offensichtlich war Lisbeth nicht die Einzige, die das Tropfen als lästig empfunden hatte. Unruhig zupfte Helga ein paar Kamillenköpfe von dem getrockneten Strauß, der neben der Kammertür hing, und warf sie in die Teekanne.

»Ich habe letztens einen kennengelernt, aus der Kaserne in Peenemünde. Was ist, wenn aus uns was Ernstes werden könnte?«, murmelte sie dabei, ohne sich zu ihren Freundinnen umzudrehen. Lisbeth stutzte, so unentschlossen kannte sie ihre Freundin gar nicht. Auch Marie sah zu ihrer Freundin rüber, erst zögernd, bis sie schließlich seufzte. »Ist wohl auch nur ne blöde Schnapsidee. Meiner Mutter würde es das Herz zerreißen, wenn ich einfach abhaue.«

Helga drehte sich um. »Bestimmt«, pflichtete sie ihrer Freundin schnell bei.

»Außerdem habe ich gehört«, fügte Marie hinzu, »kontrollieren sie neuerdings verstärkt an den Grenzen.«

Helga nickte. »Bei meinem Glück fischen sie uns auch raus.«

»Das liegt nicht an deinem Glück, sondern an deinen roten Lippen. Mit denen ziehst du ja automatisch die Blicke aller Grenzer auf dich«, antwortete Marie betont spitz.

Helga kicherte, verstummte aber kurz darauf wieder. Etwas verlegen sah sie zu Lisbeth, die bisher geschwiegen hatte. Auch Marie warf ihr einen unsicheren Blick zu. Lisbeth zögerte und setzte schließlich ein Lächeln auf. »Für deinen Lippenstift brauchst du ganz sicher einen Extra-Passierschein«, sagte sie trockener als sonst.

Helga und Marie lachten, ausgelassen und wohl auch ein wenig erleichtert.

Lisbeth saß mit ihren Freundinnen noch lange in der kleinen Küche und quatschte. Marie weinte nicht mehr, dennoch blickte sie das ein oder andere Mal sehr traurig drein.

Insgeheim war Lisbeth nun doch froh, dass Georg damals nicht sie zum Tanz aufgefordert hatte, sondern ihre Freundin. Sonst hätte sie heute dagesessen und ihren ersten Herzschmerz beklagt. Natürlich verschwieg sie den Mädchen die doch eher egoistischen Gedanken.

Über eine gemeinsame Flucht sprachen sie nicht noch einmal, was Lisbeth etwas schade fand. Aber vielleicht würde sie die Idee später noch einmal einwerfen können, wenn Gras über die Sache mit Georg gewachsen war und Helga festgestellt hatte, dass ihre neue Flamme genauso ein Hallodri war wie seine Vorgänger.

Als sich längst die winterliche Dämmerung über den Küstenort gelegt hatte, verabschiedete Lisbeth sich an der Wohnungstür von ihren Freundinnen. Sie war schon wieder viel zu spät dran.

Die Dunkelheit und kühle Abendluft umhüllten Lisbeth, als sie sich auf den Weg nach Hause machte. Die schneebedeckte Dünenstraße war bereits menschenleer. Lisbeth hetzte von Laternenschein zu Laternenschein, in der Hoffnung, die Zeit ein wenig einholen zu können. Ihr offener Mantel wehte im Wind, dennoch spürte sie die kleinen Schweißperlen, die sich zwischen ihren Schulterblättern bildeten. Ihr Atem ging schwer, was sie jedoch zu ignorieren versuchte.

Als Lisbeth die Villa betrat, empfing ihre Mutter sie bereits mit einem mahnenden Blick in der Diele. »Du bist schon wieder zu spät!«

Lisbeth ging an ihrer Mutter vorbei, zog flink Mantel und Schuhe aus und warf die Sachen in die Garderobe.

»Marie ging es nicht gut. Sie hat …« Lisbeth stockte. Sie wollte ihre Mutter mit der Geschichte von Georgs Vater nicht weiter beunruhigen. »Sie hat Liebeskummer«, log sie deshalb.

Ihre Mutter zog die Augenbraue hoch. »In ihrem Alter hat man noch keinen Kummer«, erwiderte ihre Mutter unberührt. »Außerdem ist das keine Ausrede, um das Abendessen zu verpassen.«

Lisbeth sah ihre Mutter beleidigt an. »Ich hab eh keinen Hunger«, sagte sie nur und ging Richtung Treppe, vorbei an ihrer Schwester, die aus der Tür der Waschküche lugte.

Henni warf ihr einen warmen Blick zu, der Lisbeth etwas aufmunterte. Seit einigen Tagen war ihre Schwester wieder wie ausgewechselt. Sie wirkte zufrieden und ausgeglichen, ja beinahe sogar fröhlich, was Lisbeth sehr wunderte.

Zu Hause war alles beim Alten geblieben, wie der kleine Streit mit ihrer Mutter zeigte. Egal was draußen vor der Tür los war, ihre Mutter achtete immer noch auf Ordnung, Pflichtbewusstsein und ein pünktliches Abendessen.

Als sie die Zimmertür hinter sich geschlossen hatte, legte Lisbeth sich aufs Bett. Sie zog die Uhr ihres Vaters unter der Matratze hervor und strich über das kalte Metall. Sie schloss dabei die Augen und ließ ihren Gedanken freien Lauf.

Wie es wohl im Westen wäre, fragte sie sich. Gab es dort wirklich in den Läden alles zu kaufen? Und durfte man wirklichen sagen, tun und lassen, was man wollte? Vielleicht würde sie dort Arbeit finden, die sie wirklich glücklich machte. Etwa als Konditorin.

Die Idee, jeden Tag von Zuckerbergen umringt zu sein, gefiel ihr. Sie würde Buttercremetorten, glasierte Gebäckteilchen und kleine Naschwunderwerke zaubern. Mit der Vorstellung des klebrig-süßen Geschmacks auf ihrer Zunge und der Taschenuhr in ihrer Hand schlief sie ein.

CAROLINE
1992

Caroline saß auf einer Bank und blickte über das Holzgeländer aufs Meer hinaus. Auf der Seebrücke wehte nur ein schwacher Wind. Sachte flatterten die Fahnen unterschiedlicher Nationalitäten an den Masten, die den Pavillon auf der vorderen Plattform rundherum schmückten.

Das Wasser kräuselte sich entlang der Küste, nur hier und da bildeten sich auf den Wellenkämmen kleine Schaumkronen. Ein paar Möwen ließen sich im ruhigen Wasser treiben und in der Ferne schoben sich die Fähren aus Polen kommend am Horizont entlang.

Vermutlich waren sie gutbesucht, was nicht unbedingt nur dem schönen Ausblick auf die Küste zuzurechnen war. Die zollfreien Zigaretten sowie der günstige Hochprozentige lockten schnäppchenwillige Urlauber und Einheimische gleichermaßen in den Schiffsshop. Die kurze Ausflugsfahrt gab es gegen ein kleines Entgelt dazu.

Trotz der Sonne, die ihre Haut wohlig wärmte und ihr bereits in den letzten Tagen eine gesunde Bräune verpasst hatte, war die Luft so nah am Meer kühler als am Strand. Caroline holte ihre Jeansjacke aus dem Rucksack und zog sie an. Nachdenklich blickte sie dabei zum Strand.

Trotz des schönen Wetters war der Küstenabschnitt vor der Seebrücke nicht übermäßig voll. Einige Strandkörbe waren sogar leer geblieben und mit einem Holzgitter verriegelt. Davor, näher am Wasser, spannten sich gut verteilt bunte, schattenspendende Schirme, unter denen sich Familien auf ihren

Decken tummelten. Daneben aalten sich Sonnenhungrige, zumeist versteckt hinter Windschutzzäunen, auf kleinen Handtüchern in noch knapperen Badeoutfits. Wenn sie nicht gar ganz auf körperbedeckende Kleidung verzichteten.

Kinder spielten ausgelassen im Wasser mit Bällen, ruderten auf Luftmatratzen den kleinen Wellen entgegen oder bespritzten sich mit dem kühlen Nass. Im Sand waren hier und da einige Halbwüchsige konzentriert dabei, große Burgen zu bauen oder tiefe Löcher zu graben, in die sie sich mit Vorliebe selbst hineinsetzten. Vermutlich war jedoch an den Stränden von Rimini, Lloret de Mar und Mallorca in diesem Sommer um einiges mehr los. Die reisehungrigen Ostdeutschen zogen es mittlerweile vor, ihre Sonnenschirme und Windzäune an den Mittelmeerküsten aufzustellen.

Caroline lehnte sich auf der Bank zurück. Sie griff in ihre Jackentasche und holte die Uhr heraus. Viel hatte sie über das Schmuckstück bisher noch nicht in Erfahrung bringen können. Sie vermutete, dass ihre Großmutter ihr die Taschenuhr beim Abschied heimlich in den Rucksack gesteckt hatte. Darauf würde auch der letzte Buchstabe hindeuten, der auf der Innenseite des Gehäusedeckels noch schwach zu lesen war. G wie Grete.

Gleich am nächsten Morgen, nachdem sie die Uhr gefunden hatte, war Caroline zu ihrer Hauswirtin hinuntergegangen und hatte sie nach dem Schmuckstück gefragt. Doch die war sich sicher gewesen, dass es noch nicht unter dem Bett gelegen hatte, als sie das Zimmer vor Carolines Anreise hergerichtet hatte. Also hatte Caroline sie gebeten, telefonieren zu dürfen.

Über den alten DDR-Apparat, der hinter dem Empfangstresen stand, hatte sie die Durchwahl ihrer Großmutter auf der Wählscheibe eingegeben. Schon nach dem ersten Klingeln hatte Anja den Hörer abgenommen, sie jedoch gleich vorgewarnt, dass Carolines Großmutter in keinem guten Zustand war. Und tatsächlich hatte die alte Dame nicht gewusst, wovon Caroline sprach. Offensichtlich hatte die Demenz alle Erinnerungen an die Uhr geschluckt und war nicht bereit gewesen, sie noch einmal auszuspucken.

Caroline seufzte und steckte das Schmuckstück zurück in ihre Tasche. Sie hatte sich in den letzten Tagen so viel Mühe gegeben und doch nur wenige passende Teile zum Puzzle ihrer Familiengeschichte gefunden. Der Großteil des Bildes blieb weiterhin sehr lückenhaft.

Bei Spaziergängen hatte Caroline den Ort und die Menschen auf sich wirken lassen. Dabei hatte sie versucht, sich umzuhören, ob jemand ihre Großmutter gekannt hatte oder ihre Mutter. Auch nach der Villa hatte sie die Leute gefragt und wie das Feuer ausgebrochen war. Doch sie musste lernen, dass die Menschen hier oben an der Ostsee ihre Erinnerungen und ihr Wissen lieber für sich behielten. Kaum jemand hatte ihr Auskunft geben wollen, selbst wenn Caroline das Gefühl gehabt hatte, dass der eine oder andere etwas wusste.

Vermutlich waren die Wunden des Misstrauens und der Skepsis, die der Überwachungsstaat hinterlassen hatte, noch nicht ausreichend verheilt. Wenn man vierzig Jahre lang seinem eigenen Nachbarn nicht trauen konnte, wie sollte man dann einer dahergelaufenen Münchnerin, die neugierige Fragen stellte, Vertrauen entgegenbringen können?

Zum Glück war wenigstens Frau Bassin an den Abenden, die sie bei ungarischem Rotwein zusammengesessen hatten, redseliger gewesen. Zwar war die Gastwirtin erst vor siebzehn Jahren auf die Insel gezogen, weshalb sie Carolines Großmutter nie kennengelernt hatte, dennoch wusste sie einiges zu erzählen. Sie hatte gehört, dass die Villa Ostseeperle nicht das einzige Haus gewesen war, das sich der Staat gewaltsam angeeignet hatte.

Es hatte in jenen Wintertagen eine richtige Welle von Verhaftungen gegeben, die vermutlich von langer Hand geplant und vorbereitet gewesen waren. Pensionsbesitzer, Hoteliers, Geschäftsleute, Restaurantbetreiber, all jene, die noch private

Unternehmen führten, waren, so munkelte man, ausspioniert worden. Ihre Angestellten waren befragt und ihre Läden, Hotels und Galeries durchsucht worden.

Wie Frau Bassin weiter zu berichten wusste, waren die Unternehmer wegen Nichtigkeiten weggesperrt, zu teils hohen Gefängnisstrafen verurteilt und schließlich auch zwangsenteignet worden. Die meisten Hotels und Pensionen hatte man anschließend in FDGB-Heime umgewandelt. Das waren jene Unterkünfte vom Feriendienst des Freien Deutschen Gewerkschaftsbundes gewesen, die der Arbeiterklasse für staatlich subventionierte Erholungsurlaube vorbehalten waren. Allerdings war es wohl gar nicht so einfach gewesen, einen Urlaubsplatz auf Staatswohlwollen auch zu bekommen.

In der Villa Ostseeperle, so hatte Caroline von Frau Bassin erfahren, hatte allerdings nicht die Arbeiterklasse ihre Ferien verbringen dürfen. Nach der Enteignung hatte sich ein gewisser Heinz Ebert die Pension unter den Nagel gerissen und darin besondere Gäste wie hohe Offiziere und Politiker empfangen. Als freizügiger Gastgeber und Gönner hatte er sich aufgespielt, um in der Partei weiter voranzukommen.

Er sei es auch gewesen, der den Brand verschuldet habe, erzählte Frau Bassin. Nach einem ausgelassenen Abend mit hohen Parteitieren, habe er sich im oberen Stockwerk der Villa betrunken zu Bett gelegt und dabei vergessen, seine Pfeife zu löschen. Mehrere Genossen hatten schwere Rauchvergiftungen erlitten. Mehr war zum Glück nicht passiert. Nur die Karriere von Ebert hatte ein jähes Ende gefunden und mit ihr seine Ehe. Seine Frau Irene war in den Westen geflohen, während er selbst sich aufs Land zurückgezogen hatte.

Ein paar Mal war Caroline noch an der Villa vorbeigegangen, die nach den Gesprächen mit Frau Bassin gar nicht mehr so zerfallen und trostlos gewirkt hatte. Sicherlich musste das Dach gemacht, Fenster und Türen ausgetauscht und die Fassade gestrichen werden. Auch drinnen war einiges zu erneuern, doch es war nicht unmöglich, die Pension wieder zum Leben zu erwecken.

Leider besaß sie selbst nicht das nötige Kleingeld dazu. Selbst wenn ihr die Treuhand die Villa für einen angebissenen Apfel und ein halbes Ei überlassen würde, hätte sie auf ihrem Konto nicht einmal genügend Geld, um die Regenrinne zu reparieren. Einen Kredit würde sie als Studentin sicherlich auch von keiner Bank bekommen.

Die Sonne stand bereits tief am Himmel und der Wind hatte kräftig zugelegt, als Caroline langsam über die Seebrücke zurück zum Strand ging. Vor dem Pavillonrestaurant hatte sich eine kleine Schlange gebildet, die Tische auf der Terrasse rund um das beliebte Ausflugslokal waren allesamt besetzt. Carolines Magen knurrte ebenfalls, doch sie hatte keine Lust, sich mit all den anderen Touristen auf der Seebrücke zu drängeln. Stattdessen kaufte sie sich an einem kleinen Imbisswagen auf dem Vorplatz der Seebrücke ein Bismarckbrötchen und biss genüsslich hinein. Der Geschmack des in Essig eingelegten Fischfilets und der frischen Zwiebeln legte sich auf ihre Zunge. Sie begann, die Vorzüge der norddeutschen Küche zu genießen. Im Gehen kauend machte sie sich auf den Rückweg zur Pension Seestern.

Als sie die Pension betrat, sprang Frau Bassin sogleich hinter dem Empfangstresen hervor. Ein wenig aufgeregt kam sie zu ihr gelaufen. »Da sind Sie ja endlich! Ihr Besuch wollte schon gehen. Aber ich konnte sie überreden, noch ein paar Minuten zu warten.«

Caroline stutzte. »Welcher Besuch?«, fragte sie mehr als irritiert. Sie erwartete niemanden.

Statt zu antworten, deutete Frau Bassin mit dem Finger auf eine Tür, hinter der sich der Speiseraum befand. Verwundert folgte Caroline dem Fingerzeig.

Als sie die Tür öffnete, sah sie eine Frau, vielleicht ein wenig jünger als ihre Mutter, die am Fenster stand und auf ihre schmale Armbanduhr blickte. Trotz ihres Alters waren ihre

Lippen blutrot geschminkt, ihr Lidstrich auffällig gesetzt und die kurzen graumelierten Haare keck toupiert. Sie lächelte freundlich, als sie aufsah und Caroline erblickte. »Sie sind Frau Faber«, sagte sie mit einem wissenden Lächeln.

Noch immer etwas irritiert nickte Caroline. Sie hatte die Frau noch nie zuvor gesehen. Und doch mochte Caroline sie auf Anhieb, schien sie sich doch nicht im Geringsten um modische Konventionen und Regeln zu scheren. »Sie können ruhig Caro zu mir sagen«, antwortete sie deshalb.

Die Frau lächelte und nickte. »Du wunderst dich bestimmt, warum ich hier bin.«

Caroline nickte neugierig.

»Meine Liebe, du hast im Ort ganz schön Staub aufgewirbelt mit deinen Fragen über die Villa Ostseeperle. Aber du musst verstehen, wir hier oben haben ein etwas schweigsameres Gemüt als ihr im Süden. Zumindest die meisten von uns.« Sie lachte kurz auf, bevor sie fortfuhr: »Gudrun Bassin und ich gehören aber sicher nicht dazu.« Sie blickte Caroline an. Ihr Lächeln verschwand, aber nicht ihre Freundlichkeit. »Ich kann deine Fragen beantworten, wenn du willst.«

Caroline sah sie mit großen Augen an. »Das wäre toll!« Tausend Fragen und Gedanken schossen ihr gleichzeitig durch den Kopf. »Ich weiß gar nicht, wo ich anfangen soll. Wollen wir uns setzen? Wollen Sie einen Tee?«, fragte sie etwas überrumpelt.

Die Frau hob ihre Hände und bremste Carolines Eifer etwas.

»Jetzt habe ich leider gar keine Zeit mehr, ich hatte ja gehofft, dich eher hier anzutreffen. Aber ich komme wieder. Versprochen!« Sie ging an Caroline vorbei zur Tür, drehte sich auf der Schwelle aber noch einmal um. »Ach!«, stieß sie aus, während sie ihre Hand leicht gegen die Stirn schlug. »Ich vergessliche Nudel habe mich ja noch gar nicht vorgestellt. Ich bin Helga. Ich war eine Freundin deiner Tante.«

Caroline blickte sie überrascht an. »Tante?«

Sie nickte. »Lisbeth.«

Bevor Caroline nachfragen konnte, drehte Helga sich eilig um und verließ die Pension ohne ein weiteres Wort der Erklärung. Caroline seufzte, musste sie sich wohl noch etwas gedulden, bis sie mehr erfahren würde. Doch sie spürte, dass sich das Puzzle bald vervollständigen würde.

Henni
1953

Henni saß auf dem schmalen Schemel in der Waschküche und blätterte in den Modezeitschriften, die Erich Wagner ihr geschickt hatte.

Die westliche Mode war bunter, ausgefallener und bestand aus edleren Stoffen, als es sie hier zu kaufen gab. Kleider mit Tüllbordüre und Stickereien am ausgeschnittenen Dekolleté, Blusen mit spitz auslaufendem Kragen, weite Tellerröcke, die hier und da das Knie hervorblitzen ließen, zierten die Seiten.

Sie war sich nicht sicher, ob sie die Schnittmuster und Vorlagen tatsächlich jemals verwenden würde. Doch zur Inspiration genügten sie allemal. Henni legte das Heft weg und setzte sich wieder vor ihre Nähmaschine. Den Rock für Lisbeth wollte sie heute noch fertig bekommen. Dafür musste sie noch den Saum säubern und die dekorativen Blütenaufsätze annähen, die sie in einem der Blättchen gesehen und aus Stoffresten angefertigt hatte.

Sie legte ihre Hände rechts und links vom Nähfuß auf den grobgewebten Leinenstoff und trat kräftig auf das Antriebspedal unter dem Tisch. Die Nadel begann auf und ab zu sausen und mit ihr Hennis Gedanken, die wie so oft in der letzten Woche ganz unwillkürlich zu Kurt wanderten.

Nachdem sie ihn am Strand der Steilküste geküsst hatte, waren sie zurück zum Wald hinaufgestiegen. Doch sie waren beide noch nicht bereit gewesen, einander wieder loszulassen. Also waren sie zum Forsthaus gegangen. Henni wusste, wie man auch ohne Schlüssel dort hineingelangte.

»Soso! Auch in dir schlummern also noch unentdeckte Eigenschaften«, hatte Kurt seine Überraschung mit einer süffisanten Bemerkung überdeckt. Nachdem sie neugierig durch den verlassenen Fachwerkbau geschlendert waren, der im Innern ebenso liebevoll hergerichtet war wie von außen, hatten sie sich ins Kaminzimmer zurückgezogen.

Auf dem breiten Ottomanen, der dort stand, war sie Kurt in die Arme gesunken. In der Vertrautheit und dem spärlichen Licht, das durch die zugezogenen Vorhänge schien, waren sie sich nähergekommen. Näher, als Henni je geglaubt hatte, jemandem kommen zu können. Obwohl sie sich nie für so ein Mädchen gehalten hatte, hatte sie sich ihm hingegeben. Aber es hatte sich gut und richtig angefühlt.

Nachdem sie miteinander geschlafen hatten, waren sie noch eine Weile geblieben. Eng umschlungen und eingekuschelt in eine dicke Wolldecke, die Kurt in einer Wäschetruhe gefunden hatte, hatten sie am Fenster gestanden und aufs Meer hinausgeblickt.

Die Sonne war bereits als rötlicher Ball dem Horizont nahe gewesen. Das dicke, schneebedeckte Geäst der hochgewachsenen Kiefern war in warmen Tönen erstrahlt und hatte den Wald vor dem blauen Hintergrund des Wassers noch beschaulicher wirken lassen. Henni hatte dabei mit allen Fasern ihres Körpers gespürt, wie glücklich sie mit Kurt war. Und dieses Glück, das sie kaum fassen konnte, hallte in ihr immer noch nach.

Henni nahm ihren Fuß vom Pedal, die Nadel stoppte. Sie beugte sich über den Nähtisch. Die Naht des Saums war vollkommen schief, als habe ein Anfänger diesen Rock genäht. Sie seufzte und konnte über ihre fehlende Konzentration nur den Kopf schütteln. Mit einem Ruck zog sie den Stoff unter dem Nähfuß hervor, nahm den Nahttrenner in die Hand und begann, den durch Träumerei verschuldeten Pfusch wieder aufzutrennen.

Als sie schon fast die ganze Naht aufgelöst hatte, hörte sie ein leises Knacksen vor dem kleinen Fenster der Waschküche. Hennis Gesicht erhellte sich schlagartig. Das musste Kurt sein. Schließlich war er vor wenigen Tagen auch durch den Garten geschlichen, um sie zu treffen.

Sie warf den halbfertigen Rock auf den Nähtisch, lief aus der Waschküche, schnappte sich in der Garderobe ihren Mantel, schlüpfte in ihre Stiefel und eilte zur Haustür.

Ein kalter, kräftiger Wind fegte um die Villa, als Henni in den Garten ging. Sie blickte sich um, meinte kurz einen flüchtigen Schatten an der hinteren Hausecke zu sehen. Doch als sie nachsah, war dort niemand. Offensichtlich hatte sie sich geirrt.

Die Enttäuschung stand ihr ins Gesicht geschrieben. Wie gern hätte sie Kurt endlich wiedergesehen, wenigstens für einen kurzen Augenblick. Zögernd blieb sie zwischen den leeren Beeten und kahlen Sträuchern stehen und überlegte: Ihre Mutter war spazieren, Lisbeth bei ihrer Freundin Marie, der es wohl nicht so gut ging. Den Rock konnte sie auch noch später fertignähen. Ein wenig Zeit hatte sie also.

Kurzentschlossen verließ sie den Garten der Villa und lief die Dünenstraße entlang. Doch während ihre ersten Schritte noch entschlossen und vorfreudig auf dem knirschenden Schnee widerhallten, wurden sie, je näher sie dem Rathaus kam, unsicherer und langsamer.

Als Henni das rote Backsteingebäude erblickte, ärgerte sie sich bereits über ihre alberne Idee. Es stimmte also wohl, Verliebte taten Dinge, die sie bei klarem Verstand nie in Betracht gezogen hätten. Wie etwa vor einem Rathaus herumzulungern in der Hoffnung, den Liebsten zu sehen. Wenigstens parkte Eberts Wagen nicht vor dem Eingang, ihm wollte sie schließlich auf keinen Fall begegnen.

Henni blieb vor dem Gebäude stehen, zögerte und schüttelte schließlich den Kopf. Sie drehte sich um und wollte gerade den Weg zurück nehmen, als sie ihren Namen hörte. Erschrocken drehte sie sich wieder um und sah Kurt, der am Fenster stand und ihr zuwinkte. Er schloss das Fenster und erschien wenige Augenblicke später an der Eingangstür. Henni lief zu ihm.

»Was machst du hier?«, fragte er überrascht. Henni zuckte mit den Schultern. »So genau weiß ich das eigentlich auch nicht.« Sie spürte wie aus Verlegenheit das Blut in ihre Wangen schoss. Zum Glück war es draußen kalt genug, sodass es nicht weiter auffiel. Wie dumm und töricht diese Idee von ihr gewesen war. Wenn er es nicht schon tat, hielt er sie jetzt bestimmt für verrückt.

Doch statt sie wegzuschicken, setzte er ein verschmitztes Lächeln auf. »Du hast mich vermisst!«, sagte er dabei. Ohne eine Antwort abzuwarten, zog er sie zu sich und gab ihr einen Kuss, den Henni erleichtert erwiderte.

Dann zog er sie ins Haus und führte sie in sein Arbeitszimmer. Als sie es betrat, war sie überrascht. Sie hatte es sich kleiner vorgestellt. Doch der in hellem Holz getäfelte Raum war vermutlich so groß wie der Salon in der Villa. Dennoch war er bei Weitem nicht so behaglich. An der Wand hing lediglich ein Bild, welches das Antlitz des Präsidenten der DDR, Wilhelm Pieck, zeigte. Die beiden Fenster, die tatsächlich einen guten Blick auf den Vorplatz des Rathauses gewährten, wurden von rauchvergilbten Gardinen gerahmt.

In der Mitte des Raumes stand vor einem grauen breiten Filzsessel, der sich sogar drehen ließ, ein großer Arbeitstisch. Unmengen an Unterlagen und Schreibutensilien lagen darauf kreuz und quer verteilt. Zwischen wirr gestapelten Papieren lugten Heftmappen hervor, auf denen unterschiedliche Abkürzungen und Zahlen standen. Einige der Mappen waren sogar mit einem roten Stempel versehen. Auf einer besonders dicken, die ebenso einen grellen Stempel trug, konnte sie die Worte *A. Rose* entziffern.

Henni fragte sich kurz, ob das ein Name war. Wenn ja, hatte sie ihn noch nie gehört. Ganz unwillkürlich wollte sie gerade das obere Deckblatt lüften, als Kurt sich hinter ihr räusperte. Sie ließ von der Mappe ab und drehte sich um. Er deutete auf einen wesentlich kleineren Schreibtisch, der in der Ecke stand. »Das ist meiner. Der Chef, also mein Onkel, sitzt an dem großen hier.«

Sie ging interessiert zu dem kleineren hinüber. Der Stuhl, bestehend aus einem Eisengestell mit zwei dünn gepolsterten Holzbrettern als Sitz und Lehne, sah unbequem aus. Auf der schmalen Tischplatte davor stand eine Schreibmaschine, Papiere und Briefe lagen daneben gut sortiert auf einem Stapel.

Henni war noch immer unsicher, ob ihr spontaner Besuch eine gute Idee war. »Es tut mir leid, dass ich hier einfach so auftauche. Ich hätte das nicht tun sollen …«

»Bist du verrückt?«, unterbrach er sie. »Ich bin so wahnsinnig erleichtert, dass du hier bist.« Mit seinem Grübchenlächeln auf den Lippen sah er sie verzückt an.

Henni stutzte.

»Ich war mir nicht sicher, ob du mich überhaupt noch einmal sehen willst. Nach dem, was passiert ist.« Verlegen kratzte er sich am Kopf, bevor er fortfuhr: »Es ging mit uns alles so schnell. Naja, ich hatte das nicht geplant. Das musst du mir glauben. So einer bin ich nicht.« Seine entschuldigenden Worte überschlugen sich fast. Er hielt kurz inne, seufzte und blickte sie unsicher an. »Ich habe nur Angst, dass du es bereust.«

Überrascht blickte sie ihn an. Eigentlich war es doch ihr Part, in Zweifeln zu versinken. Ihr Herz schlug ein wenig mehr für ihn. »Ich fand es schön!«, sagte sie lächelnd und er küsste sie zur Antwort. Henni spürte die Erleichterung auf seinen Lippen.

Erst langsam konnten sie sich wieder voneinander lösen. Hennis Blick fiel erneut auf seinen Schreibtisch.

»Was arbeitest du hier so?«, fragte sie neugierig.

»Nichts Besonderes. Zuarbeiten für meinen Onkel. Korrespondenz, Protokolle abtippen und so langweiliges Zeug.«

»Das klingt wirklich nicht besonders spannend. Bereust du es manchmal, dass du dein Kunststudium an den Nagel gehängt hast?«

Kurt zuckte mit den Schultern. »Ich habe es für meine Mutter getan. Heinz unterstützt uns und ich besuche sie, so oft es geht. Und das bereue ich nicht.«

Henni nickte verstehend. Kurt umfasste sanft ihre Hüften und zog sie erneut an sich. »Außerdem habe ich jetzt ja dich. Du bist mein Lichtblick.«

Henni lächelte schüchtern, schob ihn aber sanft weg, bevor er sie erneut küssen konnte. »Ich sollte gehen, bevor uns hier jemand sieht. Meine Mutter ist sicher auch schon von ihrem Spaziergang zurück.«

Kurt nickte, suchte ihre Hand und verschlang seine Finger mit ihren. So brachte er sie aus dem Büro und zurück zur Eingangstür. Zum Glück waren die Flure leer, sodass sie unbemerkt hinausschlüpfen konnte. An der Tür sah Kurt sie noch einmal an. »Sehen wir uns bald wieder?«

»Natürlich!«, sagte Henni mit einem warmen, zuversichtlichen Lächeln und drückte ihm einen flüchtigen Kuss auf die Wange, bevor sie sich beschwingt auf den Weg nach Hause machte.

HENRIETTE
1992

Henriette ging langsam über den Parkettfußboden an der Ladenfront vorbei, sah durch das breite Fenster den sommerlichen Trubel auf der belebten Einkaufsstraße in Münchens bester Lage. Ihre Schritte hallten in dem großen leeren Raum wider, der, wie Henriette zugeben musste, ideal geschnitten war.

Im hinteren Bereich der Gewerbefläche schloss sich ein Arbeitsraum an, der genügend Platz für ihre Nähmaschinen und einen großen Arbeitstisch bot. Während sie sich umsah, spürte sie den Blick des Maklers in ihrem Rücken. Wie ein Wolf auf Beutezug lauerte er in der Ecke, stets bereit, ein Kompliment für das von ihm vorzüglich ausgesuchte Immobilienangebot entgegenzunehmen. Doch Henriette hielt sich zurück.

Ihre Gedanken schweiften heute immer wieder ab. Sie hatte der Besichtigung auf Drängen Walters zugestimmt, der zwar immer noch in Asien auf Geschäftsreise weilte, doch auch von dort die Zügel für die Suche nach einem neuen Atelier nicht aus der Hand gegeben hatte. Bei jedem Telefonat fragte er nach, ob sie sich schon entschieden hatte. Als er von dem lukrativen Pachtangebot in der Münchner Innenstadt erfahren hatte, hatte er Henriette keine Ruhe gelassen, bis sie einen Termin mit dem Makler vereinbart hatte.

Henriette ließ sich Zeit, warf noch einmal einen Blick in das kleine Badezimmer und die ausgestattete Teeküche. Ein Bürozimmer hatte die Immobilie nicht, doch das brauchte sie auch nicht unbedingt. Die Buchhaltung konnte sie auch von zu

Hause aus machen. Sie hatte ihre Unterlagen ohnehin bereits in einem kleinen Zimmer neben Walters Büro ausgebreitet.

Dort hatte sie mittlerweile auch das zerrissene Foto und die Briefe von Kurt verstaut. Sie lagen in der Schublade einer kleinen Biedermeierkommode, die die meiste Zeit offen stand.

Die Vergangenheit hatte sich aus Henriettes Gedankenwelt noch immer nicht vertreiben lassen. Caroline weilte weiterhin in Ahlbeck, wie sie wusste. Doch was sie dort trieb und wie viel sie bereits über die Villa und die Ereignisse, die so viel Unheil über ihre Familie gebracht hatten, in Erfahrung bringen konnte, das wusste Henriette nicht. Doch wollte sie es überhaupt wissen?

Henriette seufzte gedankenverloren, während sie aus dem kleinen Küchenfenster in den begrünten Hinterhof sah. In der Mitte stand eine kleine Gartengarnitur, auf die direkt das Licht der Sonne zwischen den hohen Häuserfassaden einfiel.

Sie erinnerte sich an den Brief, den sie am gestrigen Abend von Kurt gelesen hatte. Sie kannte die Zeilen auswendig, so oft hatte sie diese in letzter Zeit mit ihren Augen verschlungen. Die Wörter fügten sich in ihrem Kopf zusammen:

Liebste Henni,
dein Schweigen auf meine Briefe, die ich dir seit über einem Jahr schreibe, schmerzt mich sehr. Aber ich muss wohl lernen, es zu akzeptieren. Auch wenn ich den Grund deiner Zurückweisung nicht kenne und vermutlich nie erfahren werde. Ich werde mich nun zwingen, nach vorne zu blicken, denn wir müssen beide unser Leben weiterleben. Ich meines und du deines.

Für einen kurzen Augenblick, als wir uns an der Tür des Rathauses zum Abschied geküsst hatten, glaubte ich, dass es ein UNSER geben könnte. Wäre das nicht schön gewesen? Wenn wir unser Leben gemeinsam hätten verbringen können?

Doch ich werde schon wieder sentimental und das wollte ich gar nicht. Denn dies hier ist kein Liebesbrief, sondern ein Abschiedsbrief. Es ist der letzte, den ich dir schreiben werde. Lass mich dir daher bitte nur noch einen Wunsch mit auf den Weg geben:
Werde glücklich und finde deinen Frieden mit dem, was dir und deiner Familie geschehen ist!
Dein dich ewig in Erinnerung behaltender Kurt

Als sie den Brief, der damals tatsächlich der letzte gewesen war, erhalten hatte, hatte sie die Zeilen nur flüchtig überflogen und ihn anschließend tief in einer Schublade vergraben. Sie hatte gehofft, ihre Wut und ihre Schuldgefühle mit ihm gemeinsam zu verschließen. Doch ihre Gefühle waren alles andere als mausetot, sie hatten nur auf den richtigen Moment gewartet, um wieder herauszukriechen.

Sie dachte über Kurts letzte Worte nach. War sie glücklich? Es gab in ihrem Leben sicherlich viele Momente, in denen sie die Frage ohne zu zögern bejaht hätte. Bei der Geburt ihrer Tochter, als sie ihre Schneiderlehre abgeschlossen und ihr erstes Atelier eröffnet hatte, als sie den Vater von Caroline kennengelernt und nach Kurt endlich wieder einem Mann gegenüber so etwas wie Liebe empfunden hatte, und auch als sie Walter begegnet war, der ihr Kraft, Ruhe und Sicherheit gab – in diesen Zeiten war sie glücklich gewesen. Doch hatte sie auch ihren Frieden gefunden? Lange Zeit hatte sie es geglaubt.

Henriette vernahm ein ungeduldiges Räuspern hinter sich.

»Gefallen Ihnen die Räumlichkeiten?«, fragte der Makler. Henriette drehte sich zu ihm um, zögerte kurz, ließ die letzten Gedanken noch ziehen und nickte schließlich. »Ja, schon.«

Auf dem Gesicht des Maklers erschien bereits ein gewinnbringendes Lächeln, als Henriette einen Schritt auf ihn zuging. »Allerdings ...«, setzte sie an. »Die Nebenkosten sind recht hoch. Liegt das an den alten Fenstern? Womöglich zieht es im

Winter dort durch. Das wäre nicht so schön. Ich bin da sehr empfindlich, müssen Sie wissen. Und meine Kunden müssen sich wohlfühlen und bereit sein, Kleider anzuprobieren. Das wird schwierig, wenn es hier ungemütlich ist.«

Der Makler blieb betont freundlich. »Ich kann das gerne beim Eigentümer ansprechen. Aber ob er bereit ist, die Fenster zu erneuern, weiß ich nicht.«

Henriette nickte.

»Sie können sich auch gerne noch einmal eine Vergleichsimmobilie ansehen. Ich hatte Ihnen doch vorgestern einen neuen Schwung Exposés zugeschickt. Haben Sie die bekommen? Die eine in der Nähe der Isar könnte Ihnen auch zusagen.«

Henriette kramte in ihrer großen Handtasche. »Ich habe erst heute nach der Post gesehen, bevor ich mich auf den Weg zu unserem Termin gemacht habe.« Sie zog einen dicken Umschlag heraus, der noch verschlossen war. Dabei fiel ein kleinerer auf den Boden. Der Makler bückte sich, hob den Brief auf und reichte ihn Henriette. Offensichtlich hatte sie ihn, ganz unbemerkt, mit aus dem Briefkasten gefischt.

Als sie den Absender sah, stutzte Henriette. Der Brief war von ihrer Tochter aus Ahlbeck. Ohne zu zögern riss sie den kleinen Umschlag auf. Dass der Makler ihr einen irritierten Blick zuwarf, merkte sie dabei kaum.

Aus dem dünnen Umschlagpapier zog sie einige Fotos heraus, eine Nachricht oder wenigstens eine kleine Notiz lagen nicht bei. Die Villa auf den Bildern erkannte sie sofort, auch wenn ihr altes Elternhaus offensichtlich in einem erbärmlichen Zustand war. Beim Durchsehen der Abzüge sah sie die kaputten Fenster, das halbherzig geflickte Dach, die zerschundene und verrammelte Haustür, den Stuck, von dem nicht mehr viel übriggeblieben war, die kargen Räume und den alten Kamin, in dem das Feuer wohl schon vor Jahren erloschen war.

Henriette gingen plötzlich tausend Gedanken durch den Kopf und auch ihre Gefühle ließen sich nur schwer fassen.

Es kam alles wieder hoch, die schlechten, aber auch die guten Erinnerungen.

Sie sah den Makler an. Ganz unwillkürlich und ohne ihre Worte abzuwägen, räusperte sie sich. »Vielen Dank für die Besichtigung. Aber ich denke, das hier ist nicht das Richtige für mich.«

Der Makler warf ihr einen verdatterten Blick zu. »Wie? Was? Wollen Sie nicht noch einmal eine Nacht drüber schlafen?«

Henriette ging auf seinen Vorschlag nicht weiter ein. »Ich melde mich bei Ihnen«, sagte sie nur, drückte ihm den großen Umschlag mit den Exposés in die Hand und verließ ohne ein weiteres Wort das Atelier.

Grete
1953

Grete stand im Salon und schaute durch das große Fenster hinaus. Dichter Schnee stob über die Dünen hinweg, deren Gras im Sturm fast waagerecht stand. Dahinter, farblich kaum vom sturmumwölkten Himmel zu unterscheiden, schlug das Meer wild und brausend um sich. Mit Getöse brandeten die Wellen an das aufgewirbelte Gemisch aus Schnee und Sand.

Irgendwo schlug eine Fensterlade mit beständiger Kraft gegen das Mauerwerk eines Hauses. Grete horchte kurz auf. Nein, sie hatte, bevor das Unwetter losbrach, an ihrem Haus alles sturmfest verriegelt. Dennoch bereitete ihr der aufheulende Wind ein wenig Sorge. Hoffentlich blieb alles heil.

Im Salon hatte sie ein großes Feuer im Kamin entzündet, damit die bittere Kälte, die der Sturm mit sich gebracht hatte, nicht hereinkroch. Auch in der Waschküche, in der Henni saß und nähte, hatte sie den Ofen angeheizt. Lisbeth hatte sich bei diesem Wetter in ihr Zimmer verkrochen und sicherlich unter die Bettdecke gekuschelt. Vielleicht las sie. Auch Grete konnte sich kaum auf die Hausarbeit konzentrieren, wartete sie doch darauf, dass die Sturmfront bald vorbeizog und sie noch zum Bahnhof gehen konnte.

Sie hatte Glück. Tatsächlich flaute der Wind in den darauffolgenden Vormittagsstunden ab, auch wenn der Schnee weiterhin in dicken Flocken vom Himmel fiel.

Grete wischte mit einem Tuch den letzten Staub von der Buffetanrichte. Noch immer blieben die Feriengäste der Ostseeküste fern. Sie hoffte, dass sich zum Frühjahrsanfang die

Fremdenzimmer wieder füllen würden. Ein paar Reservierungsanfragen hatte sie schon erhalten. Allerdings befürchtete sie, dass sich die Versorgungslage nicht so schnell bessern würde. Auch wenn die Gäste ihre Lebensmittelkarten abgaben, war es nicht sicher, dass sie dafür auch etwas bekommen würde. Und ihre Vorräte neigten sich langsam dem Ende. Vielleicht musste sie doch noch einmal mit Heinrich sprechen, um ihren Gästen wenigstens Fisch anbieten zu können.

Grete ging durch die Diele und öffnete die Tür zur Waschküche. Konzentriert über die Nähmaschine gebeugt, bemerkte Henni ihr Eintreten nicht, Grete musste sich erst räuspern. Henni nahm den Fuß vom Pedal und drehte sich um. Sie sah ihre Mutter aufmerksam an, die den Putzlappen über der Spülschüssel kräftig ausschüttelte, um ihn dann an der Wäscheleine aufzuhängen.

»Ich gehe jetzt spazieren«, sagte Grete dabei zu ihrer Tochter.

Henni blickte kurz aus dem kleinen Fenster und stutzte. »Es schneit doch noch wie wild.«

»Aber der Sturm hat nachgelassen. Ich muss noch einige Besorgungen machen«, log Grete.

»Hat das nicht Zeit bis zum Nachmittag? Dann könnte ich dich auch begleiten. Bis dahin habe ich die neue Gardine für das Küchenfenster fertig.«

»Nein!«, sagte Grete etwas zu schnell. »Bleib du hier und sieh mal nach Lisbeth. Sie wirkt etwas nachdenklich in letzter Zeit«, fügte sie schon etwas sanftmütiger hinzu.

»Ihrer Freundin geht es wohl nicht gut«, antwortete Henni.

Grete nickte verstehend. »Ich bin zum Mittagessen wieder da.«

»Ist gut.« Henni drehte sich um und konzentrierte sich wieder auf ihre Nähmaschine. Grete verließ die kleine Kammer, in der es in allen Ecken und Enden an Gemütlichkeit mangelte. Sie wunderte sich, dass ihre Tochter es dort drinnen stundenlang aushielt, zwischen all dem Putzzeug und der dreckigen Wäsche.

Vielleicht sollte sie ihr doch einmal ein kleines Nähzimmer in der Villa zurechtmachen. Unter dem Dach stand noch eine alte Hausmädchenkammer leer. Sie nahm sich vor, ihre älteste Tochter noch am Abend mit der Idee zu überraschen.

In der Garderobe zog Grete sich ihre Stiefel an, streifte ihren dicken Wollmantel über die Strickjacke, die sie sicherheitshalber anbehielt, und band sich einen Schal um den Hals. Ihren Kopf schützte sie mit einem Tuch. Von Mützen, die nur die Hochsteckfrisur durcheinanderbrachten, hielt sie nicht viel. Dann griff sie nach ihrer kleinen Handtasche und verließ die Villa.

Draußen blieb sie einen Moment stehen, um sich an den Temperaturunterschied zu gewöhnen. Es war noch immer klirrend kalt. Sie stapfte durch den Schnee die Dünenstraße ortseinwärts entlang. Schon nach den ersten Metern durchzog sie ein merkwürdiges Gefühl. Sie konnte nicht sagen, was es war. Doch irgendetwas war anders als sonst.

Es war nicht der Schnee, der durch den Wind getragen fast meterhoch an den Villen klebte. Auch nicht die Seebrücke, die seelenruhig und menschenleer in den sich noch immer auftürmenden Wellen stand. Aber je weiter sie in den Ort hineinkam, spürte sie auf den Straßen zunehmend eine beinahe gespenstische Unruhe.

Hinter den Fenstern der Häuser wackelten die geschlossenen Gardinen. Obgleich sie niemanden dahinter sehen konnte. Ladentüren standen, trotz des Eiswetters, einen Spaltbreit offen oder waren verriegelt worden. Die wenigen Menschen, die draußen unterwegs waren, gingen gesenkten Hauptes ihres Weges oder steckten geheimnistuerisch die Köpfe zusammen.

Mehrfach fuhren graue Autos an ihr vorbei, vollbesetzt mit jungen Männern. Oft gleich mehrere hintereinander. Ein Wagen blieb an der Kreuzung in einer Schneewehe stecken. Sofort stiegen eilig vier Männer aus, die sie hier zuvor noch nie gesehen hatte. Mit vereinten Kräften versuchten sie die Räder aus dem Schnee zu befreien.

Einer dieser jungen Burschen sah über die Straße hinweg zu ihr hinüber, während er seinen Körper gegen das Heck der liegengebliebenen Karosserie stemmte. In seinem Blick lag etwas Nervöses, das auch in Grete das unangenehme Kribbeln im Magen verstärkte.

Entgegen ihrer üblichen Route zum Bahnhof bog sie in eine Pflastersteinstraße ab und lief am Rathaus vorbei. Sie wollte sehen, ob auch da etwas los war. Tatsächlich stand die Tür des roten Backsteingebäudes sperrangelweit offen. Männer liefen flinken Schrittes ein und aus. Die Wagen fuhren von hier los.

Grete sah, wie der Neffe von Heinz Ebert aus der Tür trat. Kurt hieß er, wie sie glaubte zu wissen. Er stemmte seine Arme in die Hüften und sah zu, wie die anderen an ihm vorbeieilten. Als er Grete sah, veränderte sich seine Körperhaltung schlagartig. Er ließ die Arme sinken und blickte erschrocken zu ihr hinüber. Dann setzte er sich plötzlich in Bewegung und lief auf sie zu.

»Wo ist Henni?«, fragte er noch im Laufen. Seine Stimme hallte beunruhigend laut über den Schnee.

Grete stutzte verwundert, antwortete aber. »Zu Hause. Mit Lisbeth.«

»Gehen Sie zu Ihnen. Schnell«, rief er.

Grete sah aus dem Augenwinkel, wie Ebert aus dem Rathaus trat. Als er seinen Neffen sah, stieß er einen lauten Pfiff aus. Kurt drehte sich um.

»Komm rein! Ich brauche dich«, rief er ihm zu.

Kurt blieb kurz unschlüssig stehen, was auch Ebert bemerkte. »Mach schon. Ich kann jetzt keine Sperenzchen gebrauchen«, sagte er mit fester Stimme.

Kurt seufzte und sah Grete noch einmal tief in die Augen. »Wenn Sie noch können, hauen Sie ab«, raunte er ihr fast flehend zu.

Und bevor Grete etwas erwidern konnte, drehte er sich um und lief zurück zum Rathaus. Noch immer sichtlich irritiert über das Geschehen sah Grete, wie er vorbei an seinem Onkel in der Tür verschwand. Ebert hingegen lächelte süffisant, als sich ihre Blicke trafen.

Entschlossen drehte Grete sich um und lief so schnell sie konnte den kürzesten Weg zurück zur Villa.

Doch sie kam zu spät. Zwei graue Wagen parkten bereits vor dem Gartenzaun. Die Tür stand offen, laute Geräusche waren aus der Villa zu hören. Am Küchenfenster sah sie Gestalten vorbeihuschen. Ein spitzer Schrei, der aus dem Mauerwerk hallte, erschütterte Grete bis ins Mark.

Sie nahm mit einem großen Schritt die Stufe zur Villa hinauf, rannte durch die Diele direkt in die Küche. Drei Männer standen vor der Speisekammer, deren Tür weit geöffnet war. Sie trugen lange braune Mäntel, ihre Seitenscheitel waren akkurat gekämmt, ihre Gesichter frisch rasiert. Das strenge Rasierwasser stieg Grete sofort in die Nase. Vermutlich waren sie kaum älter als Henni. Der jüngste von ihnen hielt Lisbeth fest. Wild mit den Armen fuchtelnd versuchte sie sich aus seinem Griff zu befreien. Immer wieder schrie sie dabei auf, schimpfte und wütete gegen den Mann, der mit der Hysterie seiner Widersacherin offensichtlich schwer zu kämpfen hatte. Ihm stand der Schweiß bereits auf der Stirn.

Als sein geöffneter Mantel ein wenig auffiel sah Grete, dass er eine Waffe in einem Halfter am Körper trug. Henni, die zwischen den beiden anderen Männern stand, war ganz ruhig. Doch in ihrem Blick lag ebenjene tiefe Furcht, die sie, als der Krieg zu Ende war, gehofft hatte, nie wieder in den Augen ihrer Tochter sehen zu müssen.

Bevor Grete irgendetwas sagen konnte, kam ein vierter Mann aus der Kammer heraus. Er war älter als die anderen drei, sein Gesicht hatte sie dennoch noch nie gesehen. In den Händen hielt er die geöffnete Packung Westkaffee sowie mehrere Flaschen Alkohol, die es sehr offensichtlich nicht in diesem Teil des Landes zu kaufen gab. Der Rum, den sie für Erichs nächsten

Besuch besorgt hatte, war ebenso dabei. Grete blickte erschrocken an ihm vorbei in die Kammer. Die kleinere Tür hinter den Gemüsekörben war grob aufgebrochen worden.

»Können Sie mir erklären, woher Sie die Westprodukte haben?«, fragte der Ältere mit dröhnender Stimme.

Grete schwieg dazu. Sie hielt es für das Beste in dieser Situation. »Lassen Sie gefälligst meine Tochter los!«, wandte sie sich stattdessen dem Ersten zu.

»Damit das Gör dem Genossen die Augen auskratzt? Auf keinen Fall«, antwortete der Ältere an seiner statt. Der Angesprochene hingegen gab keinen Ton von sich und packte Lisbeth stattdessen nur noch fester.

»Aua!«, stieß Lisbeth aus.

Instinktiv trat Henni einen Schritt vor. »Sie tun ihr weh!«, rief sie dabei aus. Doch bevor sie ihrer Schwester zur Hilfe kommen konnte, hielten die anderen beiden Männer sie auf. Erschrocken ließ Henni sich zurückziehen.

»Sie tun sich und Ihren Töchtern keinen Gefallen, wenn Sie uns Ihre Mitarbeit verwehren«, wandte sich der Ältere wieder Grete zu. »Wir handeln im Sinne des Sozialismus. Die Untersuchungen, die wir momentan überall durchführen, sind notwendig, um Saboteure, Kriminelle und Feinde unserer demokratischen Republik ein für alle Mal auszumerzen. Nur so kann der Aufbau unseres Landes gelingen. Das müssen Sie doch verstehen, Frau Faber.« Er ging einen Schritt auf Grete zu. »Ich frage Sie deshalb noch einmal. Woher haben Sie den Kaffee?«

Grete straffte ihre Schultern, versuchte seinem festen Blick standzuhalten. Sie wollte sich ihre Würde nicht nehmen lassen. »Ich bezweifle, dass der Aufbau des Sozialismus an diesem Kaffee scheitern wird«, antwortete sie deshalb betont kühl.

Der Mann, der mindestens einen Kopf größer war als Grete, schnaufte kurz wütend auf. Dann blickte er seine Gefolgsleute an. »Abführen! Alle drei!«, befahl er ihnen.

Der Mann neben Henni packte Gretes älteste Tochter grob

am Kragen und schob sie als Erste durch die Küchentür hinaus. Der Jüngere folgte ihm mit Lisbeth, die sich nun noch heftiger zu wehren versuchte. Der Dritte griff Gretes Oberarm. Sie folgte ihm ohne großen Widerstand.

Als sie durch die Diele schritten, ließ Grete ihren Blick durch die offenen Türen des Hauses schweifen. Im Salon durchsuchte ein Mann die Vitrinen. Achtlos fiel dabei das zwiebelgemusterte Geschirr von den Regalböden und zersprang auf dem Parkett. Die Porzellansplitter flogen dabei so herum, dass es Grete im Herzen wehtat.

Im Arbeitszimmer hinter dem Empfangsbereich waren ebenso zwei Männer am Werk, obwohl sie doch bereits vor einem halben Jahr dort jeden Papierschnipsel umgedreht hatten. Auch in der Waschküche ließen sie nichts an Ort und Stelle stehen. Das obere Geschoss würden sie sich sicherlich auch noch vornehmen.

Bevor sie durch die Tür hinaustraten, durften Henni und Lisbeth noch schnell ihre Mäntel anziehen. Mützen und Schals blieben ihnen jedoch verwehrt. Auch sonst durften sie nichts mitnehmen. Die Männer führten Grete und ihre Töchter durch den Vorgarten zu den geparkten Wagen. Grete sah, wie Lisbeth sich immer heftiger wehrte, je näher sie dem Auto kamen.

»Lass mich los! Ich steig da nicht ein«, brüllte sie dem Mann dabei fast ins Ohr. Er hatte alle Mühe, sie festzuhalten. Grete schmerzte es, ihre impulsive Tochter so hilflos zu sehen. Auch sie fühlte sich machtlos, ihr nicht Beistehen zu können. Als sie das Gartentor passierten, wand Lisbeth sich plötzlich aus dem Griff des Genossen und rannte los. Kopflos und vermutlich ohne zu wissen, wohin sie überhaupt wollte.

Der Jüngere griff in seinen Mantel und zog die Waffe, die er bei sich trug, heraus. Er richtete sie auf Lisbeth.

Henni erstarrte auf der Stelle vor Schreck. Grete schrie auf und versuchte nun ebenfalls, sich aus den Armen des Genossen zu befreien, der sie abführte. Doch sie schaffte es nicht.

»Sofort stehen bleiben!«, rief der Mann mit der Waffe. Seine Stimme zitterte dabei leicht, doch sein Blick blieb entschlossen. Grete schluckte, angsterfüllt um ihre Tochter. Im Augenwinkel musste Lisbeth die Waffe gesehen haben, da war sich Grete sicher. Doch sie blieb nicht stehen.

»Ich schieße sonst!«, bekräftigte der Jüngere deshalb noch einmal.

Endlich wurden Lisbeths Schritte langsamer, bis sie schließlich stehen blieb. Sie drehte sich um und kam langsam zurück. Der Genosse ging ihr entgegen und steckte seine Waffe erst zurück ins Halfter, als er Lisbeth wieder fest im Griff hatte. Wehrlos ließ sie sich zum Wagen führen.

Als Grete zu ihr auf die Rückbank in den Wagen stieg, nahm sie ihre Tochter in den Arm. Lisbeth grub ihr Gesicht tief in die Halsbeuge ihrer Mutter und schluchzte. Grete versuchte sie zu trösten, obgleich jegliche Hoffnung, dass dies ein glimpfliches Ende nehmen würde, in ihr schwand.

Henni
1953

Henni stand in dem schmalen Gang des Zugwaggons und blickte aus dem Fenster. Die puderweiße Landschaft, die gemächlich an ihren Augen vorbeizog, hatte etwas Märchenhaftes. Die Häuser versteckten sich unter einer dicken Schneeschicht. Die Felder und Wege wirkten verträumt und unberührt. Und von den Bäumen rieselten bei jedem Windstoß sachte einige weiße Flocken.

Doch der Anblick ließ Henni mehr als kalt. Im Gegenteil, ihr war zum Heulen zumute. Der Schreck der letzten Stunden steckte noch tief in ihren müden Knochen. Nachdem die fremden Mantelträger ihre Mutter, Lisbeth und sie zu den Wagen geführt hatten, hatte man sie zum Bahnhof nach Wolgast gebracht.

Obwohl es irgendwann aufgehört hatte zu schneien, hatten sie für den Weg eine halbe Ewigkeit gebraucht. Auf den Straßen war es glatt gewesen, sodass der Fahrer nur langsam vorangekommen war. Immer wieder hatte er Schneeverwehungen ausweichen müssen. Sein Beifahrer hatte die ganze Zeit über das Wetter geschimpft. Offensichtlich kam er nicht von der Insel, wenn er die vorpommerschen Winter nicht kannte, die gnadenlos sein konnten.

Die Frauen waren die Fahrt über auf der Rückbank zumeist stumm geblieben. Lisbeth hatte aus dem Fenster gesehen, mal verärgert schnaubend, mal den Tränen nahe. Die große Ungerechtigkeit, die ihnen widerfahren war, hatte sie nicht so einfach hinnehmen wollen. Doch Henni hatte ihr ansehen können, dass der Schreckmoment einer auf sie gerichteten Waffe noch in ihr nachwirkte.

Auch Henni bekam immer noch eine Gänsehaut, wenn sie daran dachte. Lisbeth hätte ihre Unvernunft beinahe mit dem Leben bezahlt. Ihre Mutter hatte mit straffem Oberkörper und verschränkten Armen zwischen ihnen im Auto gesessen. Mehrmals hatte sie sich an die Männer gewandt und gefragt, wo sie sie hinbringen würden. Doch sie hatten geschwiegen und ihre Mutter bald resigniert.

Henni waren unzählige Gedanken durch den Kopf geschossen. Die Sorge, was nun mit ihnen passieren würde, stand dabei über allem.

Am Bahnhof Wolgast waren sie in eine Halle gebracht worden, in der es ziemlich zugig gewesen war. Dort hatten bereits weitere Frauen und Männer gewartet, die offensichtlich ebenso in Gewahrsam genommen worden waren.

In regelmäßigen Abständen waren noch weitere Autos mit Verhafteten angekommen. Gemeinsam waren sie Stunden später in einen Sonderzug gesetzt worden, der Wolgast Richtung Westen verlassen hatte.

Henni sah zu ihrer Schwester, die neben ihr in dem beengten Gang stand. Ihre Mutter hatte einen Platz in einem der schmalen Abteile gefunden. Lisbeth zitterte, obwohl sie ihren Mantel bis zum obersten Knopf geschlossen hatte. Doch ihr Blümchenkleid, das sie drunter trug, war aus dünnem Stoff. Und im Waggon war es trotz der zahllosen ebenso unfreiwillig Mitreisenden bitterkalt.

Henni strich ihrer Schwester über den Rücken, pustete ihre gewärmte Atemluft in Lisbeths Hände. Doch egal, wie sehr sie sich bemühte, die Haut ihrer Schwester blieb kalt und blass.

»Was meinst du, wie lange fahren wir noch?«, fragte Lisbeth nach einer Weile mit bebenden Lippen.

Henni zuckte mit den Schultern. »Ich habe keine Ahnung, wo sie uns hinbringen.«

»Nach Dreibergen, in die Strafanstalt in Bützow«, hörten sie eine Stimme neben sich sagen. Die Schwestern drehten sich um. Ein Mann mittleren Alters in einem dicken Mantel mit Pelzkragen stand neben ihnen und blickte sie mit wissenden Augen an.

»Sie stecken uns in ein Zuchthaus?«, rief Lisbeth empört aus.

»Natürlich, was dachtest du denn?«, antwortete er.

Jetzt war es an Lisbeth mit den Schultern zu zucken. Offensichtlich hatte sie sich darüber noch keine Gedanken gemacht.

»Dort haben sie in den letzten Tagen alle hingebracht, deren Häuser sie durchsucht haben«, erklärte er weiter. »Sie werden uns vor Gericht stellen, uns verurteilen und uns dann alles nehmen, was wir haben. Inklusive unserer Freiheit.«

Henni schluckte. Der Gedanke, eingesperrt zu werden, ängstigte sie unheimlich.

»Aber warum? Wir haben doch nichts verbrochen«, antwortete Henni leise, während sie versuchte, die aufkeimende Unruhe in ihr zu bekämpfen.

»Niemand hier im Zug hat wirklich etwas verbrochen. Aber wir stehen ihnen im Weg. Und wir besitzen etwas, was sie haben wollen«, antwortete er.

»Damit können sie doch nicht durchkommen«, sagte Lisbeth entrüstet.

»Wer soll sie denn aufhalten?«, fragte der Herr nüchtern zurück. Lisbeth verstummte. Auch Henni wollte so recht keine Antwort darauf einfallen. Sie drehte sich wieder dem Fenster zu, lehnte ihren Kopf gegen die kalte Scheibe. Alles kam ihr so unwirklich vor, wie die schneebedeckte Landschaft, die immer noch vor ihren Augen vorbeizog.

Schließlich erreichten sie den Bahnhof in Rostock, mussten in einen Bus umsteigen und wurden so weitertransportiert nach Dreibergen, der Haftanstalt an den Ausläufern des Bützower Sees. Der Mann im Zug hatte recht behalten.

Die meterhohen Mauern waren aus Backstein, ebenso wie die zahllosen Gebäudeblöcke, die sich über das riesige Areal zu verteilen schienen. Die mehr als schmucklosen roten Wände mit den schmalen, vergitterten Fenstern machten auf Henni einen bedrohlichen Eindruck.

Ihre Knie schlackerten fürchterlich, als der Bus auf einem Hof hielt und sie zügig aussteigen mussten. Sie wurden durch ein großes Tor geführt, auf dem der Buchstabe B stand. Die Kleidung, die man ihnen gab, war bei Weitem nicht so bequem wie ihre eigene.

Lisbeth versuchte, sich zu beschweren, doch ihre Worte verhallten ungehört. Und so stieg auch sie in die dünne Hemdbluse und die weite Hose aus hellem Stoff.

Das Schlimmste war für Henni, dass man sie schließlich trennte. Nicht nur die Männer wurden einer anderen Etage, auch Lisbeth und ihre Mutter jeweils anderen Zellen zugeteilt. Für einen Abschied war nicht viel Zeit. Sie schaffte es kaum, ihre Schwester noch einmal zu umarmen und ihrer Mutter einen Kuss auf die Wange zu geben. Mit Tränen in den Augen folgte Henni schließlich den anderen sieben Frauen.

Sie trat als letzte durch die schwere Eisentür. Viel Platz war in der Gefängniszelle nicht. Neben der massiven Tür, die von außen durch ein schweres Schloss und einen zusätzlichen Eisenbolzen gesichert war, stand ein Kübel. Offensichtlich war er für die Notdurft gedacht. Daneben war eine kleine Blechschüssel platziert, in der sich frisches Wasser befand. Viel war es jedoch nicht und Henni konnte sich nicht vorstellen, wie es für alle reichen sollte.

Auf dem Betonboden lagen acht braune sackähnliche Matratzen, die nicht sonderlich bequem aussahen und einen erdigmuffigen Geruch verströmten.

Eine der Frauen meinte sogleich zu erkennen, dass sie mit Kartoffelkraut gefüllt waren. Ein Kissen dazu gab es nicht, dafür eine dünne graue Wolldecke, die schon beim Anblick ein unangenehmes Kratzen auf Hennis Haut verursachte.

Die kargen Wände um sie herum waren aus porösem Beton und strahlten eine Kälte aus, die Henni sofort noch mehr frösteln ließ. Die schmale Heizung unter dem kleinen vergitterten Fenster, das hoch oben unter der gewölbten Decke etwas Licht in den trostlosen Raum einfallen ließ, gab nur wenig Wärme ab.

Henni suchte sich eine Matratze in der hinteren Ecke aus und ließ sich auf dem pieksigen Untergrund nieder. Noch konnte sie sich nicht vorstellen, darauf zu schlafen.

Auf den Kartoffelkrautsack neben ihr legte sich eine junge Frau, die nur ein paar Jahre älter wirkte als Henni. Ihre Augen waren vom Weinen ganz verquollen. Sie schien ebenso zerstreut und verloren, wie Henni sich fühlte.

»Ich bin Henni«, flüsterte sie ihr leise zu.

Die Frau sah sie an und lächelte kurz. »Anna!«

Henni schenkte ihrer Zellennachbarin einen ebenso freundlichen Blick zurück. Ihr tat es gut, zu wissen, dass sie nicht allein war.

Auch die anderen Frauen legten sich zur Nachtruhe hin und bald schon wurde das Oberlicht gelöscht. Die Dunkelheit verschluckte den kargen Raum, wenngleich sie nicht vermochte, das beklemmende Gefühl und die Unsicherheit, die diese Mauern auf Henni ausstrahlten, mitzunehmen.

Ruhe kehrte ein, hatten doch alle Frauen einen kräftezehrenden Tag hinter sich. Nur hier und da war noch ein leises Schluchzen, ein Wimmern oder ein Magenknurren zu vernehmen.

Henni zog die Wolldecke bis zu ihrem Kinn, versuchte eine bequeme Position zu finden. Erst jetzt bemerkte sie, wie schwer sich ihre Beine anfühlten und wie müde sie war. Doch an Schlaf war kaum zu denken. Dafür war sie zu aufgewühlt.

»Bist du noch wach?«, hörte sie neben sich ein leises Flüstern. Henni drehte sich zu Anna um, deren Körperumrisse sie in der Dunkelheit nur erahnen konnte.

»Ja!«, flüsterte sie leise zurück. »Kannst du auch nicht schlafen?«

Anna seufzte, was Hennis Frage sogleich beantwortete.

»Ich habe eine Tochter«, sagte sie nach einem Moment der Stille ganz unvermittelt. Henni warf Anna einen überraschten Blick zu, was die junge Frau natürlich nicht sah. Und doch erwartete sie keine Antwort.

»Charlotte. Sie ist drei Jahre alt«, fügte sie stattdessen hinzu. »Als die Männer meine Großmutter und mich aus dem Hotel abgeholt haben, war sie gerade bei ihrer Patentante.«

»Und weißt du, wo sie jetzt ist?«, fragte Henni vorsichtig. Das Stroh in Annas Matratze raschelte leise, als sie den Kopf schüttelte. Wieder seufzte sie tief.

»Sie werden sie doch nicht in ein Heim stecken, oder?«, fragte Anna und Henni hörte, dass sie schwer schluckte. Henni wusste darauf keine Antwort. Sie hörte ein leises Schluchzen.

»Sie denkt bestimmt, ich hätte sie allein gelassen.«

»Nein, das tut sie ganz bestimmt nicht«, widersprach Henni ihr, mehr um sie zu beruhigen, als aus tatsächlicher Überzeugung. Sie streckte ihre Hand aus, tastete leise und vorsichtig nach Annas. Als sie deren Hand gefunden hatte, drückte Henni sie ganz fest. »Ganz bestimmt weiß sie, dass du sie liebst und bald wiederkommst.« Anna schniefte kurz, erwiderte sanft den Händedruck. Ihr war anzumerken, dass sie Hennis Worten so gerne glauben schenken wollte.

»Hast du jemanden? Der auf dich wartet?«, fragte sie leise, nachdem sie sich beruhigt hatte.

Henni zögerte kurz, schließlich nickte sie, kaum merklich und mit einem Lächeln auf den Lippen, das niemand sehen konnte. Sie schloss die Augen, dachte an Kurt und schlief endlich ein. Annas Hand hielt sie dabei immer noch fest umklammert.

Noch vor Sonnenaufgang wurde das Deckenlicht wieder eingeschaltet. Die Frauen mussten die Matratzen zur Seite legen, durften nicht weiterschlafen. Henni war längst wach gewesen, hatte sich aber nicht getraut, sich zu rühren. Sie hatte niemanden wecken wollen. Auch Anna hatte neben ihr noch geschlafen, dabei sanft und gleichmäßig geatmet. Auch deshalb war sie ruhig liegen geblieben, um Anna wenigstens ein paar sorglose Stunden zu gönnen. Kurt war ihr wieder eingefallen und sie hatte sich gefragt, ob er von ihrer Verhaftung erfahren hatte. Sie hoffte, dass er sich nicht allzu große Sorgen um sie machte.

Nacheinander wuschen sich die Frauen über der kleinen Blechschüssel. Henni stand in der Ecke und wartete, ließ den anderen den Vortritt. Als sie endlich dran war und sich über das Metallgefäß beugte, war es mehr als halb leer. Das Wasser hatte bereits eine dunkle, undefinierbare Färbung angenommen. Dreck und Sand schwammen am Boden. Die Kernseife, die daneben lag, war so gut wie aufgebraucht. Und dennoch war Henni froh, sich endlich ein wenig frisch machen zu können. Sie spritzte sich das kalte Wasser ins Gesicht, versuchte mit ihren bloßen Händen und dem kleinen Seifenstück, den Schmutz und den Schmerz der letzten vierundzwanzig Stunden von sich abzuwaschen.

Anschließend reichten die Wärter endlich etwas zu essen in die Zelle. Auch wenn es nur ein Stück Brot sowie ein wenig Butter und Käse waren, füllten sie Hennis leeren Magen, der sich schon wie ein tiefes Loch angefühlt hatte. Mit ihrer spärlichen Mahlzeit zog Henni sich auf einen der Matratzenstapel zurück, die sie entlang der Wand gebildet hatten. Anna setzte sich neben sie und biss ebenso gierig in ihren Brotkanten. Schweigsam kauend saßen sie eine Weile nebeneinander.

»Weshalb bist du eigentlich hier?«, fragte Anna schließlich, nachdem sie den letzten Bissen hinuntergeschluckt hatte.

»Sie haben bei uns Westprodukte gefunden. Kaffee und so.«

Henni hatte gewusst, dass es illegal war, Produkte aus dem kapitalistischen Ausland zu besitzen. Deshalb hatte ihre Mutter die Sachen ja auch gut versteckt.

Die Modezeitschriften, die Erich Wagner ihr aus Westberlin zugeschickt hatte, hatte sie, als die Männer das Haus gestürmt hatten, noch schnell in den Kamin in der Waschküche werfen können, bevor sie sie erreichten. Doch das Versteck in der Speisekammer hatten die Männer gefunden. Niemals hätte Henni jedoch damit gerechnet, dass man sie deshalb gleich verhaften würde.

»Uns werfen sie Lebensmittelhortung vor. Dabei wollten wir nur für die nächste Saison vorsorgen. So wie wir das jedes Jahr getan haben. Als sie uns mitgenommen haben, meinten sie, wegen Leuten wie uns, wäre die Versorgungslage in der DDR erst so schlecht. Meinst du, sie verurteilen uns wirklich deswegen?«

Henni zuckte mit den Schultern. »Ich weiß es nicht. Viele meinen, dass sie nur einen Vorwand gesucht haben, um uns zu verhaften.«

Anna nickte und blickte nachdenklich hinauf zu dem kleinen Fenster.

»Denkst du noch an deine Tochter?«, fragte Henni.

Anna nickte sanft. »Ununterbrochen. Sie fehlt mir so.«

»Das verstehe ich«, antwortete Henni. Sie dachte an ihre Lieben, die sie vermisste. An ihre Schwester und ihre Mutter. Hoffentlich hatten sie die Nacht gut überstanden.

»Weißt du, was ich mache, wenn ich hier raus bin?«, meinte Anna plötzlich.

»Was denn?«

»Als Allererstes werde ich meine Kleine ganz fest in den Arm nehmen und ihr tausend Schmatzer auf die Wange drücken.« Ein kurzes Lächeln huschte über ihr Gesicht. »Und danach knöpfe ich mir unseren Hausmeister vor«, fügte sie nach einer Pause hinzu.

Henni sah Anna fragend an. »Wieso?«

»Er hat mir und meiner Großmutter das hier schließlich eingebrockt. Er ist schuld, dass ich meine Tochter nicht sehen kann.«

Henni verstand noch immer nicht.

»Die Lebensmittel waren bei uns im Keller gut versteckt. Meine Großmama hatte vorgesorgt. Sie hatte gehört, dass es auch in anderen Hotels Durchsuchungen gab. Nur wir drei wussten von dem Vorrat. Er hat uns ans Messer geliefert.« Sie seufzte kurz auf. »Meine Großmama ist schon alt und sollte nicht hier sein. Nicht wegen so etwas.«

Henni überlegte. Die Männer, die in ihre Villa eingefallen waren, waren gleich in die Küche gegangen. Sie hatten offensichtlich ebenso gewusst, wo sie suchen mussten. Irgendjemand hatte auch ihre Familie verraten. Doch wer?

Dann fiel es ihr ein. Ein kalter Schauer aus Scham und Wut lief ihr über den Rücken. Kurt! Er kannte die Kammer, hatten sie sich darin doch das erste Mal geküsst. Die Tür zu dem Versteck war ihm dabei sicher nicht verborgen geblieben. Ohne Anna weiter zu beachten, fuhr Henni sich fahrig übers Gesicht. Dann ballte sie ihre Fäuste. In ihr keimte das schreckliche Gefühl auf, einen großen Fehler begangen zu haben.

LISBETH
1953

Lisbeth spürte die kalte Betonwand in ihrem Rücken. Das fahle Tageslicht, das durch das kleine vergitterte Fenster fiel, konnte den Raum nur spärlich beleuchten. Doch viel zu sehen gab es zwischen den grauen Wänden ohnehin nicht. Wenngleich sie das Gefühl hatte, jeden Quadratzentimeter, jeden Wasserfleck an der Wand und jede verstaubte Ecke bereits zu kennen. Seit vier Tagen war sie nun schon hier drinnen eingesperrt.

Tagsüber räumten die Frauen, mit denen sie sich die Zelle teilte, die Nachtlager weg und stapelten die nach modrigem Gestrüpp stinkenden Säcke an den Seiten. Immer zwei übereinander, sodass sie darauf sitzen konnten.

Lisbeth saß auf einem dieser provisorischen Sitzkonstruktionen und schlürfte appetitlos die dünne Mittagssuppe. Die Klößchen, die darin schwammen, schmeckten wie Pappe. Das Essen hier war nicht einmal annähernd vergleichbar mit der guten Hausmannskost ihrer Mutter. Wie gerne würde sie mal wieder in ein zartes Stück Kassler hineinbeißen. Dazu den essigsauren Geschmack des eingelegten Weißkrauts auf ihrer Zunge spüren und sich die salzigen Kartoffeln schmecken lassen.

Ebenso würde sie sich aber auch mit einer frischen Scheibe Schwarzbrot begnügen, die mit selbstgemachtem Sanddorngelee bestrichen war. Als sie einen weiteren Löffel zu ihrem Mund führen wollte, überkam sie plötzlich ein Hustenanfall und sie verschüttete beinahe die lauwarme Brühe über ihre Beine.

Irgendwann zwischen der Verhaftung und der Ankunft im Zuchthaus hatte sie sich einen unangenehmen Husten eingefangen, den sie nicht mehr loswurde. Auch ihr Asthma machte ihr zu schaffen. Ihr Atem ging schon seit ein paar Tagen flacher und schneller als sonst. Ihre Brust fühlte sich mittlerweile bleischwer an. Sie hatte Probleme, ihre Lungen mit ausreichend Sauerstoff zu füllen. Einmal mehr verfluchte sie ihren schwachen Körper, der sie stets in den unmöglichsten Situationen im Stich ließ.

Schnell stellte sie die Suppenschüssel neben sich auf den Boden und hielt sich ihre Hand vor den Mund. Der Husten, der aus ihrem Inneren rücksichtslos hervorpreschte, klang laut und röhrend. Als der Anfall vorbei war, zog sie die Hand von ihrem Gesicht. Auf ihrer Handfläche hatte sich ein wenig grünlichgelber Schleim abgesetzt. Angeekelt verzog sie das Gesicht. Dann blickte sie sich um, zögerte. Sie hatte kein Taschentuch. Schließlich blieb ihr nichts anderes übrig, als sich die Hand an ihrer Bluse abzuwischen.

Sie ließ sich wieder auf den Matratzensack fallen und lehnte sich zurück, versuchte durchzuatmen und die Situation zu ertragen. An das Leben in der Zelle, die nicht größer war als ihr Zimmer in der Villa, konnte sie sich nur schwerlich gewöhnen. Der Geruch von Urin, Schweiß und Kartoffelkraut klebte seit dem ersten Tag in ihrer Nase wie eine lästige Klette im Haar. Nachts bekam sie kaum ein Auge zu, da die viel zu dünne Wolldecke nicht genügend wärmte und irgendeine der Frauen in ihrer Zelle, die allesamt älter waren als sie, immer zu schnarchen begann.

Lisbeth fühlte sich schmutzig und ungepflegt, war doch nicht einmal ausreichend Wasser da, um sich ordentlich die Zähne zu putzen. Auf die Toilette ging sie auch nur, wenn sie es kaum noch aushielt. Am ersten Tag hatten die Frauen noch eine Decke vorgehalten, wenn jemand seine Notdurft verrichten musste. Mit der Zeit hatte sich jedoch die Scham, gemeinsam mit der Hoffnung, dass sich schleunigst alles als großer Irrtum entpuppen würde, davongestohlen.

»Mädchen, du hast ja noch gar nichts gegessen«, hörte sie

eine Stimme sagen. Lisbeth sah auf. Eine rundliche Frau blickte sie mehr streng als fürsorglich an. Einige ihrer Zellengenossinnen waren schlimmer als ihre Mutter.

»Der Fraß schmeckt widerlich«, antwortete Lisbeth etwas patzig.

»Wir sind hier auch nicht in einem Wirtshaus.«

»Ne, man hält uns hier fest, obwohl wir nichts getan haben«, antwortete Lisbeth stur.

»Das mag sein. Aber wenn du hier wie ein kleines Kind herumbockst, kommst du auch nicht schneller raus. Im Gegenteil. Dann wird es nur noch schwerer für dich. Du siehst schon so blass aus«, antwortete die Frau. Lisbeth sah sie überrascht an, hob schließlich ihre Suppenschüssel wieder auf und löffelte die restliche Brühe aus. Zufrieden ging die Frau zu ihrem Platz zurück.

Als Lisbeth aufgegessen hatte, stellte sie das Geschirr auf den Boden und ließ ihren Oberkörper zur Seite auf die Matratze sinken. Sie schloss die Augen und versuchte an etwas Schönes zu denken.

Sie stellte sich vor, wie sie mit Henni im Garten auf einer Decke lag, in den Himmel schaute und rätselte, welches Tier sich wohl in den vorbeiziehenden Wolken verbarg. Sie malte sich aus, wie sie mit ihrer Mutter auf der Seebrücke stand und mit ihr einträchtig die gemächlich schippernden Fischerboote beobachtete. Und sie dachte an ihre Freundinnen Helga und Marie, die sie so sehr vermisste. Wie gerne würde sie mit ihnen wieder am Strand sitzen, über Jungs, Kleider und Musik reden und all die anderen aufregend unaufgeregten Themen.

Und plötzlich fiel ihr das Gespräch wieder ein, das sie an Maries Küchentisch geführt hatten, die Idee, gemeinsam in den Westen zu gehen. Warum waren sie nicht mutig genug gewesen?

Als Lisbeth eine Hand auf ihrem Rücken spürte, wurde sie aus ihren Gedanken gerissen. Sie öffnete die Augen und blinzelte ins matte Licht.

Obwohl sie anfing zu frieren, hatte sich Schweiß auf ihrer Stirn gebildet. Sie wusste nicht, ob es am Essen lag oder an ihrem allgemeinen Gesundheitszustand. Aber sie fühlte sich immer elender.

»Du darfst am Tage nicht liegen. Das weißt du doch«, sagte die Zellengenossin, die sie vorhin schon zurechtgewiesen hatte. Lisbeth winkte schwach ab. »Ist mir egal. Ich bin müde.«

»Bitte! Wir alle kriegen sonst Ärger.« Die Frau sah sie eindringlich an. Auch die anderen hinter ihr warfen Lisbeth einen auffordernden Blick zu. Doch Lisbeth fühlte sich zu schwach, um sich aufzusetzen.

Plötzlich hörte sie ein krächzendes Quietschen. Der Eisenbolzen der schweren Tür schob sich zurück. Der Schlüssel drehte sich im Türschloss herum. Ruckartig richtete sie sich nun doch auf, was einen kleinen Schwindel in ihr auslöste. Ein Wärter kam in die Zelle und sammelte wortlos die Suppenschüsseln und die Löffel ein. Das Besteck wurde streng durchgezählt. Er befürchtete wohl, dass sie sich damit etwas antun könnten oder es ihnen zur Flucht verhelfen würde. Wobei Lisbeth sich fragte, wie das gehen sollte. So biegsam und gebrechlich wie das dünne Alubesteck war, konnte man damit nicht einmal vernünftig ein Brot schmieren.

Lisbeth überlegte kurz, sie bekam immer schlechter Luft. Der Druck auf ihrer Brust hatte zugenommen. Sie rappelte sich auf. Ihre Glieder schmerzten dabei, als wäre sie in den letzten Tagen um hundert Jahre gealtert. Als sie auf den Wärter zuging, versuchte sie, ihren Hustenreiz zu unterdrücken.

»Entschuldigen Sie! Aber mir geht es nicht gut«, sagte sie zu dem Mann in der Uniform. Er warf ihr einen grimmigen Blick zu.

»Na und?«, antwortete er bloß.

»Gibt es hier einen Arzt, den ich vielleicht aufsuchen könnte?«, versuchte sie es weiter.

Er sah sie an, beäugte sie mit scharfem Blick. Schließlich

schnalzte er abfällig. »Du bist doch noch jung. Hier sind Frauen, die weitaus gebrechlicher sind als du. Und maulen die herum?« Er schüttelte den Kopf. »Also, stell dich nicht so an.« Damit drehte er ihr den Rücken zu, verließ die Zelle mit dem eingesammelten Geschirr und ließ die Tür hinter sich zuknallen, sodass Lisbeth leicht zusammenfuhr. Sie fühlte sich zu schwach, um ihm einen empörten Spruch hinterherzurufen. Stattdessen fuhr ihr erneut ein kalter Schauer durch Mark und Bein.

Eine ihrer Zellengenossinnen legte den Arm um Lisbeth und führte sie zurück zu den Matratzen. »Es dürfte bald Abend sein. Dann bauen wir das Nachtlager auf und du kannst schlafen.« Lisbeth nickte und ging zurück zu ihrem Platz. Dieses Mal blieb sie sitzen, lehnte sich erneut gegen die kalte Wand, schloss ihre Augen und versuchte sich auf das Atmen zu konzentrieren.

Die Zeit schien sich endlos zu ziehen und als die Nacht über dem Zuchthaus hereingebrochen war und Lisbeth endlich schlafen durfte, konnte sie es nicht. In der Zelle war es stockdunkel. Die anderen Frauen schliefen bereits. Das sonore Schnarchen ihrer Zellengenossinnen verriet ihr, dass sie nicht mutterseelenallein war.

Sie vermisste Henni, die sanften Geräusche, die zu hören waren, wenn sie sich in ihrem Bett auf der anderen Seite des Zimmers herumwälzte. Und sie vermisste ihre Mutter, die ihr jeden Abend einen schmatzenden Kuss auf die Nase drückte, seit sie ein kleines Mädchen war. Noch vor ein paar Tagen war ihr das albern und kindisch vorgekommen, nun sehnte sie sich nach der liebevollen Geste.

Lisbeth wälzte sich auf die andere Seite und schloss ihre Augen. Sie wollte nur noch schlafen. Müde genug war sie. Doch ihr Zustand verschlechterte sich merklich. Je weiter die Nacht voranschritt, desto mehr fror sie unter der kratzigen Decke. Sie begann am ganzen Leib zu zittern. Ihr Husten hinderte sie fortwährend am Einschlafen. Hin und wieder überkam sie das Gefühl, keine Luft mehr zu bekommen. Ihre Gedanken verschwammen mit der Wirklichkeit, als sie in einen unruhigen Schlaf fiel.

In ihrem wachen Traum sah sie die Männer vor sich. Breitbeinig standen sie in ihren Mänteln da und versperrten ihr den Weg. Als einer von ihnen eine Pistole zog, riss sie ihre Augen wieder auf und schreckte hoch. »Nicht schießen!«, rief sie dabei etwas zu laut auf.

Die Frau, die neben ihr lag, erwachte und Lisbeth spürte, wie sie sich aufsetzte. Lisbeth atmete schwer, ihre Nasenflügel weiteten sich. Sanft legte die andere Frau ihre Hand auf Lisbeths Stirn und zog sie kurz darauf erschrocken zurück. Sie weckte die anderen in der Zelle, die nur murrend und widerwillig erwachten.

»Was ist denn?«, fragte eine.

»Das Mädchen glüht«, antworte sie besorgt. Kraftlos sank Lisbeth auf die Matratze zurück. Sie hatte das Gefühl, nicht mehr ganz bei Sinnen zu sein. Doch wehren konnte sie sich dagegen nicht.

»Was machen wir denn mit ihr?«, fragte eine Jüngere.

»Wir müssen einen Wärter rufen«, bestimmte eine Dritte und sprang auf. Lisbeth hörte, wie sie zur Tür lief und heftig gegen das schwere Eisen schlug. »Wir brauchen Hilfe!«, rief sie dabei.

Erst eine gefühlte Ewigkeit später war der Bolzen zu hören, der sich zurückschob. Ein Wärter schloss die Tür auf. Im Lichtschein, der durch den Türspalt fiel, konnte sie sein mürrisches, verschlafenes Gesicht erkennen.

»Die kleine Faber. Ihr geht es nicht gut. Sie hat Fieber und sie halluziniert«, sagte die Frau, die vorne an der Tür stand.

»Und deshalb weckt ihr mich? Schlechte Träume hat doch jeder mal. Das ist doch kein Grund zur Aufregung«, grummelte der Wärter zurück.

»Sie ist ernsthaft krank. Sie bekommt keine Luft mehr«, rief die Jüngere von hinten. »Sie müssen etwas tun.«

Der Wärter kniff die Augen zusammen und blickte ins Dunkle der Zelle hinein. Als er Lisbeth sah, die ihm matt von ihrem Schlafplatz aus entgegenblinzelte, hustend und röchelnd, schien er den Ernst der Lage zu erkennen und rief endlich einen Kollegen zu sich heran.

Sie hoben Lisbeth auf eine Trage. Der Weg zur Krankenstation über die Treppen und langen Gänge erschien Lisbeth endlos. Die behelfsmäßige Liege wackelte bei jedem schnellen Schritt, den die Wärter taten, sodass sie sich beinahe übergeben musste.

Als sie in einem kleinen hellen Raum ankamen, beugte sich eine Frau mit einer weißen Haube auf dem Kopf über sie. Ihr Blick wirkte mehr als besorgt.

»Meine Güte, ihre Lippen sind ja schon ganz blau«, hörte Lisbeth die Nachtschwester sagen. Ihre Stimme klang dabei seltsam weit entfernt, obwohl sie direkt neben ihr stand. Lisbeth musste sich zusammenreißen, um dem Gespräch folgen zu können.

»Warum habt ihr sie nicht früher zu mir gebracht?«, fragte die Schwester weiter.

Der Wärter, der die Zelle zuerst betreten hatte, zuckte mit den Schultern. »Wir sind gerade wahnsinnig überlastet. Bewachen dreimal mehr Häftlinge als sonst. Da können wir nicht jedem Husten und Schnupfen nachgehen.«

Der andere Wärter nickte, fügte dann aber kleinlaut hinzu: »Die Mutter erwähnte aber letztens, dass sie Asthma hat.«

Die Nachtschwester seufzte tief, griff zum Telefon und betätigte die Wählscheibe. Als sich am anderen Ende der Leitung eine Stimme meldete, sprach sie in die Muschel: »Doktor Wiegel? Ja, ich weiß, es ist spät. Aber wir haben hier einen Notfall ...«

Lisbeth fiel es zunehmend schwer, der Stimme der Schwester zu folgen. Eine tiefe Müdigkeit überrollte sie. Ihre Lider zuckten, bis sie schließlich nachgab und ihre Augen schloss. Sie fiel in einen traumlosen Schlaf.

Irgendwann erwachte Lisbeth. Sie wusste nicht genau, wie viel Zeit vergangen war. Mühsam öffnete sie ihre Augen einen schmalen Spaltbreit, mehr ließen ihre bleischweren Lider nicht zu. Die Matratze, auf der Lisbeth lag, fühlte sich unter ihrem Rücken weich wie Watte an. Ein richtiges Kissen stützte ihren Kopf hoch.

Sie war an einen Tropf angeschlossen, das spürte sie an der Einstichstelle in ihrem Arm. Der Schmerz in ihrer Brust hatte nachgelassen, obgleich ihr das Atmen immer noch unendlich schwerfiel. Sie fühlte sich kraftlos, konnte kaum einen Finger bewegen, geschweige denn auf sich aufmerksam machen.

Sie hörte Stimmen, die an der Tür leise miteinander sprachen. Etwas verschwommen aus dem Augenwinkel sah sie zwei Männer. Der eine trug einen weißen Kittel, der andere einen auffälligen grauen Altherrenhut auf dem Kopf.

»Sie hat eine bilaterale Pneumonie. Das Penizillin hat bisher noch nicht angeschlagen. Mehr können wir hier nicht für sie tun. Würde ich an Gott glauben, würde ich Ihnen empfehlen zu beten.«

Der Hutträger nickte. »Dann beten wir, zu wem auch immer. Ein Todesfall könnte die Aktion Rose gefährden.«

Lisbeth vernahm zwar die Worte, doch drangen sie nicht bis in ihr Bewusstsein vor. Ein dichter Nebel breitete sich erneut in ihrem Kopf aus, der ihre Sinne in ein dämmriges Nichts hüllte.

Sie hatte nur noch einen Gedanken, sie wollte endlich wieder frei atmen können, also schloss sie die Augen und folgte diesem Gedanken.

GRETE
1953

Grete tigerte in der kleinen Zelle auf und ab. Die anderen Frauen saßen auf den Kartoffelkrautsäcken, unterhielten sich oder hingen ihren Gedanken nach. Doch Grete konnte nicht einfach herumsitzen und nichts tun. Das hatte sie noch nie gut gekonnt.

Seit nunmehr fast sechs Tagen war sie nun schon im Zuchthaus. Die widrigen Haftbedingungen setzten ihr, im Gegensatz zu einigen ihrer Zellengenossinnen, nicht sonderlich zu. Während des Krieges hatte sie weitaus schlimmere Entbehrungen über sich ergehen lassen müssen.

Lebensmittel, frisches Wasser und warme Decken waren damals ebenso rar gewesen wie Privatsphäre und Hoffnung auf bessere Zeiten. Weitaus mehr zu schaffen machte ihr, dass sie nicht mit Henni und Lisbeth zusammen sein konnte und nicht wusste, wie es ihnen ging.

Schon mehrmals hatte sie die Wärter darum gebeten, ihre Töchter sehen zu können. Hatte ihnen mitgeteilt, dass ihre Jüngste unter Asthma litt und einer besonderen Beobachtung bedurfte. Die Sorge um Lisbeth fraß Grete förmlich auf, doch die Wärter ignorierten jede ihrer Anfragen und Einwürfe.

Grete blieb unter dem kleinen vergitterten Fenster stehen und versuchte, einen Blick in die Freiheit zu erhaschen. Der Tag schien wolkenlos zu sein, hell und blau erstrahlte der Himmel. Sie seufzte.

In wenigen Tagen würde ihr und den Mädchen der Prozess gemacht werden. Zum Glück hatte Vivien einen Anwalt engagiert, nachdem sie von der Verhaftung erfahren hatte. Doch in dem kurzen Telefonat, das Grete unter Aufsicht der Wärter mit ihm geführt hatte, hatte er ihr nur wenig Hoffnung machen können. In den Sondergerichtsverhandlungen, von denen er wusste, dass sie die Tage zuhauf gegen Hoteliers, Pensionsbesitzer und Gewebetreibende geführt wurden, fällten die Richter ihre Urteile nicht nach den Geboten Justitias, sondern nach den Dogmen des Parteibuches. Er hatte Grete dazu geraten, sich mit dem Gedanken abzufinden, ihre Villa zu verlieren.

Noch versuchte sie sich zu weigern, seinen Rat zu befolgen. Sie hatte ihm allerdings das Versprechen abgerungen, alles zu tun, um ihre Töchter vor einer Freiheitsstrafe zu bewahren.

Auch hierin hatte er ihr wenig Hoffnung gemacht. Gerade bei Lisbeth würde das ein schwieriges Unterfangen werden. Sie war nicht nur wegen des Besitzes illegaler Produkte aus dem Westen angeklagt. Ihr wurde ebenso Widerstand gegen die Staatsgewalt vorgeworfen, weil sie bei der Festnahme so töricht gewesen war und versucht hatte wegzulaufen.

Grete lief noch immer ein Schauer über den Rücken, wenn sie daran dachte. Doch Lisbeth war noch nicht volljährig. Das konnte ihr vielleicht die Haut retten, hatte der Anwalt noch ergänzt.

Noch immer am Fenster stehend wurde Grete aus ihren Gedanken gerissen, als sich die schwere Eisentür geräuschvoll aufschob. Sie wunderte sich, war es für die nächste Mahlzeit doch noch viel zu früh am Tage.

Ein junger Wärter steckte den Kopf zur Zellentür herein und blickte zwischen den Frauen hin und her. Im Gegensatz zu den anderen Wärtern, die stets darauf bedacht waren, mit jeder Faser ihres Körpers Autorität auszustrahlen, wirkte er verunsichert. Sein Blick hatte eher etwas Schreckhaftes als Erschreckendes. Grete vermutete, dass er die Uniform noch nicht lange trug.

Als der junge Wärter Grete unter dem Fenster stehen sah, ruhte sein Blick einen Moment auf ihr, bevor er sich räusperte.

»Äh, Frau Faber, sofort mitkommen!«, versuchte er ihr in ernstem Ton zu befehlen. Sie ließ sich davon nicht einschüchtern, folgte aber dennoch, mehr aus Verwunderung, seiner Anweisung.

Grete trat aus der Zelle heraus und wartete, während der Wärter hinter ihr wieder gewissenhaft die Tür verriegelte. Dann folgte sie ihm den langen, schmalen Gang entlang, von dem zu beiden Seiten im immergleichen Abstand weitere Zellentüren abgingen. In der Mitte des Ganges führte eine Stahltreppe in die unteren und oberen Stockwerke. Überall waren Gitter, Sicherheitstüren und schwere Stahlträger verbaut worden. Von oben schien durch ein Glasdach etwas Sonnenlicht hinab, das die Gebäudekonstruktion aber nicht weniger bedrückend erscheinen ließ.

Als Grete die Zellentüren passierte, überlegte sie, hinter welcher davon ihre Töchter eingesperrt waren.

Sie durchschritten ein paar Gänge, liefen Treppen hinab, über den großen Hof, auf dem sie vor Tagen aus dem Bus gestiegen waren, und betraten einen Trakt, der eher einem Bürogebäude als einem Gefängnis ähnelte.

Hier führte der Wärter sie in einen Raum und ließ sie wortlos darin allein zurück. Auch diese Tür verriegelte er sorgfältig hinter sich.

Die Wände des beinahe leeren Zimmers, das nicht größer war als die Zelle, waren mit dunklen Holzpaneelen verkleidet. Nur ein schmaler Tisch und drei Stühle standen auf dem grauen abgetretenen Teppichboden, der, wie sie bei genauerem Hinsehen erkannte, mit dunklen Flecken überzogen war. Woher diese stammten, wollte Grete gar nicht wissen.

Sie erkannte den Raum wieder. In den ersten Tagen nach ihrer Ankunft in Dreibergen war sie bereits einmal hier drin gewesen. Sie war von einem Mann in einem dunkelbraunen Anzug, der ihr gegenüber hinter dem Schreibtisch gesessen hatte, verhört worden.

Er hatte ihr Fragen gestellt, zu ihrer Villa, ihrem verschollenen Mann und ihren Töchtern. Auch nach Erich Wagner hatte er sich erkundigt. Er hatte gewusst, wer der Professor war, und kannte sogar den Inhalt der Briefe, die Erich ihr geschrieben hatte. Jetzt fiel es ihr wie Schuppen von den Augen: Einige der Briefe hatten sich viel zu leicht öffnen lassen. Warum war sie nicht viel früher aufmerksam gewesen? Sie hätte selbst darauf kommen müssen, dass bereits vor ihr jemand den Kleber gelöst haben musste. Zum Glück hatte Erich sich in seinen Schriften mit kritischen Äußerungen oder allzu persönlichen Dingen stets zurückgehalten. Die Briefe bezeugten lediglich eine lockere Freundschaft, an der nichts Verwerfliches war. Selbst nach sozialistischen Maßstäben.

Dennoch war Grete pikiert darüber gewesen, dass die Staatssicherheit so viel Einblick in ihr Privatleben genommen hatte.

Nach den gefundenen Westprodukten hatte sie der Genosse ebenso ausgiebig befragt. Wie schon bei der Durchsuchung hatte sie auch im Verhör zur wahren Herkunft der Genussmittel geschwiegen. Sie wollte niemanden in Schwierigkeiten bringen. Erst recht nicht ihre Schwägerin, die sich so um ihr Wohlergehen bemüht hatte.

Grete hatte keine Ahnung, weshalb sie nun noch einmal hierhergebracht wurde.

Auf dem langen Flur vor dem Verhörraum hörte sie Schritte, die näherkamen. Sie straffte ihren Rücken und sortierte eilig ihr flüchtig hochgestecktes Haar. Die Schritte verstummten vor der Tür, der Schlüssel drehte sich erneut im Schloss. Als sich die Tür schwerfällig öffnete, ging Grete die wenigen Meter auf den Ausgang zu. Ein älterer Mann, den sie zuvor noch nie gesehen hatte, trat ihr entgegen.

»Ich habe Ihrem Kollegen schon alles gesagt, was ich weiß«, polterte sie erhobenen Hauptes sofort los.

Erst jetzt sah sie, dass Henni hinter dem Mann im Flur stand. Sie wirkte zierlicher als sonst, ihr Blick ernüchtert und ernst.

Henni hatte in ihren jungen Jahren schon so viel durchmachen müssen. Wenn sie ihre Unbeschwertheit nicht schon im Krieg verloren hatte, dann mit Sicherheit in den letzten Tagen hinter Gittern.

Grete seufzte, der Anblick tat ihr im Herzen weh. Als Henni jetzt an dem älteren Herrn vorbei auf sie zu trat, nahm Grete ihre Tochter in den Arm und drückte sie fest an sich. Nach einem weiteren Blick in den Flur sah sie den Mann fragend an.

»Wo ist meine andere Tochter? Lisbeth!« Statt eine Antwort zu geben betrat er festen Schrittes den Raum, schloss die Tür hinter sich, die sofort von außen verriegelt wurde, und ging auf den Tisch zu. Dort legte er seinen grauen Hut ab.

Erst dann drehte er sich zu den Frauen um und sah sie an. »Setzen Sie sich!«

Henni folgte seiner Anweisung, während Grete hinter ihrer Tochter stehen blieb. Sie stemmte ihre Hände in die Hüften. »Was ist hier los?«

»Ich verrate es Ihnen, wenn Sie sich setzen!«, wiederholte der Mann noch einmal mit Nachdruck. Grete seufzte kurz auf und setzte sich schließlich neben Henni. Sie nahm die Hand ihrer Tochter und drückte sie, woraufhin Henni ihr einen kurzen Blick schenkte.

Dann wandte Grete sich wieder dem Mann zu, der sich ebenfalls gesetzt hatte. Die Ellenbogen auf den Tisch gestützt fuhr er sich nachdenklich mit der Hand über sein rasiertes Kinn. Erst jetzt sah Grete, dass sein dunkler Anzug maßgeschneidert war. Seine Frisur saß akkurat, seine Fingernägel waren kurzgeschnitten und sauber gefeilt. Offensichtlich bekleidete er eine höhere Position in der Haftanstalt, der Staatssicherheit oder der Partei.

Grete schluckte. Ein mulmiges Gefühl überkam sie plötzlich. Es konnte nichts Gutes verheißen, wenn ein ranghoher Genosse mit ihnen sprechen wollte. Obwohl der Mann gefasst blieb, beinahe undurchschaubar, räusperte er sich kurz.

»Ich habe Ihnen eine Mitteilung zu machen und es ist wohl besser, wenn ich dabei nicht um den heißen Brei herumrede.« Er atmete kurz durch und fuhr dann fort: »Bedauerlicherweise ist Lisbeth Faber letzte Nacht verstorben. Sie erlag einer schweren Lungenentzündung. Unser Stationsarzt hat alles in seiner Macht Stehende getan, doch er konnte ihr nicht helfen.«

Grete hörte die Worte, doch sie fühlten sich so falsch an. So unglaubwürdig. Sie wusste im ersten Moment nicht, wie sie reagieren sollte. Neben sich hörte sie Henni tief schluchzen.

Aus einem mütterlichen Reflex heraus legte sie den Arm um die Schultern ihrer Tochter und versuchte dabei, stark zu bleiben. Wie immer. Doch sie spürte, wie ihre Fassade zu bröckeln begann.

»Ich will sie … sehen«, sagte Grete mit heiserer, aber fester Stimme.

»Das ist leider nicht möglich. Wir werden uns aber um ihre Einäscherung kümmern. Das verspreche ich Ihnen.«

»Das war keine Bitte. Ich habe das Recht, mich von meiner Tochter zu verabschieden«, erwiderte sie entschlossen. Der Mann stutzte kurz. Offensichtlich hatte er Gretes Willensstärke ob dieser Situation unterschätzt, doch er schüttelte den Kopf.

»Frau Faber, ich kann Ihren Wunsch nachvollziehen, doch die Entscheidung ist nicht verhandelbar. Sie werden umgehend aus der Untersuchungshaft entlassen. Nach Ahlbeck können Sie nicht zurückkehren, aber man wird Sie an einen Ort bringen, wo Sie neu anfangen können.«

Grete stutzte. »Ich verstehe nicht …«

»Sie können nicht in der DDR bleiben.« Grete sah ihn fassungslos an. Wut stieg in ihr auf und verdrängte für einen Moment die Trauer. Der Mann erhob sich und verschränkte die Arme. »Sie haben Glück im Unglück. Sie sind gerade um eine Verurteilung herumgekommen.«

»Glück?«, Grete zog den Arm von der Schulter ihrer Tochter und sprang auf. »Sie reden hier von Glück?«

»Mutti!«, sagte Henni leise mit tränenerstickter Stimme.
»Setzen Sie sich wieder, Frau Faber!«, befahl der Mann.
Doch Grete dachte nicht daran, seinen Anweisungen weiter Folge zu leisten.
»Sie erzählen mir, dass mein Kind in Ihrer Obhut verstorben ist. Und dann wollen Sie mir weismachen, dass ich Glück habe?«
Grete spürte die Hand ihrer Tochter in ihrem Rücken.
»Mutti, bitte! Beruhige dich!«, beschwor Henni dabei mit flehender Stimme. Doch Grete schlug ihre Hand nur weg. Sie näherte sich dem Mann mit festen Schritten.
»Haben Sie Kinder? Haben Sie eine Ahnung, wie es ist, sie vor Krieg, Krankheit und all diesem hier beschützen zu wollen? Nur um dann festzustellen, dass Sie versagt haben?«
Als sie vor ihm stand, packte sie ihn am Kragen. Nur mit Mühe konnte er ihre trommelnden Schläge auf seine Brust abwehren. Grete hörte, wie im Hintergrund die Tür aufgestoßen wurde und schnelle Schritte hereinpreschten. Zwei Männer zogen sie von dem Mann weg. Der eine hielt sie fest in seinen Armen umklammert, während der andere ihr eine Spritze gab.
Die Umgebung verschwamm plötzlich vor ihren Augen, ihre Gliedmaßen fühlten sich bleischwer an. Grete verlor das Bewusstsein.

Als sie die Augen wieder aufschlug, verspürte Grete ein mehr als unangenehmes Pochen in ihrem Kopf. Ihr Mund war staubtrocken, sie hatte Mühe zu schlucken und ihre Handgelenke schmerzten.
Als sie an sich heruntersah, bemerkte sie, dass sie mit Handschellen gefesselt war. Die Haut um die schweren Metallschlingen war schon ganz aufgescheuert.
Mühsam und träge richtete sie sich auf der schmalen Sitzbank auf. Laute Motorengeräusche drangen in ihre Ohren, unter ihr

ruckelte es unangenehm, was für ihre Kopfschmerzen nicht unbedingt zuträglich war.

Sie brauchte einen Moment, um sich zu orientieren. Als sie sich umblickte, erkannte sie, dass sie im Laderaum eines Gefangenentransporters saß. Zur Fahrerkabine hatte sie keinen Sichtkontakt, dennoch drangen leise Stimmen durch die zusätzlich verstärkte Karosseriewand.

Henni saß ihr gegenüber auf einer ebenso schmalen Bank. Ihr Kinn lag auf ihrem Brustkorb, der sich sachte hob und senkte. Sie schlief. Als Grete die dunklen Schatten sah, die sich unter die geschlossenen Augen ihrer Tochter gelegt hatten, fiel ihr alles wieder ein.

Sie stieß einen tiefen Seufzer aus, versuchte die Tränen aber weiterhin zu unterdrücken. Dies war ganz sicher nicht der richtige Ort, um sich der Trauer um ihre Tochter hinzugeben. Außerdem konnte Henni jeden Moment erwachen.

Grete lehnte sich auf der Sitzbank zurück und schloss erneut ihre Augen. Sie dachte an Lisbeth.

Nach der Geburt ihrer ersten Tochter, die nicht ohne Komplikationen verlaufen war, hatte sie an ein zweites Mutterglück nicht geglaubt. Gustav hatte sie immer wieder in ihrem Wunsch bestärkt und recht behalten. Als sie das kleine Wesen, mit den zarten blonden Flaumhärchen, die sich von Anfang an auf ihrem Köpfchen gekräuselt hatten, in ihren Armen wiegte, hatte sie die tiefe Zuneigung zwischen Mutter und Kind erneut spüren dürfen. Mit zwei Töchtern und einem liebenden Ehemann hatte sie geglaubt, dass ihr Glück perfekt war. Warum hatte sie es nicht festhalten können?

Grete hörte ein leises Stöhnen und öffnete die Augen. Henni blinzelte sie an, erwachte langsam. Als sie ihre Mutter sah, wirkte sie erleichtert.

»Du bist wach!«, sagte sie leise.

Grete nickte. »Du auch!«

»Ich habe mir Sorgen gemacht, weil ich ja nicht wusste, was

sie dir gegeben haben. Du warst vollkommen weggetreten, als sie dich zum Wagen gebracht haben.« Henni seufzte. »Ich konnte gar nichts für dich tun.«

Grete schüttelte den Kopf und sah ihre Tochter behutsam an. »Um mich brauchst du dir keine Sorgen zu machen.«

Henni schluckte. Ihr Blick fiel unweigerlich auf die Handschellen. Doch schließlich nickte sie, wenn auch nur kurz. Sie straffte ihre Schultern, offensichtlich waren sie schon seit einer Weile unterwegs.

»Was meinst du, wo sie uns hinbringen?«, fragte Henni nachdem sie versucht hatte, eine bequemere Sitzposition auf der harten Bank zu finden.

Grete warf einen Blick aus dem vergitterten Seitenfenster. Sie fuhren auf einer schmalen Landstraße, die sich durch einen dicht bewachsenen Wald schlängelte. Wie zufällig dahingestreut lag der Schnee nur noch partiell als dünne Schicht auf dem laubbedeckten Boden. Hin und wieder erspähte Grete zwischen den strammen Stämmen einen Hochsitz, auf dem sich die Jäger in der Saison auf die Lauer legten. In der Ferne konnte sie einen See ausmachen, dessen Wasser zwischen den Bäumen ruhte. Andere Kraftwagen kamen ihnen auf der Straße nicht entgegen. Ebenso konnte sie keine Ortsschilder erspähen, die darauf hindeuten würden, wohin ihre Fahrt tatsächlich ging.

Sie drehte sich wieder ihrer Tochter zu. »Ich weiß es nicht genau. Aber ich denke, sie bringen uns nach Westberlin. Das ist für sie der kürzeste Weg, um uns loszuwerden.«

Henni blickte traurig nach unten. Sie nickte. Ihre Augen wurden glasig, Tränen rannen über ihre Wangen. Ein leises Schluchzen war zu hören.

Offensichtlich dachte sie wieder an ihre verstorbene Schwester. Grete schluckte. Zunehmend fiel es ihr schwerer, die Fassung zu wahren. Doch sie zwang sich, die Aufmerksamkeit ihrer noch lebenden Tochter zu widmen. Sie wollte Henni so gern in den Arm nehmen, doch die Handschellen an ihren

Gelenken unterbanden jede fürsorgliche Geste. Grete strich ihr schließlich sanft übers Knie.

Henni blickte auf. Sie wischte sich die Tränen aus dem Gesicht, versuchte ihre Stimme wiederzufinden.

»Mutti, ich ... wegen der Villa und der Hausdurchsuchung ... ich muss dir noch etwas sagen ...«

Grete schüttelte sanft den Kopf, hob ihre gefesselten Hände und legte ihren Zeigefinger auf die Lippen. »Es ist nicht mehr wichtig.«

Henni sah sie an, offensichtlich zögerte sie noch, dem Fingerzeig ihrer Mutter zu folgen. Doch plötzlich bremste der Wagen, fuhr nur noch Schrittgeschwindigkeit über eine schlecht gepflasterte Straße.

Grete blickte erneut aus dem Fenster. Jetzt sah sie Häuser, die Straßen waren wenig belebt. Ein breiter Fluss durchzog die Ortschaft. Kein Boot oder Schiff war darauf zu entdecken. Grete wusste nicht, wie spät es war, doch die Dämmerung brach bereits herein.

An einem kleinen Wachhaus, nicht weit vom steinigen Ufer des Flusses entfernt, blieb der Transporter stehen. Zwei Soldaten mit Gewehren kamen auf den Wagen zu, unterhielten sich offensichtlich mit dem Fahrer, der ihnen Papiere durch das Fenster der Führerkabine reichte.

Ein Soldat schlenderte um den Gefangenentransporter herum, warf einen flüchtigen Blick durch das vergitterte Fenster. Er sah Grete direkt an. Sein Gesicht war jung, doch sein Blick blieb skeptisch. Der Schlagbaum, der die Straße versperrte, öffnete sich behäbig, nachdem die Soldaten dem Fahrer zugenickt hatten und zum Wachhaus zurückmarschiert waren.

Der Transporter setzte sich wieder in Bewegung, jedoch nur sehr langsam, um kurze Zeit später mitten auf einer breiten Brücke über dem Fluss erneut anzuhalten.

Die hinteren Türen der Gefangenenkabine öffneten sich. Zwei Männer in der dunklen Uniform der Zuchthauswärter forderten Grete und Henni auf auszusteigen.

Als Grete den ersten Fuß auf die Straße setzte, schlug ihr ein frostiger Wind entgegen. Mehr als die Gefangenenkleidung, die sie im Zuchthaus bekommen hatten, trug sie nicht am Leib. Sie fror. Auch Henni versuchte mit verschränkten Armen ein Zittern zu unterdrücken.

Ohne Vorwarnung warfen ihnen die Männer drei in braunes Papier gewickelte Pakete vor die Füße. »Hier, für euch«, blaffte der eine sie an, trat dann einen Schritt vor und löste Gretes Handschellen.

Nach kurzem Zögern bückte sich Henni, öffnete eines der Pakete und zog Gretes Wintermantel heraus. Henni reichte ihn ihr und erleichtert schlüpfte sie hinein. Ihre restliche Kleidung, die man ihr im Zuchthaus abgenommen hatte, war ebenso in dem Paket zu finden. Henni griff nach einem zweiten Bündel und fand diesmal ihre eigenen Sachen darin.

Grete warf einen fragenden Blick auf das dritte Paket und blickte schließlich zu einem der Wärter. Er räusperte sich. »Von ihrer anderen Tochter. Darin ist alles, was sie bei ihrer Verhaftung bei sich trug.«

Ohne ein weiteres Wort stiegen die beiden Männer wieder in den Transporter, wendeten den Wagen mit schnellen Zügen auf der Brücke und fuhren zurück Richtung Osten.

Grete hatte es kaum bemerkt. Ihr Blick klebte immer noch an dem Paket. Auch Henni wirkte unsicher. »Soll ich es … öffnen?«, fragte sie. Grete zögerte und schüttelte schließlich den Kopf. Sie hob es selbst auf, entfaltete das Papier vorsichtig, als könnte der Inhalt in ihren Händen versehentlich zerbrechen.

Behutsam zog sie das Kleid heraus, das Lisbeth bei der Verhaftung getragen hatte. Es war das mit den blauen Veilchen, das sie so gerne gemocht hatte. Ebenso holte sie ihren Mantel heraus, die Schuhe, ein blaues Strickjäckchen und das Unterkleid.

Zuletzt entdeckte sie noch etwas auf dem Papier liegen. Etwas, das sie seit Monaten nicht mehr gesehen hatte, von dem sie geglaubt hatte, es verloren zu haben: Gustavs Uhr.

Sie nahm das Schmuckstück in die Hand, strich mit den Fingern über das silberne Gehäuse. Als sie den filigranen Deckel der Taschenuhr öffnete, las sie die Gravur: *In Liebe, deine G.*

Wie von einer Sturmflut, die unverhofft und gewaltig auf das wehrlose Ufer traf, wurde sie von ihren Gefühlen übermannt. Die Trauer in ihr kannte kein Halten mehr. Während ihr die Tränen über die Wangen liefen, krümmte sich ihr ganzer Körper zusammen. Sie spürte, wie Henni sich zu ihr kniete, ihre Arme um sie legte und versuchte, sie festzuhalten. Doch auch wenn sie Henni dafür dankbar war, konnte der Trost, den sie zu spenden versuchte, sie nicht erreichen. Sie hatte so gut wie alles verloren.

CAROLINE
1992

Die Strandpromenade war gut besucht. Urlauber flanierten auf dem breiten Spazierweg zwischen den vom Wind gebeugten Bäumen oder saßen auf den von Büschen umrankten Bänken und ließen sich ein Fischbrötchen schmecken. Die Möwen flogen dabei über ihre Köpfe hinweg, stürzten sich auf jede Brotkrume, die die Genießenden ihnen zuwarfen. Nur vereinzelt zogen hoch über ihnen schneeweiße Wattewolken vorbei, die den herrlich sonnigen Tag jedoch nicht im mindesten trüben konnten.

Caroline saß mit Helga auf der vorgelagerten Terrasse der Villa Seestern. Frau Bassin hatte ihnen Gebäck und Kaffee gebracht, und Helga begann zu erzählen. Zwischen ihren Ausführungen griff sie immer wieder beherzt zu und ließ sich das Mürbegebäck schmecken. Caroline hingegen war mit Zuhören beschäftigt genug.

Helga erzählte ihr von Lisbeth, der Pension, der Durchsuchung, der Verhaftung und schließlich der abrupten Ausweisung von Carolines Mutter und Großmutter in den Westen.

Das Puzzle ihrer Familie setzte sich Stück für Stück zusammen. Helga nahm einen Schluck aus ihrer Tasse, lehnte sich anschließend in ihrem Gartenstuhl zurück und berichtete weiter über den Tod ihrer Freundin. Sie blieb dabei gefasst, so als würde sie die vierzig Jahre alte Geschichte einer ihr unbekannten Person erzählen.

»Marie und ich sind mit einem kleinen Boot hinausgefahren. Es war nicht mehr so kalt. Ich glaube, die Sonne hat sogar ein wenig geschienen – für Lisbeth.« Helga blickte bei dem Gedanken versonnen auf. »Wir haben ihre Asche über dem Meer verstreut, so wie sie es wollte. Es war das Mindeste, was wir für unsere Freundin tun konnten. Sie wollte nie auf einem Friedhof beigesetzt werden.« Bei dem letzten Satz versagte Helga dann doch ein wenig die Stimme. Sie schluckte.

Caroline reichte ihr eine weiße Papierserviette, die Frau Bassin dem Kaffeegedeck beigelegt hatte. Tupfend, um das sauber aufgetragene Kajal nicht zu verwischen, trocknete sie ihre feuchten Augen. »Lisbeth war eine ehrliche Haut. Und sie konnte so witzig und schlagfertig sein. Ich habe sie dafür immer bewundert. Aber das habe ich ihr nie erzählt. Genauso, wie ich ihr nie gesagt habe, dass mir ihr Lebensmut immer Kraft gegeben hat. Selbst als sie nicht mehr da war.« Helga seufzte tief. »Marie hat das alles sehr mitgenommen. Sie verließ kurz danach die Insel und ist nach Thüringen gezogen.« Sie richtete sich auf, rutschte etwas verlegen auf ihrem Stuhl herum. »Ich habe keine Ahnung, ob sie da noch lebt«, fuhr sie fort, räusperte sich verlegen. »Oder wie es ihr geht. Wir haben keinen Kontakt mehr. Die Jahre vergingen ... nun ja, es ist alles so lange her.«

Caroline nickte verstehend. »Was hast du danach gemacht?«, fragte sie interessiert.

Helga wirkte nachdenklich. »Das, was alle in der DDR gemacht haben. Weitergelebt.« Ein Schmunzeln umspielte ihre rotgeschminkten Lippen. »Nun ja, es hat dann doch noch ein Kerl geschafft, mich an sich zu binden. Ich wurde schwanger«, sagte sie augenzwinkernd. »Und ob du es glaubst oder nicht, ich bin mit dem Schlawiner noch immer verheiratet, obwohl unsere Ilse längst selbst Mutter geworden ist. Ich liebe meine Enkelkinder. Sie kommen mich gerne an der Ostsee besuchen.«

»Das kann ich gut verstehen«, erwiderte Caroline mit einem Lächeln. Sie trank einen Schluck Kaffee, der bereits kalt geworden war, und ließ ihren Blick über die Promenade schweifen. Sie sah ein älteres Paar, eingehakt den breiten Schotterweg entlanglaufen. Beide trugen die gleichen Windjacken, deren Farbkombination aus Neongrün und grellem Pink Carolines Augen beinahe blendeten. Mancher Modetrend hätte lieber in den verborgenen Kleiderkammern des Kapitalismus bleiben sollen. Doch bei dem Anblick fiel ihr noch eine Frage ein. Sie drehte sich zu Helga, die sich den letzten Mürbetaler schmecken ließ.

»Warum wurden meine Großmutter und meine Mutter eigentlich in den Westen abgeschoben? Ich meine, man hätte sie ja auch wie geplant verurteilen können.«

Helga kaute in Ruhe auf, nahm den letzten Schluck aus ihrer Tasse und sah Caroline dann an. »1953 war der Aufbau des Sozialismus in vollem Gange, verlief jedoch nicht so, wie die Funktionäre es sich auf ihrem Parteitag ausgemalt hatten. Die DDR-Bürger waren unzufrieden. Bedenke, der 17. Juni stand kurz bevor.«

Caroline beugte sich vor und lauschte gespannt den Ausführungen ihrer Gesprächspartnerin. Notgedrungen beschäftigte sie sich in ihrem Studium viel mit geschichtlichen Themen, doch die DDR-Vergangenheit war im Westen kein Bestandteil des Lehrplans.

Helga fuhr fort: »Lebensmittel waren damals knapp. Die Bauern hatten sich zwar zu Produktionsgenossenschaften zusammengeschlossen. Aber diejenigen, die Ahnung von der Landwirtschaft hatten, saßen im Gefängnis oder waren geflohen. In den Fabriken fehlte das Material. Trotzdem mussten die Arbeiter ihren Soll erfüllen. Der Zuspruch zur SED in der Bevölkerung sank rapide. Deshalb hatte man die Aktion Rose ins Leben gerufen, als Schlag gegen die als kriminell propagierten Unternehmer. Und es war enorm wichtig, dass die Aktion nach außen hin als voller Erfolg wahrgenommen wurde. Lisbeths Tod hätte da nicht ins Bild gepasst.«

Caroline verstand. »Deshalb wurden sie in einer Nacht- und Nebelaktion fortgeschafft.«

Helga nickte. »Damit die Genossen alles vertuschen konnten.« Caroline atmete tief durch. Ihre Gedanken kreisten. Mehr und mehr verstand sie, was ihre Mutter hatte durchmachen müssen.

Dann blickte Caroline fragend auf. »Aber wie ist das Gerücht von Lisbeths Tod dann zu euch durchgesickert, wenn die Partei es doch so geheim halten wollte?«, hakte sie nach.

»Ahlbeck ist ein kleiner Ort und die Leute haben auch in der DDR viel geredet, wenn auch hinter vorgehaltener Hand. Das konnten noch nicht einmal die Genossen verhindern. Außerdem hat sich der Widerling ja gleich auf die Villa gestürzt, auf die er schon immer ein Auge geworfen hatte.« Sie schnaubte kurz wütend auf. Caroline wusste, wen Helga meinte. Sie hatte ihr schon von Heinz Ebert erzählt. Dennoch ging sie nicht weiter darauf ein.

»Aber war es für euch nicht gefährlich, sich die Urne zu beschaffen?«, fragte sie stattdessen neugierig.

Helga überlegte kurz. »Doch sicher. Wir sind heimlich nach Rostock gefahren. Ich kannte da jemanden im Krematorium. Gegen Schmiergeld durften wir Lisbeths Asche mitnehmen. Marie und ich hatten unser ganzes Erspartes dafür zusammengekratzt. Aber das war es uns wert gewesen und erwischt hat uns zum Glück auch niemand.«

Ein Fünkchen Stolz blitzte kurz in Helgas Augen auf. Anschließend nahm sie die Serviette und tupfte sich ihre Mundwinkel ab. Als sie sie zurück auf den Tisch legte, waren rote Spuren des Lippenstifts darauf verewigt.

»Eine letzte Frage habe ich noch«, sagte Caroline und griff in die Tasche ihrer Jeansjacke, die neben ihr über der Armlehne hing. Sie holte die Taschenuhr heraus und legte sie auf den Tisch. »Kennst du die Uhr?«, fragte sie.

Helga nahm das Schmuckstück in die Hand, sah es sich an und öffnete das Gehäuse. Doch schließlich schüttelte sie den Kopf. »Tut mir leid. Die habe ich noch nie gesehen.« Helga gab ihr die Uhr zurück. Caroline seufzte leise und ließ sie wieder in ihrer Tasche verschwinden. Helga erhob sich von ihrem Stuhl. »Ich hoffe, ich konnte dir trotzdem ein wenig weiterhelfen.«

»Ja, und wie!«, antwortete Caroline. »Ich weiß gar nicht, wie ich dir danken soll.«

Helga winkte freundlich ab. »Es war schön, mal wieder über Lisbeth zu sprechen.« Sie legte den Kopf schief und sah Caroline ein wenig forschend an. »Du hättest sie bestimmt gemocht.« Caroline nickte. Auch sie war davon überzeugt.

Später lag Caroline auf dem Bett und blickte aus dem kleinen Giebelfenster der Sonne entgegen, die immer noch hoch am Himmel stand. Die Tagesdecke unter ihr, die Frau Bassin am Vormittag, als sie mit Helga ins Gespräch vertieft gewesen war, frisch aufgeschüttelt hatte warf bereits Falten. Doch Caroline war so in ihre Gedanken vertieft, dass sie darauf nicht im Geringsten achtete.

Sie hatte sich von ihrer Großmutter von der Pension, von Gustav und dem Wiederaufbau erzählen lassen, war in der alten Villa gewesen, hatte sich dort umgesehen, sich selbst einen Eindruck verschafft. Und sie hatte mit Helga gesprochen, die ihr die Augen bezüglich der Verhaftung und Ausweisung geöffnet hatte. Zudem wusste sie nun endlich, wer Lisbeth war. Caroline war am Ziel ihrer so unverhofft gestarteten Reise. Jetzt kannte sie ihre Geschichte.

Doch was sollte sie nun tun? Zurück nach München gehen und weiterstudieren? Caroline seufzte und setzte sich auf dem Bett auf. Sie war es gewohnt, keinen Plan zu haben. Doch irgendwie weitergehen musste es ja.

Sie stand auf und ging zum Fenster hinüber. Plötzlich merkte sie, wie hungrig sie war, doch bis zum Abendessen waren es noch gut drei Stunden. Wenn sie Glück hatte, hatte Frau Bassin vielleicht noch ein paar von den Mürbetalern übrig.

Entschlossen verließ sie ihr Zimmer und stieg die steile

Treppe hinunter. Als sie Richtung Küche am Empfang vorbeiging, hörte sie eine Stimme, die ihr mehr als bekannt vorkam. Sie warf einen überraschten Blick hinter den Tresen und sah ihre Mutter. Mit einem kleinen handlichen Koffer stand sie da, den Rücken zum Flur gewandt, und unterhielt sich mit der Hauswirtin.

»Ich nehme ein Zimmer. Erst einmal für diese Nacht. Und sagen Sie, wohnt eine Caroline Faber noch bei Ihnen?«

Als sie ihren Namen hörte, räusperte Caroline sich.

Henriette dreht sich um. Für einen Moment sahen sich die beiden Frauen an und Caroline wusste nicht so recht, wie sie reagieren sollte. Schließlich hatten sie sich damals im Streit getrennt. Das letzte Telefonat, das auch nicht besser verlaufen war, war lange her und auf die Fotos von der Villa, die Caroline ihrer Mutter kommentarlos geschickte hatte, war auch keine Reaktion gekommen. Bis jetzt.

Auf Henriettes Gesicht legte sich ein versöhnliches Lächeln. Sie stellte ihren Koffer ab, ging auf ihre Tochter zu und umarmte sie. Caroline ließ es überrascht geschehen.

»Lass uns einen Spaziergang durch den Ort machen«, bat Henriette, nachdem sie ihre Umarmung wieder gelöst hatte. Begeistert stimmte Caroline zu. Eilig bezog Henriette das Zimmer und Caroline half ihr, die Sachen in die Kommode zu räumen. Dann brachen sie zum Spaziergang auf.

Caroline beobachtete ihre Mutter, als sie durch den Ort schritten. Ihre Gesichtszüge glichen einem offenen Buch. Mal erhellten sich ihre Augen, wenn sie offensichtlich etwas wiedererkannte, und mal legten sich kleine Falten auf ihre Stirn, wenn etwas nicht mehr so war, wie in ihrer Erinnerung.

Über den Zwist, der zwischen ihnen lag, hatten sie beide noch kein Wort verloren. Caroline wartete noch auf den richtigen Moment. Sie wollte ihre Mutter nicht gleich überrumpeln. Sie war so froh, dass sie den ersten Schritt gewagt hatte.

»Und?«, fragte Caroline deshalb betont gleichmütig.

»Viel hat sich nicht verändert.« Ihre Mutter blickte auf ein Haus, dessen Putz von der Fassade bröckelte und dessen Fensterläden auf halb acht hingen. »Manches ist eben einfach nur in die Jahre gekommen. So wie ich«, sagte sie mit einem mehr leichten als wehmütigen Schmunzeln. Caroline lächelte ebenso.

»Dort drüben war früher die Bäckerei. Manchmal gabs sonntags Krapfen. Wenn sie ganz frisch im Fett ausgebacken waren, mochten wir sie am liebsten.« Sie stockte kurz, bevor sie hinzufügte: »Also, Lisbeth und ich.«

Caroline nickte wissend. »Deine Schwester! Helga hat mir von ihr erzählt«, antwortete sie.

Ihre Mutter sah sie an, zögerte. Offensichtlich musste sie sich noch an den Gedanken gewöhnen, dass ihre Tochter nun über alles Bescheid wusste. Doch schließlich nickte sie. Ein kleines Lächeln umspielte dabei ihren Mund. »Lisbeth konnte eine richtige Naschkatze sein«, erzählte sie versonnen weiter. Dann zeigte sie auf ein bunt bestücktes Geschäft. »Der Schuster hatte dort seinen Laden, wo jetzt ein Souvenirshop drin ist.« Sie schnalzte kurz etwas abfällig. »Solch einen maritimen Krimskrams gab es damals noch nicht zu kaufen. Auch die Urlauber mussten ihr Geld zusammenhalten.«

Caroline schmunzelte, wurde aber sogleich wieder ernst. Sie zögerte einen kurzen Moment, sah ihre Mutter dann aber fragend an. »Willst du auch die Villa sehen?«

Ihre Mutter atmete tief durch, rang sichtlich mit einer Entscheidung und schüttelte schließlich den Kopf. »Noch nicht!«

Caroline nickte verstehend. Langsam und bedächtig folgten sie der Straße Richtung Seebrücke. Obwohl die Sonne bereits tief am Himmel stand, dachten die Urlauber noch nicht daran, den Tag ziehen zu lassen. Kinder rannten um die alte Standuhr herum, verschlangen cremiges Softeis oder bemalten die Steinplatten mit bunter Kreide. Die dazugehörigen Eltern und Großeltern saßen in den anliegenden Cafés und gönnten sich eine kleine Verschnaufpause.

Als Caroline in die Tasche ihrer Jeansjacke griff, spürte sie die Uhr darin. Kurz überlegte sie, ob sie sie ihrer Mutter zeigen sollte. Doch Caroline zögerte, andere Fragen brannten ihr gerade weit mehr auf der Seele. Sie wusste nur noch nicht, wie sie sie formulieren sollte. Sie zog ihre Hand wieder aus der Tasche und deutete auf eine freie Bank.

»Wollen wir uns setzen?«, fragte sie. Ihre Mutter nickte. Noch ein paar letzte Sonnenstrahlen erreichten die Bank, wie Caroline feststellte, als sie sich setzte. Für einen Moment schloss sie die Augen und genoss die Wärme, dann räusperte sie sich.

»Ich bin etwas überrascht, dass du hier bist«, begann sie schließlich. Sie musste das Thema endlich ansprechen.

»Das glaube ich. Es hat mich auch viel Überwindung gekostet hierherzukommen.«

»Bereust du es denn?«

Ihre Mutter ließ ihren Blick schweifen, über die Seebrücke, den Strand und das Meer, das von der Bank aus gut zu sehen war. Sie schüttelte schließlich den Kopf. Ohne den Blick von den Wellen zu lassen, antwortete sie entschuldigend: »Unser Streit tut mir leid. Ich hätte dich in den letzten Wochen nicht von mir wegstoßen sollen.«

Caroline sah ihre Mutter an. »Das, was ihr durchmachen musstet, war sicherlich hart. Und ich verstehe, warum du früher nichts gesagt hast. Das ist keine Geschichte, die man einem Kind zum Einschlafen erzählt. Aber warum hast du auch jetzt geschwiegen? Warum hast du das Foto zerrissen? Ihr konntet doch nichts dafür.«

Ihre Mutter seufzte zögernd. Nervös knetete sie ihre Hände, während sie den Blick ihrer Tochter immer noch mied. »Du kennst noch nicht die ganze Geschichte«, sagte sie nach einer Weile. Caroline warf ihr einen überraschten Blick zu.

»Ich war damals verliebt«, fuhr ihre Mutter fort. »Kurt hieß er. Wir hatten uns ein paar Mal heimlich getroffen. Meine Güte, war ich verrückt nach ihm«, sagte sie kurz lächelnd, bevor ihre Gesichtszüge wieder erstarrten. »Ich habe ihm vertraut, was ein großer Fehler war. Ich hätte wissen müssen, dass er mit den Genossen unter einer Decke steckte.«

Sie seufzte, während sie ihre Hände immer fester knetete. »Kurt wusste, wo wir die Westprodukte aufbewahrten. Er hat uns verraten.« Plötzlich hob ihre Mutter den Kopf, sah sie direkt an. Caroline konnte die tiefe Verzweiflung in ihren Augen sehen. »Ich bin schuld an unserer Verhaftung. Und an Lisbeths Tod«, sagte sie mit zittriger Stimme.

Offensichtlich sprach sie die Worte, die sich jahrelang in ihr manifestiert hatten, zum ersten Mal aus. Mit einem Mal wirkte sie fast erleichtert, während Caroline sie überrascht ansah. Sie wollte ihre Mutter gerade unterbrechen, als diese unbeirrt fortfuhr. Offensichtlich musste sie ihre Gedanken endlich loswerden.

»Ich habe jahrelang versucht, die Schuldgefühle zu verdrängen. Alles, was geschehen ist, zu vergessen. Aber als du den Brief der Kanzlei gefunden hast, ist alles wieder hochgekommen. Das hat mir so unendlich große Angst gemacht. Ich brauchte Zeit, um zu verstehen, dass man vor seiner Vergangenheit nicht weglaufen kann. Sie bröckelt vielleicht, verblasst, aber sie verschwindet nicht. So wie die Villa auf den Fotos, die du mir geschickt hast.«

Caroline sah ihre Mutter an, schwieg für einen Moment. Die Worte brachten sie zum Nachdenken. Sie konnte ihre Mutter nun verstehen, dennoch stutzte sie.

»Komisch!«, stieß sie schließlich aus. »Helga hat mir etwas ganz anderes erzählt.«

Ihre Mutter sah sie mehr als verwundert an.

»Sie meinte, dass euch jemand anders verraten hätte«, fuhr Caroline fort. »Eine gewisse Susanne. Sie war wohl einige Zeit bei euch als Hausmädchen angestellt gewesen. Stimmt das?«

»Ja! Aber wie kommt Helga darauf, dass sie es war?«

Caroline zuckte mit den Schultern, grub tief in den Erinnerungen an das Gespräch. »Ihre Freundin Marie hatte wohl gesehen, wie sie einen Tag vor der Durchsuchung aus dem Rathaus gekommen war. Später hatten sie Susanne dann zur Rede gestellt. Und da hat sie dann alles zugegeben. Sie meinte, dass sie sauer auf Oma gewesen war, weil sie sich an irgendeine Abmachung nicht gehalten hatte. Sie hatte wohl Angst um ihren Job gehabt. Ganz verstanden habe ich das auch nicht.« Caroline sah ihre Mutter an. Offensichtlich konnte sie mit den Informationen etwas anfangen. Sie starrte wieder aufs Meer hinaus, wirkte dabei mehr als ernüchtert.

»Alles in Ordnung mit dir?«, fragte Caroline besorgt. Ihre Mutter nickte nur.

Henni
1953

Henni lag wach in dem großen, weichen Bett, dessen Kissen nach Lavendel rochen. Das Fenster war geöffnet, obwohl das Zimmer bereits kühl genug war. Kein Meeresrauschen war zu hören, keine Möwen, dafür hin und wieder ein vorbeifahrendes Auto und ein paar Tauben, die gurrend die Nachtruhe ignorierten.

Im Zimmer war es dunkel, die Schatten der Möbel formten sich zu bizarren Gestalten und beflügelten Hennis Fantasie. Sie war es nicht gewohnt, allein zu schlafen. Sie drehte sich zur Wand und schloss die Augen. Doch auch ihre Gedanken ließen sie keinen Schlaf finden. Sie schämte sich, dass sie Kurt so blind vertraut hatte. Ihretwegen war Lisbeth tot.

Henni stand auf, zog ihre Strickjacke über Lisbeths Unterkleid, das sie zum Nachthemd umfunktioniert hatte. Wenn sie es trug, fühlte sie sich ihrer Schwester ein wenig näher. Dann verließ sie das Zimmer. Von der Galerie blickte sie hinunter in den geräumigen Flur, der ebenso im Dunkeln lag. Im Haus war es ruhig.

Nachdem ihre Mutter auf der Brücke zusammengebrochen war, hatte Henni sie nur mit Mühe in den nächsten Ort zu einer Telefonzelle bringen können. Eine vorbeihastende Frau war so freundlich gewesen, ihr ein paar Groschen zu geben. Sie hatte die Vermittlung angerufen und sich mit Professor Erich Wagner verbinden lassen.

Er hatte sofort versprochen, sie mit seinem Wagen abzuholen. Zu Hennis Erleichterung hatte er sie schnell gefunden und zu sich gebracht. Die erste Nacht hatte sie wie ein Stein geschlafen. Die Anspannung war von ihr abgefallen, obgleich die Schuldgefühle ihr ständiger Begleiter waren.

Die Tage darauf hatte sie viel geweint, sich so manches Mal vor Traurigkeit wie gelähmt gefühlt, hingegen in anderen Momenten kaum die Wut auf Kurt und sich selbst zügeln können. Ihre Mutter hatte aus dem Loch der tiefen Trauer, in das sie gefallen war, als sie die Uhr erblickt hatte, noch nicht wieder herausgefunden.

Die meiste Zeit lag Grete in dem Gästebett, das Erich ihr zurechtgemacht hatte, schlief viel oder schaute stumm aus dem Fenster. Sie aß wenig und sprach noch weniger. Erich kümmerte sich glücklicherweise rührend um sie.

Henni fiel es ungleich schwerer, ihrer Mutter unter die Augen zu treten, geschweige denn Worte zu finden, um ihren Kummer erträglicher zu machen. Sie hätte ja doch nichts sagen können, ohne sich wie eine Lügnerin zu fühlen.

Henni schlich leise die Treppe hinunter, durch das Wohnzimmer, in dem die Regale mit staubigen Büchern befüllt waren, in den Wintergarten. Sie ließ sich auf einem Korbsessel nieder, zog die Beine an und blickte durch die breite Fensterfront in den Garten.

Viel konnte sie im Schein des Mondes nicht erkennen. Die Sträucher, die die Terrasse säumten, wogten blattleer im Wind. Kein Schnee lag auf dem Rasenstück, das umzäunt von großen Hecken so wirkte, als wäre es lang nicht mehr betreten worden. In der hinteren Ecke des Grundstücks meinte Henni, die Umrisse eines Brunnens zu erkennen. Es war eine Steinschale auf einem Sockel. Ein Tier oder etwas ähnliches lugte über den Rand. Wasser gab der Brunnen zu dieser Jahreszeit nicht.

Henni seufzte. Der Gedanke, den Garten der Villa nie wieder betreten zu können, setzte ihr zu. Sie vermisste das Haus, die Ostsee und ihre Schwester.

Ein kurzes Klopfen unterbrach ihre Betrübnis. Sie drehte sich zur offenen Tür, in der Erich stand.

»Ich wollte dich nicht erschrecken«, sagte er mit einem freundlichen Lächeln.

Henni erwiderte seinen Blick. Ganz unwillkürlich schob sie dabei ihre Beine von der Sitzfläche, richtete sich auf und zog ihr Unterkleid über die Knie.

»Darf ich mich zu dir setzen?«, fragte er.

»Natürlich, es ist Ihr Haus«, antwortete Henni.

»Du bist bei mir mehr als willkommen. Ich hoffe, das weißt du«, sagte er, während er sich auf dem zweiten Korbsessel neben ihr niederließ. Henni nickte. Sie schwiegen einen Moment miteinander, was sie keineswegs als unangenehm empfand.

»Ich habe seit Jahren Einschlafprobleme«, sagte er schließlich in die dunkle Stille hinein. »Ich grüble wohl zu viel. Eine alte Professorenkrankheit.«

Henni sah ihn an. »Und was machen Sie, wenn Sie nicht schlafen können?«

Er zuckte ratlos mit den Schultern. »Ich habe alles ausprobiert: Baldrian, klassische Musik, die Lektüre langweiliger Bücher, ein heißes Bad, Alkohol und selbst Milch mit Honig, was mir deine Mutter empfohlen hat, habe ich aus Verzweiflung schon getrunken.« Er verzog angewidert das Gesicht. Offensichtlich hatte ihm das Rezept ihrer Mutter genauso wenig geholfen, wie all die anderen Mittelchen und Rituale.

Henni zog ebenfalls die Mundwinkel leicht nach unten. »Die mochte ich früher auch nicht.« Sie schenkten sich ein kurzes verschwörerisches Lächeln. Dann wurde Henni wieder ernst. »Danke, dass Sie sich um sie kümmern.«

Er lächelte warm und versonnen. »Ich mag deine Mutter. Sehr.«

Henni nickte kurz. »Ich weiß! Sie mag Sie auch.«

Erich legte etwas skeptisch den Kopf schief. »Sie ist nicht gerade der Mensch, der seine Gefühle nach außen trägt … normalerweise«, fügte er hinzu.

Henni nickte. Sie wusste genau, wovon er sprach. Dass sie

sich hier so in ihre Trauer zurückzog, war schon ungewöhnlich. Das machte es Henni auch so schwer, ihre Schuld zu ertragen.

»Ich glaube, ihr ist erst hier so richtig klar geworden, dass sie nicht nur Lisbeth verloren hat, sondern auch meinen Vater.« Betroffen nickte Erich. »Es muss unerträglich für sie sein, das verstehe ich. Und auch für dich. Euch ist so eine Ungerechtigkeit widerfahren.«

Wieder dachte sie an Kurt und seinen Verrat und schluckte. Henni überlegte kurz, ob sie Erich alles erzählen sollte. Doch würde es wirklich ihr Herz erleichtern oder würde es nur zu noch mehr Kummer führen?

Erich räusperte sich. »Wenn ihr wollt, könnt ihr hierbleiben, deine Mutter und du. Für länger, meine ich.«

Henni sah ihn an, wusste nicht so recht, was sie darauf antworten sollte. Natürlich war sie erleichtert gewesen, als Erich sie so offen aufgenommen hatte. Doch wollte sie hier wirklich Wurzeln schlagen? Schon der Gedanke, irgendwo anders zu wohnen als in der Villa, ließ sie innerlich erschaudern. Mehr aus Höflichkeit warf sie ihm einen dankbaren Blick zu.

»Ich glaube, ich sollte jetzt wieder ins Bett gehen«, sagte sie.

Erich nickte. »Gute Idee! Ich werde mich auch wieder hinlegen und vielleicht zähle ich noch ein oder zwei Schäfchen. Soll ja auch helfen«, sagte er augenzwinkernd, während er sich erhob. An der Tür drehte er sich noch einmal um. »Schlaf gut, Henriette!«, sagte er und verschwand in die Dunkelheit des Wohnzimmers.

Henni ließ ihren Blick noch ein letztes Mal durch den kargen Garten schweifen, bevor auch sie zurück in ihr Zimmer ging.

Nach einer unruhigen Nacht saß Henni in der Morgendämmerung, die mit sanftem Licht durch das Fenster schien, auf der Bettkante und blickte in den geöffneten Eichenschrank. Zwei ärmellange Kleider aus Baumwolle, ein Rock aus festem Cordstoff, zwei Hemdblusen, ein wenig Unterwäsche und das

Paket aus dem Zuchthaus lagen darin. Mehr besaß sie nicht. Sie konnte froh sein, überhaupt eine kleine Auswahl zu haben.

Eine Nachbarin von Erich hatte ihr und ihrer Mutter ein paar Kleidungsstücke überlassen. Für den Übergang, bis sie sich selbst etwas kaufen konnten. Sie hatte deswegen ein schlechtes Gewissen gehabt. Doch die freundliche Frau hatte darauf bestanden. Und eine wirkliche Wahl hatte Henni nicht gehabt. Die Sachen, die sie bei der Verhaftung getragen hatte, mochte sie beileibe nicht mehr anziehen.

Henni stand auf, nahm eines der Kleider aus dem Schrank und schlüpfte hinein. Dann blickte sie sich um. Neben einem antiken Sekretär entdeckte sie eine kleine Ledertasche. Sie zögerte einen Moment, doch schließlich nahm Henni sie und packte die restlichen Sachen aus dem Schrank hinein. Nur das braune Paket samt Inhalt ließ sie liegen. Als sie den Reißverschluss schloss, seufzte sie kurz auf, doch ihr Entschluss war gefallen.

Sie verließ das Zimmer und ging die Treppe hinunter. Aus der Küche hörte sie leise Stimmen. Etwas verwundert schob sie die Küchentür auf und war erleichtert, ihre Mutter zu sehen. Es war ein gutes Zeichen, dass sie ihr Zimmer verlassen hatte.

Sie saß mit Erich am Frühstückstisch. Doch während der Gastgeber in eine belegte Semmel biss, schlürfte sie nur ihren Kaffee.

Ihr Gesicht war bleich, ihre Augen durch dunkle Ringe gezeichnet. Der Weg zu ihrer früheren Stärke war offensichtlich noch lang. Ihre Mutter blickte auf. Als sie die Tasche in Hennis Hand sah, stellte sie die Tasse langsam zurück auf den Tisch. Sie atmete tief durch. Zu Hennis Berg aus Gewissensbissen gesellte sich nun noch ein weiterer Brocken hinzu. Doch sie war gewillt, auch diesen zu ertragen. Hoffte sie doch, so die anderen leichter schultern zu können.

Erich brach als Erster das unangenehme Schweigen. »Du hast gepackt?«, fragte er.

Mit Blick auf die Tasche antwortete Henni: »Sie bekommen sie zurück. Versprochen.« Erich winkte ab, sah dann aber zu Grete hinüber.

Auch Henni blickte ihre Mutter sorgenvoll an. Diese seufzte schließlich und nickte kaum merklich. Offensichtlich hatte sie mit Hennis Entscheidung gerechnet. »Iss wenigstens noch mit uns«, sagte sie schließlich.

Henni zögerte. »Ich weiß nicht, ob ich nach dem Frühstück noch den Mut habe zu gehen.«

»Ich bitte dich, sei nicht albern«, warf ihre Mutter sogleich ein. »Du wirst deinen Weg gehen. Aber ich würde mich besser fühlen, wenn ich wüsste, dass du dabei etwas im Magen hast.« Ihre Mutter setzte ein kleines Lächeln auf, das ihr aber offensichtlich schwerfiel. Doch sie bemühte sich, was Henni dankbar annahm.

Sie stellte die Tasche ab und nahm an dem kleinen Küchentisch Platz, an dem für sie bereits eingedeckt war. Erich goss ihr Kaffee ein und reichte ihr ein Brötchen.

»Weißt du schon, wo du hinwillst?«, fragte er dabei. Henni griff zögerlich zu, drehte und wendete nachdenklich das Semmelstück in ihren Händen. Tatsächlich hatte sie sich über das Ziel ihrer übereilt geplanten Flucht noch keine richtigen Gedanken gemacht. Wohl auch, weil sie befürchtete, doch noch einen Rückzieher zu machen, wenn sie sich mit dieser Frage auseinandersetzte.

»Irgendwohin, wo ich die Ostsee am wenigsten vermisse«, antwortete sie schließlich. Erich überlegte kurz, hob dann seinen Zeigefinger, als hätte er einen Vorschlag.

»Ich habe einen Professorenfreund in München. Seine Frau betreibt einen kleinen Laden für Stoffe. Vielleicht kannst du da erst einmal aushelfen, bis du etwas Richtiges gefunden hast.«

Henni sah ihn an und nickte. »Das klingt gut.« Beherzt stach sie mit dem Buttermesser in das Brötchen und schnitt es in zwei Hälften. Dabei umschmeichelte ein kleines, erleichtertes Schmunzeln ihre Mundwinkel.

Nach dem Frühstück, das sie mehr schweigend als redend hinter sich gebracht hatten, begleiteten Erich und ihre Mutter sie bis zur Pforte des Vorgartens. Henni schloss ihre Mutter mit töchterlicher Dankbarkeit in die Arme. Fest und innig und mit dem Wissen, dass nichts mehr so war, wie vor jenem eisig bitteren Wintertag vor zwei Wochen.

Sie hoffte so sehr, dass ihre Mutter die Trauer bald überwinden konnte. Als sie sich voneinander lösten, schluchzte ihre Mutter tief, strich ihr dabei jedoch verständnisvoll über die Wangen. Henni war froh, dass ihre Mutter sie gehen ließ.

Anschließend verabschiedete sie sich von Erich.

»Passen Sie bitte gut auf meine Mutter auf«, sagte sie leise zu ihm. Erich nickte und reichte ihr einen gefalteten Zettel sowie einen Umschlag. Henni sah ihn fragend an.

»Das ist die Adresse meines Freundes in München«, erklärte er, während er auf das Papier deutete. »Grüß ihn von mir.« Henni nickte. »Und was ist in dem Umschlag?«

»Etwas Geld«, antwortete er. Henni sah ihn an und legte den Kopf schief. Sie fühlte sich unwohl, Geld von ihm anzunehmen, wo er doch schon so viel für sie und ihre Mutter getan hatte. Sie hielt ihm den Umschlag hin. Doch er schob ihre Hand nur zurück.

»Bitte! Ich werde besser schlafen können, wenn du es nimmst«, antwortete er mit einem kleinen Augenzwinkern. Henni zögerte. Gebrauchen konnte sie es sicherlich gut. Schließlich nickte sie und steckte den Umschlag zu den anderen Sachen in die Ledertasche. Dann schenkte sie auch ihm eine Umarmung zum Abschied.

Als sie dem Einfamilienhaus den Rücken kehrte und die kleine Sackgassenstraße hinauflief, fühlte Henni sich gut.

Das erste Mal seit Tagen. Sie war bereit, alles hinter sich zu lassen und neu anzufangen.

Wie sehr sie doch hoffte, es würde ihr gelingen.

Henriette
1992

Henriette blieb am Ende des unbefestigten Weges, der sie hierhergeführt hatte, stehen und zögerte. Sie war sich nicht sicher, ob sie hier richtig war. Doch die Adresse stimmte mit der im Telefonbuch überein.

Es war ein kleines Haus am Rande der Ortschaft Lütow, die sich auf der ruhigen Seite der Insel am Achterwasser befand. Hier war von dem Urlaubstrubel nur wenig zu merken. Der anliegende Zeltplatz, der sich in den Jahren kaum verändert hatte, war nur eingefleischten Inselkennern bekannt. Das reetgedeckte Fachwerkhaus stand auf einer großen, eingewachsenen Wiese unweit des seichten Uferwassers.

Auf dem saftigen Grün grasten mit gemächlicher Ausdauer ein paar Schafe. Eine Katze schlummerte im Schatten unter der Gartenbank, die zum Verweilen neben der Eingangstür einlud. Nur kurz öffnete das zahme Haustier seine Augen, blickte den Besucher herablassend an, um sich kurz darauf wieder seiner Mittagsruhe hinzugeben.

In dem mit Wildblumen und Lavendel bewachsenen Vorgarten standen mehrere Skulpturen. Auf den ersten Blick begriff sie nicht, was sie darstellen sollten. Doch als sie genauer hinsah, erkannte sie die abstrakten Gesichter und Körper. Besonders die Materialien, die verwendet worden waren, weckten Henriettes Interesse. Die menschenähnlichen Gebilde waren aus alten Holzbuhnen, Fischernetzen, Bojen, Muscheln und anderem Strandgut gefertigt. Sie war beeindruckt. Die Kunstwerke gefielen ihr.

Henriette nahm ihren Mut zusammen und schritt durch das offen stehende Gartentor. Vor der dunkel gestrichenen Tür blieb sie stehen. Ein Namensschild konnte sie nicht entdecken. Vermutlich brauchte es das auch nicht, kannte doch im Ort mit großer Wahrscheinlichkeit jeder jeden. Sie atmete noch einmal tief durch, bevor sie ihre Hand erhob und gegen das massive Holz klopfte. Ihr Puls erhöhte sich merklich, als sie Schritte im Haus hörte, die sich langsam näherten. Die Tür öffnete sich. Doch wider ihrer Erwartungen stand ein junger Mann vor ihr und blickte sie an.

Henriette stutzte einen Moment und ihr Herzschlag entschleunigte sich enttäuscht. Doch dann legte sich ein Lächeln auf ihr Gesicht. Der Mann war seinem Vater wie aus dem Gesicht geschnitten.

Nachdem Caroline ihr erzählt hatte, dass damals nicht Kurt, sondern Susanne das Versteck preisgegeben hatte, war sie aus allen Wolken gefallen. Jahrzehntelang hatte sie ihn und somit auch sich die Schuld an der Verhaftung und an Lisbeths Tod gegeben. Sie hatte auf seine Briefe nicht geantwortet, hatte versucht, ihn zu vergessen und mit dem folgenschweren Frevel zu leben. Sie konnte den Irrtum, dem sie schrecklicherweise aufgesessen war, nicht wiedergutmachen. Doch sie konnte sich wenigstens entschuldigen. Das gebot ihr der Anstand, den sie seit Kindertagen in sich trug.

Caroline hatte sie ebenfalls darin bestärkt, Kurt aufzusuchen. Auch wenn sie eher die Neugier leitete, was aus ihm geworden war.

»Kann ich Ihnen helfen?«, fragte der junge Mann an der Tür freundlich.

Henriette räusperte sich kurz. »Ich suche Kurt Albrecht. Er wohnt doch hier, oder?«

Der Mann nickte. »Das ist mein Vater. Aber Sie kommen leider zu spät!«, antwortete er. »Er ist zum Markt gefahren.«

Henriette seufzte leise auf.

»Kann ich Ihnen denn irgendwie helfen? Oder soll ich ihm was ausrichten?«

Henriette zögerte und schüttelte schließlich den Kopf. »Ich wollte nichts Bestimmtes. Nur … wir kennen uns von früher.«

Er horchte auf. »Stammen Sie aus Lütow?«, fragte er interessiert.

Henriette schüttelte den Kopf. »Aus Ahlbeck«, antwortete sie.

»Ach, stimmt. Da hat er auch kurz gewohnt. Aber das ist ja schon ewig her.«

»Ja«, stieß Henriette etwas ernüchtert aus. »Ewig!«

Der Mann lächelte etwas verschmitzt. Er hatte die gleichen Grübchen, die sie schon damals jede neckische Antwort von Kurt hatten verzeihen lassen.

»Ich bin mir sicher, er freut sich, Sie wiederzusehen«, sagte er.

Henriette nickte kurz verlegen, so sicher war sie sich nicht. »Gut dann … komme ich vielleicht später wieder.«

Sie warf ihm einen freundlichen Blick zu, bevor sie sich umdrehte. Da spürte sie eine Hand auf ihrer Schulter. »Warten Sie!«, sagte er. Henriette blieb stehen und wandte sich ihm wieder zu. »Möchten Sie vielleicht im Garten auf ihn warten?«, fragte er. Sie nickte einverstanden und folgte ihm ins Haus.

Kurt wohnte bescheiden, wie sie auf den ersten Blick sehen konnte. Im Flur und im Wohnzimmer, das sie durchschritten, gab es keine teuren Möbel, keinen überflüssigen Schickschnack. Die Eiche rustikale Schrankwand und das geblümte Stoffsofa stammten noch aus DDR-Zeiten. Sonst waren viele Einrichtungsgegenstände selbst gebaut, wie etwa der große Esstisch, auf deren massiver Platte die Lebenslinien des Baumes in der Maserung noch gut zu erkennen waren.

Dazu passend reihten sich sechs Holzstühle drum herum. In der Ecke stand eine kleine selbst gezimmerte Kommode in hellblauem Anstrich. Und die zahlreichen Keramiktöpfe, in denen die Zimmerpflanzen dem Raum einen urigen Charakter verliehen, wirkten selbst getöpfert.

An den Wänden hingen viele Fotos, die strahlende Gesichter zeigten, von Kinderhänden gemalte Bilder, gerahmte Fußabdrücke in Salzteig und allerlei Basteleien, die wohl zu besonderen Anlässen geschenkt worden waren. Henriette fühlte sich hier auf Anhieb wohl, obgleich es so anders war als in ihrer Münchner Wohnung, die eindeutig Walters innenarchitektonische Handschrift trug.

Kurts Sohn führte sie durch die Terrassentür hinaus in den Garten zu einer kleinen Sitzecke unweit des Hauses. Henriette setzte sich auf einen der Gartenstühle, den er ihr anbot, und ließ ihren Blick schweifen, während der junge Mann noch einmal zurück ins Haus ging.

Das Grundstück wirkte rückseitig des Hauses noch weitflächiger. Hier und da ließen sich noch weitere Skulpturen entdecken. Hinter der wildbewachsenen Wiese konnte sie das Ufer des Peenestroms erahnen. In der Ferne sah sie ein paar Jollen und Fischkutter, die auf dem trüben Wasser dahinschipperten. Wellen störten die Ruhe nur, wenn ein Motorboot, vermutlich besetzt mit angelfreudigen Urlaubern auf der Suche nach dem nächsten Fischschwarm, vorbeirauschte.

Kurts Sohn balancierte zwei Tassen Kaffee, ein Milchkännchen und einen kleinen Zuckerkrug auf einem Tablett, als er wieder zu ihr in den Garten trat. Er stellte das Tablett vor ihr auf dem Tisch ab.

»Ich weiß leider nicht, wo mein Vater die Kekse versteckt«, sagte er etwas verlegen.

»Sie wohnen hier nicht mit ihm?«

Er schüttelte den Kopf. »Ich bin nur wegen der Schafe hier. Ich bin Tierarzt.«

Henriette nickte verstehend und goss sich Milch in ihren Kaffee. Er setzte sich ihr gegenüber an den Tisch und nahm die zweite Tasse vom Tablett.

»Sie kommen aus dem Westen, nicht wahr?«, fragte er dabei.

Henriette nickte. »München!«

»Dachte ich's mir gleich. Auch wenn der Kapitalismus die Insel schon überschwemmt hat, solche schicken Klamotten gibt es hier noch nicht zu kaufen.«

Henriette lächelte. »Danke, für das Kompliment. Ich habe sie selbst genäht. Ich bin Schneiderin.«

Er blickte sie erstaunt an. »Wow, wirklich toll!«

Noch etwas verlegen trank Henriette einen Schluck Kaffee. Als sie die Tasse wieder abgesetzt hatte, deutete sie auf eine der Skulpturen. »Sind die von Kurt?«

Der junge Mann nickte. »Er hat ein gutes Händchen dafür. Ich habe ihm schon öfter gesagt, er soll sie mal in einer Galerie ausstellen lassen. Aber er bleibt stur. Er meint, das sei nur eine Freizeitbeschäftigung für ihn.«

»Wie, schade!«

»Ja, nicht wahr? Ich glaube, viele Leute würden sich für seine Kunst interessieren.«

Henriette nickte, nippte dabei ein wenig gedankenverloren an ihrem Kaffee. Sie freute sich, dass Kurt seine Kreativität doch noch ausleben konnte.

»Woher kennen Sie meinen Vater? Über Onkel Heinz?«, fragte er nun.

»Nicht ganz. Meine Mutter hatte eine Pension und …« Henriette stockte und zögerte, ihm gegenüber die Wahrheit auszusprechen. Kurt alles zu erklären, würde schon schwer genug werden. »Naja …«, fuhr sie deshalb fort, »… Ahlbeck ist nicht sonderlich groß.«

»Verstehe, da läuft man sich zwangsläufig über den Weg.«

Henriette nickte. Sie war froh, dass er sich mit ihrer Antwort begnügte.

»Ihr Vater lebt hier also allein?«, fragte sie neugierig.

Er nickte. »Meine Eltern haben sich vor ein paar Jahren getrennt. Seitdem bewirtschaftet mein Vater den kleinen Hof. Aber meine Schwester und ich, wir helfen ihm, wo wir können.«

»Die Schafe?«

Er nickte. »Mein Vater meinte, dass Trude, die Älteste in der Herde, hinkt. Ich wollte mir das einmal ansehen.«

Plötzlich war von der Straße ein lautes, schepperndes Geklapper zu hören. Henriette konnte nicht ausmachen, was das für ein Geräusch war. Doch es näherte sich dem Haus und Garten. Auch der junge Mann horchte auf, ein erwartungsvolles Lächeln legte sich auf sein Gesicht. »Da ist er«, sagte er dabei.

Henriette stellte die Tasse zurück auf den Tisch, wappnete sich und atmete noch einmal tief durch, bevor sie zum Haus blickte. Sie bemerkte, dass die Nervosität wieder in ihr hochkroch.

Mit einem Fahrrad fuhr Kurt auf das Grundstück. Bei jeder Unebenheit wackelten der Gepäckträger und die Schutzbleche laut und geräuschvoll. Der Lenker, an dem ein Korb bepackt mit Obst und Gemüse hing, hatte etwas Rost abbekommen und die Farbe des Gestells war etwas verblasst. Und dennoch erkannte sie es.

Es war derselbe Drahtesel, dessen Reifen damals im Pfifferling bewachsenen Wald einen Platten gehabt hatte. Henriettes Blick folgte Kurt, der Richtung Schuppen an ihnen vorbeifuhr.

Auch an ihm waren die Spuren des Alters nicht vorbeigegangen. Sein Haar war kürzer und ergraut, ein Vollbart versteckte sein markantes Kinn. Um seine Augen hatten sich kleine Falten eingenistet. Seine große Statur hatte über die Jahre ein wenig an Fülligkeit gewonnen. Und doch wirkte er noch recht sportlich und agil.

Am Schuppen sprang er von seinem Fahrrad, das er an die Holzwand lehnte. Er nahm seine Einkäufe und kam auf sie zu. Henriette bemerkte, dass seine Schritte langsamer wurden, je mehr er sich ihnen näherte. Seine Schultern strafften sich. Mit der Hand glättete er in einer flüchtigen Bewegung sein gestreiftes Hemd. Offensichtlich hatte er sie bereits erkannt.

Ganz unwillkürlich stand Henriette auf, als er vor dem Tisch stehen blieb. Er sah sie an, wirkte dabei gefasster, als Henriette es nach vierzig Jahren erwartet hätte.

»Hallo, Henni!«, begrüßte er sie.

Sie nickte ihm zu. »Du bist gar nicht überrascht, dass ich hier bin«, sagte sie leicht irritiert. Für einen Moment vergaß sie ihre Aufregung.

Er legte den Kopf schief. »Ich hatte eigentlich schon viel früher mit dir gerechnet.« Er erwiderte ihren Blick, lächelte dabei ganz sachte.

Der junge Mann stand auf, nahm seinem Vater die Einkäufe ab und räusperte sich dabei etwas verlegen. »Ich bringe die Einkäufe ins Haus und dann schaue ich nach Trude.« Kurt sah seinen Sohn kurz an und nickte. Dann deutete er mit einem leichten Kopfnicken Richtung Achterwasser. Henriette verstand und folgte Kurt auf einen Spaziergang.

Sie liefen nebeneinander über die Wiese Richtung Ufer. Der Duft des ungemähten Grases stieg Henriette in die Nase, während sie versuchte, ihre Gedanken beisammen zu halten. Obwohl Kurt sie freundlicher empfing, als sie befürchtet hatte, wuchs ihre Nervosität erneut. Wohl auch, weil er trotz der verlorenen Jahre noch immer eine gewisse Anziehungskraft auf sie ausübte. In seiner Gegenwart spürte sie wieder das junge Mädchen in sich, das seine Verletztheit noch nicht hinter einer harten Schale zu verbergen vermochte.

»Seit wann bist du auf der Insel?«, begann er das Gespräch.

»Erst seit ein paar Tagen«, antwortete sie.

»Hast du die Villa schon gesehen?«

Sie schüttelte den Kopf. »Caroline, meine Tochter, wartet in Ahlbeck auf mich. Wir wollen sie heute Abend zusammen besichtigen.«

»Erwarte nicht zu viel.«

Henriette nickte. »Ich weiß. Ich bin vorgewarnt.« Sie seufzte kurz auf. »Vierzig Jahre sind eine lange Zeit.«

Er sah sie an, einen Moment zu lang, um Henriette ihre Nervosität zu nehmen. Dann wechselte er das Thema.

»Wie geht es deiner Mutter?«, fragte er.

»Sie ist an Alzheimer erkrankt. Aber sie schlägt sich tapfer.«

»Und Vivien? Nachdem ich ihr den letzten Brief für dich gegeben habe, haben wir uns nie wiedergesehen.«

»Ihr geht es gut. Sie lebt in Paris.«

Henriette blieb plötzlich stehen. »Kurt ich ... wegen der Briefe. Wegen damals«, fing sie an. Sie befürchtete, dass ihr vor Aufregung noch ganz schwindelig werden würde, wenn sie nicht endlich aussprach, weshalb sie hier war. »Ich habe einen großen Fehler gemacht. Ich habe dir nicht vertraut ...«, seufzte sie.

»Henni!«, unterbrach er sie. »Wie du selbst sagst, das ist alles so lange her.«

»Bitte, lass mich erst ausreden«, gab sie schnell zurück.

Kurt stockte und nickte schließlich. Er sah sie aufmerksam an.

»Ich hatte damals geglaubt, dass du deinem Onkel unser Versteck verraten hast. Erst jetzt habe ich erfahren, dass es Susanne gewesen ist. Es tut mir leid.«

Kurt senkte seinen Blick. Das Gras unter ihnen wehte sachte und unschuldig hin und her. Die losen Halme streiften dabei seine Waden.

»Ich kann es dir nicht verübeln«, antwortete er schließlich. »Ich war damals so dumm.«

Henriette sah ihn irritiert an. »Wie meinst du das?«

»Ich habe meinem Onkel seine Lügengeschichten über eine bessere Welt abgekauft, nur weil er meiner Mutter und mir geholfen hatte«, antwortete er und seufzte tief. »Er hat die Aktion mitgeplant. War in alles eingeweiht. Nur ich habe nichts geschnallt.«

»Wir waren damals alle sehr naiv.«

Kurt nickte. »Nachdem sie euch abgeholt hatten, habe ich meine Koffer gepackt und nie wieder mit ihm ein Wort gewechselt.«

Henriette bückte sich und riss einen langen Halm ab. Nachdenklich ließ sie das Gras durch ihre Finger gleiten. Schließlich seufzte sie. »Ich hätte dir damals schon die Gelegenheit geben sollen, alles zu erklären. Das bereue ich jetzt.«

»Tu das nicht«, sagte er und berührte dabei flüchtig ihre Hand. »Es würde nichts ändern. Zumindest nicht an der Vergangenheit.«

Henriette sah ihn an. Ihre Aufregung legte sich langsam. Sie war froh, hergekommen zu sein. Auf die Insel und zu ihm. Sie hatte das Gefühl, endlich Frieden finden zu können.

Sie setzten ihren Weg fort. Seite an Seite liefen sie am Ufer des Achterwassers entlang. Ihre Schultern berührten sich dabei sachte. Henriette blickte nach einer Weile auf. Eine Frage ging ihr schon seit dem ersten Augenblick ihres Wiedersehens durch den Kopf.

»Warum hast du meine Rückkehr erwartet?«, fragte sie neugierig.

Er zögerte, sah ihr dann aber in die Augen. »Der Anwalt aus Greifswald. Ich gehe davon aus, dass er dich kontaktiert hat.«

Henriette stutzte. »Er hat mir das Foto geschickt. Hatte er das etwa ... von dir?«

Kurt nickte. »Nach dem Brand war ich in der Villa. Sie hatten alles ausgeräumt, nur euer Familienportrait hing noch. Ich habe es an mich genommen. Und als die Mauer fiel und es hieß, die Vertriebenen könnten ihren Besitz zurückfordern, habe ich den Anwalt aufgesucht.«

»Aber warum?«, fragte sie mehr als irritiert.

Nun war er es, der zuerst stehen blieb. Etwas verlegen kratzte er sich am Hinterkopf, legte den Kopf schief und lächelte dabei sanft. »Vielleicht wollte ich, dass die Geschichte doch noch ein gutes Ende nimmt«, antwortete er schulterzuckend. Trotz der grauen, stoppeligen Barthaare konnte sie seine kleinen verschmitzten Grübchen auf den Wangen sehen. Plötzlich wusste Henriette wieder ganz genau, warum sie sich damals in ihn verliebt hatte. Sie erwiderte sein Lächeln, während sie sich einen vertrauten Moment lang tief in die Augen sahen.

Schließlich setzten sie sich wieder in Bewegung.

Am Ufer des Achterwassers schwappten kleine Wellen bedächtig auf den schmalen dunklen Sandstreifen, der so anders war als der Strand in Ahlbeck. Und doch hatten die Natürlichkeit und Unaufgeregtheit des Küstenstreifens auf dieser Seite der Insel etwas für sich.

Caroline
1992

Caroline sah ihre Mutter an, versuchte in ihrem Gesicht irgendeine Reaktion ablesen zu können. Doch ihre Mimik blieb stumm, als sie sich in dem verwilderten Garten auf einen Stapel Holzlatten setzten, der dort herumlag.

Sie hatten sich endlich die Villa angesehen, waren um das ehemals herrschaftlich anmutende Haus herumgegangen, durch das offene Fenster, das Caroline bei ihrer letzten Stippvisite eingeschlagen hatte, hineingeklettert und hatten im Inneren jeden begehbaren Raum begutachtet.

Ihre Mutter hatte die ganze Zeit geschwiegen, nur hin und wieder leise geseufzt oder ein vieldeutiges Stöhnen von sich gegeben. Nun saß sie neben Caroline, nach vorne gebeugt und ihr Gesicht auf ihre zusammengefalteten Hände gelegt. Sie blickte nachdenklich zur Villa, während es Caroline kaum aushielt. Sie wollte endlich wissen, was ihre Mutter dachte, traute sich jedoch nicht, nachzufragen.

Plötzlich hob Henriette die Hand und deutete auf ein großes Fenster im oberen Stockwerk. »Da oben war mal ein Balkon. Als Kinder haben Lisbeth und ich dort immer heimlich gespielt. Mit dem kleinen Teeservice unserer Puppen haben wir ein Kaffeekränzchen gehalten und uns vorgestellt, wie es sein würde, wenn wir groß sind. Lisbeth wollte einen Zauberer heiraten und ich einen Kapitän. Und wir wollten natürlich beide in der Villa wohnen bleiben. Deshalb haben wir die Zimmer schon mal unter uns aufgeteilt. Aber um das schöne Balkonzimmer haben wir uns immer gestritten.« Sie seufzte, bevor sie fortfuhr: »Ich dachte damals wirklich, ich würde mein ganzes Leben in diesem Haus verbringen.«

Caroline sah ihre Mutter an, gab ihr einen Moment, um noch ein wenig in der Erinnerung zu verweilen.

»Ich wäre gerne hier aufgewachsen«, flüsterte sie schließlich leise und liebevoll.

Ihre Mutter suchte Carolines Blick. Ganz langsam legte sich ein Lächeln auf ihr Gesicht, während sie die Hand ihrer Tochter griff und sachte drückte. Caroline erwiderte ihr Lächeln.

Schließlich stand Caroline auf, nahm einen kleinen Stein, der im dichten Gras lag, hob ihn auf und warf ihn in ein Gebüsch nahe dem Schuppen. Dann drehte sie sich wieder um und sah zur Villa.

»Ich war jetzt ja zum zweiten Mal drin. So heruntergekommen finde ich es gar nicht mehr«, sagte Caroline betont leichtlebig. Dabei warf sie ihrer Mutter einen erwartungsvollen Blick zu.

»Das Haus steht noch. Das ist das Wichtigste«, antwortete diese.

Caroline stutzte überrascht. Sie hatte befürchtet, dass ihre Mutter weitaus geschockter reagieren würde. Doch offensichtlich trug sie den Anblick mit Fassung. Erleichtert atmete Caroline auf.

Die Sonne stand bereits tief hinter der Villa. Ein leichter Wind kam auf, der die Blätter der groß gewachsenen Buche rascheln ließ. Vom Meer hörte Caroline das versöhnliche Rauschen der Wellen, die behutsam den Sand am Ufer umspülten. Die Luft kühlte sich langsam ab und auf Carolines Haut legte sich eine Gänsehaut. Sie zog ihre Jeansjacke an, die sie sich während der Besichtigung um die Hüften geknotet hatte. In der Jackentasche spürte sie abermals die Uhr.

Sie zog sie heraus. Nun war der richtige Moment, um sie ihrer Mutter zu zeigen. Sie ging die wenigen Schritte zurück zu dem Holzstapel und setzte sich erneut.

»Kennst du die?«, fragte Caroline, während sie ihrer Mutter die Uhr reichte. Die nahm das Schmuckstück in die Hand, öffnete das Gehäuse und fuhr mit dem Finger verblüfft über die Gravur.

»Das ist die Uhr deines Großvaters. Also deines richtigen.«

»Von Gustav?«, fragte Caroline zurück. »Oma hat mir von ihm erzählt. Er kam nie aus dem Krieg zurück.«

Henriette nickte. »Meine Mutter hatte die Uhr verloren. Doch als wir nach Lisbeths Tod ihre Sachen aus dem Gefängnis bekommen haben, war sie mit dabei.« Sie klappte die Uhr zu und gab sie Caroline zurück. Dabei sah sie ihre Tochter fragend an. »Woher hast du sie?«

Caroline zuckte etwas ratlos mit ihren Schultern. »Ich habe sie in meinem Rucksack gefunden. Oma muss sie mir heimlich zugesteckt haben.«

»Aha!«, stieß ihre Mutter leicht erstaunt aus. »Seltsam.«

»Ja, nicht?«, erwiderte Caroline. »Ich frage mich die ganze Zeit, warum sie das getan hat.«

Nachdenklich fuhr sich ihre Mutter mit dem Zeigefinger über die Schläfe. »Vermutlich wollte sie, dass die Uhr wieder dahinkommt, wo sie hingehört«, antwortete sie schließlich grübelnd.

Caroline sah sie fragend an. Ihre Mutter straffte ihren Rücken. Auf dem harten Holz zu sitzen, war nicht sonderlich bequem. »Mein Vater wurde auf Usedom geboren. Hier war seine Heimat.« Sie stockte kurz, fuhr dann aber doch mit ihrer Erklärung fort: »Auch wenn sie es nie zugeben würde, aber ich glaube, meine Mutter hatte sich insgeheim immer ein wenig geärgert, dass meine Schwester die Uhr gefunden hat und sie dadurch mit in den Westen kam. Sie gehörte dort nicht hin.«

Caroline sah ihre Mutter an, die kurz aufseufzte. »Sie ahnt wohl, dass sie selbst nie wieder einen Fuß auf diese Insel setzen wird. Anscheinend ist es ihr aber wichtig, dass wenigstens Gustav heimkehrt.«

»Und du meinst, deshalb hat sie sie mir zugesteckt?«

Ihre Mutter zuckte mit den Schultern. »Ich weiß es nicht. Vielleicht. In letzter Zeit tut sie ja häufiger Dinge, die nicht unbedingt rational zu erklären sind.«

»Dann sollten wir die Uhr vergraben. Hier und jetzt!«

»Was? Vergraben? Hier im Garten?«

Caroline nickte auffordernd und sah ihre Mutter erwartungsvoll an. Henriette stand auf, ging ein paar Schritte im Garten auf und ab und drehte sich schließlich ihrer Tochter wieder zu. Ein zartes Lächeln setzte sich auf ihr Gesicht. Sie war einverstanden.

»Ich habe im Schuppen noch eine alte Schaufel gesehen«, sagte sie. Caroline sprang auf, gab ihrer Mutter die Uhr und lief zum Schuppen. Viel war in dem einsturzgefährdeten Holzverschlag nicht mehr verstaut. Ein paar alte, mit rostigen Nägeln versehene Bretter, ein Stapel Schindeln, einige morsche Holzscheite fanden sich hier. Doch dazwischen klemmte tatsächlich auch ein alter Spaten.

Das Eisenblatt sah noch gut aus, obwohl an der spitzen Seite eine kleine Ecke herausgebrochen war. Der Holzgriff wirkte stabil. Mit dem Gartengerät in der Hand lief Caroline zurück.

»Wo soll ich buddeln?«, fragte sie ihre Mutter voller Eifer.

»Am besten gleich hier. Neben der alten Wurzel.«

Caroline nickte und stach den Spaten in den grasbedeckten Boden. Die Rasennaht ließ sich schwerer lösen, als sie vermutet hatte. Die Erde darunter war dunkel und wurzeldurchzogen und Caroline hatte alle Mühe voranzukommen. Doch sie gab nicht auf. Als das Loch ein paar Handbreit tief war, nickte ihre Mutter zufrieden. »Ich denke, das reicht!«

Caroline legte den Spaten beiseite und wischte sich mit dem Handrücken über die Stirn. Von der ungewohnten körperlichen Anstrengung war ihr ganz warm geworden. Sie sah ihre Mutter erwartungsvoll an. Diese ließ die Uhr in das Loch fallen und schob anschließend mit ihren Schuhen den ausgeschaufelten Sand zurück. Caroline half ihr mit dem Spaten. Zum Schluss traten sie gemeinsam die Erde fest und legten die nahezu heil gebliebene ausgestochene Grassode wieder darüber.

Als Caroline auf die Stelle blickte, die sich nun wieder beinahe eben und gleichmäßig dem Garten angepasst hatte, überkam sie ein Anflug von Zweifeln.

»Hoffentlich war das wirklich in Omas Sinne. Ich glaube nicht, dass wir die Uhr wiederfinden, wenn wir sie jetzt hier zurücklassen.«

Über das Gesicht ihrer Mutter huschte ein Schmunzeln. »Ganz bestimmt war es das.« Dann seufzte sie ganz leise. »Wir konnten unseren Vater nie begraben, uns nie richtig von ihm verabschieden. Wir hatten keinen Ort, an dem wir trauern oder seiner gedenken konnten.«

»Jetzt hast du einen!«

Ihre Mutter nickte, zufrieden ließ sie ihren Blick durch den verwilderten Garten schweifen. »Und er ist perfekt.«

Für einen Moment standen sie schweigend nebeneinander, genossen die Ruhe hinter den Dünen fernab des Urlaubstrubels.

»Großmutter hat ihn wirklich geliebt. Nicht wahr?«, fragte Caroline in die sommerliche Stille hinein.

Ihre Mutter nickte. »Wie man einen Menschen nur lieben kann.«

Caroline dachte an den Großvater, mit dem sie aufgewachsen war. Der einzige, den sie gekannt hatte.

»Und Opa Erich? Sie hat mit ihm mehr als fünfunddreißig Jahre zusammengelebt. Hat sie ihn auch geliebt?«

Ihre Mutter zögerte kurz, nickte dann aber. »Ich denke schon. Auf eine besondere, freundschaftliche Art.«

»Und wusste er es? Opa Erich, meine ich?«, bohrte Caroline nach.

»Er wusste, dass ihr Herz bereits vergeben war und der Platz, den mein Vater darin einnahm, niemals freiwerden würde. Doch er hatte es vom ersten Moment an akzeptiert.«

Caroline nickte, wenn es für sie auch schwer vorstellbar war, im Leben eines Menschen nur die zweite Geige zu spielen. Doch jeder musste selbst wissen, was oder wer ihn glücklich machte. Sie sah ihre Mutter an, die ihren Blick immer noch nachdenklich durch den Garten ziehen ließ, und lächelte in sich hinein.

Das erste Mal seit Langem fühlte sie sich mit ihrer Mutter wieder verbunden. Kein Streit lag zwischen ihnen, kein Schweigen und keine bösen Worte. Sie hatte das Gefühl, dass ihre Mutter endlich offen und ehrlich zu ihr war. Und sie nahm sich vor, ihr diese Offenheit in Zukunft ebenso entgegenzubringen.

Noch eine Weile standen sie im Garten und genossen die Ruhe, bevor sie zum Strand hinuntergingen. Hinter den Dünen streifte Caroline sich ihrer Sandaletten von den Füßen, nahm sie in die Hand und ließ bei jedem Schritt den weichen Sand durch ihre Zehen rieseln. Als sie sich nach ihrer Mutter umdrehte, sah sie, wie sie ebenso aus ihren Halbschuhen schlüpfte.

Caroline warf ihr einen überraschten Blick zu. Sie konnte sich nicht daran erinnern, dass sich ihre Mutter in ihren gemeinsamen Urlauben an den Stränden der Adria je von ihrem Schuhwerk getrennt hätte. Doch Henriette zuckte nur lächelnd mit den Schultern, hakte sich bei Caroline unter und schritt mit ihr durch den Sand.

Am Ufer blieben sie stehen, ließen sich die sanften Ausläufer der Wellen um ihre nackten Fußsohlen spülen. Das kühle Nass hinterließ auf Carolines Haut ein sanftes Kribbeln. Nachdenklich kaute sie auf ihrer Unterlippe herum. Sie sah ihre Mutter an, die ihre Augen ruhend und genügsam aufs Meer gerichtet hatte.

»Was wirst du nun tun? Wegen der Villa, meine ich?«, fragte Caroline zögernd.

Ihre Mutter sah kurz zu Boden, grub ihre Füße noch tiefer in den feuchten Sand. Schließlich blickte sie auf, ihrer Tochter in die Augen. »Ich rufe morgen den Anwalt an.«

»Du willst sie haben?«, jauchzte Caroline kurz auf.

Ihre Mutter nickte. »Kurt meinte auch, ich hätte gute Chancen, sie wieder zurückzubekommen.«

»Aber was ist mit deiner Suche nach einem neuen Atelier?«, fragte Caroline.

Ihre Mutter zuckte leicht mit den Schultern und blickte wieder dem Horizont entgegen. »Ich glaube, es ist Zeit für etwas Neues. Das spüre ich schon eine ganze Weile. Aber ich wollte es nicht wahrhaben.«

»Du wirst es bestimmt nicht bereuen«, sagte Caroline arglos. »Überleg nur, was du aus dem Haus alles machen kannst. Vielleicht eine Wellnesszentrum oder ein Tagungshotel. Oder beides zusammen. Für die gestressten Manager aus dem Westen ...«

»Mäuschen, bitte!«, unterbrach ihre Mutter sie.

Caroline sah sie an, verstand und ruderte zurück. »Sind nur so Ideen. Du kannst auch einfach die Pension wiedereröffnen.«

»Es wird ein Haufen Arbeit, die Villa wieder in einen guten Zustand zu bringen. Das dauert«, versuchte ihre Mutter sie auf den Boden der Tatsachen zurückzuholen. »Und ich bin mir auch nicht sicher, ob ich das allein schaffe«, fügte sie vieldeutig hinzu, während sie ihre Tochter von der Seite ansah.

Carolines Gesicht hellte sich auf. Sie grinste breit und ihre Augen begannen vorfreudig zu funkeln. »Du kannst auf mich zählen, ich hab bald massig Zeit.«

Ihre Mutter warf ihr einen fragenden Blick zu, den Caroline mit einem Schulterzucken abtat. »Seien wir mal ehrlich. Uns ist doch beiden schon lange klar, dass die Uni nichts für mich ist.«

Mit einem leichten Nicken stimmte ihre Mutter ihr zu. Caroline war erleichtert, dass die Entscheidung, ihr Studium aufzugeben, endlich gefallen war. Und sie fühlte sich gut damit.

»Apropos«, wandte Caroline sich nach einer Weile noch einmal ihrer Mutter zu. »Was ist eigentlich mit Kurt?«

»Was soll mit ihm sein?«, fragte die ein wenig überrumpelt zurück.

»Du hast noch gar nichts von eurem Treffen erzählt.«
»Da gibt es auch nichts zu erzählen«, erwiderte Henriette etwas zu schnell.
»Wirst du ihn wiedersehen?«, bohrte Caroline weiter frech nach.

Ihre Mutter rollte betont abwehrend mit den Augen. »Ich bin in festen Händen.«

Caroline schwieg dazu und blickte sie nur neckisch von der Seite an. Das kleine entzückte Schmunzeln, das ganz sachte den Mund ihrer Mutter umspielte, blieb Caroline nicht verborgen. Egal wie es mit Kurt und ihr ausgehen würde, sie war einfach nur froh, dass ihre Mutter endlich wieder glücklich schien.

Das letzte Mal für diesen Abend ließ Caroline ihren Blick über die weite Ostsee schweifen. Ein paar Möwen zogen schnellen Flügelschlags über das geruhsame Wasser und ließen sich auf dem Geländer der Seebrücke nieder, um die letzten warmen Strahlen auf ihrem Federkleid zu spüren. Von den Urlaubern, die noch rege auf dem alten Holzsteg vorbeiflanierten, ließen sie sich nicht stören.

Der Himmel hatte bereits einen sanften Rotton angenommen. Ein paar Schleierwolken zogen als zarte rosafarbene Fäden am Horizont entlang. In der Ferne, kaum erkennbar, wartete schon der sichelförmige Mond auf seinen Einsatz. Doch noch wollte die Sonne den Tag nicht hergeben. Ohne dass sie es bisher wirklich realisiert hatte, fühlte Caroline sich hier an diesem Ort angekommen.

Jana Seidel
Der Liliengarten
€ 10,00, Taschenbuch
ISBN 978-3-7457-0060-2

Als Kind hat Lilly ihren Großvater vergöttert. Sein Tod trifft sie schwer, doch er hat ihr sein Gutshaus in Ostholstein hinterlassen. In diesem Haus voller Erinnerungen stößt Lilly auf das Tagebuch ihrer Großmutter Isabelle. Zwischen den vergilbten Seiten findet sie getrocknete Blüten und ein Foto. Es zeigt eine glückliche Isabelle vor dem Gutshaus – in einem blühenden Garten, den Lilly noch nie gesehen hat. Sie begibt sich auf eine Reise in die Vergangenheit, um herauszufinden, wieso Isabelle ihr strahlendes Lächeln für immer verlor. Doch dafür muss Lilly die Sprache der Blumen verstehen lernen.

www.mira-taschenbuch.de

Carys Bray
Das Zimmer der verlorenen Träume
€ 20,00, Hardcover
ISBN 978-3-95967-421-8

Wenn dein Leben ein Museum wäre, welche Dinge würdest du ausstellen?

Clover Quinn ist kein Wunschkind. Ob ihr Vater es bereut, eine Familie gegründet zu haben? Schließlich ist sie im schlimmsten Kapitel seines Lebens aufgewachsen – kurz nach dem Tod ihrer Mutter. In diesem Sommer aber betritt Clover das Zimmer, in dem ihr Vater seit zwölf Jahren die Erinnerungen an ihre Mutter aufbewahrt. Mit Samthandschuhen erschließt sie mit jedem Objekt die Geschichte ihrer Eltern. Für Clover steht fest: Sie richtet ein Museum ein, das Museum ihrer Mutter. Doch ihr begegnen nicht nur schöne Geschichten. Und die ganze Wahrheit kann sie erst erfahren, wenn auch ihr Vater einen Schritt in das Museum wagt.

www.harpercollins.de